D1993605

Zu diesem Buch

Alexander Solschenizyn, der weltberühmte Autor der Tauwetterperiode, schildert hier eine durch die Präsenz des Todes aneinander gefesselte «geschlossene» Gesellschaft: Patienten und Ärzte, Funktionäre und Häftlinge, Denunzierte und Denunzianten in der Krebsstation eines Krankenhauses im asiatischen Rußland. Dieses Buch, das in unzähligen Abschriften in der Sowjetunion kursiert, wird neben «Dr. Schiwago» zum Besten gezählt, was die russische Literatur der letzten Jahre hervorgebracht hat.

Alexander Solschenizyn wurde 1918 in Kislowods geboren und studierte in Rostow Mathematik. Er hatte kaum sein Studium beendet und eine Stellung als Mathematiklehrer angenommen, als Hitler die Sowjetunion überfiel. Solschenizyn ging als Artillerieoffizier an die Front. Dort wurde er 1945 vom Staatssicherheitsdienst verhaftet und für acht Jahre in ein Strafgefangenenlager gesperrt. 1953 mit Krebsverdacht entlassen, wurde er für drei weitere Jahre nach Mittelasien verbannt, wo er in einem Krankenhaus in Taschkent wegen seines Krebsleidens behandelt wurde. Nach dem Ende der stalinistischen Ära wurde er 1957 rehabilitiert und kehrte nach Rjasan zurück, wo er sein Lehramt an der Höheren Schule wiederaufnahm. Man erzählt, daß sein erstes Werk, der erschütternde Lagerbericht «Ein Tag im Leben des Iwan Denissowitsch», ein Jahr auf dem Schreibtisch des Chefredakteurs der Literaturzeitschrift «Nowy Mir» gelegen hat, bevor dieser eine Veröffentlichung vorzuschlagen wagte. Aber Chruschtschow bestand zum Erstaunen vieler Funktionäre auf einer lückenlosen Publikation. Es erscheint 1962. 1963 folgen rasch nacheinander weitere Erzählungen über das gleiche Thema. Aber bereits «Matronjas Hof» erregt Chruschtschows Kritik. Sein Romanmanuskript «Der erste Kreis der Hölle» wird vom Staatssicherheitsdienst beschlagnahmt. 1966 bis 1968 entsteht der zweiteilige Roman «Krebsstation». Er darf in der Sowjetunion nicht erscheinen. Im Mai 1967 schreibt Solschenizyn seinen in der ganzen Welt aufsehenerregenden Offenen Brief an den Schriftstellerkongreß, auf dem er selbst nicht reden durfte. Darin schlägt er vor, der Kongreß möge sich mit der verfassungswidrigen offenen und versteckten Zensur und der von vielen Schriftstellern verlangten Verstümmelung ihrer Werke befassen. Er wirft dem Schriftstellerverband vor, er habe sich seit jeher an der Verleumdung und Verfolgung sowjetischer Schriftsteller beteiligt. «Niemand», so schließt der Brief, «kann der Wahrheit den Weg versperren. Für diese Entwicklung bin ich auch zu sterben bereit . . .» Der Schriftstellerverband lehnt seinen von einigen Schriftstellern geforderten Ausschluß ab. 1968 schreibt Solschenizyn einen weiteren Brief an den Verband, in dem er bedauert, daß sein neuer Roman «Krebsstation» – ohne sein Zutun – im Westen erscheinen werde. Das sei die Folge der sowjetischen Zensur. Im Westen hat man sich übrigens erst in dem Augenblick zur Veröffentlichung entschlossen, als der sowjetische Geheimdienst versuchte, westlichen Verlagen von ihm retuschierte Fassungen zuzuspielen. In einem Offenen Brief an Podgorny, dem Vorsitzenden des Präsidiums des Obersten Sowjet, protestieren Rolf Hochhuth, Heinrich Böll, Karl Jaspers, Arthur Miller, Martin Niemöller, Feltrinelli und andere dagegen, daß Solschenizyn seine Arbeiten nicht veröffentlichen kann. Auch dieser Protest bleibt, wie viele andere, ohne Erfolg. Solschenizyn wird am 6. November 1969 aus dem Schriftstellerverband ausgeschlossen. Im Herbst 1970 wird ihm der Nobelpreis für Literatur verliehen.

Auf deutsch liegt von Solschenizyn vor: «Ein Tag im Leben des Iwan Denissowitsch» (1963), «. . . den Oka-Fluß entlang» (1965), «Der erste Kreis der Hölle» (1966), «Krebsstation II» (1969; rororo Nr. 1437), «Im Interesse der Sache» (1970), «Kerze im Wind» und «Der Hirsch und die Dirne».

Alexander Solschenizyn
Krebsstation

Roman in zwei Büchern
Mit einem Vorwort von Heinrich Böll
Buch I

rororo
Rowohlt

Die Originalausgabe erschien bei The Bodley Head, London,
unter dem Titel Раковый Корпус
Aus dem Russischen übertragen von Christiane Auras, Agathe Jais
und Ingrid Tinzmann
Redaktion: Gisela Drohla und Elisabeth Borchers
Umschlagentwurf: Werner Rebhuhn

1.– 75. Tausend	April 1971
76.–125. Tausend	April 1971
126.–150. Tausend	September 1971
151.–200. Tausend	November 1971
201.–250. Tausend	Januar 1972
251.–300. Tausend	Oktober 1972

Ungekürzte Ausgabe
Veröffentlicht im Rowohlt Taschenbuch Verlag GmbH,
Reinbek bei Hamburg, April 1971
© 1968 by Alexander Solschenizyn
Deutsche Übersetzung © 1968 by Hermann Luchterhand
Verlag GmbH, Neuwied und Berlin
Gesetzt aus der Linotype-Aldus-Buchschrift
und der Palatino (D. Stempel AG)
Gesamtherstellung Clausen & Bosse, Leck/Schleswig
Printed in Germany
ISBN 3 499 11395 3

Die Suche nach einem neuen Realismus in der Bundesrepublik kommt nicht von ungefähr. Doch noch immer nicht hat unsere Literatur die Arbeitswelt entdeckt, von der Welt der Arbeiter ganz zu schweigen – auch wenn die Kriegsliteratur den Arbeiter entfremdet, als Soldat, dargestellt hat. Wie heikel es ist, sich mit der Welt des Arbeiters zu beschäftigen, hat die schnöde Diskussion um Max von der Grün gezeigt, der plötzlich zwischen die beiden Blöcke geriet, die sich an Darstellungen der Arbeitswelt *interessiert* zeigen: zwischen Gewerkschaft und Industrie. Als dritten Block könnte man jene bezeichnen, die ihre eigene Welt lieber verfremdet – man kann auch sagen *überhöht* – dargestellt wissen wollen: die, die in ihr leben. Jahrzehntelang hat man im Westen (ich schließe mich in dieses «man» ein) den sozialistischen Realismus mit sanftem Spott bedacht. Die Rache hat schon angefangen, sie wird weitergehen. Was inzwischen an Autoren, Regisseuren, Graphikern aus Polen, der Tschechoslowakei, aus Jugoslawien und der Sowjetunion hierzulande begehrt ist, scheint zu beweisen, daß der sozialistische Realismus – und wenn auch nur als verhaßter dogmatischer Gegenpol – die Autoren dort, wo er regiert, nicht entmündigt hat. Einzig verwerflich erscheint am sozialistischen Realismus heute nur noch der ihm aufgezwungene doktrinär-dogmatische Optimismus, der nicht nur in etwa, sondern fast buchstäblich jenem Schrei nach der heilen Welt entspricht, der bei uns noch lange nicht verklungen ist. Und doch ist der Schrei nach der heilen Welt, nach christlicher Kunst und Literatur nur der verwandelte Wunsch nach dem griechischen Deus ex machina, der alle Probleme spielend und automatisch löst. In der christlichen Literatur nach Maß nahm dann (etwa bei Claudel) die Gnade die Rolle des Deus ex machina ein und wirkte meistens nur peinlich, so peinlich wie der zur Pflicht erklärte Schlußoptimismus beim sozialistischen Realismus administrierter Prägung. Der Westen, der sich unbeirrt weiter als «christlich» deklariert, wird seine Pleite nicht nur noch erleben, auch (was wichtiger ist) bald erkennen und zugeben müssen. Erst seit einer halben Generation hat er die Zeit seiner braven christlichen Literatur hinter sich, und es könnte sehr bald die Zeit kommen, wo man etwa Grass als großen «Abendländer» einzufangen versuchen wird.

Wahrscheinlich wird sich die Entwicklung von Kunst und Literatur in der Welt umkehren: der Westen, seiner «formalistischen» Spielereien müde, sucht einen neuen Realismus. Pop, Op und Happening sind Zwischenstationen, wo die ganze westliche Ästhetik, deren Wunschtraum immer noch das griechische Ideal ist, auf den Kopf gestellt wird; und das ist gut so: Zersetzung ist erste Künstler- und Schriftstellerpflicht.

Auch der Osten wird die «formalistischen» Spielereien hinter sich bringen müssen, nichts wird ihm erspart bleiben (ein Künstler oder Schriftsteller, dem etwas erspart bleibt oder der sich etwas erspart, ist keiner), und er wird doch zu seiner großen, seiner wunderbar breiten Erzählweise realistischer Tradition zurückkehren. Es wird – hier wie dort – noch viel Hin-und-Hergeplänkel geben. Jeder, jeder Staatsmann verlangt im Grunde seines Herzens nach der «heilen», seine Politik bestätigenden Literatur, mag sie nun christlich-abendländisch-gnadegeladen sein oder sozialistisch-realistisch; ein Realismus, der getrost kritisch bleiben darf, wenn er sich nur zum Ende hin zum Guten aufschwingt.

Solschenizyns ‹*Krebsstation*› könnte zu einem Bindeglied zwischen dem alten und einem erneuerten sozialistischen Realismus, könnte zum Vorbild für die im großen ganzen etwas kläglichen Versuche des neuen Realismus hier werden. Das Ärgernis, das manche westliche Autoren (und bald gewiß auch östliche) am Weiterleben des Romans nehmen, besteht ja nur im Mißverständnis ihrer eigenen Lage und Möglichkeit: daß sie Gedichte in Prosa schreiben, eine großartig-kurzatmige Poesie der Situation.

Bei der Lektüre der ‹*Krebsstation*› darf kein Augenblick lang vergessen werden, daß der Roman ins Jahr 1955 placiert ist; zwei Jahre nach Stalins Tod, als die Zeit der Rehabilitierung, die Zeit der großen Hoffnung begann. Die beiden Hauptpersonen, gegeneinander gestellt, sind Rusanow und Kostoglotow. Der erstere ein per Natur und per Charakter opportunistischer Funktionär, Fragebogen- und Verhörspezialist, Denunziant auch, Privilegierter, der sich plötzlich – aus Not, da die Zeit drängt und der Weg nach Moskau weit ist – in ein ganz gewöhnliches Proleten-Krebskrankenhaus versetzt sieht. Was er weinerlich vermißt? Etwa seine Privattoilette («Wenn ich wenigstens eine Einzeltoilette benutzen könnte! Ich leide! Was für eine Toilette das hier ist! Keine Trennwände, alles ist offen!»). Und als Anmerkung an dieses Gejammere in Klammern die Notiz des Autors: «Die Benutzung eines öffentlichen Bades und einer öffentlichen Toilette untergräbt unweigerlich die Autorität eines Funktionärs. An seinem Arbeitsplatz stand Rusanow eine Toilette zur Verfügung, die der Allgemeinheit nicht zugänglich war.» Schlimmer noch jammert er, der an einer Krebsgeschwulst leidet und gleichzeitig eine gesellschaftliche Krebsgeschwulst *ist*: «In jener herrlichen, anständigen Zeit, den Jahren 1937–38, war die gesellschaftliche Atmosphäre endlich einmal von allem Schmutz gereinigt, damals konnte man frei atmen. Alle Lügner, Verleumder, Anhänger der eilfertigen Selbstkritik oder superklugen Intellektuellen waren verschwunden, zum Schweigen gebracht, und prinzipientreue, zuverlässige Staatsbürger wie Rusanow gingen würdevoll mit erhobenem Kopf einher.» Es ist gewiß kein Zufall, daß am Schluß des Romans Rusanows Tochter Alla, eine angehende Schriftstellerin, von der man ahnt, daß sie reüssieren wird, sagt: «Depressionen steigern die schädliche Wirkung eines Buches. Aufrichtigkeit ist *schädlich*. Subjektive Aufrichtigkeit kann unter Umständen im Gegensatz zur wahrheitsgetreuen Schilderung des Lebens stehen – können Sie eine solche Dialektik verstehen?» So fragt sie Djomka, den Bettnachbarn ihres zum Proletpatienten erniedrigten Vaters. Und es ist denn auch diese frische, energische, siegessichere junge Alla, der Solschenizyn ironischerweise das Schlußwort des Romans gibt. Ihrem von Krebsgeschwulst und krebsartigen Angstträumen geplagten Vater, den die mögliche Heimkehr der von ihm Denunzierten aus den Lagern beunruhigt, sagt sie (das ist der allerletzte Satz des Buches): «...mach dir *gar keine Sorgen, alles, alles* wird ausgezeichnet.»

Kostoglotow, der auf ewig nach Usch-Terek, einem entlegenen Kaff, Verbannte, erinnert sich merkwürdigerweise voll Freundlichkeit seiner Verbannung, an das befreundete Ärzteehepaar Kadmin, deren Hunde und Katzen; er meditiert (worüber zu meditieren sich wahrhaft lohnt): über die Relativität von Luxus und Konsum. Auf seine, Kostoglotows, Heimkehr wartet wahrscheinlich irgendein anderer «Rusanow», der ihn seinerzeit denunzierte, um die Welt «heil» zu halten.

Das Personal des Romans ist zahlreich: Ärzte, Ärztinnen, Krankenschwestern, Putzfrauen, Besucher; erstaunlich ist, was der Roman an Mitteilung über die Sorgfalt der ärztlichen Behandlung in der Sowjetunion – und das im Jahre 1955 – enthält. Es ist ein Buch voller Bitterkeit, auch Heiterkeit, und was ich nicht zu begreifen vermag: daß es in der Sowjetunion nicht erscheinen soll oder darf, daß es die Krebskrankheit auf dieser Erde wirklich gibt. Auch den heftigsten Befürwortern einer «besseren Zukunft» sollte es nicht schwerfallen, zu erkennen, daß nicht die Schriftsteller, sondern die «Rusanows» die Krebsgeschwulste der Gesellschaft sind. Eine solche Erkenntnis könnte den sozialistischen Realismus nur befreien und seine Literatur so «konkurrenzfähig» machen wie es Solschenizyns Roman ist.

Wird Krebs nicht auch durch Zersetzung bekämpft?

Heinrich Böll

1

Zu allem Überfluß trug die Krebsstation die Nummer dreizehn. Pawel Nikolajewitsch Rusanow war nie abergläubisch gewesen, wollte es auch nicht sein, und doch gab es ihm einen Stich, als man auf seinen Überweisungsschein «Station dreizehn» setzte. War es doch nicht eben feinfühlig, auch nur eine Magen- oder Darmstation mit der Nummer dreizehn zu versehen.

Allein, in der ganzen Republik konnte ihm nirgends mehr geholfen werden, außer in einer Klinik.

«Aber ich habe doch keinen Krebs, Doktor? Ich habe doch keinen Krebs?» fragte Pawel Nikolajewitsch voller Hoffnung, während er zögernd über eine häßliche Geschwulst an der rechten Seite seines Halses strich, die noch immer von harmloser weißer Haut überspannt war, jedoch täglich größer wurde. «Aber nein doch, nein, natürlich nicht», beruhigte ihn nun schon zum zehntenmal Doktor Donzowa, die mit schwungvoller Handschrift Blätter mit der Krankengeschichte ausfüllte. Zum Schreiben hatte sie eine Brille aufgesetzt – eine viereckige Brille –, aber kaum war sie fertig, nahm sie sie ab. Sie war nicht mehr jung, ihr Gesicht war bleich und wirkte sehr müde.

Das war noch in der Aufnahme gewesen, einige Tage zuvor. Sogar die Kranken, die in die Krebsstation überwiesen wurden, brauchten keine strenge Bettruhe einzuhalten. Pawel Nikolajewitsch hingegen verordnete die Donzowa, sich hinzulegen, und das so schnell wie möglich.

Nicht nur die Krankheit, die ihn, einen sorglosen und glücklichen Menschen, vor zwei Wochen unerwartet, unvorhergesehen wie eine Sturmbö angefallen hatte, bedrückte Pawel Nikolajewitsch – fast ebenso stark bedrückte ihn jetzt die Tatsache, daß er sich unter gewöhnlichen, für jedermann gültigen Bedingungen in diese Klinik legen mußte. Man rief Jewgenij Semjonowitsch und Schendjakin und Ulmasbasbajew an, und diese telefonierten ihrerseits, holten Erkundigungen ein, ob nicht Einzelzimmer in dieser Klinik zu haben seien, oder ob man nicht, wenn auch nur provisorisch, einen kleinen Raum als Einzelzimmer einrichten könne. Aber wegen Platzmangel war nichts zu erreichen.

Das einzige, was mit dem Chefarzt des gesamten Klinikkomplexes zu vereinbaren gelang, war, daß notfalls die Ambulanz, das allgemeine Bad und die Anstaltskleidung zu umgehen sein würden.

Jura brachte Vater und Mutter in ihrem bläulichen «Moskwitsch» direkt zum Eingang der Station dreizehn. Ungeachtet des Frostwetters standen zwei Frauen in häßlichen Barchentkitteln auf der nicht überdachten, steinernen Freitreppe – standen dort mit verschränkten Armen, obgleich sie fröstelten.

Angefangen bei diesen unansehnlichen Kitteln war hier alles für Pawel Nikolajewitsch kaum erträglich: die stark ausgetretenen Zementstufen der Treppe; die blinden, von den Händen der Kranken abgegriffenen Türklinken; der Warteraum mit der abgetretenen Fußbodenfarbe, dem hohen olivfarbenen Paneel seiner Wände (die Farbe machte ebenfalls einen schmutzigen Eindruck) und den langen abgenutzten Bänken, auf denen die von weit her gereisten Kranken nicht alle Platz gefunden hatten und folglich auf dem Fußboden kauerten – Usbeken im gesteppten, wattierten Kaftan, alte Usbekinnen in weißen Umhängen und junge in lilafarbenen oder rot-grünen, und alle trugen Stiefel oder Galoschen. Ein junger Russe lag, eine ganze Bank für sich in Anspruch nehmend, in einem aufgeknöpften, bis zum Boden niederhängenden Mantel da, völlig ausgezehrt, aber mit aufgedunsenem Bauch, und schrie unablässig vor Schmerz. Seine Schreie machten Pawel Nikolajewitsch benommen und trafen ihn so, als brülle der Bursche nicht über sich, sondern über ihn.

Pawel Nikolajewitsch erbleichte bis in die Lippen, blieb stehen und flüsterte: «Kapa! Hier werde ich sterben. Ich kann nicht. Laß uns umkehren.»

Kapitalina Matwejewna nahm ihn fest am Arm: «Paschenka! Wohin umkehren? Und was dann?»

«Vielleicht ließe sich doch noch mit Moskau etwas arrangieren . . .»

Kapitalina Matwejewna wandte ihrem Mann ihr breites Gesicht zu, das die üppigen kupferfarbenen kurzgeschnittenen Locken noch breiter erscheinen ließen: «Paschenka! Moskau – das kann noch zwei Wochen Zeitverlust bedeuten und gelingt vielleicht gar nicht. Unmöglich, länger zu warten. Sie wird doch jeden Morgen größer!»

Die Frau drückte kräftig seine Hand, um ihm Mut zu machen.

In offiziellen und dienstlichen Angelegenheiten war Pawel Nikolajewitsch immer unnachgiebig – um so angenehmer und entlastender empfand er es, sich in privaten Dingen ganz auf seine Frau verlassen zu können: alles Wichtige entschied sie schnell und richtig.

Der Bursche auf der Bank wurde von Schmerzen gepeinigt – er schrie.

«Vielleicht können die Ärzte mich zu Hause behandeln . . . Wir werden bezahlen», wagte Pawel Nikolajewitsch noch einen letzten Vorschlag.

«Pasik!» flüsterte Kapitalina Matwejewna, die mit ihrem Mann litt. «Du weißt, ich selbst war die erste, die das wollte: jemanden kommen lassen und bezahlen. Aber diese Ärzte wollen nicht und nehmen kein Geld. Und sie haben die Apparate. Es ist unmöglich.»

Pawel Nikolajewitsch wußte selbst, daß es unmöglich war. Er hatte das nur für alle Fälle noch einmal vorbringen wollen.

Laut Übereinkunft mit dem Oberarzt der onkologischen Gesundheitsfürsorgestelle sollte die Oberschwester sie um zwei Uhr mittags hier, am Ende der Flurtreppe, erwarten, die eben ein Kranker mit Krücken vorsichtig herunterkam. Aber die Oberschwester war natürlich nicht da, und ihr Kämmerchen unter der Treppe war verschlossen.

«Man kann sich auf niemand mehr verlassen!» sagte Kapitalina Matwejewna aufgebracht. «Wofür zahlt man ihnen bloß Gehalt!» Die Schultern von einem ungeheuren Kragen aus zwei Silberfüchsen umfaßt, ging Kapitalina Matwejewna einen Korridor mit der Aufschrift «Zutritt in Straßenkleidung verboten» entlang.

Pawel Nikolajewitsch blieb in der Vorhalle zurück. Ängstlich, den Kopf leicht nach rechts geneigt, betastete er seine Geschwulst zwischen Schlüsselbein und Unterkiefer. Er hatte den Eindruck, daß sie während einer halben Stunde, seit er sie zum letztenmal zu Hause im Spiegel, beim Umbinden des Halstuches, betrachtet hatte, daß sie während dieser halben Stunde schon wieder größer geworden war. Pawel Nikolajewitsch überkam große Schwäche, und er hätte sich gern gesetzt. Aber die Bänke erschienen ihm schmutzig, und zudem hätte er eine der Frauen dort, die ein Kopftuch trug und einen schmierigen Sack zwischen den Füßen stehen hatte, bitten müssen, zur Seite zu rücken. Pawel Nikolajewitsch hatte einen untrüglichen, allem ausgelieferten Geruchssinn, und sogar aus dieser Entfernung meinte er den ekelhaften Gestank dieses Sackes wahrzunehmen.

Wann endlich wird unsere Bevölkerung lernen, mit sauberen, ordentlichen Koffern zu reisen! (Übrigens war das jetzt, angesichts der Geschwulst, auch schon gleichgültig.)

Gequält von den Schreien des jungen Burschen und allem, was die Augen sahen und auf die Nase eindrang, hatte sich Rusanow ein wenig gegen einen Mauervorsprung gelehnt. Ein Mann betrat die Vorhalle, eine Halbliterflasche mit einem Etikett vor sich her tragend, die fast bis oben hin mit gelber Flüssigkeit gefüllt war. Die Flasche trug er keineswegs verschämt, sondern stolz erhoben, wie einen nach langem Anstehen ergatterten Krug Bier. Direkt vor Pawel Nikolajewitsch, ihm diese Flasche beinahe entgegenhaltend, blieb er stehen, wollte fragen, sah aber dessen Sealmütze, kehrte sich ab und wandte sich an den Kranken mit den Krücken: «He, mein Lieber! Wohin damit, hm?»

Der Krüppel deutete auf die Tür des Laboratoriums.

Pawel Nikolajewitsch wurde es einfach übel.

Wieder öffnete sich die Außentür – und in weißem Kittel, ohne etwas Wärmeres darüber, trat eine Schwester ein, keine anmutige, sondern eine pferdegesichtige. Sie bemerkte Pawel Nikolajewitsch sofort, mutmaßte richtig und kam auf ihn zu.

«Entschuldigen Sie», sagte sie mit rotem Gesicht, dem Rot geschminkter Lippen nicht unähnlich, und rang nach Atem, so sehr hatte sie sich beeilt. «Entschuldigen Sie, bitte! Warten Sie schon lange? Ich mußte noch Medikamente in Empfang nehmen.»

Pawel Nikolajewitsch hatte eine heftige Antwort auf der Zunge, beherrschte sich aber. Er war froh, daß das Warten ein Ende hatte. Dann kam auch Jura – mit dem Koffer und der Tasche voll Lebensmitteln, sehr ruhig, mit wehendem Haarschopf, nur im Anzug, ohne Mütze, so wie er den Wagen chauffiert hatte.

«Gehen wir!» Die Oberschwester brachte sie zu ihrer Kammer unter der Treppe. «Nisamudtin Bachramowitsch hat mir gesagt, Sie würden Ihre eigene Wäsche und Ihren Pyjama mitbringen, einen noch nicht getragenen, nicht wahr?»

«Eben gekauft...»

«Das ist Bedingung, andernfalls wäre eine Desinfektion nötig, Sie verstehen. Hier ziehen Sie sich bitte um.»

Sie schloß die Sperrholztür auf und knipste das Licht an. Die Kammer mit der schrägen Decke hatte keine Fenster, dafür hingen viele mit Buntstift gezeichnete graphische Pläne an den Wänden.

Jura stellte schweigend den Koffer ab, ging wieder hinaus, und Pawel Nikolajewitsch begann sich umzuziehen.

Die Oberschwester wollte schon wieder wegeilen, aber da tauchte Kapitalina Matwejewna auf: «Schwester, haben Sie es denn so eilig?»

«Ja – ein bißchen...»

«Wie heißen Sie?»

«Mita.»

«Eigenartiger Name. Sind Sie Russin?»

«Deutsche.»

«Sie haben uns warten lassen!»

«Entschuldigen Sie, bitte. Ich mußte noch...»

«Hören Sie, Mita, ich will, daß Sie folgendes zur Kenntnis nehmen. Mein Mann ist ein sehr verdienstvoller Mensch, ein hochgeschätzter Arbeiter. Er heißt Pawel Nikolajewitsch. Hören Sie, er ist gewohnt, umsorgt zu werden, und jetzt hat er diese schwere Krankheit. Kann man nicht eine ständige Schwester für ihn organisieren?»

Das besorgte, unruhige Gesicht Schwester Mitas wurde noch besorgter. Sie schüttelte den Kopf: «Wir haben außer den Operationsschwestern für sechzig Patienten nur drei Tagesschwestern. Und zwei Nachtschwestern.»

«Na, sehen Sie! Die Patienten werden ja doch sterben, wenn sie rufen, geht niemand hin!»

«Was denken Sie denn? Wir kümmern uns um alle.»

«Aber Pawel Nikolajewitsch ist nicht ‹alle›. Außerdem lösen sich Ihre Schwestern doch ab.»

«Ja, alle zwölf Stunden.»

«Entsetzlich, diese unpersönliche Behandlung! Ich würde selbst abwechselnd mit meiner Tochter wachen! Ich würde auch eine Pflegerin auf eigene Kosten nehmen, aber man hat mir gesagt, das ginge nicht?»

«Ich glaube, das ist unmöglich. Hat auch noch nie jemand gemacht.

Außerdem ist in dem Krankensaal nicht einmal mehr Platz für einen Stuhl.»

«Mein Gott, was mag das für ein Saal sein? Jetzt muß man sich auch noch den Krankensaal ansehen! Wie viele Betten?»

«Neun. Glauben Sie mir, Sie haben Glück, daß Sie gleich in den Saal kommen. Bei uns liegen die Neuzugänge nämlich erst auf Treppen und Korridoren.»

«Schwester, ich bitte Sie dennoch, Sie kennen Ihre Leute, Sie können alles leichter organisieren. Sprechen Sie mit einer Schwester oder einem Sanitäter, damit Pawel Nikolajewitsch ein bißchen mehr Aufmerksamkeit entgegengebracht wird.» Und schon öffnete sie ihr großes schwarzes Ridikül und zog drei Fünfzig-Rubel-Scheine heraus.

Der in einiger Entfernung stehende Sohn mit seinem widerspenstigen hellen Haarschopf wandte sich schweigend ab.

Schwester Mita versteckte beide Hände hinter dem Rücken. «Nein, nein! Solche Aufträge...»

«Aber das ist doch nicht für Sie!» Kapitalina Matwejewna hielt ihr die auseinandergefalteten Papierchen vor die Brust. «Aber da sich das nicht in offizieller Form erledigen läßt... Ich bezahle doch nur für die Arbeit! Und bitte Sie nur um die Liebenswürdigkeit, das Geld weiterzugeben!»

«Nein, nein!» Der Schwester wurde ganz kalt. «Das ist bei uns nicht üblich.»

Durch die knarrende Tür trat Pawel Nikolajewitsch in einem neuen grünlich-zimtfarbenen Pyjama und warmen, pelzverbrämten Hausschuhen aus der Kammer. Auf seinem fast kahlen Kopf trug er eine neue himbeerfarbene Tjubetejka. Jetzt, ohne den Winterkragen und das Halstuch, wirkte seine Geschwulst wie eine Faust. Er hielt auch den Kopf nicht gerade, sondern leicht zur Seite geneigt.

Der Sohn packte die abgelegten Kleidungsstücke in den Koffer. Kapitalina Matwejewna steckte das Geld wieder in ihr Ridikül und sah ihren Mann besorgt an: «Frierst du auch nicht? Du hättest dir doch noch einen warmen Morgenmantel kaufen sollen. Ich werde ihn besorgen. Und hier ist noch ein Schal», sie holte ihn aus ihrer Tasche. «Zieh ihn an, damit du dich nicht erkältest!» In ihrem Pelzmantel und Silberfuchskragen wirkte sie dreimal so gewaltig wie ihr Mann. «Jetzt geh in dein Zimmer und richte dich ein. Pack die Lebensmittel aus und überlege, was du noch brauchst, ich bleibe hier sitzen und warte. Komm herunter und sag mir Bescheid, bis zum Abend bringe ich dir alles.»

Sie verlor niemals den Kopf, sie wußte immer für alles vorzusorgen. Sie war ein wirklicher Gefährte fürs Leben. Pawel Nikolajewitsch sah sie dankbar und leidend an, dann sagte er zu seinem Sohn: «Du fährst also, Jura?»

«Heute abend, Papa», antwortete Jura. Er verhielt sich seinem Vater gegenüber ehrerbietig, aber von einem tieferen Gefühl konnte, wie eh und je, keine Rede sein, nicht einmal jetzt, beim Abschied vom Vater, der im Krankenhaus zurückbleiben mußte. Er pflegte alles gelassen hinzunehmen.

«So, mein Sohn. Das ist also die erste, ernsthafte Dienstreise. Schlag gleich den richtigen Ton an. Keinerlei Milde! Milde bedeutet Verderben! Denk immer daran, daß du weder Jura Rusanow noch eine Privatperson bist, du bist ein Vertreter des Ge-set-zes, verstehst du?»

Ob Jura ihn verstanden hatte oder nicht, Pawel Nikolajewitsch war im Augenblick einfach nicht fähig, noch treffendere Worte zu finden. Mita brannte darauf, sich entfernen zu können.

«Ich warte noch mit Mama», lächelte Jura. «Verabschiede dich noch nicht, geh einstweilen, Papa.»

«Sie können doch allein gehen?» fragte Mita.

«Herr im Himmel, der Mann kann kaum stehen, können Sie ihn wirklich nicht bis zu seinem Bett bringen? Nehmen Sie wenigstens die Tasche!»

Pawel Nikolajewitsch blickte wie verwaist auf die Seinen, beachtete die ihm hingestreckte Hand Mitas nicht, hielt sich am Treppengeländer fest und begann hinaufzusteigen. Sein Herz klopfte heftig, nicht vom Treppensteigen allein. Er stieg die Stufen empor ... nun, wie zu einer Tribüne, auf der ihm der Kopf abgeschlagen werden sollte.

Die Oberschwester überholte ihn und eilte mit seiner Tasche nach oben, rief dort Schwester Maria etwas zu, und noch ehe Pawel Nikolajewitsch den ersten Teil der Stufen bewältigt hatte, rannte sie schon wieder auf der anderen Seite die Treppe hinunter und hinaus aus dem Gebäude, womit sie Kapitalina Matwejewna zu verstehen gab, welche Anteilnahme ihr Mann hier zu erwarten hatte.

Pawel Nikolajewitsch hatte inzwischen den ersten Treppenabsatz erreicht – einen weiten und geräumigen Platz, wie man ihn heute nur noch in alten Gebäuden findet. Hier standen, ohne im geringsten hinderlich zu sein, zwei Betten mit Kranken, jeweils ein Nachttisch an der Seite. Einem der Kranken ging es offensichtlich schlecht, er war erschöpft und an ein Sauerstoffkissen angeschlossen.

Um das trostlose Gesicht dieses Mannes nicht länger sehen zu müssen, bog Rusanow um das Geländer und stieg, nach oben blickend, weiter. Aber auch am Ende der zweiten Treppe erwartete ihn keineswegs Aufmunterung. Dort stand Schwester Maria. Weder ein Lächeln noch ein Gruß entschlüpften ihrem bräunlichen Ikonengesicht. Groß, mager und flachbrüstig erwartete sie ihn, wie ein Soldat, und betrat sofort das obere Vestibül, um ihm zu zeigen, wohin er sich zu wenden habe. Einige Türen mündeten hier, und überall, wo sie nicht geschlossen waren, sah man Betten mit Kranken. In einem fensterlosen, sackartigen Seitengang stand unter einer immerwährend brennenden Tischlampe der kleine

Schreibtisch der Schwester sowie ihr Ärztetischchen, daneben hing ein Wandschrank mit Milchglasscheiben und einem roten Kreuz. An diesen Tischen und einem Bett vorbei zeigte Schwester Maria mit langer, dürrer Hand in einen Raum und sagte: «Das zweite beim Fenster.»

Und schon eilte sie davon – diese unleidliche Person, ohne zu verweilen, ohne ein weiteres Wort zu verlieren.

Die beiden Türflügel des Krankensaals waren weit geöffnet, und dennoch schlug Pawel Nikolajewitsch, als er die Schwelle überschritt, ein feuchtstickiger, übler, teilweise von Arzneien herrührender Geruch entgegen, der seine empfindlichen Geruchsnerven marterte.

Die Betten standen mit dem Kopfende zur Wand, in schmalen, der Breite der Nachttischchen entsprechenden Abständen, der mittlere Gang, der quer durch das Zimmer lief, war ebenfalls von zwei Nachttischchen verstellt.

In diesem Mittelgang stand ein untersetzter, breitschultriger Kranker in weiß-rosa gestreiftem Pyjama. Sein Hals war dick und dicht mit Binden umwickelt, die fast bis an seine Ohrläppchen reichten. Der weiße, enge Ring dieser Binden ließ ihm nicht die Freiheit, seinen schweren, stumpfsinnigen mit braunem Haar bewachsenen Kopf zu bewegen.

Dieser Kranke sprach gerade mit heiserer Stimme zu den anderen, die ihm von ihren Betten aus zuhörten. Als Rusanow eintrat, wandte er sich ihm mit seinem ganzen Körper, auf dem der Kopf so unbeweglich saß, zu, sah ihn teilsnahmslos an und sagte: «Sieh da – noch ein Krebs.»

Pawel Nikolajewitsch hielt es nicht für nötig, auf diese Vertraulichkeit zu antworten. Er fühlte, daß das ganze Zimmer ihn ansah, er aber wollte diese zufällig versammelten Menschen nicht beachten, schon gar nicht begrüßen. Er hob nur die Hand und machte eine Bewegung, die dem Kranken bedeuten sollte, ihn durchzulassen. Dieser trat zur Seite und wandte sich ihm dann erneut mit dem ganzen Körper zu.

«Hör mal, Freundchen, was hast du denn für einen Krebs?» fragte er mit belegter Stimme.

Pawel Nikolajewitsch, der inzwischen sein Bett erreicht hatte, war wie elektrisiert von dieser Frage. Er hob die Augen zu dem Unverschämten, bemüht, sich zu beherrschen (dennoch zuckten seine Schultern), und sagte mit Würde: «Ich habe überhaupt keinen Krebs.»

Der Braunhaarige feixte und verkündete dem ganzen Zimmer: «Was für ein Dummkopf! Wenn's kein Krebs wäre – wozu ihn dann hierherlegen?»

2

Schon am ersten Abend wurde es Pawel Nikolajewitsch nach wenigen Stunden in diesem Krankenzimmer unheimlich zumute.

Der harte Klumpen der Geschwulst – dieser unerwarteten, sinnlosen, niemandem und nichts dienlichen Geschwulst – hatte ihn hierhergeschleift, wie der Angelhaken einen Fisch ins Schlepp nimmt, und ihn auf dieses Eisenbett geworfen – ein enges, erbärmliches, ächzendes Gestell mit kümmerlicher Matratze. Er hatte sich nur unter der Treppe umzuziehen, von den Angehörigen zu verabschieden und die Treppe zum Krankenzimmer hinaufzusteigen brauchen, und schon war sein ganzes früheres, sinnvoll geordnetes Leben abgeschnitten und er hier in ein gräßliches neues hineingestoßen worden, das ihm noch mehr Grauen einjagte als die Geschwulst selbst. Er konnte nicht mehr aussuchen, was er betrachten wollte, sondern mußte acht niedergedrückte Wesen ansehen, mit denen er jetzt so gut wie gleichgestellt war, acht Kranke in weiß-rosa gestreiften, stark verschossenen und abgetragenen Pyjamas, die, teils geflickt, teils verschlissen, kaum einem von ihnen paßten. Auch konnte er sich nicht mehr aussuchen, was er hören wollte, sondern war gezwungen, die unerträglichen Unterhaltungen dieser ungebildeten Leute über sich ergehen zu lassen, die Pawel Nikolajewitsch nicht im geringsten interessierten und noch weniger berührten. Er hätte ihnen nur allzu gerne zu schweigen befohlen, besonders diesem zudringlichen Braunhaarigen mit seiner Bandagenklammer um den Hals und seinem festgeklemmten Kopf, den alle einfach nur Jefrem nannten, obgleich er kein junger Mann mehr war.

Doch Jefrem war in keiner Weise zu bändigen, er legte sich nicht hin, er verließ nicht einmal das Zimmer, sondern ging rastlos im Mittelgang auf und ab, längs durch den Raum. Manchmal verzerrte sich sein Gesicht wie bei einer Injektion, er faßte sich kurz an den Kopf, und dann ging er weiter hin und her. Nach einer Weile blieb er genau bei Rusanow stehen, beugte sich über die Bettlehne mit seinem gewaltigen Oberkörper, schob ihm sein breites, pockennarbiges, finsteres Gesicht entgegen und flüsterte ihm zu: «Jetzt ist es aus, Professor. Du kommst nicht mehr nach Hause, verstanden?»

Im Krankenzimmer war es sehr schwül, Pawel Nikolajewitsch lag in Pyjama und Tjubetejka auf der Bettdecke. Er rückte seine goldumränderte Brille zurecht, sah Jefrem streng an, wie er jemanden anzusehen verstand, und antwortete: «Ich begreife nicht, Genosse, was Sie von mir wollen. Und weshalb Sie mir Angst einzujagen versuchen. Ich habe Ihnen keinerlei Fragen gestellt.»

Jefrem fauchte gehässig (flogen dabei nicht Speichelspritzer auf Pawel

Nikolajewitschs Bettdecke?): «Ob du Fragen stellst oder nicht, du kommst nicht mehr nach Hause zurück. Deine Brille da kannst du zurückschicken. Und den neuen Pyjama auch.»

Nach dieser rohen Äußerung richtete er seinen plumpen Oberkörper wieder auf und stapfte weiter den Gang entlang, in dem der Satan ihn hin und her trieb.

Pawel Nikolajewitsch hätte sich natürlich sein Gerede verbitten können, aber sein Wille reichte nicht mehr aus: sein Wille war geschwächt und hatte sich bei den letzten Worten des bandagierten Teufels vollends verloren. Er hätte einen Halt gebraucht, aber man hatte ihn in eine Grube gestoßen. In wenigen Stunden hatte er seine Position, seine Verdienste, seine Zukunftspläne verloren – und wurde zu einem siebzig Kilogramm schweren warmen weißen Körper, der nichts über sein Morgen mehr wußte.

Sicherlich drückte sich Niedergeschlagenheit in seinem Gesicht aus, denn bei einem der nächsten Schritte sagte Jefrem, der ihm gegenüber stand, schon freundlicher: «Selbst wenn du nach Hause kommst – dann nicht für lange. Bist bald wieder hier. Der Krebs liebt die Menschen. Wenn er einmal mit seinen Scheren zupackt – hält er dich fest, bis du tot bist.»

Pawel Nikolajewitsch hatte keine Kraft, etwas zu entgegnen, und Jefrem nahm seine Wanderung wieder auf. Und wer in dem Zimmer hätte ihm auch Einhalt gebieten können! Alle lagen sie entweder ermattet da oder waren keine Russen.

An der Wand, an der wegen des Ofens nur vier Betten Platz hatten, stand auch das Bett Jefrems, dem Bett Rusanows, nur durch den Durchgang getrennt, direkt gegenüber. In den anderen drei Betten lagen die reinsten Milchbärte: beim Ofen ein einfältiger braungebrannter kleiner Junge, ein junger Usbeke, dessen Krücken an seinem Bett lehnten, und vorm Fenster ein ausgemergelter, sich in seinem Bett zusammenkrümmender und stöhnender Bursche mit gelbem Gesicht. In der Reihe, in der Pawel Nikolajewitsch untergebracht war, lagen links zwei Angehörige einer nationalen Minderheit, dann bei der Tür vorn ein kurzgeschorener russischer Junge, der, hoch aufgeschossen, in seinem Bett saß und las, und zur rechten Hand, in dem Bett am Fenster, anscheinend ebenfalls ein Russe, aber durchaus keine erfreuliche Nachbarschaft: er hatte eine Banditenvisage. Daran war sicher seine Narbe schuld (sie begann am Mundwinkel und lief über die linke Wange, fast bis zum Hals hinab); vielleicht aber auch seine ungekämmten, struppigen schwarzen Haare, die nach allen Seiten abstanden; vielleicht aber auch ganz allgemein sein rohes und ungepflegtes Aussehen. Immerhin aber streckte dieser Kerl seine Hände nach der Kultur aus – er las ein Buch.

Schon brannte Licht – zwei helle Lampen an der Decke. Draußen vor den Fenstern dämmerte es. Man wartete auf das Abendessen.

«Da war einmal ein Mann», Jefrem gab keine Ruhe, «jetzt liegt er unten, wird morgen operiert. Als er zweiundvierzig war, hat man ihm so einen kleinen Krebs herausgeschnitten und gesagt: ‹Bagatelle, gehen Sie nach Hause.› Verstanden?» Jefrems Stimme sollte forsch klingen, klang aber, als wäre er selber operiert worden. «Dreizehn Jahre vergingen, er vergaß diese ganze Gesundheitsfürsorgestelle, trank Wodka, strapazierte die Weiber – ein richtiger Mann, wie du siehst. Und jetzt hat er sooo ein Ding!» Jefrem schmatzte förmlich vor Vergnügen. «Der kommt vom Operationstisch gleich ins Leichenschauhaus.»

«Genug jetzt der düsteren Weissagungen!» wehrte Pawel Nikolajewitsch ab und erkannte seine eigene Stimme nicht mehr: so wenig autoritativ, so kläglich war sie.

Alle schwiegen. Dieser ausgezehrte, sich fortwährend herumwerfende Bursche am Fenster flößte ihm ebenfalls Widerwillen ein. Er saß, lag, lag, saß, krümmte sich zusammen, die Knie an die Brust gezogen, ohne jedoch eine passende Lage zu finden, und hatte sich mit dem Kopf schon bis zum Fußende seines Bettes hinuntergearbeitet. Er stöhnte leise, drückte in Grimassen und Zuckungen die Schmerzen aus, die ihn peinigten.

Pawel Nikolajewitsch wandte sich auch von ihm ab, schlüpfte in seine Pantoffel und begann, stumpfsinnig seinen Nachtkasten zu inspizieren, öffnete und schloß bald die Klapptür, hinter der seine Lebensmittel aufgehäuft lagen, zog bald die Schublade heraus, die seine Toilettengegenstände und seinen elektrischen Rasierapparat enthielt.

Jefrem aber wanderte auf und ab, die Arme über der Brust verschränkt, zuckte manchmal unter schmerzlichen Stichen zusammen und murmelte wie einen Psalmvers, wie an einem Totenbett: «So ist es – scheißklar ist unsere Lage – scheißklar ist unsere Lage . . .»

Hinter Pawel Nikolajewitschs Rücken ertönte ein leises Klappen. Er drehte sich behutsam um, denn jede Bewegung seines Halses verursachte ihm Schmerzen, und bemerkte, daß sein Nachbar, der Halbbandit, sein Buch zu Ende gelesen und zugeschlagen hatte und es jetzt zwischen seinen großen, rauhen, grobschlächtigen Händen hin und her drehte. Schräg über den dunkelblauen Bucheinband und den Buchrücken liefen die in Gold geprägten, schon ein wenig verblaßten Schriftzeichen des Verfassers. Wessen Handschrift das war, konnte Pawel Nikolajewitsch nicht erkennen – und danach fragen mochte er dieses Individuum von Nachbar nicht. Er dachte sich einen Spitznamen für ihn aus – Oglojed. Und fand ihn sehr passend.

Oglojed blickte finster auf das Buch und erklärte dann rücksichtslos laut dem gesamten Krankensaal: «Wenn Djomka dieses Buch nicht aus der Bibliothek geholt hätte, könnte man glauben, einer hätte es hier eingeschmuggelt.»

«Was – Djomka? Was für ein Buch?» rief der Bursche aus dem Bett an der Tür.

«Kannst in der ganzen Stadt herumstöbern, so eins wirst du heutzutage nicht mehr finden.» Oglojed starrte auf den breiten, stumpfen Hinterkopf Jefrems (die aus Bequemlichkeit schon lange nicht mehr geschnittenen Haare schoben sich schon in den Verband), dann in sein angespanntes Gesicht.

«Jefrem! Hör auf zu jammern. Nimm das Buch da und lies.»

Jefrem blieb wie ein Ochse vor ihm stehen und sah ihn trübsinnig an.

«Wozu lesen? Wozu, wenn wir doch bald krepieren?»

Oglojeds Narbe zuckte: «Na, eben deshalb sollst du dich beeilen... Na lós.»

Er hielt Jefrem das Buch hin, aber Jefrem rührte sich nicht: «Ist mir zu dick. Ich will nicht.»

«Kannst du vielleicht nicht lesen?» suchte Oglojed ihn vorsichtig zu überlisten.

«Ich kann sogar sehr gut lesen. Wenn es sein muß – kann ich sehr gut lesen.»

Oglojed suchte auf dem Fensterbrett nach einem Bleistift, schlug das Buch hinten auf, überflog das Inhaltsverzeichnis und machte ein paar Kreuze.

«Brauchst keine Angst zu haben», brummte er, «sind ganz kurze Erzählungen. Die paar da – versuch's doch mal. Du jammerst immer, weil du dich langweilst. Lies ein bißchen.»

«Jefrem hat vor nichts Angst!» Er nahm das Buch und schleuderte es auf sein Bett hinüber.

Auf seine Krücke gestützt, obgleich er schon beinahe ohne sie gehen konnte, humpelte der junge Usbeke Achmadschan zur Tür herein – der Heiterste des ganzen Krankensaals. Er rief: «Die Löffel kampfbereit!»

Und der braune Junge beim Ofen lebte auf: «Sie bringen was zu essen, Jungens!»

Die Verteilerin im weißen Kittel erschien, brachte das Tablett, das sie erst über ihrer Schulter balanciert hatte, in Brusthöhe und begann ihren Rundgang zwischen den Betten. Alle, außer dem gemarterten Burschen am Fenster, gerieten in Bewegung und musterten ihren Teller. Jeder im Krankenzimmer hatte sein eigenes Nachttischchen, nur Djomka mußte eines mit dem starkknochigen Kasachen teilen, auf dessen Oberlippe ein abscheulicher dunkelroter Grind wucherte.

Ganz abgesehen davon, daß es Pawel Nikolajewitsch im Augenblick sowieso nicht nach Essen zumute war, nicht einmal auf das, was er von zu Hause mitgebracht hatte, verspürte er Lust; allein der Anblick dieses Abendessens – der viereckigen gummiähnlichen Griesscheibe mit gelber Geleesauce und des unappetitlichen Aluminiumlöffels mit seinem zweifach gedrehten Stiel – brachte ihm noch einmal bitter zu Bewußtsein, wohin er geraten war und welchen Fehler er möglicherweise gemacht hatte, als er mit dieser Klinik einverstanden gewesen war.

Alle, außer dem stöhnenden Burschen, fingen friedlich zu essen an; Pawel Nikolajewitsch aber nahm seinen Teller gar nicht erst in die Hand, er klopfte nur mit dem Fingernagel gegen den Rand und überlegte, wem er ihn geben könnte. Die einen wandten ihm ihre Seite zu, die anderen ihren Rücken, nur der Junge neben der Tür sah ihn an.

«Wie heißt du denn?» fragte Pawel Nikolajewitsch, ohne seine Stimme anzustrengen (sollte der nur aufpassen).

Die Löffel klapperten, doch der Bursche begriff, daß Pawel Nikolajewitsch ihn gemeint hatte, und antwortete bereitwillig: «Proschka... Prokofij Semjonitsch.»

«Da, nimm.»

«Hm, ja, vielleicht...» Proschka kam und holte sich den Teller. «Danke schön.»

Pawel Nikolajewitsch, den seine harte Geschwulst drückte, erkannte plötzlich, daß er hier nicht zu den leichten Fällen zählte. Von all den anderen trug nur einer einen Verband – Jefrem, über eben der Stelle, an der auch Pawel Nikolajewitsch vielleicht operiert werden mußte. Nur ein einziger hatte schreckliche Schmerzen. Nur jener kräftige Kasache hatte einen sichtbaren glutroten Grind. Die Krücke des jungen Usbeken war fast schon überflüssig. Alle übrigen hatten keinerlei sichtbare Wucherungen, waren in keiner Weise entstellt, sie sahen wie gesunde Menschen aus. Besonders Proschka, er hatte rote Backen, als wäre er im Erholungsheim und nicht in einem Krankenhaus, und leerte mit großem Appetit Pawel Nikolajewitschs Teller. Oglojed war zwar aschfarben im Gesicht, bewegte sich jedoch ganz ungehindert, sprach fließend und hatte sich derart gierig auf sein Essen gestürzt, daß Pawel Nikolajewitsch der Verdacht kam, er sei ein Simulant, der sich hier auf Staatskosten durchfüttern ließ, denn in unserem Land werden die Kranken unentgeltlich verköstigt.

Aber Pawel Nikolajewitschs Geschwulst drückte von unten gegen den Unterkiefer, hinderte ihn, seinen Kopf zu bewegen, wuchs von Stunde zu Stunde – die Ärzte hier nahmen jedoch anscheinend keine Kenntnis davon: seit dem Mittagessen hatte sich niemand um ihn gekümmert, und keinerlei Behandlung war ihm zuteil geworden. Dabei hatte Doktor Donzowa ihn gerade mit dem Versprechen, ihn bevorzugt zu behandeln, hierhergelockt.

Das bedeutete, daß sie verantwortungslos, ja verbrecherisch-fahrlässig war. Rusanow hatte sich auf sie verlassen, und jetzt verlor er kostbare Zeit in diesem engen, muffigen, schmutzigen Krankensaal – anstatt sich mit Moskau in Verbindung gesetzt zu haben und dorthin geflogen zu sein.

Die Erkenntnis des begangenen Fehlers, die beleidigende Verzögerung der Behandlung, die seine Angst vor der Geschwulst noch steigerte, bedrückten Pawel Nikolajewitsch derart, daß es ihm unerträglich wurde, auch nur das Geringste zu hören, angefangen bei diesem Löffelgeklapper auf den Tellern; unerträglich, diese eisernen Bettstellen, diese ordinären Bettdecken, Wände, Lampen, Menschen anzusehen. Er hatte die Empfindung, in eine Falle geraten zu sein und bis zum nächsten Morgen auch nicht einen entscheidenden Schritt unternehmen zu können.

Zutiefst unglücklich lag er in seinem Bett, das von zu Hause mitgebrachte Handtuch über die Augen gebreitet, um sich gegen das Licht und alles andere abzuschirmen. Und zur Ablenkung begann er, sich sein Haus und seine Familie vorzustellen, und überlegte, womit sie sich eben beschäftigen mochten. Jura saß jetzt schon im Zug. Fuhr seiner ersten selbständigen Inspektion entgegen. Sehr wichtig, sich von Anfang an korrekt zu verhalten. Aber Jura war nicht energisch genug – er war ein Schwächling. Avieta war in Moskau, machte Ferien. Ein wenig Amüsement mit Theaterbesuchen, die Hauptsache aber war ein ganz sachliches Ziel: sich über alles orientieren, vielleicht Beziehungen anknüpfen; sie war schon im fünften Semester, man mußte über alles im Leben genau Bescheid wissen. Avieta besaß ein großes Aufnahmevermögen, hatte vielseitige Interessen, war die geborene Journalistin, übereifrig, außerordentlich sachlich, und mußte natürlich eines Tages nach Moskau übersiedeln, hier würde es viel zu eng werden für sie. Sie war intelligent und begabt wie sonst keiner in der Familie. Pawel Nikolajewitsch war neidlos glücklich, daß seine Tochter gebildeter zu werden versprach, als er es selbst war – natürlich fehlte es ihr noch an Erfahrung, aber sie würde sich schon alles wie im Flug aneignen! Lawrik neigte ein wenig zum Bummeln, lernte schlecht und recht, aber im Sport war er ein As, hatte bereits an einem Wettkampf in Riga teilgenommen und dort im Hotel gewohnt wie ein Erwachsener. Er fuhr auch schon einen Wagen. Jetzt bewarb er sich bei der DOSAAF um die Mitgliedschaft. Im zweiten Quartal hatte er zwei Fünfen bekommen, die mußte er unbedingt ausbügeln. Majka war in der fünften Klasse und spielte jetzt sicher zu Hause Klavier (sie war die erste in der Familie, die Klavier spielte). Und im Korridor lag Dschulbars auf seinem kleinen Teppich. Im letzten Jahr hatte ihn Pawel Nikolajewitsch selbst leidenschaftlich gern am Morgen ausgeführt, das war auch ihm gut bekommen. Jetzt kümmerte sich wohl Lawrik um den Hund. Er hetzte ihn gern auf Vorübergehende, um dann zu rufen: Haben Sie keine Angst, ich halte ihn fest!

Aber die ganze einmütige, vorbildliche Familie der Rusanows, mit den zwei älteren und zwei jüngeren Kindern, ihr wohlgeordnetes Leben, die großzügig eingerichtete, tadellose Wohnung – all das hatte sich seit ein paar Tagen von ihm abgelöst und befand sich nun gleichsam *jenseits* der Geschwulst. Sie lebten und würden weiterleben, wie immer es um den Vater stehen mochte. Wie sehr sie sich jetzt auch aufregten, sorgten und weinten – die Geschwulst hatte sich wie eine Wand vor ihn geschoben, und diesseits der Wand blieb er einsam zurück.

Die Gedanken an sein Zuhause brachten Pawel Nikolajewitsch keine Erleichterung, und so versuchte er, sich auf die Staatsgeschäfte zu konzentrieren. Am Samstag sollte die Tagung des Obersten Sowjets eröffnet werden. Etwas Besonderes war nicht zu erwarten, das Budget mußte bestätigt werden. Aber im italienischen, französischen und westdeutschen Parlament tobte der Kampf gegen die schändlichen Pariser Abkommen. In der Meerenge von Taiwan hatte man das Feuer eröffnet... Als er heute morgen von zu Hause weggefahren war, begann im Radio die Übertragung eines ausführlichen Berichts über die Lage der Schwerindustrie. Hier aber, im Krankenzimmer, auch draußen im Korridor, war nicht einmal ein Radio vorhanden, reizend! Man mußte sich unverzüglich eine *Prawda* besorgen lassen. Heute – die Schwerindustrie, gestern – die Resolution über die Produktionssteigerung der Viehzuchtprodukte. Oh! Das Wirtschaftsleben entwickelte sich außerordentlich, es standen natürlich gewaltige Reformen der verschiedenen staatlichen und wirtschaftlichen Organisationen bevor.

Und Pawel Nikolajewitsch begann sich schon vorzustellen, welche Reformen sowohl in der Republik als auch den einzelnen Gebieten sich ergeben könnten. Solche Reformen schlugen natürlich anfangs immer Wellen, lenkten auch eine Zeitlang von der gewohnten Arbeit ab, die Arbeiter wurden einberufen, die Möglichkeiten abgewogen. Wie immer diese Reformen verliefen – manchmal schlugen sie sogar in ihr Gegenteil um –, sie hatten niemals irgend jemandem geschadet, Pawel Nikolajewitsch schon gar nicht, sondern waren stets nur förderlich gewesen.

Aber auch diese Überlegungen konnten Pawel Nikolajewitsch weder ablenken noch gar ermuntern. Er spürte Stiche im Hals – und die dumpfe, erbarmungslose Geschwulst verstellte und verdunkelte ihm die ganze Welt. Auch das Budget und die Pariser Abkommen, die Schwerindustrie und die Viehzucht befanden sich jenseits der Geschwulst. *Diesseits* aber er, Pawel Nikolajewitsch Rusanow. Allein. Plötzlich vernahm er eine angenehme Frauenstimme im Krankensaal. Und obgleich heute eigentlich gar nichts angenehm sein konnte, war diese Stimme doch einfach herzerfrischend: «Wir wollen die Temperatur messen!» sagte sie in einem Ton, als verspräche sie, Konfekt zu verteilen.

Rusanow zog das Handtuch vom Gesicht, richtete sich ein wenig auf und nahm seine Brille. Welches Glück! Das war nicht jene trostlose, dunkelhäutige Maria, sondern ein stämmiges junges Mädchen, sie hatte auch kein Dreiecktuch um den Kopf gebunden, sondern trug auf ihrem goldschimmernden Haar ein Käppchen, wie es die Ärzte zu tragen pflegten.

«Asowkin! Asowkin!» rief sie munter und trat ans Bett des jungen Burschen vorm Fenster. Er lag noch seltsamer als vorher da – quer über dem Bett, das Gesicht nach unten, ein Kissen unter den Bauch geschoben, das Kinn so gegen die Matratze gestemmt, wie Hunde ihren Kopf auf die Erde legen, und spähte durch die Gitterstäbe seines Bettes, als befände er sich in einem Käfig. Dem entspannten Ausdruck seines Gesichtes nach zu schließen, hatten seine Schmerzen nachgelassen. Ein Arm hing hinab.

«Raffen Sie sich auf!» suchte die Schwester ihm ins Gewissen zu reden. «Sie haben doch Kraft. Messen Sie Ihre Temperatur!» Er zog seinen Arm, wie einen Eimer Wasser aus einem Brunnen, langsam hoch und nahm das Thermometer. Er war so entkräftet und so sehr versunken in den Schmerz, daß man kaum fassen konnte, daß er erst siebzehn Jahre alt war.

«Soja!» flehte er stöhnend. «Bringen Sie mir eine Wärmflasche.»

«Sie wollen sich wohl umbringen», sagte Soja streng. «Die letzte Wärmflasche haben Sie sich nicht auf den Einstich, sondern auf den Bauch gelegt.»

«Aber das hat gutgetan», beharrte er.

«Sie bringen nur Ihre Geschwulst zum Wuchern, das haben wir Ihnen doch erklärt. In der Onkologischen werden überhaupt keine Wärmflaschen ausgegeben, nur für Sie ist eine Ausnahme gemacht worden.»

«Dann lasse ich mich eben nicht mehr spritzen.»

Aber Soja hatte diese Worte schon nicht mehr gehört, sie klopfte ungeduldig mit dem Finger auf das leere Bett Oglojeds und fragte: «Wo ist Kostoglotow?»

(Na so was! – wie gut Pawel Nikolajewitsch das getroffen hatte! Wie ähnlich der echte Familienname dem Spitznamen war!)

«Ist eine rauchen gegangen», erklärte Djomka von der Tür her. Er las noch immer.

«Den werde ich mir vornehmen!» brummte Soja.

Wie zartgliedrig junge Mädchen doch sein können! Pawel Nikolajewitsch betrachtete ihre stramme, fest eingeschnürte rundliche Figur und ihre leicht vortretenden Augen voller Wohlgefallen mit beinahe selbstloser Zuneigung, und ein zärtliches Gefühl stieg in ihm auf. Lächelnd reichte sie ihm das Thermometer. Sie stand genau in Höhe seiner Geschwulst neben dem Bett, doch keine Gebärde drückte aus, daß sie entsetzt sei oder dergleichen noch niemals gesehen habe.

«Ist noch keine Therapie für mich angeordnet?» fragte Rusanow.

«Bis jetzt nicht», entschuldigte sich Soja mit einem Lächeln.

«Aber warum nicht? Wo sind die Ärzte?»

«Ihr Arbeitstag ist zu Ende!»

Soja konnte man nichts vorwerfen, aber irgend jemand war doch schuld daran, daß er nicht behandelt wurde! Und dabei mußte doch sofort etwas unternommen werden! Rusanow verachtete Untätigkeit und energielose Charaktere. Und als Soja wieder an sein Bett kam, um ihm das Thermometer abzunehmen, fragte er: «Wo ist hier ein öffentliches Telefon?»

Schließlich und endlich konnte man sich doch auch heute abend noch mit Ostapenko in Verbindung setzen und einen Entschluß fassen! Der simple Einfall mit dem Telefon brachte Pawel Nikolajewitsch in die ihm gewohnte Welt zurück und gab ihm seine Entschlossenheit wieder. Er fühlte sich erneut kampfbereit.

«Siebenunddreißig», sagte Soja und machte auf der neuen Fiebertabelle, die am Fußende seines Bettes hing, die erste Eintragung. «Ein Telefon steht in der Registratur. Aber da können Sie jetzt nicht mehr hingehen. Die Registratur befindet sich am zweiten Haupteingang.»

«Aber hören Sie mal, Schwester», Pawel Nikolajewitsch richtete sich auf und machte ein strenges Gesicht, «eine Klinik muß doch ein Telefon haben! Und wenn jetzt plötzlich etwas passiert? Mit mir zum Beispiel?»

Soja ließ sich nicht aus dem Konzept bringen. «Dann laufen wir hinüber und telefonieren», sagte sie.

«Und bei Schneesturm oder Wolkenbrüchen?»

Soja war inzwischen schon bei seinem Nachbarn, dem alten Usbeken, angelangt und ergänzte dessen Tabelle.

«Tagsüber kann man auch direkt hinübergehen, aber jetzt ist der Durchgang abgeschlossen.»

Hübsch war sie, aber nicht sehr zugänglich; ohne eine nächste Frage abzuwarten, ging sie zum Bett des Kasachen weiter. Pawel Nikolajewitsch erhob unwillkürlich seine Stimme und rief ihr nach: «Aber es muß doch noch ein zweites Telefon hier geben! Es ist doch unmöglich, daß es hier kein zweites Telefon gibt!»

«Natürlich», antwortete Soja, nun schon vom letzten Bett her. «Aber es steht im Zimmer des Oberarztes.»

«Ja, und?»

«Achtunddreißig, Djomka ... Das Zimmer ist zugesperrt. Nisamudtin Bachramowitsch schätzt es nicht sehr, wenn ...»

Und damit verließ sie das Zimmer.

Das war logisch. Natürlich ist es nicht angenehm, wenn sie ohne dich dein Zimmer betreten. Aber in einem Krankenhaus mußte man das doch ein bißchen anders organisieren.

Für einen Augenblick war eine Verbindung zur äußeren Welt hergestellt gewesen – und schon war sie wieder abgerissen.

Und von neuem schloß die faustgroße Geschwulst ihn von der ganzen Welt ab.

Pawel Nikolajewitsch griff nach seinem Taschenspiegel und sah hinein. Ach, wie dick sie war! Sie als Außenstehender zu betrachten, mußte schon schrecklich genug sein – aber mit eigenen Augen, das war unerträglich! Niemand hier im Zimmer war so verunstaltet!

Er sucht es schon gar nicht mehr festzustellen, ob sie noch größer geworden war oder nicht, er legte den Spiegel weg, holte sich etwas zu essen und begann zu kauen. Die beiden Widerwärtigsten im Krankensaal – Jefrem und Oglojed – waren noch draußen, Asowkin stöhnte. Die übrigen verhielten sich still, einige lasen, man hörte das Umblättern der Seiten, einige schliefen. Auch Rusanow blieb nichts anderes übrig, als zu schlafen. Um die Nacht zu verkürzen. Am Morgen aber würde er die Ärzte gründlich herunterputzen. Er schlüpfte unter die Decke, bedeckte den Kopf mit seinem flauschigen Frottierhandtuch und versuchte einzuschlafen.

Aber eben da vernahm er deutlich und gereizt, daß irgendwo geflüstert wurde, ja, sogar direkt an Pawel Nikolajewitschs Ohr. Er hielt es nicht aus, riß sich das Handtuch vom Gesicht, setzte sich mit Rücksicht auf seinen Hals so vorsichtig wie möglich auf und mußte feststellen, daß das Geflüster von seinem Nachbarn kam, dem großen dürren fast zimtfarbenen alten Usbeken mit dem kleinen schwarzen Schnurrbart und der ebenfalls zimtfarbenen abgetragenen Tjubetejka.

Er lag auf dem Rücken, hatte die Arme unter den Kopf geschoben, starrte an die Decke und murmelte. – Gebete womöglich?

Alter Narr!

«He, du Schnurrbärtiger!» Rusanow drohte ihm mit dem Finger. «Hör auf! Du störst mich!»

Der Schnurrbärtige verstummte. Wieder streckte Rusanow sich aus und legte das Handtuch aufs Gesicht. Einschlafen konnte er trotzdem nicht. Jetzt störte ihn das grelle Licht der beiden Deckenlampen, das weder durch Milchglas noch durch Lampenschirme gedämpft war. Selbst durch das Handtuch hindurch nahm er dieses Licht wahr. Er räusperte sich und richtete sich wieder auf, wobei er sich behutsam mit den Händen auf das Kopfkissen stützte. Proschka stand in der Nähe des Lichtschalters, der sich neben seinem Bett befand, und wollte sich hinlegen.

«Junger Mann! Machen Sie doch das Licht aus!» befahl Pawel Nikolajewitsch.

«Ja, aber ... die Medizin kommt noch ...» sagte Proschka verwirrt, streckte aber die Hand schon nach dem Schalter aus.

«Was soll denn das heißen?» brüllte Oglojed hinter Rusanows Rükken. «Halten Sie sich gefälligst etwas zurück, Sie sind hier nicht allein.»

Pawel Nikolajewitsch griff nach seiner Brille, setzte sie auf und drehte sich vorsichtig auf der knarrenden Matratze um: «Können Sie nicht einen höflicheren Ton anschlagen?»

Der Grobian verzog seine schiefe Fratze und sagte mit drohender Stimme: «Blasen Sie sich nicht so auf, ich bin nicht Ihr Angestellter.»

Pawel Nikolajewitsch warf ihm einen vernichtenden Blick zu, aber das machte keinen Eindruck auf Oglojed. «Na schön, aber wofür wird das Licht denn gebraucht?» versuchte Rusanow zu einer erträglicheren Unterhaltung überzuleiten.

«Um im Hintern zu bohren», schnauzte Kostoglotow ihn an.

Pawel Nikolajewitsch verschlug es fast den Atem, obwohl er sich schon im Krankensaal eingewöhnt hatte. Diesen unverschämten Kerl sollte man unverzüglich aus dem Krankenhaus hinauswerfen und zur Arbeit schicken! Aber Pawel Nikolajewitsch hatte keinerlei Handhabe oder Einfluß. (Er würde es aber nicht versäumen, sich bei der Verwaltung über Oglojed zu beschweren.)

«Wer lesen oder etwas anderes tun will, kann ja in den Korridor hinausgehen», erklärte Pawel Nikolajewitsch kategorisch. «Wieso maßen Sie sich eigentlich das Recht an, über alle zu bestimmen? Hier liegen schließlich verschiedenerlei Kranke, und man muß Unterschiede machen...»

«Die werden schon gemacht», rief Oglojed. «Über Sie wird man einen Nekrolog verfassen, Parteimitglied seit dem und dem Jahr, und wir werden dieses Zimmer mit den Füßen voraus verlassen!»

Eine so bodenlose Frechheit, eine solche Unverfrorenheit war Pawel Nikolajewitsch noch niemals begegnet. Er war wie vor den Kopf geschlagen – was konnte man darauf noch antworten? Nicht einmal bei jenem Mädchen konnte er sich beklagen. Es war höchste Zeit, das Gespräch auf würdige Weise abzubrechen. Pawel Nikolajewitsch nahm die Brille ab, legte sich vorsichtig hin und bedeckte sich wieder mit seinem Handtuch.

Ihn peinigten Empörung und Verzweiflung darüber, daß er nachgegeben und sich in diese Klinik gelegt hatte. Aber es würde morgen früh auch noch Zeit sein, die Entlassung zu fordern.

Auf seiner Uhr war es kurz nach acht. Nun gut, er beschloß, jetzt alles über sich ergehen zu lassen. Irgendwann mußten sie ja doch auch schlafen.

Aber wieder begann ein Hin- und Herwandern zwischen den Betten – das war natürlich Jefrem, der zurückgekehrt war. Die alten Bohlen ächzten unter seinen Schritten, und dieses Ächzen übertrug sich auf Rusanows Bett und Kopfkissen. Aber Pawel Nikolajewitsch hatte beschlossen, auch diesen widerlichen Kerl nicht mehr zu beachten, sondern auszuhalten.

Wieviel unausrottbare Roheit doch in unserem Volk steckt! Wie soll man da jemals eine neue Gesellschaft aufbauen? Endlos zog sich dieser Abend hin! Wieder kam eine Schwester – einmal, zweimal, dreimal, viermal, brachte dem einen eine Mixtur, dem anderen ein Pulver, für den dritten und vierten eine Spritze. Asowkin schrie bei der Injektion, bettelte wieder um eine Wärmflasche, um sich darauf legen zu können. Jefrem stapfte weiter auf und ab, ohne Ruhe zu finden. Achmadschan und Proschka unterhielten sich von ihren Betten aus. Als wäre heller Morgen, als bedrückte sie nichts, als wäre niemand hier krank. Nicht einmal Djomka ging schlafen, er kam zu Kostoglotow herüber und setzte sich auf sein Bett. Direkt an Pawel Nikolajewitschs Ohr begannen sie zu schwatzen.

«Ich will unbedingt noch viel lesen», sagte Djomka, «solange noch Zeit ist. Am liebsten würde ich mich bei der Universität einschreiben.»

«Das ist gut. Aber merk dir: Bildung macht den Verstand nicht größer.»

(Was lehrte Oglojed dieses Kind da!)

«Wieso nicht?»

«Das ist eben so.»

«Aber was dann?»

«Das Leben.»

Djomka verstummte und sagte nach einer Weile: «Damit bin ich nicht einverstanden.»

«In unserer Truppe war mal ein Kommissar, P., der sagte immer: Die Bildung macht den Verstand nicht größer. Und sie ändert auch nichts an deinem Stand. Wenn einer einen Orden bekommt, denkt er gleich, damit wäre auch sein Verstand gewachsen. Das ist aber falsch.»

«Ja, wie denn – lernen ist also nicht notwendig? Damit bin ich nicht einverstanden.»

«Weshalb nicht notwendig? Lern nur! Aber vergiß nicht, daß der Verstand nichts damit zu tun hat.»

«Womit denn?»

«Womit? Den eigenen Augen trauen, aber nicht den Ohren. Welche Fakultät willst du denn wählen?»

«Ich weiß noch nicht. Ich interessiere mich für die historische und für die philologische.»

«Technik interessiert dich nicht?»

«Nei-in.»

«Eigenartig. Zu meiner Zeit war das auch so. Aber heute lieben die Jungen doch alle die Technik. Und du nicht?»

«Ich interessiere mich brennend für das soziale Leben.»

«Was? ... Ach, Djomka, mit der Technik läßt es sich viel ruhiger leben. Lerne lieber Radios bauen.»

«Interessiert mich nicht! ... Wenn ich jetzt zwei Monate hier liegen muß, kann ich ganz schön hinter der neunten Klasse herrennen, ich hab noch das zweite Halbjahr vor mir.»

«Hast du Lehrbücher dabei?»

«Ja, zwei. Stereometrie ist verdammt schwer.»

«Stereometrie? Hol das Buch mal!»

Pawel Nikolajewitsch hörte Djomka weggehen und zurückkommen.

«So, so, so ... Die Stereometrie von Kiseljow. Genau dieselbe ... Die Gerade und die Fläche, die Parallelen ... Wenn eine Gerade einer anderen Geraden, die in einer Fläche liegt, parallel läuft, dann läuft sie auch dieser Fläche parallel ... Hol's der Teufel, das ist ein Buch, Djomka! Da ist alles beschrieben! Und dabei ist es nicht einmal dick! Aber was ist da alles hineingestopft!»

«Ich pauke das schon anderthalb Jahre.»
«Und ich hab es früher durchgepaukt. Ich hab's mal gut gekonnt!»
«Wann?»
«Das erzähle ich dir gleich. Auch in der neunten Klasse... also 1937 und 1938. Seltsam, dieses Buch wieder in den Händen zu haben. Ich habe Geometrie mehr als alles andere geliebt.»
«Und dann?»
«Was dann?»
«Nach der Schule.»
«Nach der Schule habe ich mich bei einer ganz wundervollen Fakultät eingeschrieben – der geophysikalischen.»
«Wo?»
«In Leningrad.»
«Und dann?»
«Hab ich das erste Semester studiert. Im September 1939 wurden die Neunzehnjährigen eingezogen, und da haben sie auch mich geholt.»
«Und dann?»
«Dann hab ich wirklich gedient.»
«Und dann?»
«Ja, weißt du, dann war eben Krieg.»
«Waren Sie Offizier?»
«Nein, Feldwebel.»
«Warum?»
«Na, wenn alle Generale werden, kann doch niemand den Krieg gewinnen... Wenn eine Fläche eine Gerade schneidet, die einer anderen Fläche parallel ist, und diese Fläche schneidet, dann verläuft die Linie... Hör mal, Djomka! Wir lernen jeden Tag zusammen Stereometrie. Willst du?»
«Ja.»
(Das fehlte noch, ausgerechnet im Nachbarbett!)
«Ich werde dir Unterricht geben.»
«Fein!»
«Wir dürfen keine Zeit verlieren. Am besten fangen wir gleich an. Hier, mit diesen drei Axiomen. Diese Axiome scheinen auf den ersten Blick äußerst einfach, sind aber in jedem Lehrsatz versteckt enthalten – du wirst noch sehen wo. Dies ist das erste: Wenn zwei Punkte einer Geraden einer Fläche angehören, dann gehört jeder Punkt dieser Geraden der Fläche an. Was heißt das? Nehmen wir an, dies Buch hier ist die Fläche und der Bleistift die Gerade, ja? Jetzt versuch mal, den Bleistift daraufzulegen...»
Sie sprachen noch lange die Axiome und deren Schlußfolgerungen durch. Aber Pawel Nikolajewitsch hatte sich vorgenommen, alles zu ertragen, und kehrte ihnen demonstrativ den Rücken zu. Endlich schwiegen sie und trennten sich. Nach zwei Schlaftabletten war auch Asowkin

verstummt und eingeschlafen. Doch da begann der Schnurrbärtige, dem Pawel Nikolajewitsch sein Gesicht zugewandt hatte, zu husten. Das Licht hatten sie endlich ausgemacht, aber dieser verfluchte Kerl hustete und hustete so widerwärtig, lange und pfeifend, daß man meinen konnte, er sei dem Ersticken nahe.

Pawel Nikolajewitsch drehte sich um. Er nahm das Handtuch vom Gesicht – wirkliche Dunkelheit herrschte noch immer nicht: vom Korridor fiel Licht ins Zimmer, man hörte Schritte, Spucknäpfe und Eimer klapperten.

Er konnte nicht einschlafen. Die Geschwulst drückte ihn. Seine wohldurchdachte, geordnete und nützliche Existenz befand sich am Rand eines Abgrundes. Er tat sich selber leid. Noch ein winziger Anstoß und er würde in Tränen ausbrechen.

Dieser Anstoß kam von Jefrem. Auch in der Dunkelheit gab er keine Ruhe, er erzählte Achmadschan eine ganz idiotische Geschichte: «Warum wird der Mensch hundert Jahre alt? Wär gar nicht nötig. Aber die Sache war so: Allah verteilte das Leben und gab jedem Tier fünfzig Jahre. Der Mensch kam als letzter an die Reihe, und Allah hatte nur noch fünfundzwanzig Jahre zu vergeben.»

«Ein Vierteljahrhundert also?» fragte Achmadschan.

«Ja, eben. Der Mensch jammerte: ‹Das ist mir zuwenig!› Allah sagte: ‹Das reicht.› Und der Mensch: ‹Nein, viel zuwenig!› – ‹Na›, sagte Allah, ‹dann mach dich auf den Weg, vielleicht hat jemand ein paar Jahre übrig und gibt sie dir ab.› Und der Mensch macht sich auf den Weg und begegnet dem Pferd. ‹Hör mal›, sagt er, ‹ich habe zuwenig Lebensjahre, gib mir ein paar von deinen.› – ‹Na schön›, sagt das Pferd, ‹du kannst fünfundzwanzig von mir haben.› Der Mensch geht weiter und begegnet einem Hund. ‹Hör mal›, sagt er, ‹gib mir ein paar von deinen Lebensjahren!› – ‹Na schön, nimm dir fünfundzwanzig›, sagt der Hund. Der Mensch geht weiter, trifft einen Affen. Von dem bekommt er auch fünfundzwanzig Jahre. Dann kehrt er zu Allah zurück. Der sagt: ‹Du hast es selbst so gewollt. Die ersten fünfundzwanzig Jahre wirst du wie ein Mensch leben. Die zweiten fünfundzwanzig Jahre wirst du arbeiten wie ein Pferd. Die dritten fünfundzwanzig Jahre wirst du bellen wie ein Hund. Und die letzten fünfundzwanzig Jahre wird man über dich lachen wie über einen Affen!›»

3

Soja war flink und gewandt und ging alle Betten sehr schnell ab, aber sie sah ein, daß sie nicht allen Forderungen rechtzeitig nachkommen konnte. Deshalb beeilte sie sich, wenigstens mit dem Krankensaal der Männer und dem kleinen der Frauen pünktlich fertig zu werden und das Licht zu löschen. In dem großen Frauensaal, wo mehr als dreißig Betten standen, wurde sowieso keine Ruhe gegeben, ob man das Licht ausknipste oder nicht. Viele Patientinnen lagen schon lange dort, hatten das Krankenhaus satt, schliefen schlecht und zankten sich ständig herum, ob die Balkontür offenbleiben sollte oder nicht. Es gab auch einige, die sich laut über die Betten hinweg unterhielten. Bis zwölf, ein Uhr wurde dort so gut wie alles durchgehechelt – Preise, Lebensmittel, Möbel, die Kinder, die Ehemänner, die Nachbarn – und auch vor heiklen Themen nicht haltgemacht.

Heute wischte dort noch die Krankenpflegerin Nellja den Fußboden auf, ein geschwätziges Mädchen mit buschigen Augenbrauen und aufgeworfenen Lippen. Sie hatte schon lange mit ihrer Arbeit angefangen, wurde aber einfach nicht fertig, weil sie sich in jedes Gespräch einmischte. Währenddessen wartete Sibgatow, dessen Bett im Vestibül an der Tür zum Männersaal stand, auf sein gewohntes Wannenbad. Um dieser abendlichen Bäder willen und weil er sich des üblen Geruchs schämte, der seinem Rücken entströmte, war Sibgatow freiwillig im Vestibül liegen geblieben – obwohl er zu den ältesten Patienten des Krankenhauses gehörte; man hätte fast glauben können, er sei kein Kranker, sondern ein Angestellter der Klinik. Soja tauchte immer wieder im Frauensaal auf und erteilte Nellja einen Verweis nach dem anderen. Nellja gab jedesmal eine bissige Antwort und arbeitete dann langsam weiter: sie war älter als Soja und empfand es als kränkend, diesem Mädchen unterstellt zu sein. Soja war heute in Feiertagslaune an die Arbeit gegangen, aber diese trotzige Langsamkeit der Krankenpflegerin verärgerte sie. Im allgemeinen gestand sie jedem Menschen seinen Teil Freiheit zu und verlangte nicht, daß er bis zum Umfallen arbeitete. Aber das hatte natürlich seine Grenzen, besonders bei der Krankenpflege.

Endlich war Soja mit allem fertig, und Nellja hatte den Fußboden aufgewischt. Sie löschten das Licht bei den Frauen und im oberen Vestibül. Es war schon Mitternacht, als Nellja in den ersten Stock hinunterging, um Sibgatow die Wanne für das gewohnte Bad zu holen. «O-o-o, bin ich müde», gähnte sie laut. «Ich wanke nur noch. Hör mal, Sibgatow, du brauchst ja doch eine ganze Stunde, so lange kann ich nicht warten. Kannst du die Wanne dann selbst hinuntertragen und ausschütten, ja?»

(In diesem riesigen alten Gebäude mit seinen weiträumigen Vestibülen gab es oben keine Wasserleitung.)

Was Scharaf Sibgatow früher gewesen war, konnte man nicht mehr beurteilen und nicht einmal mehr erraten; er war schon so lange krank, daß von seinem früheren Leben gleichsam nichts mehr übrig war. Doch trotz dreier Jahre ununterbrochenen Leidens war dieser junge Tatar der sanfteste und freundlichste Mensch in der ganzen Klinik. Er lächelte oft, als wolle er sich für die vielen Unannehmlichkeiten entschuldigen, die man seinetwegen hatte. Auf Grund seiner vier- bis sechsmonatigen Aufenthalte in der Klinik kannte er alle Ärzte, Schwestern und Krankenpflegerinnen, und sie kannten ihn. Nur Nellja war für ihn eine Neue, sie war erst seit ein paar Wochen hier.

«Das wird mir schwerfallen», sagte Sibgatow leise. «Wenn man es hier ausgießen könnte, würde ich's nach und nach wegbringen.»

Sojas Tisch stand in der Nähe, sie hatte das Gespräch mitangehört und sprang auf: «Schämst du dich denn nicht? Er kann nicht mal seinen Rücken krümmen, wie soll er denn die Wanne hochheben?»

Sie hatte das fast geflüstert, nur für sie drei vernehmbar. Nellja aber erwiderte so laut, daß die ganze zweite Etage es hören konnte: «Warum soll ich mich schämen? Ich hab mich wie ein Pferd abgerackert!»

«Du hast schließlich Dienst! Und wirst dafür bezahlt!» sagte Soja empört, noch immer mit gedämpfter Stimme.

«Hoi! Bezahlt! Das nennst du Bezahlung? Ich geh in die Fabrik, da verdiene ich mehr.»

«Sch-sch! Sprich leiser!»

«O-o-o», stöhnte Nellja laut. «Was sehne ich mich nach meinem Bett, ich möchte schlafen. Die ganze Nacht bin ich mit Chauffeuren unterwegs gewesen ... Na schön, stelle deine Wanne nachher unters Bett, ich leere sie morgen früh aus.»

Sie gähnte noch einmal lang und kräftig, ohne die Hand vor den Mund zu halten, und sagte dann zu Soja: «Ich leg mich jetzt da drinnen hin, auf den Diwan.» Und ohne eine Antwort abzuwarten, verschwand sie hinter einer Tür – in das mit Polstermöbeln ausgestattete Zimmer für die Ärztesitzungen.

Sie ließ einige unverrichtete Arbeiten zurück, unausgeleerte Spucknäpfe, und auch den Fußboden im Vestibül hätte sie noch aufwischen müssen, doch Soja sah nur schweigend auf ihren breiten Rücken und beherrschte sich. Sie hatte sich vor kurzem ja selbst noch abgeschuftet, langsam aber begann sie jenes betrübliche Prinzip zu begreifen: Wer nicht arbeiten will, von dem wird auch nichts verlangt, aber wer arbeiten will, muß sich gleich für zwei abrackern. Morgen früh würde Jelisawjeta Anatoljewna kommen und putzen und aufräumen, was Nellja hatte liegen lassen.

Als Sibgatow allein war, zog er seinen Pyjama aus, ließ sich aus dem

Bett in die Wanne gleiten und saß dort dann sehr still. Bei der kleinsten unvorsichtigen Bewegung schmerzte sein Kreuz, aber noch schmerzhafter waren direkte Berührungen der wunden Stelle – so etwa das ständige Scheuern der Wäsche; sich auf den Rücken zu legen, vermied er gänzlich. Wie sein Rücken aussah, hatte er niemals gesehen, nur manchmal mit tastenden Fingern gefühlt. Im vorvergangenen Jahr war er auf einer Bahre in diese Klinik getragen worden – er hatte nicht mehr stehen, nicht einmal mehr die Füße bewegen können. Damals hatten ihn viele Ärzte untersucht, behandelt aber hatte ihn Ljudmila Afanassjewna. Und nach vier Monaten waren die Schmerzen verschwunden gewesen – er hatte wieder gehen, sich bücken können und keine Beschwerden mehr gehabt. Bei seiner Entlassung hatte er Ljudmila Afanassjewna die Hände geküßt, sie aber hatte ihn gemahnt: «Sei vorsichtig, Scharaf! Spring nicht, und paß auf, daß du dich nicht stößt!» Doch er hatte nicht die richtige Arbeit gefunden und wieder in einer Spedition arbeiten müssen. Und ein Transportarbeiter muß manchmal aus der Fahrerkabine springen! Und er muß manchmal dem Lader und dem Chauffeur helfen! Aber das alles wäre nicht weiter schlimm gewesen, wenn nicht eines Tages ein Faß von einem Wagen heruntergerollt wäre und seinen Rücken getroffen hätte – seine Wunde begann zu eitern und wollte nicht heilen. Und seit dieser Zeit war Sibgatow wie mit einer Kette an die Krebsstation geschmiedet.

Immer noch verärgert, setzte Soja sich an ihren Tisch und prüfte noch einmal, ob sie alles erledigt hatte, wobei sie mit zerfließenden Tintenstrichen die auf dem schlechten Papier schon zerflossenen Zeilen ausstrich. Einen Bericht zu schreiben, wäre sinnlos. Und war auch gar nicht Sojas Art. Sie mußte mit sich selber fertig werden, denn mit Nellja konnte sie nicht fertig werden. Ein wenig Schlaf wäre nicht schlecht gewesen. Und wenn eine gute Krankenschwester dagewesen wäre, hätte sich Soja ein bißchen hinlegen können. Nun mußte sie eben wach bleiben. Sie sah ihre Liste durch und hörte, daß jemand näher kam und neben ihr stehenblieb. Sie hob den Kopf. Kostoglotow war's – grobschlächtig, mit seinem ungeschorenen kohlrabenschwarzen Kopf, die großen Hände paßten kaum in die kleinen Seitentaschen seiner Anstaltsjacke.

«Längst Schlafenszeit», verwies Soja ihn streng. «Was treibt Sie denn noch hierher?»

«Guten Abend, Sojenka», sagte Kostoglotow leise, beinahe demütig.

«Gute Nacht», lächelte sie flüchtig. «Abend war es, als ich zum Fiebermessen kam.»

«Das war doch dienstlich. Aber jetzt komme ich auf Besuch zu Ihnen.»

«So?» (Ganz instinktiv pflegte sie die Augen niederzuschlagen oder weit aufzureißen, sie war sich solcher Reaktionen keineswegs bewußt.) «Und woraus schließen Sie, daß ich Besuche empfange?»

«Weil Sie sonst während des Nachtdienstes immer gepaukt haben, aber heute sehe ich keine Lehrbücher auf Ihrem Tisch. Haben Sie Ihre Prüfung hinter sich?»

«Wie scharfsinnig Sie sind. Ja, ich habe meine Prüfung hinter mir.»

«Was für eine Note haben Sie denn bekommen? Na, das ist ja unwichtig.»

«Ich habe eine Zwei bekommen. Warum ist das unwichtig?»

«Ich hatte gedacht: vielleicht nur eine Drei, und es wäre Ihnen unangenehm, das zu sagen. Und jetzt sind Ferien?»

Sie zwinkerte ihm heiter und erleichtert zu. Sie war ganz erfüllt von der Vorstellung, Ferien zu haben; weshalb war sie denn trotzdem verwirrt? Zwei Wochen Ferien, welche Wonne! Außer der Klinik hatte sie keine Verpflichtungen! Wieviel freie Zeit! Und im Dienst konnte man dann und wann lesen oder ein wenig plaudern, wie jetzt.

«Sie nehmen also meinen Besuch an?»

«Setzen Sie sich doch.»

«Wie lange müssen Sie noch studieren?»

«Anderthalb Jahre.»

«Wohin werden Sie dann versetzt?»

Sie zuckte mit den vollen, runden Schultern.

«Unser Vaterland ist unermeßlich groß.»

Selbst wenn sie jemanden ganz ruhig ansah, traten ihre Augen ein wenig hervor, so als hätten sie nicht genug Platz unter den Lidern und bäten um etwas mehr Freiheit.

«Wird man Sie nicht hier bleiben lassen?»

«Nein, natürlich nicht.»

«Dann müssen Sie ja Ihre Familie verlassen.»

«Ich habe nur noch meine Großmutter.»

«Und Vater und Mutter?»

Soja seufzte. «Meine Mutter ist tot.»

Kostoglotow sah sie an und fragte nicht nach ihrem Vater.

«Sind Sie eigentlich von hier?»

«Nein, aus Smolensk.»

«So was! Und seit wann sind Sie hier?»

«Seit der Evakuierung.»

«Da waren Sie also ... ungefähr neun Jahre alt!»

«Hm, hm. Zwei Jahre bin ich dort in die Schule gegangen ... Und dann bin ich mit Großmutter hier hängengeblieben.» Soja griff nach einer großen orangefarbenen Einkaufstasche, die auf dem Boden an der Wand stand, zog einen Spiegel heraus, nahm, ohne ihr Haar zu zerzausen, das Ärztekäppchen ab und kämmte sich das in leichtem Bogen geschnittene goldschimmernde Stirnhaar.

Ein goldener Widerschein fiel auf das verwahrloste Gesicht Kostoglotows. Ihm wurde zärtlich zumute, und er verfolgte wohlgefällig ihre Bewegungen.

«Und wo ist Ihre Großmutter?» versuchte Soja ein wenig zu scherzen und steckte den Spiegel in die Tasche.

«Meine Großmutter», sagte Kostoglotow ganz ernsthaft, «und meine Mama (dieses «Mama» paßte gar nicht zu seinem Aussehen) sind bei der Blockade ums Leben gekommen.»

«In Leningrad?»

«Hm. Und meine kleine Schwester wurde von einer Granate zerrissen. Sie war Krankenschwester, genau wie Sie. Nur ein bißchen jünger.»

«Jaja», seufzte Soja. «Wie viele sind bei der Blockade umgekommen! Dieser verfluchte Hitler!»

Kostoglotow lachte hämisch: «Daß Hitler ein verfluchter Hund war, weiß jeder. Aber die Leningrader Blockade lege ich ihm trotzdem nicht zur Last.»

«So? Und warum nicht?»

«Hitler wollte uns vernichten. Konnte man da erwarten, daß er uns die Türen öffnen und die Blockade ankündigen würde: ‹Bitte, verlassen Sie einer nach dem anderen die Stadt und drängen Sie nicht›? Er führte Krieg, er war unser Feind. An der Blockade war jemand anderes schuld.»

«Wer denn?» flüsterte Soja verblüfft. Dergleichen hatte sie noch nie gehört und auch nicht zu hören erwartet.

«Nun, sagen wir, diese und jene, die zu einem Krieg bereit waren, selbst wenn sich England, Frankreich und Amerika mit Hitler verbündet hätten. Diejenigen, die zehn Jahre lang Gehälter eingestrichen haben und die Eckposition Leningrads kannten und seine Verteidigungsstellung voraussehen mußten. Diejenigen, die das Ausmaß der künftigen Angriffe abschätzen konnten und Proviantdepots unter der Erde hätten anlegen müssen. Alle diese Leute haben meine Mutter getötet – zusammen mit Hitler.»

Das klang alles sehr einfach – und war doch ein überraschend neuer Gedanke.

Sibgatow saß still in seiner Wanne, hinter ihnen.

«Aber dann ... aber dann muß man sie doch vor Gericht stellen!» flüsterte Soja.

«Das weiß ich nicht», Kostoglotow verzog seinen ohnehin schon schiefen Mund. «Das weiß ich nicht.»

Soja hatte ihr Käppchen nicht wieder aufgesetzt. Der oberste Knopf ihres Kittels war aufgeknöpft, und Kostoglotow sah den graugoldenen Kragen ihres Kleides.

«Sojenka, ich bin auch wegen einer bestimmten Sache zu Ihnen gekommen.»

«Ach, sieh an!» Ihre Wimpern zitterten. «Dann bitte, wenn ich Tagesdienst habe. Jetzt ist Schlafenszeit! Sie wollten doch nur zu Besuch kommen?»

«Ja, natürlich. Aber da Sie noch nicht verdorben, noch nicht Ärztin sind – seien Sie menschlich zu mir.»

«Sind die Ärzte etwa nicht menschlich?»

«Nun, sie sind anders ... Und sie reichen auch nicht helfend die Hand. Ich habe mich immer bemüht, mir nichts vorzumachen. Man versucht, mich hier zu heilen, ohne mir auch nur das Geringste zu erklären. Ich halte das nicht aus. Ich habe bei Ihnen ein Buch gesehen – ‹*Pathologische Anatomie*›. Stimmt das?»

«Ja.»

«Darin steht auch was über Geschwülste, nicht wahr?»

«Ja.»

«Dann seien Sie menschlich – geben Sie es mir! Ich muß wissen und mir vorstellen können, was mit mir los ist. Nur so, für mich.»

Soja schürzte die Lippen und schüttelte den Kopf.

«Den Kranken ist es verboten, medizinische Bücher zu lesen. Selbst wenn wir Studenten irgendeine Krankheit studieren, haben wir immer das Gefühl ...»

«Das mag jedem anderen verboten sein, aber nicht mir!» Kostoglotow schlug mit seiner großen Hand auf den Tisch. «Ich habe schon mehr als einmal im Leben einen Schlag auf den Kopf bekommen. Der Chirurg im Kreiskrankenhaus, ein Koreaner, der die Diagnose stellte, es war um Neujahr herum, wollte mir ebenfalls nichts erklären. Da bat ich ihn: ‹Sagen Sie's mir.› – ‹Das ist bei uns nicht üblich!› – ‹Sagen Sie's nur, ich übernehme die Verantwortung. Ich muß verschiedene Familienangelegenheiten in Ordnung bringen!› Nun, und er murmelte: ‹Sie werden noch drei Wochen leben, mehr gebe ich Ihnen nicht!›»

«Wie konnte er es wagen!»

«Ein Prachtkerl! Ein Mensch! Ich habe ihm die Hand gedrückt. Man muß wissen, woran man ist! Ich hatte schon ein halbes Jahr gelitten, im letzten Monat konnte ich vor Schmerzen weder liegen noch sitzen, noch stehen, in vierundzwanzig Stunden schlief ich nur ein paar Minuten – so hatte ich natürlich Gelegenheit, über einiges nachzudenken. Ich erfuhr an mir selbst, daß der Mensch noch bei Lebzeiten die Grenze des Todes überschreiten kann. Noch schlägt sein Herz, aber er hat – psychologisch gesprochen – schon alle Vorbereitungen auf den Tod hinter sich, ja, den Tod selbst durchgemacht. Alles, was er um sich sieht, sieht er wie aus dem Grab heraus: gelassen. Obwohl er kein Christ ist, sondern manchmal sogar gegen das Christentum war, bemerkt er doch plötzlich, daß er allen, die ihn gekränkt haben, vergeben hat, und denen nicht böse sein kann, die ihn gehetzt und gejagt haben. Alles und jedes ist ihm völlig gleichgültig, er bedauert nichts, sucht nichts zu ändern.

Ich würde sogar sagen: Er lebt in einem natürlichen, ausgewogenen Zustand, wie ein Baum oder ein Stein. Und jetzt hat man mich aus diesem Zustand herausgerissen, aber ich weiß nicht, ob ich mich darüber freuen soll. Alle Leidenschaften werden wiederaufleben – die schlimmen und die guten.»

«Weshalb wollen Sie sich aufgeben? Weshalb sich nicht freuen! Als Sie hier ankamen ... Wann war das?»

«Vor zwölf Tagen.»

«Na, sehen Sie, Sie lagen im Vestibül auf einem Diwan und krümmten sich vor Schmerzen – es war grauenhaft, Sie anzusehen, das Gesicht eines Sterbenden, Sie aßen nichts, Sie hatten achtunddreißig Fieber, morgens wie abends ... Und jetzt? Jetzt kommen Sie zu Besuch. Das ist doch ein Wunder, wenn ein Mensch nach zwölf Tagen derart auflebt! Das geschieht hier nur selten!»

In der Tat – damals waren von den ständigen Schmerzen viele tiefe graue Furchen wie mit einem Meißel in sein Gesicht geschlagen gewesen. Jetzt waren die Falten weniger und heller geworden.

«Es ist eben ein Glück, daß ich die Bestrahlung gut vertrage.»

«Das kommt durchaus nicht oft vor! Das ist ein Riesenerfolg!» sagte Soja warmherzig.

Kostoglotow lachte hämisch: «Mein Leben ist so arm an Erfolgen gewesen, daß es damit wohl seine ausgleichende Gerechtigkeit zeigt. Außerdem habe ich jetzt recht angenehme Träume. Vielleicht ein Zeichen dafür, daß ich wieder gesund werde.»

«Da bin ich ganz sicher.»

«Um so mehr muß ich jetzt begreifen und verstehen! Ich möchte wissen, worin die Methode der Behandlung besteht, welche Aussichten sie hat, wo Komplikationen auftreten können. Ich fühle mich um so vieles besser, daß man möglicherweise die Behandlung einstellen sollte. Das muß ich erfahren. Weder Ljudmila Afanassjewna noch Wera Korniljewna haben mir das geringste erklärt, sie doktern an mir herum wie an einem Affen. Bringen Sie mir das Buch, Soja, ich bitte Sie! Ich werde Sie nicht verraten. Und niemand wird dieses Buch bei mir sehen, das versichere ich Ihnen.»

Er sprach so eindringlich, daß er ganz munter wurde.

Soja griff unschlüssig nach dem Knopf der Schreibtischschublade.

«Sie haben es hier?» fragte Kostoglotow. «Sojenka, geben Sie es mir!» Und schon streckte er die Hand aus. «Wann haben Sie wieder Nachtdienst?»

«Am Sonntag.»

«Ich gebe es Ihnen am Sonntag zurück! Bestimmt! Ich verspreche es!»

Wie hübsch sie war, wie bescheiden, mit ihrem goldenen Stirnhaar und ihren weit aufgerissenen Augen.

Sich selbst sah er nicht. Daß vom langen Liegen nach allen Seiten Haarbüschel wegstanden und unter seiner Jacke, die am Hals nicht abschloß, der Zipfel eines scheußlichen Nesselhemdes herausragte.

«Das ist es, das ist es», er blätterte in dem Buch und überflog das

Inhaltsverzeichnis. «Ausgezeichnet. Da werde ich alles finden. Vielen Dank. Weiß der Teufel, sonst fangen sie vielleicht noch mal mit der Behandlung an. Dann reiß ich aber aus. Denn selbst eine gute Medizin kann das Leben verkürzen.»

«Da haben wir's!» Soja schlug die Hände über dem Kopf zusammen. «Das also ist der Erfolg. Geben Sie es sofort wieder her!»

Sie griff erst mit der einen, dann mit beiden Händen nach dem Buch. Doch er hielt es fest.

«Geben Sie es zurück! Das Buch gehört nicht mir!»

Ihre runden, kräftigen Schultern und ihre runden, robusten Arme hoben sich scharf unter dem sich spannenden Kittel ab. Ihr Hals war weder zu dünn noch zu dick, weder zu kurz noch zu lang, sondern wohlproportioniert.

Während sie beide an dem Buch zerrten, näherten sie sich einander und sahen sich direkt in die Augen. Sein ungefüges Gesicht verzog sich zu einem breiten Grinsen. Seine Narbe erschien weniger grauenhaft, ja, sie war wirklich heller geworden. Kostoglotow versuchte, mit der einen freien Hand Sojas Finger von dem Buch zu lösen, und sagte leise: «Sojenka, Sie sind doch nicht für Unwissenheit, sondern für Aufklärung und Bildung. Wie können Sie einen Menschen daran hindern, sein Wissen zu erweitern? Ich habe doch nur Spaß gemacht, ich werde nicht ausreißen.»

Obwohl auch sie flüsterte, klang ihre Stimme energisch: «Sie sind das Buch schon deshalb nicht wert, weil ... wie konnten Sie sich derart vernachlässigen? Warum sind Sie nicht früher zu uns gekommen? Warum haben Sie gewartet, bis Sie schon beinahe tot waren?»

«Ach», stöhnte Kostoglotow halblaut. «Es gab keine Transportmöglichkeit.»

«Was ist denn das für ein Ort, von dem aus es keine Transportmöglichkeit gibt? Dann muß man eben ein Flugzeug nehmen! Warum haben Sie das bis zuletzt hinausgeschoben? Warum konnten Sie denn nicht früher zu einem etwas zivilisierteren Ort aufbrechen? Gab es dort denn keinen Arzt oder wenigstens einen Heilgehilfen?» Sie ließ das Buch los.

«O doch, einen Gynäkologen. Zwei sogar ...»

«Zwei Gynäkologen?» fragte Soja verwundert. «Leben denn dort nur Frauen?»

«Im Gegenteil, zuwenig Frauen. Gynäkologen gibt es zwei, andere Ärzte nicht. Auch kein Laboratorium. Also konnten auch keine Blutuntersuchungen gemacht werden. Meine Blutsenkung ergab später – sechzig, aber niemand wußte das dort.»

«Das ist ja der reinste Albtraum! Um so schneller mußten Sie doch einen Entschluß fassen. Wenn Sie schon nicht an sich selbst dachten, mußten Sie doch wenigstens an Ihre Familie denken, vor allem an die Kinder!»

«Die Kinder?» Es war, als käme Kostoglotow zur Besinnung, als wäre diese ganze, heitere Auseinandersetzung um das Buch nur ein Traum gewesen. Er machte ein finsteres Gesicht und kehrte zu seiner langsamen Sprechweise zurück. «Ich habe keine Kinder.»

«Dann mußten Sie auf Ihre Frau Rücksicht nehmen!»

Er sprach noch zögernder.

«Ich habe auch keine Frau.»

«Das sagen die Männer immer. Welche Familienangelegenheiten hatten Sie denn dann zu regeln? Das haben Sie dem Koreaner doch gesagt. Oder nicht?»

«Ich habe ihn belogen.»

«Mich vielleicht jetzt auch?»

«Nein, wirklich nicht.» Kostoglotows Gesicht wurde betrübt.

«Ich weiß sehr genau zu unterscheiden.»

«Hat sie Ihren Charakter nicht ertragen?» fragte Soja teilnahmsvoll.

Kostoglotow schüttelte langsam den Kopf.

«Ich war niemals verheiratet.»

Soja versuchte erstaunt, sein Alter zu schätzen. Die Frage danach lag ihr auf der Zunge, wollte ihr aber nicht über die Lippen.

Soja wandte Sibgatow den Rücken zu, Kastoglotow aber, der ihr gegenübersaß, konnte sehen, wie er mit beiden Händen sein Kreuz stützte, sich übervorsichtig aus der Wanne erhob und sich dann abtrocknete. Sein Gesicht wirkte abgeklärt: Kummer und Leid konnten ihm nichts mehr anhaben, aber auch nichts mehr konnte Freude in ihm auslösen.

Kostoglotow atmete tief – als wäre Atmen eine schwere Arbeit.

«Ach, ich möchte eine rauchen! Geht das hier denn nicht?»

«Auf keinen Fall. Für Sie bedeutet Rauchen ohnehin den Tod.»

«Um keinen Preis?»

«Um keinen Preis. Schon gar nicht in meiner Gegenwart.» Sie lächelte.

«Nur ein paar Züge, ja?»

«Hier schlafen Kranke, wie können Sie nur!»

Er holte dennoch eine leere, lange, handgearbeitete Zigarettenspitze hervor und begann, an ihr zu ziehen.

«Man sagt immer: Ein junger Mann soll früh heiraten, aber ein alter Mann spät.» Er stützte sich mit beiden Ellbogen auf ihren Tisch und schob die Finger mit der Zigarettenspitze dazwischen in sein Haar. «Nach dem Krieg hätte ich mich beinahe verheiratet, obwohl wir beide noch studierten. Wir hätten eben gleich heiraten sollen, später ging alles schief.»

Soja betrachtete das wenig anziehende, aber kräftige Gesicht Kostoglotows. Die knochigen Schultern und Hände – aber daran war die Krankheit schuld.

«Konnten Sie sich nicht einig werden?»

«Sie war – wie soll ich das ausdrücken – zugrunde gegangen.» Er schloß ein Auge und sah mit dem anderen geradeaus. «Zugrunde gegangen... obwohl sie lebte. Im vergangenen Jahr haben wir uns ein paarmal geschrieben.»

Er öffnete das Auge wieder, bemerkte in seiner Hand die Zigarettenspitze und steckte sie in die Tasche.

«Wissen Sie, bei einigen Sätzen ihrer Briefe wurde ich plötzlich nachdenklich: War sie damals wirklich so vollkommen gewesen, wie ich geglaubt hatte? Vielleicht doch nicht? Was wissen wir schon mit fünfundzwanzig Jahren.»

Er sah Soja mit seinen dunkelbraunen Augen an: «Nehmen wir Sie zum Beispiel – was verstehen Sie in Ihrem Alter von den Männern? Gar nichts!»

Soja lächelte: «Vielleicht bin ich gerade dabei, etwas zu verstehen?»

«Das ist unmöglich. Das, was Sie Verstehen nennen, ist kein Verstehen. Heiraten Sie nur – Sie werden sich todsicher irren.»

«Schöne Aussichten!» Soja schüttelte den Kopf, holte aus ihrer großen orangefarbenen Tasche eine Stickerei und hielt sie ihm hin: ein in einen Stickrahmen gespanntes Stück Leinen, mit einem grünen schon gestickten Kranich, während ein Fuchs und ein Krug erst aufgezeichnet waren.

Kostoglotow starrte auf das Leinen wie auf ein Wunder: «Sie sticken?»

«Warum wundert Sie das?»

«Ich hätte nicht gedacht, daß eine Studentin – gar der Medizin – heutzutage noch handarbeiten kann.»

«Haben Sie denn noch nie ein Mädchen sticken sehen?»

«Nur in allerfrühester Kindheit. In den zwanziger Jahren. Aber schon damals galt das als bürgerlich. Für so etwas hätte man Sie in der Komsomolzenversammlung verprügelt.»

«Jetzt sind Handarbeiten sehr beliebt. Und Sie haben es noch nie gesehen?»

Er schüttelte den Kopf.

«Und Sie verurteilen es?»

«Wo denken Sie hin! Es wirkt so behaglich. Es gefällt mir sehr.»

Sie setzte Stich an Stich, um ihm eine Freude zu machen. Sie sah auf ihre Stickerei, er aber auf sie. Im gelben Licht der Lampe leuchteten ihre Augenbrauen golden auf. Und auch der Kragen ihres Kleides vergoldete sich.

«Sie sind eine Biene mit Stirnhaar», flüsterte er.

«Wie?» Sie zog die Augenbrauen in die Höhe.

Er wiederholte, was er gesagt hatte.

«So?» sagte sie, als hätte sie ein Lob oder mehr erwartet. «Aber wenn dort, wo Sie leben, kein Mensch stickt, dann könnte man wohl Mulinee kaufen, so viel man wollte.»

«Wie?»

«Mu-li-nee. Da, diese gelben und blauen und roten und grünen Fäden. Bei uns kann man es nämlich nur schwer bekommen.»

«Mulinee. Werde mich daran erinnern und danach fragen. Wenn es das gibt, schicke ich es Ihnen umgehend. Aber wenn sich bei uns ungeheure Mengen Mulinee vorfinden sollten, könnten Sie einfachheitshalber selbst zu uns kommen.»

«Wo ist das denn – zu uns?»

«Ins Neuland sozusagen.»

«Sie leben im Neuland?»

«Ja, wissen Sie, als ich dort ankam, wußte niemand, daß das Neuland ist. Aber dann sprach es sich herum, daß es Neuland ist, und jetzt kommen viele Neusiedler zu uns. Reichen Sie doch ein Gesuch ein, und kommen auch Sie zu uns. Das wird niemand ablehnen. Zu uns wird man Sie bestimmt lassen.»

«Ist es denn so schlimm bei euch?»

«Keineswegs. Nur haben die Menschen vollkommen verdrehte Vorstellungen davon, was gut und was schlimm ist. In einem fünfstöckigen Mietshaus wohnen, über ihren Köpfen andere Menschen hin und her trampeln hören, Radios von allen Seiten – das halten sie für gut. Aber inmitten arbeitsamer Ackerbauern in Lehmhütten am Rande der Steppe leben – das halten sie für das größte Unglück.»

Er sprach keineswegs im Spaß, sondern mit der verhaltenen Überzeugtheit eines Menschen, der nicht einmal die Stimme erheben mag, um seine Argumente zu bekräftigen.

«Ist dort Steppe oder Wüste?»

«Steppe. Aber Sandhügel gibt's keine. Überall nur ein bestimmtes Gras. Dort wächst auch eine Distel – die Kameldistel, kennen Sie die nicht? Nur eine Distel, aber im Juli hat sie rosa Blüten, die einen ganz zarten Duft ausströmen. Die Kasachen bereiten Hunderte von Heilmitteln aus ihr.»

«Dann leben Sie in Kasachstan? Und wie heißt der Ort?»

«Usch-Terek.»

«Ist das ein Aul?»

«Wenn Sie wollen ein Aul, aber auch ein Rayonzentrum. Hat sogar ein Krankenhaus. Nur Ärzte sind zu wenige dort. Fahren Sie doch hin.»

Er kniff die Augen zusammen.

«Und was anderes wächst dort nicht?»

«Doch, warum nicht, es gibt dort Feldbau mit Bewässerungsanlagen. Zuckerrüben, Mais. In den Hausgärten alles, was Sie wünschen, nur muß man sich sehr arg plagen. Mit der Hacke. Auf dem Basar bekommen Sie Milch bei den Griechen, Hammelfleisch bei den Kurden, Schweinefleisch bei den Deutschen. Malerische Basare, Sie würden staunen! Alle in ihren Nationaltrachten und auf Kamelen.»

«Sind Sie Agronom?»

«Nein, Agrotechniker.»

«Warum leben Sie überhaupt dort?»

Kostoglotow kratzte sich an der Nase.

«Mir gefällt das Klima dort sehr gut.»

«Und Transportmittel gibt's keine?»

«Doch! So viele Sie wollen.»

«Aber warum um alles in der Welt soll ich dorthin fahren?» Sie sah ihn von der Seite an. Im Verlauf der Unterhaltung war Kostoglotows Gesicht immer gütiger und weicher geworden.

«Sie?» Er zog die Augenbrauen hoch, als wolle er zu einem Trinkspruch ansetzen. «Woher wollen Sie wissen, Sojenka, an welchem Punkt der Erde Sie glücklich sein werden und am welchem unglücklich? Wer kann von sich behaupten, daß er das weiß?»

4

Für die sogenannten chirurgischen Fälle, das heißt jene, deren Geschwüre durch eine Operation entfernt worden waren, reichte der Platz in den Krankenzimmern der unteren Etage nicht aus, deshalb legte man diese Patienten ebenfalls nach oben, mitten unter die sogenannten Bestrahlungsfälle, die zunächst mit Bestrahlungen oder Medikamenten behandelt wurden. Darum fanden im oberen Stockwerk jeden Morgen zwei Visiten statt: Die Röntgenologen sahen nach ihren Kranken und die Chirurgen nach den Operierten.

Der 4. Februar aber war ein Freitag, und da freitags gewöhnlich operiert wurde, machten die Chirurgen an diesem Tag keine Visite. Doktor Wera Korniljewna Hangart, die für die Bestrahlungsfälle zuständig war, mußte ihren Rundgang noch verzögern und spähte deshalb von der Tür aus kurz in den Männersaal.

Doktor Hangart war klein und sehr schlank – sie wirkte deshalb so schlank, weil ein betont enger Gürtel ihre Taille umschloß. Ihr Haar, ganz gegen die Mode im Nacken zu einem Knoten zusammengefaßt, war heller als schwarz, doch dunkler als hellbraun, so daß man eigentlich von braunem Haar sprechen müßte, obwohl es viel eher schwarzbraun war – eine Mischung von Schwarz und Braun.

Achmadschan bemerkte sie und nickte ihr erfreut zu. Kostoglotow sah von seinem dicken Buch auf und verneigte sich von ferne. Sie lächelte beiden zu und hob den Finger, wie man Kinder ermahnt, still zu sitzen, während man fort ist. Und damit verschwand sie aus dem Türrahmen.

Heute hatte sie ihren Rundgang nicht allein, sondern zusammen mit der Leiterin der Bestrahlungsabteilung, Ljudmila Afanassjewna Donzowa, zu machen, aber Ljudmila Afanassjewna war noch von Nisamuddin Bachramowitsch, dem Oberarzt, gerufen und aufgehalten worden.

Nur einmal in der Woche und nur für diese Rundgänge opferte Ljudmila Afanassjewna ihre Zeit, die sonst der röntgendiagnostischen Arbeit gehörte. Gewöhnlich verbrachte sie die beiden ersten, besten Stunden des Tages, in denen der Blick besonders scharf und der Verstand besonders klar ist, mit ihrem Ordinator vor dem Röntgenschirm. Sie hielt diesen Teil ihrer Arbeit für den schwierigsten und wußte seit mehr als zwanzig Jahren, wie teuer Fehler gerade in der Diagnose zu stehen kommen. Ihrer Abteilung gehörten drei junge Ärztinnen an, Ljudmila Afanassjewna ließ sie reihum jeweils drei Monate in der Ambulanz, in der Röntgendiagnostik und als behandelnde Ärztin in der Klinik arbeiten, damit sie sich alle die gleiche Erfahrung erwerben konnten und auch in der Diagnostik Bescheid wußten.

Doktor Hangart durchlief gerade die dritte Phase dieses Turnus. Hier war die richtige Dosierung der Bestrahlungen das wichtigste. Es gab keine Tabelle, nach denen man die zumutbare Intensität und Häufigkeit der Bestrahlungen hätte errechnen können, so, daß diese für die Geschwulst zwar tödlich, für den übrigen Körper aber unschädlich wären – solche Tabellen gab es nicht, es gab nur eine gewisse Erfahrung, ein gewisses Fingerspitzengefühl und eine gewisse Fähigkeit, den Zustand des Kranken zu beurteilen und ihn entsprechend zu behandeln. Das war auch eine Art Operation – nur eben mit Hilfe von Strahlen und eine, die viel mehr Zeit in Anspruch nahm. Unmöglich, dabei gesundes Zellgewebe nicht zu verletzen oder gar zu zerstören.

Die übrigen Verpflichtungen des behandelnden Arztes erforderten lediglich methodisches Arbeiten: Man mußte die Analysen rechtzeitig anordnen, sie prüfen und die entsprechenden Eintragungen in die dreißig Krankenblätter machen. Kein Arzt führt gerne diese linierten, vorgedruckten Krankenblätter, aber Wera Korniljewna söhnte sich mit ihnen aus, weil sie in diesen drei Monaten *ihre* Kranken versorgen durfte, nicht vor dem blassen Geflecht von Lichtern und Schatten auf dem Röntgenschirm sitzen mußte, sondern es mit lebendigen Menschen zu tun hatte, die ihr vertrauten, einen tröstenden Blick und aufmunternde Worte von ihr erwarteten. Und immer, wenn ihre Arbeit als behandelnde Ärztin zu Ende ging, litt sie darunter, sich von den Patienten trennen zu müssen, die sie nicht hatte ausheilen können.

Die diensthabende Krankenschwester, Olimpiada Wladislawowna, eine ältere, leicht ergraute und recht stattliche Frau, die äußerlich gediegener wirkte als manche Ärztin, verkündete in allen Sälen, daß Patienten, die zur Bestrahlung müßten, nicht weggehen dürften. Aber im großen Frauensaal schien man nur auf diese Anordnung gewartet zu haben: Sofort stürzten die Frauen, eine nach der anderen, in ihren trübselig grauen Kitteln auf die Treppe hinaus und liefen hinunter, um festzustellen, ob da nicht der Alte kam, der saure Sahne verkaufte, oder die Milchfrau; um von der Freitreppe der Klinik aus in den Operationssaal zu spähen (oberhalb des weißen Milchglasstreifens waren die Kappen der Chirurgen und Schwestern und helle große Deckenlampen zu sehen); um irgend jemanden zu besuchen, um irgend etwas unter dem Wasserhahn zu waschen.

Nicht nur ihr Krankenschicksal, sondern auch diese grauen abgetragenen Barchentkittel, die selbst dann, wenn sie sauber waren, stets unsauber aussahen, trennten diese Frauen von einem persönlichen Schicksal und entblößten sie jeden weiblichen Reizes. Diese Kittel waren völlig formlos und so weit, daß sie selbst der dicksten Frau gepaßt hätten, auch die Ärmel waren unförmig breit. Die weiß-rosa gestreiften Jakken der Männer waren bedeutend ansehnlicher, den Frauen jedoch hatte man keine Kleider gegeben, sondern nur diese Kittel, die weder Schlaufen noch Knöpfe hatten. Alle hatten dieselben Barchentgürtel um die

Taille geschlungen, um das Nachthemd zu verdecken, und alle hielten mit derselben Handbewegung die Kittelaufschläge über der Brust zusammen. Bedrückt von ihrer Krankheit und in diese armseligen Kittel gehüllt, konnten die Frauen keinen Blick mehr auf sich ziehen und waren sich dessen sehr wohl bewußt.

Alle im Männersaal, außer Rusanow, warteten ruhig und ergeben auf die Visite. Der alte Usbeke Mursalimow, ein ehemaliger Kolchosenwächter, lag auf dem Rücken ausgestreckt in seinem schmutzigen Bett, wie immer die abgetragene, abgewetzte Tjubetejka auf dem Kopf. Er war wahrscheinlich schon deshalb zufrieden, weil ihn augenblicklich kein Husten plagte. Die Hände über der ruhig atmenden Brust gekreuzt, starrte er auf einen Punkt an der Zimmerdecke. Bronzefarbene Haut umspannte seinen ganzen Schädel: Die Kanten des Nasenknochens, die Jochbeine und der Kinnknochen unter dem spärlichen Bärtchen zeichneten sich scharf ab. Seine Ohren waren ganz dünn und bestanden nur aus flachen Knorpeln. Er brauchte nur noch ein wenig dürrer und dunkler zu werden, um einer Mumie zu gleichen.

Im Bett daneben saß der Kasache Jegenberdijew, ein ehemaliger Hirte, mit untergeschlagenen Beinen, so als säße er zu Hause auf seiner Matte. Mit seinen großen, sehnigen Händen umfaßte er seine runden, kräftigen Knie, und sein kraftstrotzender, starker Körper war so fest gebaut, daß – wenn er wirklich einmal kaum merklich in seiner Starrheit schwankte – es war, als schwanke ein Fabrikschornstein oder ein hoher Turm. Seine Schultern und sein Rücken spannten die rosa-weiß gestreifte Jacke, die Manschetten wurden von den muskulösen Unterarmen beinahe gesprengt. Der kleine Schorf über der Lippe, mit dem er in dieser Klinik angekommen war, hatte sich zu einem großen dunkelroten Grind ausgewachsen, der sich in seinen Mund hineinzuschieben begann und ihn beim Essen und Trinken hinderte. Aber er beklagte sich nicht, schrie nicht, rannte nicht herum, sondern aß gelassen seinen Teller leer und saß dann wieder stundenlang unbeweglich da, ohne auf irgend etwas zu achten.

In dem Bett neben der Tür saß der sechzehnjährige Djomka, hatte sein krankes Bein lang ausgestreckt und massierte mit einer Hand die schmerzende Stelle an seinem Unterschenkel. Das andere Bein hatte er rechtwinklig angezogen wie ein junges Kätzchen, und so las er, völlig versunken: Er las überhaupt immer, wenn er nicht gerade schlief oder zur Behandlung mußte. Im Laboratorium, wo alle Analysen gemacht wurden, stand ein Schrank mit Büchern, und da durfte sich Djomka immer selbst Bücher aussuchen, ohne darauf warten zu müssen, daß sie offiziell für den ganzen Krankensaal ausgetauscht wurden. Im Augenblick las er eine Zeitschrift in blauem Umschlag, keine neue, sondern eine zerlesene, vom Sonnenlicht vergilbte – neue Zeitschriften gab es im Schrank des Laboratoriums nicht.

Proschka, die Füße auf den Boden gestellt, saß geduldig und artig auf seinem Bett, das er säuberlich glatt zugedeckt hatte. Er sah aus wie ein vollkommen gesunder Mensch. Und er war auch gesund, beklagte sich niemals, hatte keinerlei äußerliche Wunde, seine Wangen waren von gesunder brauner Farbe, und über der Stirn lag eine glatte Locke. Er sah aus, als wollte er tanzen gehen.

Neben ihm saß Achmadschan, der das Damebrett auf seiner Bettdecke aufgebaut hatte. Da er niemanden zum Spielen fand, spielte er mit sich selbst.

Jefrem tappte heute weder den Gang entlang, noch krächzte er Rusanow Beleidigungen zu; er lag mit seinem dicken Verband auf dem Bett, den unbeweglichen Kopf von zwei Kissen gestützt, und las in dem Buch, das Kostoglotow ihm gestern gegeben hatte. Die Seiten blätterte er jedoch so selten um, daß man hätte meinen können, er schliefe mit dem Buch in der Hand.

Asowkin litt ebensosehr wie gestern. Vielleicht hatte er die ganze Nacht nicht geschlafen. Seine Sachen lagen auf dem Fensterbrett und dem Nachttischchen verstreut, sein Bett war zerwühlt. Seine Stirn und die Schläfen waren schweißbedeckt, das gelbliche Gesicht zuckte unter dem stechenden Schmerz im Innern. Er antwortete schon seit vielen Tagen auf keine Fragen mehr und sprach auch sonst kein Wort, es sei denn, daß er die Schwestern oder Ärzte um zusätzliche Medikamente bat. Als die Seinen ihn besuchten, hatte er auch sie gebeten, ihm noch die Medikamente zu kaufen, die neben ihm lagen und die er einnahm.

Vor dem Fenster draußen zog ein trüber, windstiller, fahler Tag herauf. Kostoglotow, der schon von der morgendlichen Bestrahlung zurückkam, öffnete, ohne Pawel Nikolajewitsch zu fragen, ein kleines Klappfenster, und feuchte, aber keineswegs kalte Luft drang ins Zimmer.

Aus Angst, das könne seiner Geschwulst schaden, wickelte Pawel Nikolajewitsch seinen Schal um den Hals und rückte ganz an die Wand. Wie stumpfsinnig und ergeben sie alle waren, die reinsten Holzklötze! Außer Asowkin hatte hier doch offensichtlich keiner Schmerzen, folglich waren sie eine Genesung gar nicht wert. Wie hatte doch Gorki gesagt? «Nur der hat die Freiheit verdient, der täglich um sie kämpft.» Pawel Nikolajewitsch wollte dementsprechend bereits am frühen Morgen energische Schritte unternehmen. Sobald die Registratur geöffnet würde, wollte er hinuntergehen, zu Hause anrufen und seiner Frau den nächtlichen Entschluß mitteilen: über alle nur möglichen Kanäle einen Überweisungsschein nach Moskau zu bekommen und es hier auf keinen Fall zu riskieren. Kapa war tatkräftig, sie würde schon handeln. Sich von der Geschwulst Angst einjagen zu lassen und sich hierherzulegen, war nur Kleinmut gewesen. Mit wem nur sprechen – seit drei Uhr gestern nachmittag hatte niemand auch nur einmal nachgesehen, ob die Geschwulst weiterwuchs oder nicht, und niemand gab ihm ein Medikament. «Die

Mörder in den weißen Kitteln!» – Wie wahr diese Worte waren! Die Fiebertabelle war für Idioten aufgehängt. Nicht einmal eine Krankenpflegerin kam, um ihm die Kissen aufzuschütteln: Er mußte das selber machen! Oh, die Ärzte in diesem Land mußten noch ganz anders erzogen und geschult werden.

Endlich erschienen die Ärzte – traten aber nicht sogleich ein, sondern blieben ziemlich lange vor der Tür bei Sibgatow stehen. Er zog seine Jacke aus und zeigte ihnen seine Wunde. (Währenddessen stopfte Kastoglotow sein Buch unter die Matratze.)

Und schließlich kamen sie ins Zimmer – Doktor Donzowa, Doktor Hangart und Olimpiada Wladislawowna, mit einem Notizbuch in der Hand und einem Handtuch über dem Arm. Das Auftauchen mehrerer weißer Kittel rief immer eine Flut von Gefühlen hervor: Ehrfurcht, Angst und Hoffnung, und sie waren um so stärker, je weißer die Kittel und die Käppchen waren und je strenger die Gesichter. Am strengsten und feierlichsten verhielt sich Olimpiada Wladislawowna: Für sie war die Visite das, was für einen Diakon der Gottesdienst ist. Sie gehörte noch zu den Schwestern, für die Ärzte höhere menschliche Wesen sind, die alles wissen, sich niemals irren und niemals falsche Anweisungen geben. Und jede solche Anweisung schrieb Olimpiada Wladislawowna fast mit einem Gefühl von Andacht auf ihren Notizblock, was die jungen Schwestern schon gar nicht mehr kannten.

Als die Ärzte nun im Zimmer waren, eilten sie keineswegs sofort an Pawel Nikolajewitschs Bett. Ljudmila Afanassjewna – eine hochgewachsene Frau mit einfachen, gütigen Gesichtszügen, schon ergrautem, kurzgeschnittenem und gelocktem Haar – sagte halblaut zu allen «Guten Tag», blieb gleich am ersten Bett, neben Djomka, stehen und sah ihn eindringlich an: «Was liest du denn da, Djomka?»

(Eine intelligentere Frage ließ sich wohl nicht stellen! Und das während der Dienstzeit!)

Djomka gab keine Antwort, sondern drehte nur die Zeitschrift in dem blauen vergilbten Umschlag um und hielt sie ihr hin.

Ljudmila Afanassjewna kniff die Augen zusammen.

«Oh, das ist ja ein ganz altes Heft vom letzten Jahr. Wieso?»

«Da ist ein interessanter Artikel drin», sagte Djomka gewichtig.

«Worüber denn?»

«Über die *Aufrichtigkeit*!» antwortete Djomka noch bedeutungsvoller. «Darüber, daß die Literatur ohne Aufrichtigkeit . . .»

Er wollte sein krankes Bein vom Bett auf den Boden gleiten lassen, aber Ljudmila Afanassjewna kam ihm zuvor: «Nicht nötig, roll deine Hose auf.»

Er krempelte das eine Hosenbein auf, sie setzte sich auf sein Bett und begann das Bein vorsichtig abzutasten.

Wera Korniljewna, die hinter ihr, auf die Bettlehne gestützt, stand und ihr über die Schulter sah, sagte halblaut: «Fünfzehn Bestrahlungen, dreitausend ‹r›.»

«Tut es hier weh?»

«Ja.»

«Und hier?»

«Noch mehr.»

«Warum sagst du denn nichts? So ein Held! Und jetzt sag mir mal, von wo an es weh tut.»

Sie ertastete langsam die Grenzen der schmerzenden Stelle.

«Tut's von selbst weh? Nachts zum Beispiel?»

Auf dem reinen Gesicht Djomkas war noch nicht die leiseste Spur eines Flaums zu sehen. Aber sein stets angespannter Ausdruck wirkte schon sehr erwachsen.

«Es tut Tag und Nacht weh.»

Ljudmila Afanassjewna tauschte einen Blick mit Wera Korniljewna.

«Was meinst du – ist der Schmerz während der letzten Zeit stärker oder schwächer geworden?»

«Ich weiß nicht. Vielleicht ein bißchen schwächer. Aber vielleicht kommt mir das nur so vor.»

«Blutbild», bat Ljudmila Afanassjewna, und schon reichte ihr Wera Korniljewna das Krankenblatt. Doktor Donzowa las es durch und sah den Knaben wieder an.

«Hast du Appetit?»

«Ich habe mein Leben lang immer gern gegessen», antwortete Djomka eifrig.

«Er soll von jetzt ab eine größere Portion bekommen», bestimmte Wera Korniljewna mit der zärtlichsten Stimme einer Kinderfrau und lächelte Djomka an. Und er sie.

«Eine Transfusion nötig?» fragte sie dann abrupt, aber leise Ljudmila Afanassjewna, während sie das Krankenblatt zurücksteckte.

«Was meinst du, Djomka?» Ljudmila Afanassjewna blickte ihn von neuem forschend an. «Sollen wir die Bestrahlung fortsetzen?»

«Aber natürlich!» Er strahlte und sah sie dankbar an. Er dachte nämlich, wer bestrahlt wird, wird nicht operiert. Und ihm schien, daß Ljudmila Afanassjewna derselben Ansicht war. (Ljudmila Afanassjewna jedoch meinte, durch die Bestrahlung nur Vorarbeit zu leisten, um vor allem Metastasenbildungen zu verhindern, bevor man zur Operation des Knochensarkoms selbst schreiten konnte.) Jegenberdijew hielt sich schon längst bereit, und kaum hatte sich Ljudmila Afanassjewna vom Nebenbett erhoben, als er schon, die Brust weit vorgewölbt, wie ein Soldat, zwischen den Betten vor ihr stand.

Ljudmila Afanassjewna lächelte ihm zu, näherte sich seinem Mund und betrachtete den Grind. Doktor Hangart las ihr währenddessen einige Zahlen vor.

«Nun, sehr gut!» sagte Ljudmila Afanassjewna lauter als nötig – wie man eben mit Ausländern spricht. «Alles sehr gut, Jegenberdijew! Kannst bald nach Hause!» Achmadschan, der seine Pflichten schon kannte, übersetzte die Worte Ljudmila Afanassjewnas ins Usbekische. (Er und Jegenberdijew konnten sich verständigen, obgleich jedem von ihnen die Sprache des anderen verdreht vorkam.) Jegenberdijew blickte Ljudmila Afanassjewna voll Hoffnung, voll Vertrauen, ja sogar mit Begeisterung an – mit jener Begeisterung, die diese einfachen Seelen wirklich gebildeten und wirklich hilfreichen Menschen entgegenbringen. Dennoch strich er mit der Hand über seinen Grind und fragte: «Wird er noch größer? Noch dicker?» Achmadschan übersetzte.

«Das wird alles abfallen! Höchstwahrscheinlich!» erklärte ihm Ljudmila Afanassjewna. «Wird alles abfallen! Ruh dich drei Monate zu Hause aus, und dann komm noch mal her!»

Sie ging weiter zu Mursalimow. Er saß schon aufrecht, ließ die Beine aus dem Bett hängen und versuchte aufzustehen, aber sie hielt ihn zurück und setzte sich neben ihn. Auch dieser dürre, ausgezehrte Greis sah sie voll Vertrauen in ihre Allmächtigkeit an. Sie fragte ihn mit Hilfe Achmadschans über seinen Husten aus, befahl ihm, sein Unterhemd hochzurollen, wollte wissen, wo es weh tat, legte die Hand auf seine Brust, klopfte ihn mit der anderen ab, hörte gleichzeitig Wera Korniljewnas Angaben über die Anzahl der Bestrahlungen, Blutuntersuchungen, die Art der Spritzen und sah dann schweigend das Krankenblatt durch. Irgendwann einmal war in diesem Körper alles notwendig und alles an seinem richtigen Platz gewesen, aber jetzt war nichts mehr an seinem Platz, jetzt hatten sich irgendwelche überflüssige Knoten gebildet.

Ljudmila Afanassjewna verordnete ihm weitere Spritzen und bat ihn, ihr die Tabletten zu zeigen, die er auf dem Nachttisch liegen hatte.

Mursalimow reichte ihr eine leere Röhre. «Vitamine».

«Wann gekauft?» fragte sie.

«Vor drei Tagen», übersetzte Achmadschan.

«Und wo sind die Tabletten?»

«Alle genommen.»

«Wie?» staunte Ljudmila Afanassjewna. «Alle auf einmal?»

«Nein, auf zweimal», übersetzte Achmadschan.

Die Ärzte, die Schwester und die übrigen Kranken brachen in Lachen aus, Achmadschan aber und Mursalimow saßen mit offenem Mund da und verstanden nichts.

Nur Pawel Nikolajewitsch empörte sich über ihr sinnloses, unangebrachtes Gelächter. Nun, er würde sie sogleich ernüchtern! Er suchte nach einer möglichst wirkungsvollen Haltung und entschied, daß es am effektvollsten wäre, die Ärzte halb liegend, mit angezogenen Beinen zu empfangen.

«Macht nichts, macht nichts!» ermunterte Ljudmila Afanassjewna

Mursalimow. Nachdem sie ihm noch Vitamin «C» verschrieben und sich die Hände an dem Handtuch abgewischt hatte, das die Schwester ihr übereifrig hinhielt, erhob sie sich und wandte sich mit einiger Besorgnis zum nächsten Bett. Jetzt, als sie sich dem Fenster näherte, sah man, daß auch ihr Gesicht eine ungesunde, gräuliche Farbe und einen müden, fast kranken Ausdruck hatte.

Kahlköpfig, mit Tjubetejka und Brille, in strenger Haltung auf seinem Bett sitzend, glich Pawel Nikolajewitsch einem Lehrer, aber nicht einem x-beliebigen, sondern einem sehr verdienten, der schon Hunderte von Schülern unterrichtet hat. Er wartete, bis Ljudmila Afanassjewna am Fußende seines Bettes stand, dann rückte er seine Brille zurecht und erklärte: «Ich werde Genosse Ostapenko anrufen und ihn über die unerhörten Mißstände, die hier herrschen, in Kenntnis setzen.»

Ljudmila Afanassjewna zuckte zusammen, sie erbleichte nur, ihr ohnehin schon graues Gesicht wurde fahl, sie machte eine eigenartige kreisende Bewegung mit den Schultern, als seien ihre Schultern von Tragriemen müde, die sich nicht abstreifen ließen.

«Wenn Sie Beziehungen zum Gesundheitsministerium haben», stimmte sie ihm sofort zu, «sich sogar mit dem Genossen Ostapenko in Verbindung setzen können, dann stelle ich Ihnen die Unterlagen zur Verfügung, bitte!»

«Das ist nicht nötig! Eine solche Gleichgültigkeit ist mir in meinem ganzen Leben noch nicht begegnet! Ich liege jetzt *achtzehn Stunden* hier – aber kein Mensch kommt, um mich zu behandeln! Und dabei bin ich kein gewöhnlicher Arbeiter und dürfte gar nicht so herumliegen!»

Alle im Saal blickten Pawel Nikolajewitsch schweigend an. Dieser Vorwurf traf nicht Ljudmila Afanassjewna, sondern Wera Korniljewna – sie preßte die Lippen zusammen und zog die Stirn in Falten, als sähe sie etwas Ungeheuerliches auf sich zukommen, ohne es aufhalten zu können.

Ljudmila Afanassjewna, die sich über den sitzenden Rusanow beugte, erlaubte sich nicht, die Stirn zu runzeln, nur ihre Schultern bewegten sich noch einmal. Sie sagte entgegenkommend, leise: «Ich bin gekommen, um Sie zu behandeln.»

Pawel Nikolajewitsch schnitt ihr das Wort ab: «Sie kommen zu spät! Ich habe die hiesigen Methoden satt – ich will weg von hier. Kein Mensch kümmert sich um mich, kein Mensch stellt eine Diagnose!»

Seine Stimme zitterte ungewollt. Denn es war tatsächlich beleidigend.

«Die Diagnose ist bereits gestellt», erwiderte Ljudmila Afanassjewna ruhig, wobei sie sich mit beiden Händen an der Rücklehne seines Bettes festhielt. «Wo wollen Sie sonst hin, mit dieser Krankheit wird man Sie in unserer ganzen Republik nirgendwo mehr aufnehmen.»

«Aber Sie haben doch gesagt, daß ich keinen Krebs habe!?... Lassen Sie mich doch die Diagnose wissen!»

«Im allgemeinen sind wir nicht dazu verpflichtet, den Patienten die Krankheit zu nennen. Aber wenn das Ihren Zustand erleichtern kann, bitte: Lymphogranulomatose.»

«Das heißt also: nicht Krebs!»

«Natürlich nicht.» Weder in ihrem Gesicht noch in ihrer Stimme war die geringste Spur von Verärgerung über diese Auseinandersetzung. Sie sah ja seine faustgroße Geschwulst unter dem Kinn. Worüber hätte sie sich ärgern sollen? Über die Geschwulst? «Niemand zwingt Sie, hier bei uns zu liegen. Sie können sofort entlassen werden. Aber bedenken Sie...» Sie stockte. Dann sagte sie warnend: «Man stirbt nicht nur an Krebs.»

«Sie wollen mir nur Angst einjagen!» rief Pawel Nikolajewitsch. «Warum wollen Sie mich erschrecken? Das ist nicht die richtige Methode!» sagte er noch energisch, obwohl ihm bei dem Wort «stirbt» eiskalt geworden war. Und schon etwas demütiger fragte er: «Wollen Sie vielleicht sagen, daß es so schlecht um mich steht?»

«Wenn Sie von Klinik zu Klinik reisen werden, dann ja. Nehmen Sie bitte Ihren Schal ab, und stehen Sie auf.»

Er nahm seinen Schal ab und stand auf. Ljudmila Afanassjewna tastete vorsichtig die Geschwulst ab, dann auch zum Vergleich die gesunde Seite seines Halses. Sie bat ihn, den Kopf so weit wie möglich nach hinten zu beugen (aus dieser Bewegung wurde nicht viel, denn bald schon behinderte ihn die Geschwulst), dann nach vorn zu neigen, dann nach links und rechts zu drehen.

So war das also! – Er hatte offensichtlich die Freiheit verloren, seinen Kopf zu bewegen, wie er wollte – eine Freiheit, deren wir uns, solange wir sie besitzen, nicht bewußt sind.

«Ziehen Sie bitte die Jacke aus.» Er knöpfte die großen Knöpfe seiner sehr bequemen grün-zimtfarbenen Pyjamajacke auf; erst schien es ein leichtes, sie auszuziehen, aber solange er die Arme streckte, spürte er Stiche im Hals und stöhnte auf. So weit war die Sache also schon gediehen! Die Krankenschwester half ihm, aus den Ärmeln zu schlüpfen.

«In den Achselhöhlen haben Sie aber keine Schmerzen?» fragte Ljudmila Afanassjewna.

«Ja, wie denn, kann das auch noch eintreten?» Rusanows Stimme versagte fast und war jetzt noch leiser als die Ljudmila Afanassjewnas.

«Strecken Sie bitte die Arme zur Seite!» Und sie tastete auch seine Achselhöhlen sehr gründlich ab.

«Womit werden Sie mich denn behandeln?» fragte Pawel Nikolajewitsch.

«Das habe ich Ihnen schon gesagt: mit Spritzen.»

«Wohin, direkt in die Geschwulst?»

«Nein, intravenös.»
«Und oft?»
«Dreimal in der Woche. Sie können sich wieder anziehen.»
«Eine Operation ist nicht möglich?»
(Er fragte «ist nicht möglich», obgleich er den Operationstisch mehr als alles andere fürchtete. Wie viele Kranke zog er eine andere, wenn auch langwierigere Behandlung vor.)
«Eine Operation ist sinnlos.» Sie wischte sich die Hände an dem ihr hingereichten Handtuch ab.
Wie gut, daß sie sinnlos war! Pawel Nikolajewitsch dachte nach. Er müßte sich trotzdem mit Kapa besprechen. Was unternommen werden mußte, war keinesfalls einfach. Sein Einfluß war bei weitem nicht so groß, als ihm wünschenswert gewesen wäre. Sich mit dem Genossen Ostapenko in Verbindung zu setzen, war sogar äußerst schwierig.
«Nun gut, ich werde es mir überlegen und Ihnen morgen Bescheid geben.»
«Das geht nicht», erwiderte Ljudmila Afanassjewna unerbittlich. «Sie müssen mir noch heute Bescheid geben. Morgen können wir keine Injektion machen, morgen ist Samstag.»
Schon wieder Vorschriften! Als wären Vorschriften nicht dazu da, umgangen zu werden!
«Warum ist das samstags nun plötzlich nicht möglich?»
«Weil wir Ihre Reaktion auf die Spritze genau kontrollieren müssen, und zwar an dem Tag, an dem die Injektion gemacht wird, und auch am darauffolgenden. Am Sonntag ist aber niemand da, um Sie zu beobachten.»
«Ist das denn eine so gefährliche Spritze?»
Ljudmila Afanassjewna gab keine Antwort. Sie war schon zu Kostoglotow weitergegangen.
«Und wenn wir erst am Montag...»
«Genosse Rusanow! Sie haben sich vorhin darüber beschwert, daß man Sie achtzehn Stunden auf eine Behandlung hat warten lassen. Wie können Sie jetzt weitere zweiundsiebzig Stunden warten wollen?» (Sie hatte schon gesiegt, hatte ihn schon überrollt, er war ohnmächtig gegen sie!) «Entweder nehmen wir Sie heute zur Behandlung an oder nicht. Wenn ja, dann bekommen Sie heute um ein Uhr mittags Ihre erste Spritze. Wenn nicht, dann unterschreiben Sie mir, daß Sie unsere Behandlung ablehnen, und ich entlasse Sie noch heute. Drei Tage untätig warten, das können wir nicht verantworten. Überlegen Sie, und sagen Sie mir Bescheid, bevor ich diesen Raum verlasse.»
Rusanow schlug die Hände vors Gesicht.
Doktor Hangart, deren Kittel bis obenhin zugeknöpft war, ging schweigend an seinem Bett vorbei. Und Olimpiada Wladislawowna segelte wie ein Schiff an ihm vorüber.

Doktor Donzowa hatte diese Auseinandersetzung ermüdet, sie hoffte, sich beim nächsten Bett etwas aufmuntern zu können.

«Nun, Kostoglotow, wie geht's uns denn?»

Kostoglotow glättete leicht seine Haarwirbel und antwortete laut, überzeugt, mit der Stimme eines Gesunden: «Ausgezeichnet, Ljudmila Afanassjewna! Mehr kann ich nicht verlangen!»

Die Ärzte tauschten einen Blick. Wera Korniljewnas Lippen lächelten kaum merklich, aber ihre Augen strahlten vor Freude.

«Nun, trotzdem», Doktor Donzowa setzte sich auf sein Bett. «Sagen Sie mir, was Sie fühlen. Was hat sich während der Behandlung hier verändert?»

«Gern!» erwiderte Kostoglotow bereitwillig. «Die Schmerzen haben nach der zweiten Bestrahlung nachgelassen, nach der vierten hatte ich überhaupt keine mehr. Danach fiel auch die Temperatur. Ich kann wieder ausgezeichnet schlafen, bis zu zehn Stunden. Wie ich mich auch lege, keine Schmerzen. Früher konnte ich mich legen, wie ich wollte – immer Schmerzen. Essen widerte mich an, jetzt kann ich alles vertragen und bitte sogar manchmal, ein zweites Mal nehmen zu dürfen.»

«Und es tut nicht weh?» lächelte Doktor Hangart.

«Bekommen Sie denn ein zweites Mal?» fragte Doktor Donzowa lachend.

«Manchmal. Aber warum lange reden? – Mein ganzes Lebensgefühl hat sich einfach verändert. Ich bin todkrank hierhergekommen, und jetzt lebe ich wieder auf.»

«Keine Übelkeit mehr?»

«Nein.»

Ljudmila Afanassjewna und Wera Korniljewna sahen Kostoglotow mit strahlenden Augen an – so wie ein Lehrer seinen Klassenersten ansieht: stolzer auf dessen vortreffliche Antwort als auf das eigene Wissen und die eigene Erfahrung. Ein solcher Schüler erweckt einfach Sympathie.

«Und fühlen Sie Ihre Geschwulst?»

«Sie stört mich nicht mehr.»

«Aber Sie fühlen sie noch?»

«Nur wenn ich mich so hinlege, fühle ich einen leichten Druck. Aber es stört mich nicht!» beharrte Kostoglotow.

«Legen Sie sich bitte hin.»

Kostoglotow ließ sich wie gewöhnlich nach hinten gleiten, hob die Beine aufs Bett (seine Geschwulst war während des letzten Monats in den verschiedensten Krankenhäusern von vielen Ärzten und sogar Praktikanten abgetastet worden und hatte überall Staunen erregt), zog die Knie an, legte sich ohne Kopfkissen auf den Rücken und entblößte seinen Bauch. Er spürte plötzlich diese Kröte, die Gefährtin seines Lebens, tief in sich liegen und drücken.

Ljudmila Afanassjewna näherte sich mit sanft kreisenden Fingerbewegungen der Geschwulst.

«Nicht anspannen, nicht anspannen», ermahnte sie ihn; er wußte selbst, daß er damit die Untersuchung störte, doch er straffte sich unwillkürlich zur Abwehr. Nachdem er sich endlich entspannt hatte, konnte sie ganz deutlich drei Bereiche abtasten: einen ersten weichen, einen zweiten schon härteren und einen dritten noch härteren.

Doktor Hangart sah ihr über die Schulter hinweg zu. Und Kostoglotow sah sie an. Sie nahm großen Anteil an ihm. Sie wünschte sich, strenger sein zu können, konnte es aber nicht: Sie hatte sich allzu schnell an diesen Kranken gewöhnt. Sie wünschte sich, erwachsener zu sein, aber irgend etwas in ihr war noch immer jungmädchenhaft.

«Klare Konturen, wie früher», stellte Ljudmila Afanassjewna fest. «Aber sie ist zweifellos flacher geworden. Deshalb drückt sie auch nicht mehr auf den Magen und verursacht keine Schmerzen mehr. Sie ist weicher geworden, aber die Konturen sind fast unverändert. Wollen Sie auch prüfen?»

«Nein, da ich jeden Tag... Man muß Pausen machen. Blutsenkung – fünfundzwanzig, Leukozyten achthundertfünf... Nun sehen Sie selbst...»

Rusanow hob den Kopf und fragte flüsternd die Schwester: «Sind die Spritzen sehr schmerzhaft?»

Und Kostoglotow wollte wissen: «Ludmila Afanassjewna! Wie viele Bestrahlungen brauche ich noch?»

«Das kann man jetzt noch nicht festlegen.»

«Na, gleichgültig. Wann können Sie mich denn ungefähr entlassen?»

«Wie bitte?» Sie sah von dem Krankenblatt auf. «Was haben Sie gefragt?»

«Wann Sie mich entlassen?» wiederholte Kostoglotow unerschütterlich. Er hatte die Arme um die Knie geschlungen und sah sie unbekümmert an.

Ihr Blick verlor jede Sympathie für ihren Klassenersten. Er war ein schwieriger Patient mit verstocktem, eigensinnigem Gesichtsausdruck.

«Aber ich beginne doch erst, Sie zu behandeln!» wies sie ihn zurecht. «Ich beginne mit dem morgigen Tag. Alles Bisherige war doch nur ein Vorspiel.»

Kostoglotow ließ sich nicht einschüchtern: «Ljudmila Afanassjewna, ich möchte Ihnen etwas erklären. Ich weiß, daß ich nicht ausgeheilt bin, aber ich verzichte auch auf eine völlige Heilung.»

«Versteh einer die Kranken! Einer ist wie der andere.» Ljudmila Afanassjewna zog die Augenbrauen zusammen, als sie vorwurfsvoll fragte: «Was reden Sie da überhaupt? Sind Sie noch normal oder nicht?»

«Ljudmila Afanassjewna», antwortete Kostoglotow mit ablehnender Geste, «eine Diskussion über die Normalität oder Anomalität des modernen Menschen würde viel zu weit führen ... Ich bin Ihnen zutiefst dankbar, daß Sie mir überhaupt zu diesem erträglichen Zustand verholfen haben. Aber jetzt möchte ich eine Zeitlang darin verharren. Was ich von der weiteren Behandlung zu erwarten habe – das weiß ich doch nicht.» Während Kostoglotow das sagte, schob Ljudmila Afanassjewna vor Ungeduld und Ärger die Unterlippe vor. Doktor Hangarts Augenbrauen begannen zu zucken, ihr Blick wanderte von ihr zu ihm, sie hätte sich gern eingemischt und beide beschwichtigt. Olimpiada Wladislawowna sah den aufsässigen Patienten hochnäsig an. «Mit einem Wort, ich möchte nicht einen zu hohen Preis für die Hoffnung zahlen, irgendwann leben zu dürfen. Ich möchte mich einfach auf die Abwehrkräfte meines Organismus verlassen.»

«Sie sind mit den Abwehrkräften Ihres Organismus auf allen vieren in unsere Klinik gekrochen gekommen!» entgegnete Doktor Donzowa scharf und erhob sich vom Bett. «Sie begreifen wohl gar nicht, womit Sie spielen? Ich werde mich nicht weiter mit Ihnen auseinandersetzen.»

Sie machte eine männlich wirkende, schroffe Handbewegung und ging zu Asowkin hinüber, aber Kostoglotow, die Beine unter der Decke angezogen, sah ihr unversöhnlich nach wie ein angriffslustiger Köter.

«Aber ich, Ljudmila Afanassjewna, bitte Sie, mit mir zu reden! Sie interessiert vielleicht das Experiment und wie es ausgehen wird, aber ich will eine Weile in Frieden leben. Und sei es nur ein Jahr. Das ist alles.»

«Gut», warf ihm Ljudmila Afanassjewna über die Schulter zu. «Ich werde Sie rufen lassen.»

Sie sah Asowkin sehr verärgert an, denn sie konnte sich nicht sofort auf dieses neue Gesicht umstellen.

Asowkin stand nicht auf. Er saß da und hielt sich den Bauch. Er hob nur den Kopf. Seine Lippen waren geöffnet, und jede Lippe für sich drückte seine Leiden aus. In den Augen stand nichts zu lesen außer der Bitte um Hilfe.

«Na, Kolja, wie geht's?» Ljudmila Afanassjewna legte ihm den Arm um die Schultern.

«Schlecht!» antwortete er sehr leise, bemüht, kaum zu atmen, da sich jede Anspannung der Lunge sofort auf die Geschwulst an seinem Magen übertrug.

Ein halbes Jahr zuvor war er noch mit dem Spaten auf der Schulter allen voran zur freiwilligen Sonntagsarbeit der Komsomolzen marschiert und hatte aus voller Kehle gesungen – jetzt konnte er selbst über seine Schmerzen nur noch im Flüsterton sprechen.

«Na, Kolja, laß uns einmal gemeinsam überlegen», sagte Doktor Donzowa ebenso leise. «Vielleicht bist du müde von der Behandlung? Vielleicht hängt dir die Klinik zum Hals heraus? Tut sie das?»

«Ja ...»

«Du bist ja von hier. Möchtest du vielleicht zu Hause ein bißchen ausruhen? Ein, zwei Monate?»

«Nehmen Sie mich dann wieder auf?»

«Freilich! Du gehörst doch schon zu uns. Ruh dich mal von den Spritzen aus. Statt dessen kaufst du in der Apotheke Medikamente und nimmst sie dreimal am Tag.»

«Sinestrol?»

«Ja.»

Weder Doktor Donzowa noch Doktor Hangart wußten, daß Asowkin außer den Medikamenten, die ihm verschrieben worden waren, von jeder auftauchenden Schwester, von jedem Arzt, der Nachtdienst hatte, zusätzliche Schlafmittel, zusätzliche Schmerzbetäubungsmittel, zusätzliche Pülverchen und Tabletten erbettelt hatte. Mit diesem Vorrat an Medikamenten, die eine kleine Tasche füllten, wollte Asowkin seine Rettung für den Tag vorbereiten, an dem die Ärzte ihn aufgeben würden.

«Du mußt ein wenig ausruhen, Kolenka. Ausruhen.» Es war sehr still im Krankenzimmer, um so deutlicher waren Rusanows Aufseufzen und seine Worte zu hören: «Ich ergebe mich, Doktor. Spritzen Sie meinetwegen!»

5

Wie soll man es nennen, wenn unsere Seele bedrückt ist? Niedergeschlagen, verzweifelt? Ein unsichtbarer, doch schwerer und dichter Nebel dringt in die Brust und bedrängt das Herz. Wir fühlen zunächst nur diesen Druck und erkennen nicht sogleich, was uns eigentlich quält.

So erging es Wera Korniljewna, als sie nach der Visite zusammen mit Ljudmila Afanassjewna die Treppe hinunterstieg. Sie war sehr gedrückter Stimmung.

In solchen Fällen hilft nur eines: Man muß versuchen, sich über die wirklichen Ursachen dieser Niedergeschlagenheit klarzuwerden. Und etwas dagegensetzen.

Aber dazu hatte Wera Korniljewna noch keine Zeit gefunden.

Und doch, etwas war ihr bewußt: Sie hatte Angst um «Mama» – so nämlich nannten die drei Assistenzärztinnen Ljudmila Afanassjewna unter sich. Und das sowohl wegen ihres Alters – sie alle drei waren Anfang Dreißig, Ljudmila Afanassjewna aber schon über fünfzig – als auch wegen ihres übermäßigen Eifers, mit dem sie sich ihren Aufgaben widmete. Sie war äußerst fleißig und gewissenhaft und wollte, daß sich ihre drei «Töchter» denselben Fleiß und dieselbe Gewissenhaftigkeit zu eigen machten; sie war eine der letzten, die Röntgendiagnostik und Röntgentherapie gleichermaßen beherrschten, und versuchte, auch ihre drei Assistentinnen, ungeachtet der Zeitströmung und Spezialisierung auf allen Wissensgebieten, in beidem auszubilden. Es gab nichts, was sie für sich behalten, was sie nicht mitgeteilt hätte. Und als sich Wera Hangart in diesem und jenem als geschickter und klüger als sie erwies, freute das Mama nur aufrichtig. Wera Hangart arbeitete schon acht Jahre bei ihr, und die ganze Kraft, über die sie jetzt verfügte, die Kraft, um Hilfe flehende Menschen dem Tod zu entreißen – diese ganze Kraft hatte Ljudmila Afanassjewna ihr gegeben.

Dieser Rusanow konnte Mama noch große Unannehmlichkeiten bereiten.

Doch es handelte sich nicht um Rusanow allein! Wenn eine Hetze erst einmal angefangen hat, findet sie nie ein Ende. Sie furcht sich tief ins Gedächtnis ein. Man mag sie wiedergutzumachen oder mit Sand zuzuschütten versuchen – es braucht bloß einer, und sei es im Rausch, zu rufen: «Schlagt die Ärzte tot!» oder «Schlagt die Ingenieure tot!» – und schon sind wieder die Knüppel bei der Hand.

Der Argwohn gegen die Ärzte war noch nicht ganz verschwunden, er hatte hier und dort einen Stachel zurückgelassen, der sehr tief saß. Vor nicht allzu langer Zeit hatte ein Chauffeur des Staatssicherheitsministeriums mit einem Magenkrebs in der Klinik gelegen. Er war ein chirurgischer Fall und ging Wera Korniljewna nichts an, aber einmal hatte sie Nachtdienst und machte ihren abendlichen Rundgang. Er jammerte über schlechten Schlaf. Sie verschrieb ihm Bromural, und da sie wußte, daß es ein leichtes Medikament war, sagte sie zu der Schwester: «Geben Sie ihm zwei Pulver auf einmal.» Der Kranke nahm die Pulver wohl entgegen, warf aber Wera Korniljewna einen eigenartigen Blick zu, was sie gar nicht bemerkte. Auch nachträglich wäre sie ahnungslos geblieben, wenn nicht die Laborantin der Klinik, eine Wohnungsnachbarin jenes Chauffeurs, diesen im Krankenhaus besucht hätte. Sie kam völlig aufgelöst zu Wera Korniljewna gelaufen: Der Chauffeur hatte die Pulver nicht genommen (wieso zwei auf einmal?), er hatte die Nacht nicht geschlafen und jetzt die Laborantin ausgefragt: «Wie kommt sie denn zu dem Familiennamen Hangart? Erzähl mal ein bißchen. Sie wollte mich vergiften. Man muß sie unter die Lupe nehmen.»

Und einige Wochen lang hatte Wera Korniljewna darauf gewartet, *unter die Lupe genommen* zu werden. Und in all diesen Wochen hatte sie pausenlos, richtig und mit großer Einfühlung Diagnosen stellen, die Zahl der Bestrahlungen bestimmen, mit freundlichen Blicken und Worten die Kranken, die in diese berüchtigte Abteilung geraten waren, aufmuntern und dabei von jedem den fragenden Blick erwarten müssen: Bist du nicht die Giftmischerin?

Heute belastete sie noch etwas anderes sehr schwer: daß es ausgerechnet Kostoglotow war, einer der erfolgversprechendsten Patienten, dem sie aus irgendeinem Grund besonders wohlgesinnt war, der Mama diese Fragen gestellt hatte, weil er argwöhnte, für irgendein Experiment mißbraucht zu werden.

Ljudmila Afanassjewna war ebenfalls sehr niedergeschlagen, auch sie erinnerte sich eines unangenehmen Vorfalls – der Sache mit Polina Sawodtschikowa, dieser skandalsüchtigen Alten. Sie selbst war gar nicht krank gewesen, sondern ihr Sohn. Trotzdem quartierte sie sich mit ihm in der Klinik ein. Nachdem man ihm eine innere Geschwulst entfernt hatte, stürzte sie sich im Korridor auf den Chirurgen und verlangte ein Stück von der Geschwulst des Sohnes, denn sie hatte die Absicht, mit diesem Stück in eine andere Klinik zu gehen, um es untersuchen zu lassen. Sollte das Ergebnis mit der Diagnose Doktor Donzowas nicht übereinstimmen, so wollte sie sich an ihr rächen und sie verklagen.

Jetzt, nach der Visite, mußten die beiden Ärztinnen alles miteinander besprechen, was sie in Gegenwart der Kranken nicht hatten besprechen können, und einige Entscheidungen treffen.

Mit den Räumlichkeiten war es in der Station dreizehn schlecht bestellt, für die Ärzte der Bestrahlungsabteilung war auch nicht der kleinste Raum vorhanden. Sie konnten sich weder im Raum der «Gammakanone» niederlassen noch im Behandlungsraum, wo die großen Röntgenapparate mit hundertzwanzig- bis zweihunderttausend Volt standen. In der Röntgendiagnostik war zwar Platz, aber der Raum war immer verdunkelt. Deshalb stand ihr Tisch, an dem sie sich besprachen, Krankenberichte und anderes schrieben, im Behandlungsraum mit den Kurzwellenapparaten – als hätten sie nach so vielen Jahren Arbeit noch immer nicht genug von der widerwärtigen Röntgenluft mit dem besonderen Geruch und ihrer Hitze.

Sie traten ein und setzten sich an den großen grobgehobelten Tisch, der nicht einmal Schubladen hatte. Wera Korniljewna sah die Krankenblätter durch und teilte sie in zwei Gruppen – die einen konnte sie selbst bearbeiten, die anderen mußte sie mit Ljudmila Afanassjewna besprechen. Ljudmila Afanassjewna starrte finster, mit leicht vorgeschobener Unterlippe, auf den Tisch und klopfte mit einem Bleistift auf die Tischplatte. Wera Korniljewna sah sie voll Teilnahme an, konnte sich aber nicht entschließen, etwas über Rusanow oder Kostoglotow oder gar über das allgemeine Schicksal der Ärzte zu sagen – denn das Vorgefallene zu wiederholen, war sinnlos, etwas anderes aber nicht genügend vorsichtig, nicht genügend feinfühlig zu äußern, würde keinen Trost bedeuten.

Da ergriff Ljudmila Afanassjewna das Wort: «Es ist zum Wahnsinnigwerden, daß wir so machtlos sind!»

(Das konnte sich auf viele der heute besuchten Kranken beziehen.)

Noch immer klopfte sie mit dem Bleistift auf den Tisch.

«Aber wir haben doch keine Fehler gemacht.» (Das konnte sich auf Asowkin und Musalimow beziehen.) «Wir waren bisweilen in der Diagnose unsicher, aber die Behandlung war richtig. Noch kleinere Dosen hätten wir nicht geben können. Das Faß hat unsere ganze Arbeit zunichte gemacht.»

Das war es also – sie dachte über Sibgatow nach! Es gibt eben störrische Krankheiten, denen man mit dreifacher Klugheit zuleibe rückt, und doch kann man den Kranken nicht retten. Als Sibgatow zum erstenmal, auf einer Bahre, in die Klinik gebracht worden war, hatte sich aus dem Röntgenbild eine fast völlige Zerstörung des Rückgrats ergeben. Sie hatten es anfangs für ein Knochensarkom gehalten, und erst später, als sich im Knochen Flüssigkeit abzusondern und ein gallertartiges Gewebe ihn zu überwuchern begann, hatten sie erkannt, daß es sich um eine gigantische Geschwulst handelte. Die Behandlung war dennoch richtig gewesen.

Das Kreuz konnte man nicht entfernen, nicht heraussägen. Es blieb nur die Bestrahlung – und selbstverständlich von Anfang an in großen Dosen, kleinere hätten nichts mehr ausrichten können. Und Sibgatow genas! Sein Rückgrat kräftigte sich. Er genas, nur wurde durch die ungeheuren Röntgendosen das umliegende Gewebe stark angegriffen und für neue bösartige Geschwülste empfänglich. Und jetzt, als eine neue Bestrahlung nicht mehr gewagt werden durfte – jetzt wucherte eine neue Geschwulst, die man mit nichts ausrotten, sondern höchstens noch aufhalten konnte.

Dem Arzt wurde hier seine Ohnmacht und die Unzulänglichkeit der Methoden bewußt, sein Herz aber empfand Mitleid, ein ganz natürliches Mitleid: Da lag dieser sanftmütige, freundliche, kummervolle Tatare Sibgatow, so sehr bereit zur Dankbarkeit, aber alles, was man noch für ihn tun konnte, war – sein Leiden zu verlängern.

Heute morgen hatte Nisamudtin Bachramowitsch Doktor Donzowa aus einem ganz bestimmten Anlaß rufen lassen: Er wollte den Aufenthalt verschiedener Patienten im Krankenhaus verkürzt wissen, und darum sollten alle ungewissen, keine entscheidende Besserung versprechenden Fälle aus dem Krankenhaus entlassen werden. Doktor Donzowa war damit einverstanden, denn im Empfangsvestibül der Klinik warteten fortwährend, manchmal tagelang, neue Anwärter, und aus den Kreiskrankenhäusern kamen ständig Bitten, neue Kranke überweisen zu dürfen. Sie war im Prinzip damit einverstanden, und niemand hätte diesem Prinzip eindeutiger zum Opfer fallen müssen als Sibgatow, aber gerade ihn zu entlassen, brachte sie nicht fertig. Der erschöpfende Kampf um dieses eine menschliche Rückgrat dauerte nun schon allzu lange. Man konnte jetzt nicht einfach einer reinen Vernunfterwägung nachgeben und dem Kranken das einzige Fünkchen Hoffnung nehmen, daß sich vielleicht doch der Tod und nicht der Arzt geirrt habe. Um Sibgatows willen hatte sich Doktor Donzowa sogar noch in die Knochenpathologie vertieft – mit dem einzigen Wunsch, Sibgatow zu retten. Wahrscheinlich saßen im Vestibül Kranke, die einer Behandlung nicht weniger bedürftig waren als er – aber sie konnte Sibgatow nicht einfach fallenlassen und würde dem Oberarzt gegenüber entsprechend zu argumentieren wissen.

Auch bestand Nisamudtin Bachramowitsch darauf, die hoffnungslosen Fälle abzuschieben. Sie sollten nach Möglichkeit außerhalb der Klinik sterben – auch dadurch würden wieder ein paar Betten frei werden, die anderen Kranken weniger belastet sein und zudem die Statistik aufgewertet, denn sie würden nicht tot, sondern lebend, nur mit dem Vermerk «leichte Verschlechterung» das Krankenhaus verlassen.

Unter diese Kategorie von Kranken fiel Asowkin, den Ljudmila Afanassjewna heute entlassen hatte. Seine Krankengeschichte war im Laufe der Monate zu einem dicken Heft geworden, das aus zimtfarbenen mit weißlichen die Feder hindernden Holzfäserchen durchsetzten Papierblättern zusammengeklebt war. Es enthielt viele violette und blaue Ziffern und Zeilen. Die beiden Ärztinnen sahen hinter diesem Heft den schweißbedeckten, gequälten Jungen, wie er sich auf seinem Bett zusammenkrümmte, doch die mit leiser Stimme gelesenen Ziffern und Zahlen waren unerbittlicher als der Urteilsspruch eines Tribunals, denn niemand konnte gegen ihn Einspruch erheben. Da waren sechsundzwanzigtausend «r»-Bestrahlungen, zwölftausend allein in der letzten Serie, fünfzig Injektionen Sinestrol, sieben Bluttransfusionen von zweihundertdreißig Kubikmillimetern, und dennoch enthielt sein Blut nur dreitausendvierhundert Leukozyten, und Erythrozyten ... Die Metastasen widerstanden jeder Behandlung, sie veränderten sich sogar schon am Mediastinum, erschienen bereits in der Lunge, trieben Knoten über den Schlüsselbeinen, aber der Organismus gab keinen rettenden Hinweis, wie man sie hätte eindämmen können.

Während die Ärztinnen die Krankenblätter durchsahen und ergänzten, setzte die Röntgenschwester im selben Raum die Behandlung der ambulanten Fälle fort. Sie führte gerade ein vierjähriges Mädchen in blauem Kleid mit seiner Mutter herein. Das Gesicht des Mädchens war mit roten, vakulösen Geschwüren bedeckt, die zwar noch klein, noch nicht bösartig wirkten, dennoch bestrahlt werden mußten, um einer eventuellen Verschlechterung vorzubeugen. Das Mädchen selbst war ganz unbeschwert, es ahnte nicht, daß es auf seinem kleinen Gesicht womöglich schon den Stempel des Todes trug. Sie war nicht zum erstenmal hier, hatte überhaupt keine Angst, plapperte munter vor sich hin, streckte ihre Hände nach den vernickelten Teilen der Apparate aus und freute sich an dieser blitzenden Welt. Die ganze Bestrahlung sollte nur drei Minuten dauern, aber nicht einmal diese drei Minuten lang konnte sie unter der auf ihre kranke Haut gerichteten Röhre stillsitzen. Sie drehte und wandte sich, wich aus, und die Röntgenschwester mußte den Apparat immer wieder ausschalten und von neuem einstellen. Die Mutter hielt das Spielzeug der Kleinen auf dem Schoß, was das Kind zusätzlich ablenkte, und versprach ihr neue Spielsachen, wenn sie endlich stillsitzen würde. Dann kam eine übelgelaunte Alte an die Reihe, die lange an ihrem Kopftuch herumnestelte und umständlich die Jacke auszog. Danach wurde eine Frau aus dem Krankenhaus in grauem Kittel mit einer kugelförmigen Geschwulst am Fuß behandelt – (sie hatte sich an einem hochstehenden Nagel in ihrem Schuh verletzt) – und plauderte munter mit der Schwester, ohne zu ahnen, daß diese zentimeterdicke kleine Kugel, die man aus irgendwelchen Gründen nicht operativ entfernen wollte, die Königin aller bösartigen Geschwülste war – nämlich ein Melanoblastom.

Die Ärztinnen wurden natürlich auch durch diese Kranken abgelenkt, weil sie unwillkürlich hinsahen und der Schwester diesen und jenen Ratschlag gaben – und schon war es für Wera Korniljewna Zeit, Rusanow eine Injektion zu geben. Sie legte Ljudmila Afanassjewna das letzte Krankenblatt Kostoglotows hin, das sie absichtlich bis zum Schluß zurückgehalten hatte, und sagte: «Trotz der hoffnungslosen Ausgangssituation ein glänzender Anfang. Wenn dieser Mensch nur nicht so eigensinnig wäre. Er kann die Behandlung doch nicht tatsächlich ablehnen wollen.»

«Er soll's nur mal versuchen!» erwiderte Ljudmila Afanassjewna und klopfte mit dem Bleistift auf den Tisch. Kostoglotow hatte dieselbe Krankheit wie Asowkin, doch wie hoffnungsvoll schlug bei ihm die Behandlung an, und er wagte sie abzulehnen!

«Ihnen wird er sich fügen», bemerkte Doktor Hangart.

«Mir wohl kaum, denn ich bin sicher, daß ich seinen Eigensinn nicht brechen kann. Darf ich ihn vielleicht zu Ihnen schicken?» Sie entfernte ein kleines Staubkörnchen unter dem Fingernagel. «Mein Verhältnis zu ihm ist ziemlich schwierig geworden. Es gelingt mir nicht, energisch mit ihm zu reden. Ich weiß nicht warum.»

Dieses schwierige Verhältnis hatte eigentlich schon vom allerersten Tag an bestanden.

Es war ein trüber Januartag gewesen, und es hatte in Strömen geregnet. Doktor Hangart hatte Nachtdienst gehabt. Gegen neun Uhr abends kam die dicke, gesunde Krankenpflegerin vom ersten Stock zu ihr und jammerte: «Doktor, da ist so ein Flegel unten, ich werd nicht mit ihm fertig. Wenn wir nichts unternehmen, tanzen sie uns noch auf den Köpfen herum.»

Wera Korniljewna ging hinunter und sah auf dem Fußboden, direkt neben dem verschlossenen Kämmerchen der Oberschwester, einen Kerl liegen, lang ausgestreckt, in Stiefeln, einem abgewetzten Soldatenmantel und einer ihm zu engen, dennoch über die Ohren gezogenen Mütze. Unter den Kopf hatte er einen Sack geschoben und sich hier anscheinend zum Schlafen eingerichtet. Doktor Hangart näherte sich ihm leise auf hohen Absätzen (sie vernachlässigte niemals ihre Kleidung), sah ihn streng an in der Hoffnung, ihn schon durch ihren Blick in Verlegenheit bringen und zum Aufstehen zwingen zu können; doch er machte, obwohl er sie bemerkte, nicht die geringsten Anstalten, sich zu erheben, ja, er schloß sogar die Augen.

«Wer sind Sie?» fragte Wera Korniljewna.

«Ein Me-n-s-c-h», erwiderte er gleichmütig.

«Haben Sie einen Überweisungsschein?»

«Ja.»

«Wann haben Sie ihn bekommen?»

«Heute.»

Den Wasserlachen auf dem Fußboden nach zu urteilen, mußten sein Mantel, auch seine Schuhe und sein Sack völlig durchnäßt sein.

«Aber so geht das nicht. Das können wir nicht gestatten. Außerdem ist es einfach unbequem...»

«Absolut nicht», widersprach er. «Ich bin doch hier zu Hause, wer sollte denn schon Anstoß an mir nehmen?»

Wera Korniljewna war verwirrt. Sie fühlte, daß sie ihn nicht anschnauzen und ihm befehlen durfte, aufzustehen, abgesehen davon, würde er vermutlich sowieso nicht reagieren.

Sie sah sich im Vestibül um, wo tagsüber immer viele Besucher und Wartende saßen, wo sich die Kranken mit ihren Angehörigen trafen und wo zu später Stunde eingetroffene, von weit her gereiste Schwerkranke nächtigten, die man fürs erste nirgendwo sonst unterbringen konnte. Jetzt standen im Vestibül statt der üblichen drei Bänke nur zwei; auf der einen lag schon eine alte Frau, auf die andere hatte eine junge Usbekin ihr Kind gebettet und sich daneben gesetzt.

Man hätte den Kranken unter Umständen erlauben können, sich im Vestibül auf den Boden zu legen, wenn der Boden nicht schmutzig gewesen wäre.

Hier aber, an der Treppe, begann schon der desinfizierte Bereich – hier durfte man sich nur in Klinikkleidung oder weißen Kitteln aufhalten. Wera Korniljewna sah wieder auf den wild verwahrlosten Kranken hinab, dessen scharfgeschnittenes, abgemagertes Gesicht plötzlich nicht mehr so gleichgültig war wie zuvor.

«Haben Sie niemanden hier in der Stadt?»

«Nein.»

«Haben Sie in einem Hotel nachgefragt?»

«Ja», er war es müde, ausführlicher zu antworten.

«In dieser Stadt gibt es fünf Hotels!»

«Sie haben mich nicht einmal angehört», er schloß die Augen, als wolle er andeuten, daß er die Audienz für beendet hielt.

«Wenn Sie nur früher gekommen wären!» überlegte Wera Korniljewna. «Krankenwärterinnen lassen gelegentlich Kranke bei sich zu Hause übernachten, Sie verlangen nicht viel dafür.»

Er lag mit geschlossenen Augen da.

«Er sagt einfach: ‹Und wenn ich eine ganze Woche so liegen muß!›» mischte sich die diensthabende Krankenpflegerin ein. «‹Auf dem Boden! Bis sie mir ein Bett frei machen!› hat er gesagt. So eine Unverschämtheit! Steh endlich auf. Hier ist alles desinfiziert!» bedrängte sie den Kranken.

«Warum stehen hier nur zwei Bänke? Sonst waren es doch drei.»

«Die dritte steht da drin», die Krankenpflegerin zeigte auf eine Glastür.

Richtig, die dritte Bank hatte man im Korridor hinter der Glastür für die ambulanten Kranken aufgestellt, die tagsüber zur Bestrahlung kamen.

Wera Korniljewna hieß die Pflegerin die Tür aufschließen und sagte zu dem Kranken: «Ich werde Sie etwas bequemer unterbringen, stehen Sie bitte auf.»

Er sah sie nicht eben vertrauensvoll an, doch dann begann er sich, von Schmerzen gepeinigt, mühsam aufzurichten. Man sah, daß es ihm unendlich schwerfiel, seinen Rumpf zu bewegen. Nachdem er endlich aufrecht stand, konnte er sich vor Schmerzen nicht mehr bücken, um den Sack aufzuheben.

Mit ihren gepflegten Händen nahm Wera Korniljewna diesen durchnäßten, schmutzigen Sack auf und reichte ihn dem Kranken.

«Danke», lächelte er verzerrt. «Wie weit ist es doch mit mir gekommen ...» Auf dem Boden, wo er gelegen hatte, blieb ein länglicher, feuchter Fleck zurück.

«Sind Sie in den Regen geraten?» Sie sah ihn mit wachsender Anteilnahme an. «Dort im Korridor ist es warm, ziehen Sie ruhig Ihren Mantel aus. Haben Sie Fieber?»

Da die schwarze, schäbige Mütze mit den herabhängenden pelzgefütterten Ohrenklappen immer noch bis tief in die Stirn auf dem Kopf saß, legte sie die Finger an seine Wange.

Er hatte Temperatur.

«Nehmen Sie irgendein Medikament?»

Er sah sie schon etwas freundlicher an, nicht mehr ganz so feindselig.

«Analgin.»

«Haben Sie noch?»

«Ja.»

«Wollen Sie ein Schlafmittel?»

«Wenn's geht.»

«Übrigens», fiel ihr plötzlich ein, «zeigen Sie mir bitte Ihren Überweisungsschein.»

Halb lächelte er, halb verzog sich sein Mund vor Schmerz.

«Sind Sie etwa ohne Überweisung ... bei dem Regen?»

Er machte die obersten Haken seines Mantels auf und zog aus der Tasche seines offenen Hemdes den Überweisungsschein, der ihm tatsächlich an eben diesem Tage in der Ambulanz ausgestellt worden war. Sie las das Blatt durch und stellte fest, daß er zu ihren Kranken, zu den Bestrahlungsfällen, gehören würde. Mit dem Schein in der Hand drehte sie sich um, um das Schlafmittel zu holen.

«Ich bin gleich wieder da. Legen Sie sich inzwischen hin.»

«Warten Sie, warten Sie!» rief er. «Geben Sie mir das Papier da zurück! Ich kenne diese Abnahmebeamten!»

«Was befürchten Sie denn?» Sie wandte sich gekränkt um. «Trauen Sie mir vielleicht nicht?»

Er sah sie unschlüssig an und brummte: «Weshalb sollte ich Ihnen trauen? Wir haben schließlich noch nicht aus demselben Napf gegessen!»

Dann legte er sich hin.

Sie war verärgert und kam deshalb auch nicht selbst zu ihm zurück; sie schickte ihm durch die Krankenpflegerin das Schlafmittel und den Überweisungsschein, auf den sie oben «...» gesetzt, unterstrichen und mit einem Ausrufungszeichen versehen hatte.

Nur nachts sah sie einmal kurz nach ihm. Er schlief. Die Bank war recht geeignet dafür: Die leicht geschwungene Rückenlehne ging in eine ebenso leicht gehöhlte Sitzfläche über. Den nassen Mantel hatte er zwar ausgezogen, sich aber damit zugedeckt: Den einen Schoß hatte er über die Beine gebreitet, den anderen über die Schultern. Die Füße mit den Stiefeln hingen über den Rand der Bank hinaus. Die Sohlen waren über und über mit roten und schwarzen Lederstücken geflickt, die Spitzen mit Metallplättchen beschlagen, die Absätze mit kleinen Hufeisen.

Am Morgen verständigte Wera Korniljewna die Oberschwester, und diese brachte den Kranken auf dem oberen Treppenabsatz unter.

Seit dieser ersten Begegnung hatte Kostoglotow Wera Korniljewna keine Grobheiten mehr gesagt. Er unterhielt sich höflich mit ihr, sagte immer als erster guten Tag, lächelte ihr sogar wohlwollend zu. Aber sie wurde die Empfindung nicht los, daß noch irgendwelche Überraschungen von ihm zu erwarten seien.

Und tatsächlich, als sie ihn vorgestern zu einer Blutuntersuchung hatte rufen lassen und schon die leere Spritze zum Einstich zückte, um ihm Blut abzunehmen, zog er den schon aufgekrempelten Ärmel seiner Jakke wieder herunter und sagte bestimmt: «Wera Korniljewna, es tut mir sehr leid, aber versuchen Sie bitte, ohne diese Blutprobe auszukommen.»

«Aber warum denn, Kostoglotow?»

«Sie haben mir schon so viel Blut abgezapft, ich will nicht mehr. Soll jemand geben, der mehr Blut hat.»

«Schämen Sie sich! Sie sind doch ein Mann!» und sie sah ihn mit jenem urweiblichen Spott an, der einem Mann unerträglich ist. «Ich nehme Ihnen lediglich drei Kubik ab.»

«Schon wieder drei! Kubikzentimeter? Wozu denn?»

«Um Ihre Blutgruppe zu bestimmen, damit wir eine Transfusion machen können. Sie bekommen zweihundertfünfzig Kubik.»

«Was soll ich mit fremdem Blut? Ich will kein fremdes Blut, und von meinem eigenen gebe ich keinen Tropfen mehr her. Die Blutgruppe können Sie notieren, die weiß ich noch vom Krieg her.»

Wie sie ihn auch zu überreden suchte – er fand immer neue, unerwartete Ausflüchte. Er war einfach überzeugt, daß das alles überflüssig sei.

Schließlich war sie ernstlich gekränkt: «Sie bringen mich in eine ganz dumme und lächerliche Situation. Ich bitte Sie jetzt zum allerletztenmal.»

Das war natürlich ein Fehler und eine Demütigung für sie – worum hatte sie eigentlich zu bitten?

Aber er entblößte sofort seinen Arm und streckte ihn hin: «Für Sie persönlich – nehmen Sie drei Kubik, bitte.»

Weil seine Gegenwart sie immer leicht verwirrte, kam es einmal zu einem ungeschickten Dialog. Kostoglotow sagte: «Sie sehen eigentlich gar nicht wie eine Deutsche aus. Sie tragen sicher den Namen Ihres Mannes?»

«Ja», entschlüpfte es ihr.

Warum nur hatte sie das geantwortet? Aber in jenem Augenblick wäre es ihr peinlich gewesen, etwas anderes zu sagen.

Er fragte nicht weiter.

Hangart war der Name ihres Vaters und Großvaters. Sie waren russifizierte Deutsche.

Hätte sie vielleicht antworten sollen: Ich bin nicht verheiratet. Bin niemals verheiratet gewesen.

Unmöglich.

6

Ljudmila Afanassjewna führte Kostoglotow in den großen Behandlungsraum, den eine Kranke eben verließ. Seit acht Uhr morgens arbeitete hier fast pausenlos die hundertachtzigtausend Volt starke Röntgenröhre, die mittels schwenkbarer Arme an der Decke befestigt war. Das Klappfenster war geschlossen, und die Luft roch leicht nach der widerlichen Wärme der Röntgenstrahlen.

Diese Wärme – als Wärme wurde sie jedenfalls von den Lungen empfunden (aber das war nicht einfach nur Wärme) – begann die Kranken nach etwa einem halben Dutzend, spätestens nach zehn Bestrahlungen anzuekeln; Ljudmila Afanassjewna hingegen hatte sich an sie gewöhnt. Seit zwanzig Jahren atmete Doktor Donzowa jeden Tag die Luft der Röntgenräume und saß, auch als die Röhren noch keinerlei Schutzvorrichtungen besaßen, länger als zulässig über ihrer Röntgendiagnostik (sie war einmal an einen Hochspannungsdraht geraten und beinahe getötet worden). Und trotz Strahlenschutz und Handschuhen hatte sie gewiß schon mehr «r» aufgenommen als selbst die Schwerkranken und langwierigsten Fälle, nur war keines dieser «r» gezählt und notiert worden.

Sie beeilte sich – aber nicht nur, um den Raum schneller verlassen zu können, sondern auch, um die Sitzung nicht unnötig zu verzögern. Sie wies Kostoglotow an, sich auf das harte Bett unter der Röhre zu legen und seinen Bauch frei zu machen. Mit einem kühlen, kitzelnden Pinsel fuhr sie über seine Haut, eine Stelle zu markieren und zu beziffern. Gleichzeitig erklärte sie der Röntgenschwester das *Schema der Quadranten* und die Einstellung der Röntgenröhre über jedem Quadranten. Dann hieß sie Kostoglotow sich auf den Bauch legen, bepinselte nun auch seinen Rücken und sagte: «Nach der Bestrahlung kommen Sie bitte zu mir.»

Sie ging hinaus. Die Schwester drehte ihn wieder auf den Rücken, verhüllte den ersten Quadranten mit Tüchern, schleppte schwere, bleidurchwirkte Gummimatten herbei und deckte damit alle angrenzenden Stellen ab, die nicht oder noch nicht von den Strahlen getroffen werden sollten. Die geschmeidigen Matten umschlossen den Körper angenehm schwer.

Dann verließ auch die Schwester den Raum, schloß die Tür hinter sich und beobachtete ihn jetzt durch ein kleines Fenster in der dicken Wand. Ein schwaches Summen setzte ein, Zusatzlampen flammten auf, und die Hauptröhre erhitzte sich.

Und durch das Gewebe der Haut, durch die darunterliegenden Schichten und Organe, deren Name ihr Besitzer selbst nicht kannte, durch die Geschwulst, durch den Magen und die Gedärme, durch das Blut, das in

Venen und Arterien zirkulierte, durch die Lymphe, durch die Zellen, durch das Rückgrat und all die kleinen Knochen, dann wieder durch Schichten, Gefäße und die Haut des Rückens, durch den Belag des Tisches, durch die vier Zentimeter dicken Dielen des Bodens und tiefer, immer tiefer, bis in das steinerne Fundament oder die Erde selbst drangen die Röntgenstrahlen, die dem menschlichen Verstand unvorstellbaren Vektoren des elektrischen und magnetischen Feldes oder die eher begreifbaren Röntgenquanten, die alles durchbrachen und durchsetzten, was auf ihrem Wege lag.

Und dieser barbarische Beschuß mit schweren Quanten, der lautlos und kaum fühlbar vor sich ging, hatte Kostoglotow nach zwölf Bestrahlungen die Möglichkeit zu leben wiedergegeben, den Geschmack am Leben, den Appetit, ja sogar eine heitere Stimmung. Nach der zweiten und dritten Bestrahlung schon war er ohne Schmerzen gewesen, die ihm sein Leben unerträglich gemacht hatten, und er bemühte sich nun, zu erfahren und zu erkennen, wie diese alles durchdringenden Strahlen seine Geschwulst attackieren konnten, ohne Auswirkungen auf den übrigen Organismus. Er war nicht bereit, eine Behandlung, deren Methode er nicht begriffen hatte, der er also auch nicht trauen konnte, bedingungslos hinzunehmen. Und er hatte versucht, diese Methode der Röntgentherapie von Wera Korniljewna zu erfahren. Seit der ersten Begegnung unter der Treppe, als er beschlossen hatte, keinen Schritt mehr von hier zu weichen, es sei denn, Feuerwehr oder Polizei würde ihn wegschleppen, hatte Doktor Hangart, diese reizende Frau, ihn von seiner Voreingenommenheit und seinem Mißtrauen befreit.

«Warum diese Bedenken, erklären Sie mir doch», forderte er sie auf. «Ich bin ein sehr bewußter Kämpfer, der seine Aufgabe ganz genau kennen muß. Wie ist es möglich, daß die Röntgenstrahlen die Geschwulst zerstören, ohne dem übrigen Gewebe zu schaden?»

Wera Korniljewnas Gefühle ließen sich zuallererst an ihren Lippen ablesen. Sie waren weich geschwungen, wie kleine Flügel. Und schon zeigte sich ihre Unschlüssigkeit: Ihre Lippen zitterten leicht.

(Was konnte sie ihm über die gefährliche Artillerie sagen, die mit dem gleichen Vergnügen Freund wie Feind beschoß?)

«Ach, wissen Sie ... Die Strahlen zerstören natürlich alles. Nur regeneriert sich das gesunde Gewebe wieder, das Geschwulstgewebe aber nicht.»

Ob sie die Wahrheit gesagt hatte oder die Unwahrheit – Kostoglotow gefiel ihre Erklärung.

«Oh! Unter solchen Bedingungen nehme ich den Kampf auf. Danke! Ich werde gesund werden!»

Und er erholte sich tatsächlich. Er setzte sich bereitwillig den Strahlen aus und suggerierte während der Bestrahlung den Zellen seiner Geschwulst abzusterben.

Oft aber hing er bei der Behandlung auch allen möglichen anderen Gedanken nach, die ihm gerade durch den Kopf gingen, manchmal träumte er sogar.

Jetzt betrachtete er die vielen von der Decke herabhängenden Schläuche und Drähte und überlegte, warum es so viele waren und ob der Raum wohl eine Lüftungsanlage besäße. Dann schweiften seine Gedanken wieder ab.

Sie blieben bei Wera Hangart hängen. Er dachte, daß so eine Frau wohl niemals zu ihnen nach Usch-Terek kommen würde. Und daß natürlich alle diese hübschen Frauen verheiratet wären. Übrigens dachte er an Wera Hangart, ohne ihren Mann mit einzubeziehen. Er malte sich aus, wie angenehm es wäre, sich mit ihr lange, lange zu unterhalten, nicht nur flüchtig und wenn auch nur während eines Spazierganges im Hof der Klinik. Sie ein bißchen erschrecken mit der Schärfe seines Urteils – sie war drollig, wenn sie die Fassung verlor. Jedesmal, wenn man ihr im Korridor begegnete oder sie ins Krankenzimmer kam, leuchtete ihre Güte in einem Lächeln auf. Sie war nicht von Berufs wegen gütig, sie war einfach gut. Das Lächeln und selbst der Mund. Diese Lippen waren so lebendig, daß sie aufzufliegen schienen, wie Lerchen in den Himmel.

Er dachte an Wera Hangart, aber auch an Soja. Den stärksten Eindruck gestern abend, der bis heute nicht gewichen war, hatten auf ihn ihre kräftigen fast horizontal angehobenen Brüste gemacht. Während ihrer Unterhaltung hatte vor ihr ein langes, ziemlich schweres Lineal gelegen, mit dem die Striche in den Listen gezogen wurden. Kein Sperrholzlineal, sondern eines aus massivem Holz. Und den ganzen Abend war Kostoglotow in Versuchung gewesen, dieses Lineal zu nehmen und es auf ihre Brüste zu legen, um zu prüfen, ob es nun herunterrutschen würde oder nicht. Er war sicher, daß es liegen bleiben würde. Aber er hatte gefürchtet, sie zu beleidigen.

Dankbar spürte er die schwere Bleimatte, die unterhalb des Bauches lag. Sie drückte ihn und gab ihm die heitere Gewißheit, geschützt zu werden. Oder vielleicht doch nicht. Vielleicht war sie nicht dick genug? Vielleicht hatte man sie nicht richtig aufgelegt?

Kostoglotow war in diesen zwölf Tagen nicht einfach nur zum Leben zurückgekehrt, zu Essen, Bewegung und heiterer Stimmung; in diesen zwölf Tagen war auch ein anderes Gefühl wieder in ihm erwacht, das er in den letzten Monaten unfähig gewesen war zu empfinden. Ob das Blei ihn wohl schützte?

Man sollte doch aus der Klinik fliehen, solange man noch gesund war.

Er bemerkte nicht, daß das Summen der Röhre aufgehört hatte und die roten Drähte abkühlten. Die Schwester kam und entfernte Tücher und Matten. Er setzte sich auf, seine Beine glitten herab, und er konnte jetzt deutlich die violetten Striche und Ziffern auf seinem Bauch erkennen. «Kann ich die abwaschen?» fragte er.

«Nur mit ärztlicher Genehmigung», sagte die Schwester.

«Praktische Einrichtung! Man hat mich wohl für einen ganzen Monat präpariert, wie?»

Er ging zu Doktor Donzowa. Sie saß im Zimmer mit der Kurzwellenapparatur und betrachtete durch ihre Brille ein großes Röntgenbild auf dem Bildschirm. Beide Apparate waren ausgeschaltet, beide Klappfenster weit geöffnet, niemand befand sich außer ihnen im Raum.

«Setzen Sie sich», sagte Doktor Donzowa trocken.

Er setzte sich.

Zwei Röntgenaufnahmen mußte sie noch miteinander vergleichen.

Die Auseinandersetzung, die Kostoglotow mit ihr hatte, war nichts anderes als Abwehr gegen ein Übermaß von Medikamenten und immer neuen Anordnungen. Ljudmila Afanassjewna selbst vertraute er, nicht nur wegen ihrer männlichen Entschlossenheit, der präzisen Beschreibung einer Röntgenaufnahme, der uneingeschränkten Hingabe an ihre Arbeit, sondern vor allem, weil sie vom ersten Tag an die Konturen seiner Geschwulst aufs genaueste hatte bestimmen können. Die Geschwulst selbst war es, die ihm bestätigte, daß Doktor Donzowa ein unbestechlich feines Tastgefühl besaß. Nur der Kranke kann beurteilen, ob die tastenden Finger des Arztes die Geschwulst richtig erkennen. Doktor Donzowa lokalisierte so genau, daß sie auf die Röntgenaufnahme verzichten konnte.

Nachdem sie die Röntgenbilder beiseite gelegt und die Brille abgenommen hatte, sagte sie: «Kostoglotow, Ihre Krankengeschichte weist eine ganz entscheidende Lücke auf. Uns fehlt eine exakte Angabe über die Natur Ihrer primären Geschwulst.»

Sobald Doktor Donzowa ein medizinisches Gespräch begann, redete sie sehr schnell: Lange Sätze und Fachausdrücke sprudelten in einem Atemzug hervor. «Was Sie über die Operation im vorletzten Jahr berichtet haben und die Lage der augenblicklichen Metastase, stimmt mit unserer Diagnose überein. Dennoch ist eine andere Diagnose nicht ausgeschlossen. Und das erschwert uns die Behandlung. Im Augenblick einen Abstrich von Ihrer Metastase zu machen, ist, wie Sie wissen, unmöglich.»

«Gott sei Dank. Ich würde das auch nicht zulassen.»

«Ich begreife trotzdem nicht, warum es uns nicht gelingt, die Primärpräparate zu bekommen. Sind Sie ganz sicher, daß eine histologische Analyse gemacht worden ist?»

«Ja, ich bin ganz sicher.»

«Aber warum hat man Ihnen dann das Resultat nicht mitgeteilt?» fragte sie mit ungeduldig sachlichem Ton. Manche ihrer Worte mußte man erraten.

Aber Kostoglotow war eine solche Ungeduld nicht mehr gewohnt.

«Das Resultat? Bei uns dort passierte so vieles, herrschten solche Verhältnisse, wissen Sie, daß ... Ehrenwort, ich hätte mich einfach geschämt, nach der Biopsie zu fragen. Und ich wußte doch auch nicht, wozu die Biopsie.» Wenn er sich mit Ärzten unterhielt, gebrauchte Kostoglotow gern ihre Termini.

«Sie konnten das auch nicht wissen, natürlich. Aber die Ärzte mußten wissen, daß damit nicht zu spielen ist.»

«Die Ärzte?»

Er betrachtete ihr graues Haar, das sie weder färbte noch unter einer Kappe verbarg, und nahm den konzentrierten, sachlichen Ausdruck ihres Gesichts mit den leicht betonten Backenknochen wahr.

Wie seltsam es bisweilen im Leben zuging. Da saß er nun vor einer Landsmännin und gleichzeitig vor seiner Wohltäterin – und konnte ihr doch nicht die einfachsten Dinge in der ihnen gemeinsamen Muttersprache erklären. Man mußte allzu weit ausholen. Oder durfte erst gar nicht anfangen.

«Die Ärzte dort konnten nichts tun, Ljudmila Afanassjewna. Der erste Chirurg, ein Ukrainer, der auch operieren wollte und mich auch auf die Operation vorbereitet hatte, wurde in der Nacht vor der Operation zum Gefangenentransport geholt.»

«Ja, wie denn?»

«Was heißt wie? Er wurde einfach kassiert.»

«Aber entschuldigen Sie, man hatte ihn doch vorher benachrichtigt, und er konnte ...»

Kostoglotow lachte. Es belustigte ihn sehr.

«Über den Abtransport wird niemand vorher benachrichtigt, Ljudmila Afanassjewna. Denn darin liegt ja gerade der Sinn: Der Mensch soll überrumpelt werden.»

Doktor Donzowa runzelte ihre hohe Stirn. Was Kostoglotow ihr da erzählt hatte, war ja völlig widersinnig.

«Aber er hatte doch gerade eine Operation vor sich.»

«Ha! Da lagen noch viel dringendere Fälle. Ein Litauer zum Beispiel, der hatte einen Aluminiumlöffel verschluckt.»

«Wie ist denn das möglich?»

«Na, mit Absicht. Um aus der Einzelzelle herauszukommen. Er wußte ja nicht, daß sie den Chirurgen abtransportieren würden.»

«Ja, und dann? Ihre Geschwulst ist doch sehr schnell gewachsen?»

«Ja, richtig, pausenlos, von morgens bis abends, und fünf, sechs Tage später kam ein neuer Chirurg aus einem anderen Lager zu uns, ein Deutscher, Karl Fjodorowitsch. Ja. Nun, er inspizierte seinen neuen Arbeitsplatz, und am nächsten Tag operierte er mich. Aber Worte wie ‹bösartige Geschwulst›, ‹Metastasen› gebrauchte keiner in meiner Gegenwart. Ich kannte sie überhaupt nicht.»

«Hat er eine Biopsie veranlaßt?»

«Ich wußte doch damals nichts, rein gar nichts über eine Biopsie. Ich weiß nur, daß man mir einen Sandsack auf den Bauch gelegt hatte. Nach einer Woche, als ich lernte, die Beine vom Bett zu nehmen und aufzustehen, wurde im Lager schon wieder ein Transport von Sträflingen zusammengestellt, ungefähr siebenhundert Mann, sogenannte ‹Meuterer›. Und zu diesem Transport steckte man auch meinen sanften Karl Fjodorowitsch. Sie holten ihn aus der Wohnbaracke, er durfte nicht mal mehr einen Rundgang bei den Kranken machen.»

«So eine Roheit!»

«Das war noch nicht alles.» Kostoglotow wurde lebhafter als gewöhnlich. «Ein Freund von mir kam gelaufen und sagte, daß ich ebenfalls auf der Liste für diesen Transport stünde, die Leiterin der Sanitätsabteilung, Madame Dubinskaja, hätte sich einverstanden erklärt. Sie hatte ihr Einverständnis gegeben, obwohl sie wußte, daß ich nicht gehen konnte, daß meine Fäden noch gar nicht gezogen waren – das war eine Schweinerei! Entschuldigen Sie. Nun, eines war klar, daß für mich, die Fäden noch im Bauch, ein Transport im Viehwaggon den Tod bedeutete. Wenn sie jetzt kommen, um mich zu holen, sage ich: Erschießt mich von mir aus hier in meinem Bett, ich lasse mich nicht abtransportieren. Aber niemand kam, um mich zu holen. Nicht etwa, weil Madame Dubinskaja sich erbarmt hätte – sie wunderte sich selbst, daß ich nicht abgeholt wurde –, sondern weil sich in der Verteilungsstelle ergeben hatte, daß man mir nicht mal mehr ein Jahr gab. Aber ich schweife ab ... Ja, ich gehe also zum Fenster und sehe hinaus. Hinter dem Stacheldrahtzaun des Krankenhauses steht schon ein Lastwagen, etwa zwanzig Meter von mir entfernt, auf den die Leute mitsamt ihren Sachen getrieben werden. Und von dort aus sieht mich Karl Fjodorowitsch am Fenster und ruft: ‹Kostoglotow! Machen Sie mal das Klappfenster auf!› Gleich schreit der Wachhabende: ‹Halt's Maul!› – Aber er: ‹Kostoglotow! Hören Sie! Das ist sehr wichtig! Einen Abstrich Ihrer Geschwulst habe ich nach Omsk zur histologischen Untersuchung geschickt, an den Lehrstuhl für Pathologische Anatomie! Vergessen Sie das nicht!› Na – und dann wurde er abtransportiert. Das waren meine Ärzte, Ihre Vorgänger. Die trifft keine Schuld.»

Kostoglotow lehnte sich auf seinem Stuhl zurück. Er war stark erregt. Er roch förmlich wieder die Luft jenes Krankenhauses.

Doktor Donzowa verstand es, Wichtiges vom Persönlichen zu trennen (in die Erzählungen der Kranken fließt immer viel Persönliches ein), und verfolgte die Sache weiter: «Und welche Antwort kam aus Omsk? Was hat man Ihnen mitgeteilt?»

Kostoglotow hob seine eckigen Schultern.

«Mir hat niemand etwas mitgeteilt. Ja, ich hatte nicht einmal verstanden, was Karl Fjodorowitsch eigentlich sagen wollte. Im letzten

Herbst, noch in der Verbannung, wollte mein Freund, ein Gynäkologe, daß ich interpelliere. Ich schrieb an mein Lager. Bekam keine Antwort. Dann reichte ich eine Beschwerde bei der Lagerleitung ein. Nach zwei Monaten kam folgende Antwort: ‹Bei sorgfältiger Prüfung Ihrer Angelegenheit ist es undenkbar, daß eine Analyse vorgenommen worden ist!› Die Geschwulst verursachte mir damals schon ein solches Übelkeitsgefühl, daß ich diese ganze Schreiberei am liebsten aufgegeben hätte. Aber die Kommandantur wollte mich nicht zur Behandlung entlassen, deshalb schrieb ich noch aufs Geratewohl nach Omsk an den Lehrstuhl für Pathologische Anatomie. Und von dort kam schon nach ein paar Tagen eine Antwort – das war im Januar, bevor sie mich hierher entlassen haben.»

«Nun eben! Diese Antwort! Wo ist sie denn?!»

«Ljudmila Afanassjewna, ich bin hierhergefahren – mir war ... das alles vollkommen egal. Das Papier trug übrigens weder einen Stempel noch ein Siegel, es war einfach nur ein Brief der Laborantin des Instituts. Sie schrieb mir, daß genau zu dem Termin, den ich genannt hätte, ein Präparat eingegangen und festgestellt worden sei, daß es sich um die vermutete Geschwulst handle und daß ein entsprechender Bescheid bereits an das zuständige Krankenhaus abgegangen sei, das heißt an unser Lager. Das entsprach genau den dortigen Methoden: Die Antwort war gekommen, aber niemand kümmerte sich darum, und Madame Dubinskaja ...»

Doktor Donzowa war diese Logik vollkommen unbegreiflich! Sie hatte die Arme gekreuzt und klopfte ungeduldig mit den Handflächen auf ihre Oberarme.

«Aber eine solche Antwort mußte *unverzüglich* eine Röntgentherapie nach sich ziehen!»

«Wie?» Kostoglotow verzog hämisch das Gesicht und sah Ljudmila Afanassjewna an. «Eine Röntgentherapie?»

Jetzt redete er schon eine Viertelstunde auf sie ein – wozu nur? Sie begriff ja doch nichts.

«Ludmila Afanassjewna!» beschwor er sie. «Um sich die dortige Welt vorzustellen ... Nein, man kann sie sich nicht vorstellen! Röntgentherapie! Ich hatte noch Schmerzen von der Operation, so wie Achmadschan jetzt, und schon wurde ich wieder zu den allgemeinen Arbeiten herangezogen und mußte Beton gießen. Und ich dachte dabei noch, daß ich zufrieden sein müsse. Sie wissen nicht, wieviel so ein Kasten mit flüssigem Beton wiegt, den man zu zweit heben muß!» Sie senkte den Kopf. Als sei sie es gewesen, die ihn zur Arbeit geschickt hätte. Den Verlauf dieser Krankheit zu klären, war wirklich sehr kompliziert.

«Nun, lassen wir das. Aber warum trug diese Antwort der Pathologischen Anatomie keinen Stempel? Warum bekamen Sie lediglich einen privaten Brief?»

«Ich muß froh sein, daß überhaupt eine Nachricht kam!» sagte Kostoglotow. «Es gab dort wenigstens einen guten Menschen, nämlich die Laborantin. Überhaupt habe ich festgestellt, daß es unter den Frauen mehr gute Menschen gibt als unter den Männern... Ein Privatbrief – wegen unserer dreimal verfluchten Geheimniskrämerei! Sie schrieb noch: ‹Aber das Präparat war nicht mit dem Namen des Kranken versehen. Deshalb können wir Ihnen keinen offiziellen Bescheid geben und auch das Präparat nicht zurückschicken.›» Kostoglotow begann sich aufzuregen. «Oh, großes Staatsgeheimnis! Diese Idioten! Davor zu zittern, daß man in irgendeinem Institut herausfinden könnte, daß sich in irgendeinem Lager ein gewisser Kostoglotow abquält!»

Doktor Donzowa sah ihn fest und klar an. Sie ließ sich nicht abbringen. «Ich muß diesen Brief der Krankengeschichte beifügen.»

«Gut, wenn ich in meinen Aul zurückkehre, schicke ich ihn sofort.»

«Nein, ich brauche ihn früher. Kann Ihr Freund, der Gynäkologe, ihn nicht suchen und schicken?»

«Doch... Aber wann kann ich denn fahren?» Kostoglotow sah sie mißtrauisch an.

«Sie fahren dann», erwiderte Doktor Donzowa mit Nachdruck, «wenn ich eine Behandlungsunterbrechung für nötig halte. Und auch die wird befristet sein.»

Auf diesen Moment hatte Kostoglotow gewartet! Für ihn konnte es einfach nicht ohne Kampf abgehen!

«Ljudmila Afanassjewna! Lassen Sie uns dieses Gespräch doch nicht wie zwischen einem Erwachsenen und einem Kind führen. Sondern wie zwischen zwei Erwachsenen. Ich habe Ihnen heute morgen bei der Visite...»

«Sie haben mir heute morgen bei der Visite», Doktor Donzowas Gesicht verfinsterte sich, «eine üble Szene gemacht. Was wollen Sie eigentlich? Die Kranken aufhetzen? Ihnen ein schlechtes Beispiel geben?»

«Was ich will?» Er sprach sehr ruhig, aber ebenfalls mit Nachdruck. «Ich will Sie nur an mein Recht erinnern, über mein Leben so zu verfügen, wie ich will. Jeder Mensch hat doch das Recht, nach eigenem Ermessen über sein Leben zu bestimmen! Gestehen Sie mir dieses Recht zu?»

Doktor Donzowa betrachtete seine helle, gezackte Narbe und schwieg.

Kostoglotow holte weiter aus: «Sie gehen von einem falschen Standpunkt aus: Wenn der Kranke erst einmal hier aufgenommen ist, beginnen Sie für ihn zu denken. Nicht genug, Ihre Instruktionen denken für ihn, Ihr Programm und überhaupt der ganze Komplex Ihrer Bestrahlungsabteilung. Und ich bin wieder ein Nichts, wie im Lager, über nichts kann ich selbst bestimmen.»

«Immerhin braucht der Arzt, bevor er operiert, das schriftliche Einverständnis des Patienten», sagte Doktor Donzowa.

(Was soll denn jetzt die Operation? Er würde sich um nichts in der Welt operieren lassen.)

«Danke! Das verlangt er doch wohl nur, um sich zu sichern. Aber von den Operationen abgesehen fragen Sie den Patienten doch überhaupt nicht und erklären ihm auch nichts! Eine einzige Bestrahlung kann ihm ja schon so viel schaden!»

«Wo haben Sie das denn her? Etwa von Rabinowitsch?»

«Einen Rabinowitsch kenne ich überhaupt nicht!» Kostoglotow schüttelte energisch den Kopf. «Mir geht es lediglich ums Prinzip.»

(Dennoch hatte er diese Erzählungen über die trüben Folgen der Bestrahlungen von niemand anderem als von Rabinowitsch, aber er hatte versprochen, das nicht zu verraten.)

Rabinowitsch wurde ambulant behandelt, hatte schon etwa zweihundert Bestrahlungen hinter sich, die sein Organismus nur schwer verarbeitete, und näherte sich nach allen weiteren Bestrahlungen nicht der Genesung, sondern dem Tod, wie er meinte. Dort, wo er wohnte – in seiner Wohnung, seinem Haus, seiner Stadt, verstand ihn niemand: Die gesunden Menschen waren von morgens bis abends auf den Beinen und zerbrachen sich die Köpfe über irgendwelche Erfolge oder Nichterfolge, die ihnen sehr wichtig vorkamen. Sogar seine Familie war seiner schon überdrüssig. Nur in der Krebsstation hörten ihm die Kranken stundenlang zu und nahmen Anteil an ihm. Sie allein begriffen, was es bedeutete, wenn sich das lebendige Dreieck des «Herzens» verhärtete, die Ränder der behandelten Stellen sich verdickten.

Na so was! Ihm ging es lediglich ums Prinzip!... Doch weder Doktor Donzowa noch ihre Assistenzärztinnen hatten Zeit, ihre Tage mit Unterhaltungen über die Prinzipien der Behandlung zu vergeuden. Wann sollten sie dann behandeln!

Aber solche pedantischen, wißbegierigen Dickköpfe wie diesen Kostoglotow oder jenen Rabinowitsch, die sie über den Verlauf der Krankheit hartnäckig ausfragten, gab es unter fünfzig Patienten nur einen, und die schwierige Aufgabe, ihnen ab und zu etwas zu erklären, war nicht zu umgehen. Nur war Kostoglotows Fall darüber hinaus auch noch medizinisch besonders gelagert, besonders weil seine Krankheit so fahrlässig, gleichsam verschwörerisch-bösartig behandelt worden war und er, als er hier ankam, schon am Rand des Grabes stand – besonders auch, weil sich sein Zustand durch die Bestrahlungen so außergewöhnlich schnell besserte.

«Kostoglotow! Diese zwölf Bestrahlungen haben Sie wieder zu einem lebendigen Menschen gemacht, wie können Sie es wagen, sich nun gegen weitere Bestrahlungen zu wehren? Sie beklagen sich, daß man Sie im Lager nicht behandelt, Sie vernachlässigt hat – und gleichzeitig beklagen Sie sich, daß man Sie hier behandelt und sich um Sie kümmert. Wo ist da die Logik?»

«Sie haben recht, darin liegt keine Logik», Kostoglotow schüttelte den Kopf. «Aber kann sie, darf sie überhaupt eine Rolle spielen, Ljudmila Afanassjewna? Der Mensch ist doch ein sehr kompliziertes Wesen, wie könnte man ihn allein durch die Logik oder Physiologie oder Psychologie erfassen? Ja, ich bin als Sterbender zu Ihnen gekommen, ich habe Sie angefleht, mir zu helfen – und so haben Sie den logischen Schluß gezogen, daß Sie mich um jeden Preis retten sollten. Ich will aber nicht um jeden Preis gerettet werden. Es gibt nichts auf der Welt, wofür ich jeden Preis zahlen würde!» Er begann so hastig zu sprechen, wie er es gar nicht liebte. Doktor Donzowa wollte ihm schon ins Wort fallen, doch er hatte noch so viel zu sagen. «Ich bin zu Ihnen gekommen, damit Sie meine Leiden lindern! Ich habe gesagt: ‹Ich habe große Schmerzen, helfen Sie mir!› Und Sie haben mir geholfen! Ich habe keine Schmerzen mehr. Dafür danke ich Ihnen! Ich bin Ihr Schuldner! Aber ich bitte Sie – entlassen Sie mich jetzt! Lassen Sie mich wie einen Hund in seine Hundehütte zurückkriechen und dort eine Zeitlang liegen und ausruhen.»

«Und wenn es Sie von neuem überfällt – wollen Sie wieder zu uns zurückkriechen?»

«Vielleicht. Vielleicht komme ich wieder zu Ihnen gekrochen.»

«Und wir müssen Sie wieder aufnehmen?»

«Ja!!! Und gerade darin liegt Ihre Herzensgüte! Was beunruhigt Sie denn? – Der Grad der Heilung? Ihr Rechenschaftsbericht? Wie können Sie schreiben, daß man mich nach der fünfzigsten Bestrahlung entlassen hat, wenn die medizinische Akademie nicht weniger als sechzig empfiehlt?»

Einen solchen Unsinn hatte sie noch niemals gehört. Vom Standpunkt ihres Rechenschaftsberichts aus wäre es durchaus vorteilhaft, ihn sofort mit dem Vermerk «Mit außerordentlicher Besserung» zu entlassen; dies würde nach fünfzig Bestrahlungen aller Wahrscheinlichkeit nach nicht mehr zutreffen.

Aber schon fuhr er fort: «Es genügt mir, daß die Geschwulst zurückgegangen ist. Sie ist in der Defensive. Und ich bin es auch. Ausgezeichnet. Ein Soldat kann am besten in der Defensive leben. Bis ‹zum Ende› ausheilen könnten Sie mich doch nicht, denn bei der Krebsbehandlung gibt es kein Ende. Alle Prozesse in der Natur tragen einen ausgleichenden Charakter – große Einsätze führen oft zu kleinen Erfolgen. Am Anfang der Behandlung wurde meine Geschwulst sehr rasch kleiner, jetzt wird's langsamer gehen – so entlassen Sie mich doch mit dem Rest von Blut, der mir noch geblieben ist.»

«Wo haben Sie nur diese Weisheiten her, das würde mich interessieren.» Doktor Donzowa kniff die Augen zusammen.

«Ach, wissen Sie, ich habe von Jugend an medizinische Bücher geliebt.»

«Und was speziell fürchten Sie bei meiner Behandlung?»

«Was ich fürchte – das weiß ich nicht, Ljudmila Afanassjewna, ich bin kein Arzt. Vielleicht wissen Sie es, aber wollen es mir nicht erklären. Wera Korniljewna zum Beispiel wollte mir Traubenzucker spritzen...»

«Stimmt.»

«Aber ich will nicht.»

«Und warum nicht?»

«Erstens, weil es unnatürlich ist. Wenn ich schon Traubenzucker brauche, dann lassen Sie mich ihn doch essen! Was hat man sich da im zwanzigsten Jahrhundert überhaupt ausgedacht: jedes Medikament mittels einer Spritze eingeben? Wo gibt's das denn in der Natur? Bei den Tieren? Nach hundert Jahren wird man über uns wie über Wilde lachen. Wie wird denn gespritzt? Die eine Schwester kommt gleich zurecht, aber die andere zersticht mir den ganzen ... die ganze Ellbogenbeuge. Ich will das nicht! Dann wieder erfahre ich, daß Sie eine Blutübertragung für mich angeordnet haben.»

«Sie sollten dankbar sein, daß Ihnen überhaupt jemand sein Blut spendet! Das bedeutet nämlich Gesundheit, ja Leben!»

«Aber ich will nicht! Einem Tschetschenen hat man damals auch Blut übertragen, danach hat er sich drei Stunden auf seinem Bett herumgeworfen, und es hat geheißen: ‹Schlechte Blutverträglichkeit!› Einem anderen hat man bei der Bluttransfusion die Vene verletzt, er bekam einen Bluterguß am Arm. Jetzt bekommt er Kompressen, und das seit einem Monat. Ich will das alles nicht.»

«Aber ohne eine Bluttransfusion können Sie keine weiteren Bestrahlungen bekommen.»

«So, nicht? Woher nehmen Sie überhaupt das Recht, über einen anderen Menschen zu verfügen? Das ist doch ein sehr schreckliches Recht und dürfte selten zum Guten ausschlagen. Sie sollten Achtung davor haben! Es steht dem Arzt nicht zu.»

«Dieses Recht steht gerade dem Arzt zu. Ihm vor allen anderen!» erwiderte Doktor Donzowa, nun schon verärgert und gereizt. «Ohne dieses Recht gäbe es überhaupt keine Medizin.»

«Und wohin soll das führen? Na ja, Sie werden ja bald einen Vortrag über Bestrahlungskrankheiten halten, nicht wahr?»

«Woher wissen Sie das?» fragte Doktor Donzowa überrascht.

«Das läßt sich leicht erraten...»

(Auf dem Tisch lag eine Mappe mit maschinegeschriebenen Blättern. Die Aufschrift auf dieser Mappe lag für Kostoglotow verkehrt herum, aber er hatte sie während der Unterhaltung entziffert.)

«...sehr leicht. Denn jetzt ist ein neuer Fall aufgetaucht, folglich muß man einen Vortrag darüber halten. Auch vor zwanzig Jahren haben Sie irgend so einen Kostoglotow behandelt, der sich vor der Bestrahlung gefürchtet hat, aber Sie haben ihm versichert, daß alles in

Ordnung sei, weil Sie von der sogenannten Bestrahlungskrankheit noch nichts wußten. Und so ähnlich geht es mir jetzt auch: Ich weiß nur noch nicht, was ich zu befürchten habe, und deshalb – entlassen Sie mich! Ich will aus eigenen Kräften gesund werden. Mir wird es sicher bald noch besser gehen, nicht?»

An einem Grundsatz halten die Ärzte immer fest: Den Kranken nicht zu erschrecken, sondern ihm Mut einzuflößen. Aber einen so zudringlichen Patienten wie Kostoglotow mußte man – allen Grundsätzen zuwider – einschüchtern.

«Besser? *Niemals!* Das kann ich Ihnen versichern!» Sie schlug mit der flachen Hand auf den Tisch, als wolle sie eine Fliege totschlagen. «Niemals!» Sie wiederholte den Schlag. *«Sie werden sterben!»*

Und sie sah, wie er die Nase rümpfte.

«Sie werden das Schicksal Asowkins teilen. Sie haben ein und dieselbe verschleppte Krankheit. Achmadschan werden wir retten – und zwar deshalb, weil er sofort nach der Operation Bestrahlungen bekommen hat. Aber seit Ihrer Operation sind nun zwei Jahre vergangen. Denken Sie daran! Außerdem hätte man sofort noch eine zweite Operation machen müssen – aber das ist versäumt worden. Und die Metastasen haben sich ausgebreitet! Ihre Geschwulst ist eine der gefährlichsten Krebsarten! Gefährlich, weil sie äußerst schnell Metastasen bildet und überhaupt von bösartiger Natur ist. Nach einer kürzlich aufgestellten Statistik führt sie in neunzig von hundert Fällen zum Tod. Sagt Ihnen das etwas? Warten Sie, ich werde es Ihnen zeigen.»

Sie zog eine Mappe unter anderen hervor und begann sie durchzublättern.

Kostoglotow schwieg. Dann sagte er leise, durchaus nicht mehr so überzeugt wie vorher: «Ehrlich gesagt, hänge ich gar nicht so sehr am Leben. Denn ich habe nie ein richtiges Leben gehabt und werde auch in Zukunft keines haben. Und wenn vorauszusehen ist, daß ich noch ein halbes Jährchen zu leben habe, dann muß ich es eben leben. Aber auf zehn, zwölf Jahre vorplanen, das will ich nicht! Neue Bestrahlungen – neues Leiden. Wozu?»

«Hier! Das ist sie! Unsere Statistik.» Sie reichte ihm ein in der Mitte gefaltetes Blatt. Oben stand der Name seiner Geschwulst, darunter auf der linken Seite: «Schon gestorben», auf der rechten: «Noch nicht gestorben». Und in drei Kolonnen waren Namen eingetragen – zu verschiedenen Zeiten, einmal mit Bleistift, einmal mit Tinte. Auf der linken Seite war nichts ausgestrichen, auf der rechten aber ein Name nach dem anderen ... «Bei der Entlassung tragen wir jeden auf der rechten Seite ein, später übertragen wir ihn dann auf die linke ... Dennoch gibt es einige Glückliche, die noch immer auf der rechten Seite stehen, wie Sie sehen.»

Sie ließ ihn die Liste durchsehen und nachdenken.

«Sie *glauben* nur, genesen zu sein!» sagte sie energisch. «Aber Sie sind so krank wie zuvor. Ihr Zustand ist derselbe wie bei Ihrer Ankunft. Das einzige, was sich gezeigt hat, ist, daß man gegen Ihre Geschwulst ankämpfen kann! Daß noch nicht alles verloren ist! Und in so einem Augenblick sagen Sie mir, daß Sie entlassen werden wollen. Nun, dann gehen Sie! Gehen Sie nur! Ich entlasse Sie noch heute! Ich werde sofort alles Nötige veranlassen... Und ich werde Sie eigenhändig in diese Liste eintragen. In die Rubrik: Noch nicht gestorben.»

Er schwieg.

«Nun? Entschließen Sie sich!»

«Ljudmila Afanassjewna», sagte Kostoglotow beschwichtigend, «wenn also noch einige Bestrahlungen notwendig sind, fünf oder zehn...»

«Weder fünf noch zehn! Keine einzige! Oder aber so viele, wie ich für richtig halte! Von heute an zum Beispiel nicht nur eine täglich, sondern zwei. Ich verordne Ihnen nur, was die Behandlung fördert. Und das Rauchen wird eingestellt! Und noch eine grundlegende Bedingung: die Behandlung nicht nur geduldig, sondern *freudig* ertragen! Nur so können wir Sie heilen!»

Er senkte den Kopf. Er hatte in manchem zu viel gefordert. Er war gerettet, wenn man ihm keine Operation antrug – nun, das war ausgeblieben. Die Bestrahlungen konnte er noch eine Weile ertragen. Unter seinen Schätzen daheim befand sich ein Heilmittel, eine Eisenhutwurzel. Er rechnete nicht nur damit, einfach in seinen Aul zurückkehren, sondern sich auch mit dieser Wurzel ausheilen zu können. Da er diese Wurzel besaß, war er überhaupt nur probeweise in diese Krebsstation gegangen.

Doktor Donzowa aber, die merkte, daß sie gesiegt hatte, sagte gutmütig: «Also schön, wir spritzen keinen Traubenzucker. Wir werden Ihnen statt dessen eine andere Spritze geben, intramuskulär.»

Kostoglotow lächelte: «Damit bin ich einverstanden.»

«Und bitte: Sorgen Sie dafür, daß uns der Brief aus Omsk geschickt wird.»

Er ging und dachte, daß er sich zwischen zwei Ewigkeiten befände – auf der einen Seite die Rubrik «Noch nicht gestorben», aus der er – kaum entlassen – mit Sicherheit ausgestrichen würde. Auf der anderen Seite *ewige* Verbannung. Ewig wie Sterne, Milchstraßen.

7

Er hätte ja auch noch fragen können, was das für eine Spritze, wie groß ihr Wert und ob sie wirklich nötig und auch moralisch gerechtfertigt sei; hätte Ljudmila Afanassjewna ihm auch noch den Sinn und die möglichen Folgen der neuen Behandlung erklären müssen – dann hätte er sehr wahrscheinlich endgültig revoltiert. Aber seine stichhaltigen Argumente waren schon vorher erschöpft, und er hatte aufgegeben.

Sie hatte ihn überlistet, indem sie absichtlich über Lappalien gesprochen hatte, denn sie war dieser ewigen Erklärungen müde. Sie wußte genau, daß es jetzt, nachdem man den Einfluß der Röntgenstrahlen auf den Kranken getestet hatte, Zeit war, der Geschwulst einen neuen Schlag zu versetzen, der in den modernsten Handbüchern bei dieser Krebsart sehr empfohlen wird. Sie versprach sich einen ungewöhnlichen Erfolg von der Behandlung Kostoglotows, aber sie konnte seinen Starrsinn nicht ganz brechen und darum nicht alle Mittel anwenden, die sie für geeignet hielt. Sie besaß zwar keinen Abstrich von der primären Geschwulst, aber ihre Intuition, ihre Beobachtungsgabe und ihre Erfahrung sagten ihr, daß diese weder ein Teratom noch ein Sarkom gewesen sein konnte.

Über diese Art von Geschwulsten mit eben genau dieser Metastasenbildung schrieb Doktor Donzowa ihre Kandidaturdissertation. Das heißt, sie schrieb nicht ständig daran, sondern nur dann und wann, wenn sie Zeit dazu hatte. Doktor Oreschtschenkow, ihr Lehrer, und ihre Freunde versuchten sie zwar davon zu überzeugen, daß ihre Arbeit ganz ausgezeichnet war, aber sie glaubte schon fast nicht mehr daran, daß sie diese Dissertation werde fertigstellen und verteidigen können; nicht weil es ihr etwa an Erfahrung oder Material gefehlt hätte, sondern weil einfach zuviel anderes zu tun war. Tagtäglich wurde sie bald vor den Röntgenschirm, bald ins Laboratorium, bald an ein Krankenbett gerufen – sich dann auch noch mit der Zusammenstellung und Beschreibung von Röntgenaufnahmen, mit Formulierungen und Systematisierungen zu beschäftigen, das überstieg ihre Kräfte. Sie hätte sich für ihre wissenschaftliche Arbeit ein halbes Jahr Urlaub nehmen können, aber es lagen fast nur Schwerkranke in der Klinik, und es gab nicht einen Tag, an dem sie die drei jungen ihr unterstellten Ordinationsärztinnen hätte allein lassen mögen, um sich für ein halbes Jahr zurückzuziehen.

Ljudmila Afanassjewna erinnerte sich, daß Lew Tolstoj über seinen Bruder gesagt haben soll: «Er besitzt alle Fähigkeiten eines Schriftstellers, aber ihm fehlen die Schwächen, die einen Schriftsteller aus ihm machen könnten.» Auch ihr fehlten jene Schwächen, die einen zum Kandidaten der Wissenschaft werden lassen. Sie war nicht darauf aus, hinter sich flüstern zu hören: Sie ist nicht nur Ärztin, diese Donzowa, sie ist sogar Kandidatin der medizinischen Wissenschaft. Oder über ihrem Aufsatz (ein zweites Dutzend kleinerer Aufsätze war schon gedruckt) die zwar aufschlußreichen, aber doch ganz bedeutungslosen Buchstaben dieses wissenschaftlichen Titels stehen zu sehen. Zusätzliches Geld war niemals überflüssig, gewiß. Aber wenn es nun mal nicht sein sollte, dann eben nicht.

Ihr Leben war auch ohne diese Dissertation voll von sogenannter allgemein-wissenschaftlicher Arbeit. In ihrem Dispensarium wurden klinisch-anatomische Konferenzen abgehalten, bei denen Fehler in Diagnose und Therapie eingehend erörtert und Vorträge über neue Heilmethoden gehalten wurden – es war Pflicht, an diesen Konferenzen teilzunehmen, und es war Pflicht, sich aktiv daran zu beteiligen (davon abgesehen berieten sich die Röntgenärzte und Chirurgen natürlich täglich, diskutierten unterlaufene Fehler und neue Methoden – aber diese Aussprachen waren von jenen Konferenzen unabhängig). Darüber hinaus gab es in der Stadt eine wissenschaftliche Gesellschaft für Röntgenologen, wo ebenfalls Vorträge und Vorlesungen über Anatomie mit praktischen Erläuterungen gehalten wurden. Und vor nicht allzu langer Zeit war auch der wissenschaftliche Verband der Onkologen gegründet worden, bei dem Doktor Donzowa nicht nur Mitglied, sondern zugleich Schriftführer war und in dem, wie in allen Neugründungen, große Geschäftigkeit herrschte. Dann war da noch die Korrespondenz mit der Zeitschrift für Röntgenologie und Onkologie und der Akademie der medizinischen Wissenschaften und dem Informationszentrum – und so kam es – obwohl die hohe Wissenschaft anscheinend nur in Moskau und Leningrad zu Hause war und anderswo gleichsam nur behandelt wurde –, daß doch kein Tag verging, an dem nicht auch hier die reine Wissenschaft zu ihrem Recht kam.

So war es auch heute. Ljudmila Afanassjewna mußte noch die Leiterin des Röntgenologen-Verbandes ihres bevorstehenden Vortrags wegen anrufen und noch zwei kurze Zeitschriftenaufsätze überfliegen. Ein Brief aus Moskau war zu beantworten. Ein weiterer aus einer entlegenen onkologischen Station, der um bestimmte Erläuterungen bat.

Dabei sollte die Oberärztin der chirurgischen Abteilung, sobald sie ihren Operationstag beendet hatte, ihr noch einen ihrer gynäkologischen Fälle vorstellen. Und schließlich mußte sie sich, gegen Ende der Sprechstunde, mit einer ihrer Assistenzärztinnen um einen Kranken aus Taschaus kümmern, der vermutlich eine Dünndarmgeschwulst hatte.

Sie selbst hatte sich außerdem für heute vorgenommen, zusammen mit ihren Röntgenlaborantinnen zu beraten, ob die Arbeit besser einzuteilen sei, damit man noch mehr Kranke täglich bestrahlen könne. Und die Spritze für Rusanow durfte sie auch nicht vergessen, sie mußte noch hinaufgehen und nach ihm sehen; erst seit kurzem behandelten sie solche Kranke, zuvor waren sie nach Moskau überwiesen worden.

Und da verlor sie nun ihre Zeit in einem unsinnigen Wortwechsel mit diesem Starrkopf Kostoglotow, bei diesem Geschwätz über Methoden! Noch während ihrer Unterhaltung hatten die Handwerker, die eine nachträgliche Montage an der «Gamma»-Anlage durchführen mußten, zweimal ins Zimmer hereingeschaut. Sie wollten melden, daß diese Arbeit im Kostenvoranschlag nicht vorgesehen gewesen sei und daß sie deshalb einen Arbeitsauftrag unterschreiben müsse. Jetzt gingen sie zu ihrem Arbeitsplatz voraus, doch Doktor Donzowa wurde im Korridor von einer Schwester aufgehalten, die ihr ein Telegramm übergab. Das Telegramm kam aus Nowotscherkask – von Anna Zadyrko. Fünfzehn Jahre hatten sie sich weder gesehen noch geschrieben – Anna Zadyrko war ihre gute alte Freundin, mit der zusammen sie 1924, noch vor ihrem Medizinstudium, an der Hebammenschule in Saratow gewesen war. Anna telegrafierte, ihr ältester Sohn Wadim werde sich nach seiner Rückkehr von einer geologischen Expedition heute oder morgen bei ihr in der Klinik melden, und bat Ljudmila Afanassjewna, ihn freundschaftlich aufzunehmen und ihr offen zu schreiben, was mit ihm los sei. Ljudmila Afanassjewna war sehr beunruhigt über diese Zeilen, ließ die Handwerker stehen und machte sich auf die Suche nach der Oberschwester, um sie zu bitten, Asowkins Bett bis zum morgigen Abend für Wadim Zadyrko freizuhalten. Die Oberschwester Mita war wie immer unterwegs und nicht leicht zu finden. Als sie endlich gefunden war und das Bett freizuhalten versprach, teilte sie Ljudmila Afanassjewna mit, daß man Olimpiada Wladislawowna, die beste Schwester der Bestrahlungsabteilung, auf zehn Tage für das städtische Seminar der Gewerkschaftskassenverwalter angefordert habe und daß man sie diese zehn Tage durch jemand anderen würde ersetzen müssen. Das war derart unzumutbar und unmöglich, daß Doktor Donzowa und Mita sofort mit energischen Schritten, durch mehrere Zimmer hindurch, in die Registratur eilten, um das Rayonkomitee anzurufen und diese Forderung zurückzuweisen. Aber die Nummer war besetzt, und deshalb riefen sie das Gebietskomitee an, wo man sich über ihr mangelndes politisches Interesse wunderte und fragte, ob sie die Gewerkschaftskasse denn wirklich im Stich lassen wollten. Die Mitglieder des Rayonkomitees und des Gebietskomitees und ihre Angehörigen waren offensichtlich noch nie von einer Geschwulst geplagt worden und schienen zu glauben, daß sie niemals eine bekommen könnten. Nachdem Ljudmila Afanassjewna noch bei der Röntgenologischen Gesellschaft angerufen hatte, wollte sie den Oberarzt um Intervention bitten, aber er saß gerade mit irgendwelchen unbekannten Leuten zusammen und beriet sich über eine finanziell einigermaßen tragbare Reparatur eines Flügels der Klinik. So blieb alles noch unentschieden, und Ljudmila Afanassjewna ging durchs

Röntgendiagnostikzimmer, wo sie heute noch nichts getan hatte. Dort war gerade Arbeitspause, unter einer roten Lampe wurden die Resultate eingetragen, und man sagte Ljudmila Afanassjewna, daß die Filmbestände durchgezählt worden seien und daß sie bei dem derzeitigen Verbrauch höchstens noch für drei Wochen ausreichen würden. Das bedeutete eine Panne, denn es dauerte mindestens einen Monat, bis neue Filme geliefert wurden. Also mußte Doktor Donzowa noch heute oder spätestens morgen den Apotheker und den Chefarzt zusammenbringen, was keineswegs leicht war, und sie bitten, Filme anzufordern.

Gleich darauf versperrten ihr wieder die Handwerker den Weg, und sie unterschrieb den Zettel. Jetzt konnte sie gleich auch die Röntgenlaborantinnen aufsuchen. Sie setzte sich zu ihnen, und sie begannen zusammen zu rechnen. Den technischen Bedingungen nach hätte ein Apparat nur eine Stunde arbeiten dürfen und dann eine halbe Stunde ausgeschaltet werden müssen, aber diese Vorschrift beachtete man schon seit langem nicht mehr, alle Apparate arbeiteten pausenlos neun Stunden. Trotzdem konnte man nicht so viele Bestrahlungen machen, wie man gern wollte. Man mußte die ambulanten Fälle je einmal am Tag behandeln, einige Klinikfälle sogar zweimal (wie es zum Beispiel auch für Kostoglotow von heute an verordnet war), um dadurch den Strahlenstoß zu steigern, aber auch um den Klinikaufenthalt der nichtambulanten Fälle zu verkürzen. Deshalb waren sie, ohne Wissen der technischen Überwachung, zu einem Strom von zwanzig statt zehn Milliampere übergegangen: So wurden die Behandlungszeiten auf die Hälfte reduziert, die Röhren allerdings entsprechend schneller abgenutzt. Und trotz alldem wurden sie mit ihrem Pensum nicht fertig! Ljudmila Afanassjewna war gekommen, um in den Listen zu markieren, bei welchen Kranken und bei wie vielen Bestrahlungen das millimeterdicke Kupferfilter, das als Hautschutz diente, nicht eingesetzt zu werden brauchte (diese Maßnahme kostete nämlich auch wieder Zeit) und bei welchen Kranken ein halbmillimeterdickes Filter verwendet werden mußte.

Dann ging sie in den zweiten Stock hinauf, um Rusanows Reaktion auf die Spritze zu kontrollieren. Gleich darauf betrat sie das Zimmer mit den Kurzwellenapparaten, wo die Bestrahlungen schon wiederaufgenommen worden waren, und wollte sich eben an ihre Aufsätze und Briefe setzen, als Jelisaweta Anatoljewna höflich anklopfte und fragte, ob sie sie einen Augenblick sprechen könne.

Jelisaweta Anatoljewna war eine einfache Krankenwärterin, doch niemand wäre auf den Gedanken gekommen, sie mit «du» anzureden. Man sagte Lisa oder Tante Lisa, wie die jungen Ärzte die älteren Krankenpflegerinnen zu nennen pflegten. Sie war eine gebildete Frau und las während der freien Stunden ihres Nachtdienstes Bücher in französischer Sprache – aber aus irgendeinem Grund arbeitete sie als Krankenwärterin in der onkologischen Abteilung, und zwar sehr gewissenhaft. Allerdings hatte sie hier einen hundertfünfzigprozentigen Verdienst. Eine Zeitlang bekamen die Krankenpflegerinnen wegen der Gefährlichkeit der Strahlen noch weitere fünfzig Prozent Zulage, die dann aber auf fünfundzwanzig Prozent gekürzt wurde. Jelisaweta Anatoljewna war trotzdem geblieben.

«Ljudmila Afanassjewna», sagte sie und verneigte sich entschuldigend, wie es sehr höfliche Menschen tun. «Es ist mir sehr peinlich, daß ich Sie wegen solcher Lappalien stören muß, aber mich treibt einfach die Verzweiflung zu Ihnen. Wir haben keine Putztücher mehr, kein einziges! Womit soll ich aufwischen?»

Ja, auch das war eine Sorge! Das Ministerium hatte zwar vorgesehen, die onkologische Station mit radioaktiven Nadeln, einer Gamma-Kanone, mit Glimmspannungsteilern, mit den modernsten Bluttransfusionsgeräten und den neuesten synthetischen Medikamenten auszustatten – aber gewöhnliche Lappen und Bürsten konnten in einer so großartigen Aufstellung natürlich keinen Platz finden. Nisamudtin Bachramowitsch hatte dazu geäußert: «Wenn das Ministerium diese Dinge nicht vorgesehen hat – soll ich sie dann vielleicht von meinem eigenen Gehalt kaufen?» Eine Zeitlang wurde die ausrangierte Bettwäsche zerrissen und als Lappen verwendet, doch dann besann sich die Wirtschaftsleitung eines anderen und untersagte es, da man den Verdacht hatte, die Wäsche könne veruntreut werden. Jetzt mußte die ausrangierte Wäsche gesammelt und einer Sonderkommission abgeliefert werden, die sie selbst prüfte und dann zerriß.

«Ich meine, wir könnten es so machen», sagte Jelisaweta Anatoljewna, «alle Mitarbeiter der Bestrahlungsabteilung bringen von zu Hause einen Lappen mit, dann wäre die Sache erledigt.»

«Na schön», seufzte Ljudmila Afanassjewna, «es bleibt uns wohl nichts anderes übrig. Ich bin einverstanden. Machen Sie bitte auch Olimpiada Wladislawowna diesen Vorschlag.»

Ach ja, für Olimpiada Wladislawowna mußte sie sich noch einsetzen. Es war doch einfach unhaltbar, die beste, erfahrenste Schwester zehn Tage vom Dienst abzuziehen!

Und wieder ging sie, um zu telefonieren. Und wieder erreichte sie nichts. Sie eilte ins Behandlungszimmer, um den Kranken aus Taschaus zu untersuchen. Zuerst war es so dunkel, daß sie nichts sah. Dann erkannte sie allmählich, während sie den Strahlenschutz bald hochschob, bald herunterließ und den Patienten für die Aufnahmen bald auf die eine, bald auf die andere Seite legte, die leichte Suspension an seinem Dünndarm. Und während sie mit gelben Handschuhen den Bauch des Kranken abtastete, auf seine Ausrufe «tut weh» achtete und die undeutlichen, verschwommenen chiffrierten Nuancen von Flecken und Schatten beobachtete, stellte sie die Diagnose.

Über all diesen Aufgaben verging ihre Mittagspause; nur bemerkte sie das niemals. Nicht einmal im Sommer ging sie mit einem Butterbrot in den Stadtpark. Dann wurde sie zur Konsultation in den Verbandsraum geholt. Dort informierte die Chefchirurgin Doktor Donzowa über den Befund, sie ließen die Kranke rufen und untersuchten sie. Die Donzowa kam zu der Überzeugung, daß eine Rettung nur noch durch Sterilisation möglich sei. Die Patientin, eine Frau von kaum vierzig Jahren, brach in Tränen aus. Sie ließen sie ein paar Minuten weinen. «Damit ist mein Leben zu Ende! Mein Mann wird mich verlassen.»

«Sie werden Ihrem Mann eben nicht sagen, um welche Operation es sich handelt!» hämmerte ihr Ljudmila Afanassjewna ein. «Woher sollte er es erfahren? Er wird es niemals erfahren. Es liegt bei Ihnen, es geheimzuhalten.»

Dazu bestimmt, Leben zu retten, nichts als das nackte Leben – in ihrer Klinik ging es meist um nichts Geringeres als das Leben –, war Ljudmila Afanassjewna der unerschütterlichen Überzeugung, daß jedes Opfer, wenn es das Leben rettete, gerechtfertigt war.

Obwohl sie sich um so viele Dinge gekümmert hatte, wurde heute den ganzen Tag über ihre Sicherheit und Überlegenheit, ihr Verantwortungsgefühl gestört. Was war mit diesem deutlich spürbaren Schmerz in der Magengegend? An manchen Tagen fühlte sie ihn überhaupt nicht, an anderen Tagen schwach, heute aber stark. Wenn sie nicht selbst Onkologin gewesen wäre, hätte sie diesen Schmerz entweder nicht beachtet oder sich unverzüglich untersuchen lassen. Aber sie kannte diesen Strick allzu gut, mit dem man sich die erste Schlinge legt: den Angehörigen und Arbeitskollegen etwas davon zu sagen. So begnügte sie sich mit dem russischen «vielleicht»: Vielleicht geht es vorüber? Vielleicht ist es nur die Nervenanspannung? Aber nicht nur dies, noch etwas anderes störte sie während des ganzen Tages wie ein Splitter im Finger. Etwas Verworrenes, aber Hartnäckiges. Und erst jetzt, als ihr die auf dem Tisch liegende Mappe mit der Aufschrift «Die Bestrahlungskrankheit» in die Augen fiel, die der scharfsichtige Kostoglotow bemerkt hatte, begriff sie, daß der Streit um die Frage ihres Rechts zur Behandlung sie nicht nur aufgeregt, sondern tief getroffen hatte. Sie hörte noch Kostoglotows Ausruf: «Auch vor zwanzig Jahren haben Sie irgend so einen Kostoglotow behandelt, der sich vor der Bestrahlung gefürchtet hat, doch Sie haben ihm versichert, daß alles in Ordnung sei, weil Sie von der Bestrahlungskrankheit noch nichts wußten!»

Sie hatte in der Tat beim Röntgenologen-Verband einen Vortrag über das Thema «Die späteren Folgen der Bestrahlung» zu halten. Fast das gleiche, was Kostoglotow ihr zum Vorwurf gemacht hatte. Vor ein, zwei Jahren begannen in ihrer Praxis und der der anderen Röntgenologen – hier, in Moskau und in Baku – diese nicht sofort verständlichen Fälle aufzutauchen. Man hatte eine Vermutung, dann einen Verdacht. Man korrespondierte, man sprach darüber, fürs erste noch nicht in Vorträgen, sondern nur in den Pausen zwischen den Vorträgen. Irgend jemandem fiel ein amerikanisches Journal mit einem Referat in die Hände – erst eines, dann wieder eines. Auch in Amerika begann sich dieses Problem abzuzeichnen. Die Fälle häuften sich, mehr und mehr Kranke kamen mit Klagen – und plötzlich fand man eine Erklärung und einen Namen für diese Erscheinung: «Die späteren Folgen der Bestrahlung», und es wurde Zeit, an den Universitäten offen darüber zu sprechen und Entscheidungen zu treffen.

Es ergab sich, daß die Behandlung mit Röntgenstrahlen, die vor zehn oder fünfzehn Jahren durch hohe Dosen von Strahlen günstig, erfolgreich, bisweilen sogar glänzend abgeschlossen worden war, Zerstörung und Verstümmelung der bestrahlten Stellen zur Folge hatte. Es war nicht sträflich, sogar in jedem Fall gerechtfertigt gewesen, jene Bestrahlungen auf Grund bösartiger Geschwülste verabreicht zu haben. Auch vom heutigen Standpunkt aus gab es noch keinen anderen Weg: Man konnte den Kranken nur durch hohe Dosen vor dem unvermeidbaren Tod retten, denn kleinere Dosen nützten nichts. Und wenn der Patient nach langer Zeit mit Verletzungen wieder zum Arzt kam, mußte er einsehen, daß diese Verletzungen der Preis für die ihm ermöglichten vergangenen und die ihm eventuell noch bevorstehenden Lebensjahre waren.

Aber damals, vor zehn, fünfzehn, zwanzig Jahren, als es den Namen «Bestrahlungskrankheit» noch nicht gab, galt die Röntgenbestrahlung als ein so direktes, erfolgversprechendes und absolut wirksames Verfahren, als eine so großartige Errungenschaft der modernen Medizin, daß man es als rückständig und beinahe als Sabotage in der Behandlung der Werktätigen empfand, sie nicht anzuwenden und andere, parallele oder benachbarte Möglichkeiten zu suchen. Gefürchtet waren nur die starken, frühzeitigen Verletzungen des Hautgewebes und der Knochen, aber auch diese lernte man zu vermeiden. Und man bestrahlte! Bestrahlte mit Enthusiasmus! Sogar gutartige Geschwülste! Sogar bei kleinen Kindern.

Jetzt aber kamen diese ehemaligen Kinder, inzwischen Jungen und Mädchen, manchmal schon verheiratet, mit unheilbaren Erkrankungen eben jener Stellen, die man bestrahlt hatte.

Im vergangenen Herbst kam – nicht hierher in die Bestrahlungsabteilung, sondern in die chirurgische – ein fünfzehnjähriger Junge, dem Bein und Arm einseitig im Wachstum zurückgeblieben waren, ebenso der Schädelknochen, der von unten nach oben bogenförmig entstellt wirkte, wie eine Karikatur. Doktor Donzowa wußte von diesem Fall und verlangte ihn zu sehen. Sie stöberte die Archive durch und konnte ihn mit dem zweieinhalbjährigen Kind identifizieren, das die Mutter seinerzeit mit einer Unzahl von Knochenzerstörungen und völlig zerrüttetem Stoffwechsel ins Krankenhaus hergebracht hatte. Die Herkunft dieser Knochenzerstörungen, die jedoch keineswegs Geschwulstcharakter trugen, hatte sich niemand erklären können. Damals hatten die Chirurgen den Jungen zu Doktor Donzowa geschickt, auf gut Glück, vielleicht konnten die Strahlen helfen. Und Doktor Donzowa nahm ihn an, und das Röntgen half so ausgezeichnet, daß die Mutter vor Freude weinte und beteuerte, niemals ihre Wohltäterin zu vergessen.

Jetzt war der Junge allein gekommen – seine Mutter lebte nicht mehr, und niemand konnte ihm helfen, niemand konnte die früheren Bestrahlungen rückgängig machen.

Und vor kurzem, etwa Ende Januar, suchte sie eine junge Mutter auf und klagte, daß ihre Brust keine Milch gebe. Sie war erst von Station zu Station geschickt worden, ehe sie endlich in der onkologischen landete. Doktor Donzowa erkannte sie nicht, doch da die Krankengeschichten viele Jahre aufbewahrt wurden, gingen sie ins Archiv, suchten und fanden dort das Krankenblatt der Frau vom Jahre 1941. Aus dem Blatt ging hervor, daß sie sich als kleines Mädchen hier vertrauensvoll unter die Röntgenröhre gelegt hatte – mit einer gutartigen Geschwulst, die jetzt niemand mehr mit Röntgenstrahlen zu behandeln gewagt hätte.

Doktor Donzowa blieb nichts anderes zu tun übrig, als diese Krankengeschichte mit dem Vermerk zu ergänzen, daß das ehemals weiche Gewebe atrophisch geworden und daß dies allen Anzeichen nach die Folge einer früheren Röntgenbestrahlung sei.

Sowohl jenem verkrüppelten Jungen als auch dieser unglücklichen Mutter wurde natürlich verschwiegen, daß sie in ihrer Kindheit falsch behandelt worden waren: Das zu erklären, wäre in persönlicher Hinsicht vollkommen nutzlos gewesen und hätte in allgemeiner Beziehung der sanitären Propaganda unter der Bevölkerung nur geschadet.

Ljudmila Afanassjewna selbst war über diese Fälle tief erschüttert, vom Gefühl einer nie wiedergutzumachenden Schuld bedrückt – und eben diese wunde Stelle hatte Kostoglotow heute getroffen.

Sie verschränkte die Arme über der Brust, zog die Schultern hoch und ging im Zimmer auf und ab, immer auf dem schmalen Streifen freien Raums zwischen den nun ausgeschalteten Apparaten.

War es zulässig, die Frage zu stellen, ob der Arzt ein Recht zur Behandlung habe? Wenn man so dachte, wenn man an jeder von der Wissenschaft aufgenommenen neuen Methode zweifelte und sich fragte, ob sie nicht in Zukunft wieder verworfen und sich als schädlich erweisen würde – dann konnte das weiß der Teufel wohin führen! Denn Todesursache konnte selbst ein Aspirin sein: Einmal hatte jemand zum erstenmal in seinem Leben ein Aspirin genommen und war daran gestorben! Dann durfte man überhaupt nicht behandeln! Dann konnte man auch überhaupt nicht helfen.

Dieses Gesetz besaß offensichtlich einen ganz allgemeinen Charakter: Jeder, der handelt, verursacht immer beides: Gutes und Böses. Der eine

– mehr Gutes, der andere – mehr Böses. Das war der einzige Unterschied.

Sie suchte sich zu beruhigen, sie wußte genau, daß diese unglücklichen Fälle zusammen mit solchen, bei denen sie eine falsche Diagnose gestellt und zu späte oder falsche Maßregeln getroffen hatte, nicht einmal zwei Prozent ihrer Tätigkeit ausmachten – die von ihr geheilten jungen und alten Menschen, Männer und Frauen, wanderten über Äkker, Gras und Asphalt, flogen in der Luft, sammelten Baumwolle, kletterten Telegrafenstangen hinauf, kehrten Straßen, standen hinter Ladentischen, saßen in Studierzimmern oder Teestuben, dienten in der Armee und bei der Marine; es waren Tausende, und nicht alle hatten sie vergessen, und nicht alle würden sie vergessen: Aber sie selbst jedoch würde sie sehr bald vergessen, ihre glücklichen Fälle, ihre schweren Siege, sich aber bis zum Grabe der Unglücklichen erinnern, jener wenigen armen Teufel, die unter die Räder geraten waren.

Das war eine Eigentümlichkeit ihres Erinnerungsvermögens. Nein, sich heute noch auf den Vortrag vorzubereiten, dazu war sie nicht mehr fähig, und der Tag war auch schon zu Ende. Oder sollte sie die Mappe mit nach Hause nehmen? Wahrscheinlich würde es umsonst sein, denn sie hatte sie schon hundertmal mitgenommen und wieder zurückgebracht.

Aber es blieb noch einiges andere zu tun, ein paar Aufsätze in der *Medizinischen Radiologie* zu lesen und die Zeitschrift zurückzugeben. Und die Fragen des Heilgehilfen in Tachta-Kugyr zu beantworten.

Das trübe Fenster machte das Zimmer schon dämmrig; sie zündete die Tischlampe an und setzte sich. Eine der Assistenzärztinnen schaute herein: «Gehen Sie denn noch nicht, Ljudmila Afanassjewna?» Dann kam auch Wera Korniljewna und fragte: «Wollen Sie nicht gehen?»

«Was macht Rusanow?»

«Er schläft. Kein Erbrechen, aber Temperatur.» Wera Korniljewna zog ihren Kittel aus; ihr graugrünes Taftkleid war eigentlich zu gut für den Dienst.

«Sollten Sie es nicht schonen?»

«Warum schonen? – Für wen denn?» Doktor Hangart lächelte, aber es war ein trauriges Lächeln.

«Schön, Werotschka, wenn es so ist, dann spritzen wir ihm das nächste Mal die volle Dosis, zehn Milligramm.» Wenn die Worte zur Zeit stahlen, drängte Ljudmila Afanassjewna in ihrer rastlosen Art weiter und hatte schon den Brief an den Heilgehilfen begonnen.

«Und Kostoglotow?» fragte Doktor Hangart leise von der Tür her.

«Wir hatten eine Auseinandersetzung, aber er ist zu Kreuze gekrochen!» lachte Ljudmila Afanassjewna sauer und spürte durch die Erschütterung des Lachens wieder einen schneidenden Schmerz in der Magengegend. Und schon wollte sie sich bei Wera, bei ihr als erster, beklagen, hob den Kopf und sah sie mit zusammengekniffenen Augen an. Doch da erkannte sie in der dämmrigen Tiefe des Zimmers, daß Wera sich fürs Theater zurechtgemacht hatte – deshalb das Kleid und die hohen Absätze.

Und beschloß – ein andermal.

Alle waren gegangen, nur sie saß noch da. Eigentlich war es äußerst schädlich für sie, sich auch nur eine halbe Stunde länger als nötig in diesen Räumen, die sich tagtäglich mit Strahlen vollsogen, aufzuhalten, aber nur so war alles einigermaßen zu schaffen. Jedesmal vor dem Urlaub war ihre Gesichtsfarbe bleich-gräulich, und die Zahl ihrer Leukozyten, die das ganze Jahr über abnahm, betrug dann nur noch zweitausend. Es bei einem Kranken so weit kommen zu lassen, wäre verbrecherisch gewesen. Täglich drei Magenuntersuchungen, das war die empfohlene Norm für die Röntgenologen, sie aber nahm bis zu zehn vor; im Krieg waren es sogar an die fünfundzwanzig gewesen. Und vor dem Urlaub mußte sie selbst eine Bluttransfusion bekommen. Aber nach dem Urlaub hatte sich das während des Jahres verbrauchte Blut immer noch nicht regeneriert.

Sie stand so sehr unter dem Zwang der Arbeit, daß es ihr schwerfiel, sich davon zu befreien; dennoch mußte sie mit Verdruß einsehen, daß sie wieder nicht alles geschafft hatte. Und jetzt, während sie schrieb, fiel ihr das grausame Schicksal Sibgatows wieder ein, und sie notierte nebenbei, worüber sie mit Doktor Oreschtschenkow beim Verbandstreffen sprechen mußte. Wie sie selbst ihre Assistenzärztinnen anleitete, so hatte Doktor Oreschtschenkow sie vor dem Krieg an die Hand genommen, fürsorglich geleitet und den Wunsch nach größerem Wissen in ihr geweckt. «Hüten Sie sich vor dürrem Spezialistentum, Lidotschka», sagte er mahnend. «Mag die ganze Welt der Spezialisierung entgegentreiben, gehen Sie Ihren Weg weiter, befassen Sie sich mit Röntgendiagnostik und auch mit Röntgentherapie. Und wenn Sie die letzte Ärztin dieses Schlages sind, halten Sie die Festung!» Er war immer noch rüstig und lebte hier in dieser Stadt.

Sie hatte die Lampe schon gelöscht, als sie noch einmal an der Tür umkehrte, um sich ihre morgigen Aufgaben zu notieren. In ihrem alten blauen Mantel lief sie zum Zimmer des Chefarztes – aber die Tür war verschlossen.

Endlich stieg sie unter den Pappeln die Treppe hinunter und ging die Alleen des Klinikums entlang, immer noch ganz bei ihrer Arbeit. Sie versuchte nicht, sich ablenken zu lassen, und wünschte die Ablenkung auch gar nicht. Vom Wetter nahm sie keine Notiz. Noch war die Dämmerung nicht hereingebrochen. Viele unbekannte Gestalten kamen ihr in den Alleen entgegen, aber nicht ein einziges Mal überkam Ljudmila Afanassjewna die urweibliche Neugier, die Kleidung der Leute zu mustern, zu sehen, was sie auf dem Kopf, was sie an den Füßen trugen.

Sie ging ihres Wegs und blickte die Entgegenkommenden mit zusammengezogenen Brauen durchdringend an, als wolle sie schon jetzt Geschwülste lokalisieren, von denen niemand etwas ahnte, die sich aber morgen schon bemerkbar machen konnten.

So ging sie weiter, vorbei an dem im Innern des Klinikums gelegenen Teehaus, vorbei an dem kleinen Usbeken-Jungen, der hier immer in Zeitungstüten verpackte Mandeln verkaufte – und erreichte das Haupttor.

Es schien ihr, während sie dieses Tor durchschritt, daß die wachsame, zanksüchtige, dicke Pförtnerin nur gesunde und freie Leute passieren ließ, die kranken aber mit lautem Gezänk zurückwies; es schien ihr, als bedeute dieses Tor die Grenze zwischen dem Leben, das ihrer Arbeit, und jenem, das ihrem Heim und ihrer Familie gehört. Aber nein, ihre Kräfte und ihre Zeit waren nicht gleichmäßig auf ihr Heim und ihre Arbeit verteilt. Im Innern des Klinikums verausgabte sie den lebendigeren und besseren Teil ihrer Kraft, und die Gedanken an die Arbeit durchschwärmten ihren Kopf wie Bienen – noch lange nachdem sie das Tor hinter sich gelassen hatte und lange bevor sie es am Morgen wieder passierte.

Sie warf den Brief nach Tachta-Kugyr ein. Dann überquerte sie die Straße und ging zur Endhaltestelle der Trambahn. Klingelnd rollte die Bahn um die Kurve. Die Leute drängten sich an den vorderen und hinteren Türen, und Ljudmila Afanassjewna beeilte sich, um noch einen Platz zu bekommen. Dies war das erste äußerlich unbedeutende Zeichen, daß sie aus einem Orakel menschlicher Schicksale in einen einfachen Fahrgast der Straßenbahn verwandelt wurde, den man ganz ungeniert anrempeln konnte.

Während die Straßenbahn über die alten eingleisigen Schienen ratterte, an vielen Haltestellen vorbei, sah Ljudmila Afanassjewna gedankenverloren zum Fenster hinaus und dachte über die Lungenmetastasen Mursalimows nach, dann über die möglichen Auswirkungen der Spritzen bei Rusanow. Seine schulmeisterliche Art und seine Drohungen, mit denen er sich heute morgen Luft gemacht hatte, waren tagsüber anderen Eindrücken gewichen, am Ende des Tages, für den Abend und die Nacht, verursachten sie einen bedrückend bitteren Nachgeschmack.

Viele Frauen in der Straßenbahn trugen, wie Ljudmila Afanassjewna, keine Handtasche, sondern kofferähnliche Taschen, in denen man mit Leichtigkeit ein lebendes Ferkel oder vier Brotlaibe hätte unterbringen können. Die Gedanken an zu Hause, an ihren Haushalt bemächtigten sich Ljudmila Afanassjewnas mehr und mehr. All das lastete auf ihr, nur ihr, denn was fragten die Männer danach? Sowohl ihr Mann als auch ihr Sohn brachten es fertig, wenn sie zu einer Konferenz nach Moskau fuhr, das Geschirr einer ganzen Woche unabgespült stehen zu lassen, nicht etwa aus Rücksichtslosigkeit, sondern weil sie in dieser sich ewig wiederholenden, gleichbleibenden Arbeit keinen Sinn sahen.

Ljudmila Afanassjewna hatte auch eine Tochter, schon verheiratet, mit einem Kind, und doch schon fast nicht mehr verheiratet, denn sie lebte in Scheidung. Zum erstenmal an diesem Tag dachte sie jetzt an ihre Tochter, doch auch das stimmte sie nicht froh.

Heute war Freitag. Am Sonntag mußte Ljudmila Afanassjewna sich unbedingt um ihre große Wäsche kümmern, allzuviel hatte sich schon angesammelt. Das hieß, daß sie nicht darum herumkam, das Mittagessen für die erste Wochenhälfte (sie kochte zweimal in der Woche vor) am Samstagabend vorzubereiten. Und die Wäsche einweichen mußte sie heute noch, bevor sie sich hinlegte. Zudem mußte sie jetzt, eben jetzt, obgleich es schon spät war, noch einkaufen – in der Großmarkthalle war immer bis zum Abend noch jemand da.

Sie stieg an der Haltestelle aus, wo sie sowieso umsteigen mußte, sah in der Nähe den spiegelblitzenden «Gastronom» und entschloß sich, einen Blick hineinzuwerfen. In der Fleischabteilung war es leer und die Verkäuferin bereits gegangen. Aus der Fischabteilung war nichts zu gebrauchen – Heringe, grüne Flundern, Konserven. Während sie an den malerischen Pyramiden aus Weinflaschen und zimtfarbenen, runden Käselaiben – sie standen direkt neben der Wurstauslage – vorbeiging, beschloß sie, zwei Dosen Sonnenblumenöl (bis dahin hatte es nur Baumwollsamenöl gegeben) und ein Gerstenkonzentrat zu kaufen. Das tat sie auch, durchquerte den friedlichen Laden, zahlte an der Kasse und kehrte in die Gewürzabteilung zurück. Aber während sie dort hinter zwei Leuten anstand, erhob sich lebhafter Lärm im Laden, von der Straße her strömte ein Haufen Volk in das Geschäft und stellte sich in der Delikatessenabteilung bei der Kasse an. Ljudmila Afanassjewna zögerte einen Augenblick, eilte aber dann, ohne ihre Ware in der Gewürzabteilung abzuwarten, mit energischen Schritten weg, um sich gleichfalls in die Schlange zu stellen. Noch lag keinerlei Ware hinter der geschwungenen, gläsernen Ladentheke, doch die drängenden Frauen versicherten, daß pro Kopf ein Kilo Schinkengehacktes ausgegeben würde.

Ljudmila Afanassjewna hatte einen so günstigen Platz, daß sie hoffen konnte, sich bald auch in die zweite Schlange einreihen zu können.

8

Hätte nicht der Krebs seinen Hals umklammert, wäre Jefrem ein Mann in den besten Jahren gewesen. Er war noch nicht fünfzig, kräftig in den Schultern, rüstig auf den Beinen und hatte einen gesunden Menschenverstand. Er war nicht nur das, was man zäh nennt, er war sogar eine Bärennatur, nach acht Stunden konnte er noch einmal acht Stunden arbeiten wie in der ersten Schicht. In seiner Jugend an der Kama hatte er zwei Zentner schwere Säcke geschleppt und von dieser Kraft kaum etwas verloren; er konnte es auch später nicht lassen, mit den Arbeitern eine Betonmischmaschine auf das Gerüst zu hieven. Er war viel herumgekommen, hatte eine Unmenge Arbeiten verrichtet, dort etwas abgerissen, gegraben, zugeschüttet und hier etwas aufgebaut, hatte sich nicht herabgelassen, mit weniger als Zehn-Rubel-Scheinen zu rechnen, nach einem halben Liter nicht geschwankt, nach zwei Litern sich nicht der Länge nach ausgestreckt und so weder in noch um sich Grenzen oder Schranken gefühlt und geglaubt, immer der gleiche bleiben zu können. Trotz seiner Stärke kam er nicht an die Front – man setzte ihn für Spezialaufgaben ein. Er wurde weder verwundet, noch erlebte er ein Lazarett. Und niemals hatte er leiden müssen – keine schwere Krankheit, keine Grippe, nicht einmal Zahnschmerzen. Im letzten Jahr war er zum erstenmal erkrankt – und ausgerechnet daran. Krebs.

Jetzt sprach er dieses Wort geradezu mit Elan aus: «Krebs», aber lange, lange Zeit hatte er sich immer eingeredet, daß nichts ihm fehle, überhaupt nichts, und mit viel Ausdauer die Konsultation eines Arztes hinausgeschoben. Und als er dann endlich hinging und von einer Beratungsstelle zur anderen geschickt wurde, bis er schließlich in der Krebsstation landete, wo man allen Kranken sagte, sie hätten keinen Krebs, wollte Jefrem nicht begreifen, was mit ihm los war. Er glaubte nicht seinem gesunden Verstand, sondern dem Wunsch: Ich habe keinen Krebs, und es wird vorübergehen.

Aber die Zunge schmerzte, die flinke, geschickte, verborgene, im Leben so nützliche Zunge. Fünfzig Jahre hatte er mit dieser Zunge vieles erreicht. Mit ihr hatte er sich seinen Lohn ausgehandelt, wenn das Angebot zu niedrig war. Beschworen, was er unterlassen hatte. Verfochten, was er nicht glaubte. Vorgesetzte angeschnauzt. Und geflucht wie ein Pferdeknecht, ausdauernd, auf alles, was heilig und teuer war, und posaunt und schwadroniert. Und deftige Witze gerissen, die allerdings nie etwas mit Politik zu tun hatten. Und Wolgalieder gesungen. Und Frauen, in allen Teilen des Landes verstreut, belogen, daß er nicht verheiratet sei und keine Kinder habe, daß er nach einer Woche zurückkommen und ein Haus bauen werde. «Ach, die Zunge soll dir verdorren!» So hatte ihn dann eine seiner zeitweiligen Schwiegermütter verflucht. Nur im total betrunkenen Zustand hatte die Zunge den Dienst verweigert.

Und plötzlich schwoll sie an. Begann an die Zähne zu stoßen. Ihr saftvolles, weiches Bett wurde ihr zu eng.

Aber Jefrem wollte das alles nicht wahrhaben, und vor den Kameraden grinste er großspurig: «Poddujew hat vor nichts auf der Welt Angst!»

Und sie sagten: «Verdammt, dieser Poddujew, der hat Energie.»

Es war aber nicht Willenskraft, sondern heimliche Angst. Nicht aus Willenskraft, aus Angst klammerte er sich an seine Arbeit, so sehr er nur konnte, und gab nicht nach, um die Operation hinauszuschieben. Sein ganzes Leben war Poddujew auf Leben eingestellt gewesen und nicht auf Sterben. Dieser Umschwung ging über seine Kraft, er wußte keinen Ausweg aus dieser Lage – und wies sie dadurch von sich, daß er tagtäglich auf den Beinen war, als wäre nichts, und zur Arbeit ging und sich die Lobeshymnen auf seinen eisernen Willen anhörte.

Einer Operation stimmte er nicht zu, deshalb wurde anfangs mit Nadeln behandelt: Man stieß ihm Nadeln in die Zunge, wie einem Sünder in der Hölle, und ließ sie mehrere Tage darin stecken. So sehr er auch wünschte, verschont zu bleiben, so sehr er hoffte, die Zunge schwoll weiter an. Und als ihn seine berüchtigte Willenskraft verlassen hatte, war Jefrem, den stiernackigen Kopf auf dem weißen Behandlungstisch, einverstanden.

Die Operation machte Lew Leonidowitsch – bewundernswert! Wie er versprochen hatte: Die Zunge wurde verkürzt und zusammengezogen, aber sie gewöhnte sich sehr bald an die Verwandlung und lernte alles wieder aussprechen wie früher, wenn vielleicht auch nicht ganz so deutlich. Man stach ihn noch einmal mit Nadeln, stellte seinen Entlassungsschein aus, und dann ließ ihn Lew Leonidowitsch ein letztes Mal zu sich rufen: «Komm in drei Monaten wieder, dann machen wir noch eine Operation – am Hals. Sie wird leicht sein.»

Aber auch zu so einer «leichten» am Hals hatte Jefrem keine Lust mehr und erschien daher nicht zum vereinbarten Termin. Man schickte ihm per Post Mahnbriefe – er meldete sich nicht. Er war überhaupt nicht gewohnt, lange an ein und demselben Ort zu leben, und trieb sich vielleicht an der Kolyma oder in Chakassien herum. Nichts konnte ihn halten – weder Hab noch Gut, weder Wohnung noch Familie; ein freies Leben und etwas Geld in der Tasche, das war das einzige, was er liebte. Er gab nicht nach und erschien einfach nicht. Aus der Klinik schrieben sie dann: Wenn Sie nicht von selbst kommen, werden wir Sie durch die Miliz holen lassen. Eine so gewaltige Macht besaß die Krebsstation sogar über die, die überhaupt keinen Krebs hatten.

Er kam. Er konnte sein Einverständnis wieder verweigern. Aber Lew

Leonidowitsch befühlte seinen Hals und fluchte kräftig über die Verzögerung. Und sie operierten ihn links und rechts am Hals, und lange lag er in seinem Verband, und als sie ihn entließen, schüttelten sie die Köpfe.

Jetzt aber fand er nicht mehr den richtigen Geschmack am früheren ungebundenen Leben: Die Arbeit und das Herumtreiben, das Trinken und das Rauchen ödeten ihn an. Sein Hals blieb verhärtet, es klopfte und zog und stach nun schon bis in den Kopf. Die Krankheit hatte sich fast bis zu den Ohren hinaufgeschoben.

Und einen Monat später kehrte er wieder in das alte Gebäude aus grauen Ziegelsteinen zurück, stieg die von Tausenden von Füßen blankgescheuerte Treppe unter den Pappeln hinauf, und die Chirurgen empfingen ihn wie einen Angehörigen, und wieder trug er die gestreifte Krankenhauskleidung und lag in dem Zimmer neben dem Operationssaal, dessen Fenster auf die hintere Umzäunung hinausgingen, und wartete auf die Operation, die zweite an seinem armen Hals, im ganzen gerechnet die dritte. – Jefrem Poddujew konnte sich nicht länger belügen und belog sich auch nicht mehr. Er mußte zugeben, daß er Krebs hatte.

Und jetzt auf Gleichheit versessen, suchte er auch seine Nachbarn davon zu überzeugen, daß sie Krebs hatten. Daß keiner jemals wieder von hier wegkäme. Daß alle hierher zurückkehren würden. Nicht weil es ihm Vergnügen bereitet hätte, ihnen Angst einzujagen, ihr Aufstöhnen zu hören, sondern weil sie sich nichts vormachen und der Wahrheit ins Auge schauen sollten.

Die dritte Operation war noch schmerzhafter und tiefgreifender als die beiden vorangegangenen. Beim Verbinden gefiel den Ärzten irgend etwas nicht, sie murmelten untereinander, aber nicht auf russisch, und machten den Verband noch höher und noch dicker, schmiedeten Kopf und Rumpf mit Binden aneinander. Und der stechende Schmerz in Hals und Kopf wurde noch stärker und häufiger, immer häufiger, es stach schon fast pausenlos.

Wozu sich wohl länger verstellen? Er mußte sich mit dem Krebs abfinden – und auch mit dem, wovor er zwei Jahre lang die Augen zusammengekniffen hatte und was er nicht hatte wissen wollen: daß er elend verrecken würde. Nicht sterben – verrecken.

Das jedoch konnte man nur mit den Lippen aussprechen, nicht aber mit dem Verstand begreifen, mit dem Herzen fühlen. Wie konnte ihm, Jefrem, das zustoßen? Wie würde es weitergehen? Was mußte er tun?

Wovor er sich versteckt hatte, hinter der Arbeit und unter den Menschen – das kam jetzt Schritt um Schritt auf ihn zu und erwürgte ihn mit dem Verband um den Hals.

Es war niemand da, der ihm ein erlösendes Wort sagen konnte –

weder um ihn her noch in anderen Krankenzimmern, weder in den Korridoren noch im oberen, noch im unteren Stockwerk. Alles war wieder und wieder durchgeredet worden, und alles taugte nicht.

Und so trieb es ihn vom Fenster zur Tür und von der Tür zum Fenster, jeden Tag, fünf, sechs Stunden. Er suchte Hilfe. Solange er lebte und wo immer er auch gewesen war – nur in den großen Städten war er nicht gewesen, die Provinzstädte hatte er alle durchgekämmt –, er und die anderen hatten gewußt, was von einem Menschen gefordert wird. Er mußte entweder eine gute Spezialausbildung haben oder überall zupacken können. Das eine wie das andere brachte Geld ein. Und wenn die Leute sich kennenlernten, nannten sie ihren Namen, und dann hieß es gleich: Was arbeitest du, wieviel verdienst du? Und wenn einer nicht viel verdiente, hatte er entweder Stroh im Kopf oder war ein Pechvogel, im ganzen gesehen jedenfalls eine Niete.

Dieses so verständliche Leben hatte Poddujew überall getroffen, in Workuta, am Jenissej, im Fernen Osten, in Mittelasien. Die Leute verdienten eine Menge Geld, und dann gaben sie es wieder aus, sei es Samstags, sei es im Urlaub, meist auf einen Schlag.

Das war handfest, das taugte zu was, bis man Krebs oder eine andere tödliche Krankheit bekam. Wenn man aber krank wurde, dann nützte einem alles nichts mehr, weder die Spezialausbildung noch das Zupakkenkönnen, weder der Posten noch der Verdienst. Und aus dieser Hilflosigkeit und aus dem Wunsch, sich bis zuletzt vorzumachen, man hätte keinen Krebs, ging hervor, daß man ein Waschlappen war und irgend etwas im Leben versäumt hatte.

Aber was?

Von Jugend auf hatte Jefrem es nie anders gehört und wußte es so auch von sich selbst und seinen Kameraden, daß sie, die jungen Leute, klüger waren als die Alten. Die Alten waren doch oft ihr ganzes Leben nicht einmal in eine Stadt gefahren, hatten Angst davor, Jefrem aber hatte schon mit dreizehn das Reiten heraus, mit einem Revolver geschossen und mit fünfzehn das ganze Land wie ein Weibsbild abgetastet. Aber jetzt, während er im Zimmer auf und ab ging, erinnerte er sich daran, wie diese Alten, ob Russen, Tataren oder Wotjaken, daheim an der Kama gestorben waren. Sie hatten sich nicht aufgebäumt, gewehrt, geprahlt, daß sie niemals sterben würden – sie alle hatten dem Tode *ruhig* entgegengesehen. Aber nicht nur, daß sie sich nicht wehrten, sie bereiteten sich in aller Stille und beizeiten auf den Tod vor, bestimmten, wer die Stute, wer das Fohlen, wer den Mantel, wer die Stiefel bekommen sollte. Und gingen dann, solcherart erleichtert, unbeschwert hinüber, so als würden sie nur in eine andere Hütte übersiedeln. Und keinem von ihnen hätte man mit dem Krebs Angst einjagen können. Und Krebs hatte auch keiner von ihnen gehabt.

Aber die hier in der Klinik, die hingen schon am Sauerstoffapparat, konnten schon kaum noch die Augen bewegen, aber sie sagten noch immer: Ich sterbe nicht! Ich habe keinen Krebs!

Wie die Hühner. Allen wird am Ende der Hals umgedreht, sie aber gackern und scharren nach Futter. Während eines zum Schlachten weggetragen wird, scharren die anderen weiter. So wanderte Poddujew Tag um Tag über die alten, knarrenden Dielenbretter, und doch wurde ihm nicht klarer, wie er dem Tod begegnen sollte. Allein konnte er nicht daraufkommen. Und erfahren konnte er es von niemandem. Am wenigsten hätte er erwartet, darüber etwas in einem Buch zu finden.

Irgendwann einmal hatte er vier Schulklassen hinter sich gebracht und ein paar Bauarbeiterkurse, aber aus eigenem Antrieb lesen, dazu hatte er keine Lust: Anstatt Zeitung zu lesen, hörte er Radio, und Bücher betrachtete er als etwas vollkommen Überflüssiges, außerdem gab es in den rauhen, entlegenen Gegenden, in die das Leben ihn von Zeit zu Zeit warf, weil man dort gut verdiente, überhaupt keine Bücher. Poddujew las ab und zu, wenn es sich nicht umgehen ließ, Broschüren, um seine berufliche Erfahrung zu bereichern, Beschreibungen von Höhenrichtwerken, Dienstvorschriften, Anschläge und den *‹Kurzen Abriß›* bis zum vierten Kapitel. Geld für Bücher auszugeben oder ihretwegen in eine Bibliothek zu gehen, fand er einfach lachhaft. Wenn ihm mal auf einer langen Fahrt oder beim Warten eins in die Hände fiel, las er zwanzig, dreißig Seiten, und dann warf er es für immer beiseite, da er nichts für eine vernünftige Lebensführung darin finden konnte. Hier im Krankenhaus lagen auf den Nachttischen und Fensterbrettern viele Bücher, aber Jefrem rührte sie nicht an. Und dieses blaue mit der goldenen Aufschrift hätte er auch nicht angerührt, hätte nicht Kostoglotow es ihm an diesem besonders leeren, bedrückenden Abend gegeben. Jefrem schob sich zwei Kissen unter den Nacken und begann es durchzublättern. Er hätte es auch jetzt noch nicht gelesen, wenn es ein Roman gewesen wäre. Aber es waren kurze Erzählungen von fünf, sechs Seiten, manchmal auch nur einer. Im Inhaltsverzeichnis standen ihre Titel wie gestochen untereinander. Poddujew las sie durch und begriff sofort, daß sie irgend etwas mit der Sache zu tun hatten. *‹Arbeit, Tod und Krankheit›*, *‹Das oberste Gebot›*, *‹Die Quelle›*, *‹Auf Feuer habe acht›*, *‹Drei Herzen›*, *‹Geht ins Licht, solange das Licht scheint›*.

Er schlug die kürzeste auf. Las sie. Wollte darüber nachdenken. Dachte auch darüber nach. Wollte die Erzählung noch einmal lesen. Las sie noch einmal. Wollte noch einmal darüber nachdenken. Dachte noch einmal darüber nach.

So verfuhr er auch mit der zweiten.

Dann wurde das Licht ausgemacht. Damit ihm das Buch nicht gestohlen würde und er es am nächsten Morgen nicht suchen mußte, stopfte Jefrem es unter seine Matratze. In der Dunkelheit erzählte er Achmadschan noch die alte Fabel, wie Allah die Lebensjahre unter die Geschöpfe verteilte, und wieviel unnütze Jahre der Mensch sich erbettelt hatte (übrigens stimmte er dem nicht zu, kein einziges seiner Lebensjahre erschien ihm unnütz – bis er krank geworden war). Und vor dem Einschlafen dachte er noch einmal über das Gelesene nach.

Nur der heftige, stechende Schmerz im Kopf störte ihn beim Denken.

Der Freitagmorgen war trüb und, wie jeder Morgen im Krankenhaus, bedrückend. Jeder Morgen im Krankensaal begann mit den düsteren Reden Jefrems. Wenn irgend jemand eine Hoffnung oder einen Wunsch äußerte, wußte Jefrem ihn sofort zu ernüchtern und einzuschüchtern. Aber heute morgen hatte er nicht die geringste Lust, den Mund aufzumachen, sondern nahm die Lektüre des stillen, beruhigenden Buches wieder auf. Sich zu waschen, erübrigte sich fast für ihn, da er bis über die Ohren im Verband steckte; das Frühstück konnte man im Bett essen; die Visite der Chirurgen fiel heute aus. Und langsam die dicken, rauhen Seiten dieses Buches umblätternd, las Jefrem schweigend und dachte nach.

Die Röntgenärzte machten Visite, der mit der goldgefaßten Brille kläffte die Ärztin an, dann bekam er Angst, man spritzte ihn, Kostoglotow verließ den Raum, Asowkin wurde entlassen, verabschiedete sich und ging, sich gekrümmt den Bauch haltend, hinaus, die anderen wurden zum Röntgen oder zu einer Infusion gerufen. Aber Poddujew stapfte noch immer nicht zwischen den Betten hin und her, er las und schwieg. Das Buch, das einem Menschen so wenig ähnlich war, unterhielt sich mit ihm.

Ein ganzes Leben hatte er schon gelebt, doch ein so gewichtiges Buch war ihm noch nie in die Hände gefallen. Er würde es auch schwerlich gelesen haben, wenn er nicht mit diesem schmerzenden Hals in diesem Bett gelegen hätte. Diese Erzählungen gingen einen gesunden Menschen kaum etwas an.

Schon gestern abend war ihm der Titel ‹*Wovon die Menschen leben*› aufgefallen. Dieser Titel hätte von Jefrem selbst gewählt sein können. Gerade darüber hatte er in den letzten Wochen, während er im Krankenzimmer auf und ab gegangen war, unablässig nachgedacht: Wovon leben die Menschen?

Die Erzählung war nicht kurz, las sich aber vom ersten Wort an leicht und ging ihm zu Herzen.

«Ein Schuster wohnte mit Frau und Kindern bei einem Bauern zur Miete. Er besaß weder ein eigenes Haus noch ein Stück Land und ernährte sich und die Seinen durch seine Schusterarbeit. Das Brot war teuer und die Arbeit billig; alles, was er verdiente, wurde sofort verzehrt. Der Schuster und seine Frau hatten zusammen nur einen Pelz, und der war schon arg zerfetzt.»

Das alles war verständlich, und was dann kam auch: Der Schuster Semjon war dürr, sein Geselle Michailo ebenfalls, aber der vornehme

Herr: «Dieser Mensch schien aus einer anderen Welt zu kommen, sein Gesicht war rot, und er hatte einen feisten Stiernacken und schien aus einem Stück Eisen gegossen ... Wenn einer so gut lebte wie dieser Herr, dann kann er auch etwas aushalten. Der ist wie aus Eisen, dem kann auch der Tod nichts anhaben.»

Solche Kerle hatte Jefrem selbst gekannt: Karaschtschuk, der Leiter des Kohlenbergwerkes, das war so einer, und Antonow und Tscherew und Kuchtikow. Ja, und hatte es nicht den Anschein gehabt, er selbst wäre auch so einer?

Langsam, als besehe er jedes Wort genau, las Poddujew die ganze Erzählung zu Ende.

Da war schon fast Mittagessenszeit.

Jefrem wollte weder umherwandern noch reden. Als hätte irgend etwas ihn durchdrungen und verändert. Und wo früher Augen gewesen waren, waren keine Augen mehr. Und wo früher ein Mund gewesen, war auch kein Mund mehr.

Auf die Kissen gestützt, mit angezogenen Knien und zwischen den Knien das aufgeschlagene Buch, lag Poddujew unbeweglich in seinem Bett und starrte auf die leere weiße Wand.

Der Tag draußen wollte sich nicht aufhellen.

Im Bett gegenüber schlief seit der Injektion dieser lachsfarbene Kurgast. Sie hatten ihn wegen seines Schüttelfrostes noch wärmer zugedeckt.

Auf dem Nebenbett spielte Achmadschan mit Sibgatow Schach. Ihre Sprachen hatten wenig Gemeinsames, und so unterhielten sie sich auf russisch. Sibgatow hatte sich so hingesetzt, daß er seinen kranken Rükken nicht krümmen mußte. Er war noch jung, doch an den Schläfen war sein Haar schon stark gelichtet.

Jefrem aber war noch nicht eines seiner dichten graubraunen Haare ausgefallen! Und bis jetzt hatte er noch nichts von seiner Männlichkeit eingebüßt, aber was nützte ihm das.

Mit wie vielen Frauen Jefrem es getrieben hatte, wußte er selbst nicht mehr. Anfangs hatte er noch Buch darüber geführt, aber dann war ihm das zu anstrengend geworden. Seine erste Frau war Amina gewesen, eine weißhäutige Tatarin aus Elabuga, sehr gefühlvoll, mit zarter Gesichtshaut, man brauchte sie nur leicht zu ritzen, schon kam Blut. Und nicht zu bändigen – ging von sich aus mit dem kleinen Mädchen von ihm fort. Von da an ließ Jefrem sich diese Schmach nicht mehr antun, sondern versetzte die Frauen immer als erster. Er führte ein freies, unstetes Leben, hatte hier eine Anwerbung, dort einen Vertrag; die Familie immer mitzuschleppen, war ihm zu unbequem. Eine Frau fand er an jedem neuen Ort. Die anderen Frauen, die ihm begegneten, die freiwilligen und unfreiwilligen Bekanntschaften, fragte er oft nicht einmal nach ihrem Namen, sondern zahlte nur nachher laut Vereinbarung. Und jetzt vermischten sich in seinem Gedächtnis ihre Gesichter, ihre Eigenheiten und ihre Verhältnisse, und er erinnerte sich nur an das, was irgendwie besonders gewesen war. So erinnerte er sich an Jewdoschka, eine Ingenieursfrau, wie sie, es war während des Krieges, auf dem Bahnsteig von Alma-Ata vor seinem Zugfenster gestanden, dann zurückgetreten war und ihn angefleht hatte. Er fuhr mit vollständiger Mannschaft nach Ili, um dort eine neue Strecke auszumachen, und viele aus dem Trust begleiteten sie zum Zug. Jewdoschkas Mann, ein bornierter Kerl, war ebenfalls dort; er stand ganz in der Nähe und erklärte irgend jemandem etwas. Dann pfiff die Lokomotive. «Na!» rief Jefrem und streckte die Hand aus. «Wenn du mich liebst, steig ein und fahr mit!» Und sie kletterte tatsächlich vor den Augen ihres Mannes und dieses ganzen Trusts durchs Fenster in seinen Wagen und lebte dann zwei kurze Wochen mit ihm. Ja, daran erinnerte er sich – wie er Jewdoschka in den Waggon gezogen hatte.

Und so kam es, daß Jefrem sein ganzes Leben lang die Anhänglichkeit als eine Haupteigenschaft der Frauen betrachtete. Eine Frau gewinnen war leicht, aber sie wieder loswerden schwierig. Man sprach zwar überall von der «Gleichberechtigung», und Jefrem sagte auch nichts dagegen, doch im Innersten nahm er die Frauen nicht für voll, außer seine erste Frau Amina, und er wäre sehr erstaunt gewesen, wenn ihm ein anderer Mann ernsthaft auseinandergesetzt hätte, daß er übel mit den Frauen umgegangen sei.

Aber nun ergab sich durch dieses kleine, wunderliche Buch, daß Jefrem an allen unrecht getan hatte.

Das Licht wurde vor der Zeit eingeschaltet.

Dieser feine Pinkel mit seiner Geschwulst unter dem Kinn erwachte, schob den kahlen Kopf unter der Bettdecke hervor, setzte die Brille auf, mit der er wie ein Professor aussah, und verkündete allen voller Freude, daß ihm die Spritze nichts ausmachen würde, er hätte sie für schlimmer gehalten. Damit bückte er sich zu seinem Nachttisch, um sich ein Stück Hühnerfleisch zu angeln. Solche Schwächlinge wollen nur Hühnerfleisch essen, dachte Jefrem. Hammelfleisch nennen sie «schwere Kost». Jefrem hätte gerne ein anderes Gesicht als Gegenüber gehabt, aber dazu mußte er sich mit dem ganzen Körper umdrehen. Geradeaus sah er nur diesen Scheißkerl, der an seinem Hühnerbein nagte.

Poddujew stöhnte und drehte sich behutsam auf die rechte Seite.

«Hier», erklärte er laut, «hier ist so eine Erzählung. Heißt *‹Wovon die Menschen leben›*.» Und er lachte hämisch. «Das ist eine Frage, wer antwortet?... Wovon leben die Menschen?» Sibgatow und Achmadschan hoben die Köpfe. Achmadschan antwortete sicher und vergnügt: «Von der Versorgung. Mit Nahrungsmitteln und Sachen.» Bis zu seiner Einberufung hatte er in seinem Aul gelebt und nur usbekisch gesprochen. Alle russischen Worte und Begriffe, Disziplin und Gewandtheit hatte er aus der Armee mitgebracht. «Nun, wer bringt noch was vor?» fragte Poddujew heiser. Das Rätsel, das das Buch aufgegeben hatte, war auch für die anderen nicht leicht zu lösen. «Wer noch? Wovon leben die Menschen?»

Der alte Mursalimow konnte ihn nicht verstehen, da er kein Russisch sprach, obwohl er vielleicht besser als alle anderen hätte antworten können. Eben war der Krankenwärter Turgun, ein Student, gekommen, um ihm eine Spritze zu geben, und antwortete: «Vom Arbeitslohn!»

Proschka reckte sich in seinem Bett und machte den Mund auf, sagte aber nichts.

«Los! Los!» drängte Jefrem.

Djomka legte sein Buch beiseite und runzelte die Stirn. Das Buch, das auf Jefrems Bett lag, hatte ebenfalls er ins Krankenzimmer mitgebracht, aber aus dem Lesen war nichts geworden: Das Buch antwortete ihm überhaupt nicht auf seine Fragen, so wie ein tauber Nachbar deine Frage nicht beantwortet. Es schwächte und verwirrte jemanden, der einen Rat für konkretes Handeln suchte. Deshalb hatte er auch *‹Wovon die Menschen leben›* nicht gelesen und wußte jetzt die Antwort nicht, auf die Jefrem wartete.

«Los, Djomka!» rief Jefrem ermunternd.

«Ja, also, meiner Meinung nach», antwortete Djomka langsam, wie einem Lehrer an der Tafel, langsam, um keine Fehler zu machen und zwischen den Worten noch überlegen zu können, «vor allem von der Luft. Dann vom Wasser. Dann vom Essen.»

Früher hätte auch Jefrem so geantwortet, wenn man ihm diese Frage gestellt hätte. Er hätte nur hinzugefügt: Vom Alkohol. Aber damit hatte das Buch überhaupt nichts zu un.

Er schmatzte.

«Na, noch jemand?»

Proschka sagte: «Von der Qualifikation.»

Nicht unrichtig, auch Jefrem hatte das sein ganzes Leben lang gedacht.

Sibgatow seufzte und sagte verlegen: «Von der Heimat.»

«Wieso?» wunderte sich Jefrem.

«Nun, dort leben, wo man geboren ist.»

«Aber das ist nicht notwendig. Ich bin als junger Mensch von der Kama weggegangen, und es ist mir völlig egal, ob sie noch dort ist oder nicht. Fluß ist Fluß, da gibt's keinen Unterschied.»

«Wo man daheim ist», beharrte Sibgatow leise, «fällt einem auch die Krankheit nicht so lästig. Daheim ist alles leichter.»

«Na schön. Noch jemand?»

«Was ist?» rief Rusanow aufgemuntert. «Um was für eine Frage geht es denn?»

Jefrem wälzte sich stöhnend auf die linke Seite. Die Betten am Fenster waren leer. Da drüben lag nur noch der Kurgast. Er nagte an seinem Hühnerbein, dessen Enden er mit beiden Händen festhielt. So saßen sie sich gegenüber, als hätte der Teufel ihnen zum Trotz die Betten so angeordnet. Jefrem kniff die Augen zusammen: «Also höre, Professor: Wovon leben die Menschen?»

Pawel Nikolajewitsch nagte an seinem Hühnerbein weiter und antwortete, ohne zu zögern: «Darüber kann doch kein Zweifel bestehen. Die Menschen leben von der Ideologie und den gesellschaftlichen Interessen.»

Und dann verspeiste er das weichste, zarteste Stückchen Fleisch direkt am Knochen. Danach war nur noch der bloße Knochen, die rauhe Haut über den Krallen und herabhängende kleine Fasern von dem ganzen Bein übrig. Pawel Nikolajewitsch legte diese Abfälle in seinen Nachttisch auf ein Stück Papier.

Jefrem gab keine Antwort. Er ärgerte sich, daß dieser Schwächling sich mit so was aus der Affäre zog. Ideologie – halt doch das Maul! Er schlug das Buch auf und starrte von neuem hinein. Er wollte für sich allein herausfinden, was die richtige Antwort war.

«Was steht denn in dem Buch?» fragte Sibgatow und sah vom Schachbrett auf.

«Ja, also...» Poddujew las die erste Zeile: «‹Ein Schuster wohnte mit Frau und Kindern bei einem Bauern zur Miete. Er besaß weder ein eigenes Haus noch ein Stück Land...›»

Aber die ganze Geschichte laut zu lesen, wäre zu mühsam gewesen und hätte zu lange gedauert, und so erzählte Jefrem sie Sibgatow mit seinen eigenen Worten, wobei er sich bemühte, sie auch selbst noch einmal zu erfassen. «Im übrigen trank der Schustern gern. Eines Tages war er wieder einmal betrunken unterwegs. Da findet er einen halb Erfrorenen, den Michailo, und nimmt ihn mit. Die Frau schimpft natürlich – wohin mit ihm, noch so ein Schmarotzer. Aber Michailo beginnt pausenlos zu arbeiten und lernt bald besser Stiefel nähen als der Meister selbst. Einmal im Winter kommt ein vornehmer Herr zu ihnen, bringt teures Leder mit und sagt: Daß mir die Stiefel keine Falten schlagen und gut halten. Wenn du mir das Leder verdirbst – mußt du blechen. Aber Michailo lächelt eigenartig: Dort hinter dem Herrn in der Ecke sieht er etwas. Der Herr ist kaum fort, da schneidet Michailo das Leder zu und verdirbt es: Da lassen sich keine Schaftstiefel mehr daraus machen, höchstens noch Turnschuhe. Der Schuster greift sich an den Kopf: Du bringst mich um, sagt er, was machst du da? Aber Michailo sagt: Da hat der Mensch für ein Jahr vorgesorgt und weiß nicht, daß er am Abend schon tot sein wird. Und wirklich: Noch auf dem Weg hat der feine Herr ins Gras gebissen. Und die Herrin schickt einen Burschen zum Schuster: Die Stiefel braucht er nicht mehr, macht Schuhe für einen Toten.»

«Zum Teufel, was für ein Unsinn!» unterbrach ihn Rusanow, wobei er voller Empörung das «u» langzog. «Können Sie nicht mal was Vernünftiges vorbringen? Kilometerweit zu riechen, daß das mit unserer Moral nichts zu tun hat! Ja, wovon leben denn diese Menschen?»

Jefrem erzählte nicht weiter, sondern heftete den Blick auf den Kahlköpfigen. Er ärgerte sich, daß dieser Glatzkopf es erraten hatte. In dem Buch stand nämlich, daß die Menschen nicht aus der Sorge um sich selbst, sondern von der Liebe zu anderen leben. Der Kahlkopf hatte gesagt: von gesellschaftlichen Interessen.

Irgendwo war da ein Zusammenhang.

«Wovon?» Man konnte es kaum laut sagen, es war ja fast unanständig: «Von der Liebe ...»

«Von der L-i-e-b-e? Nein, das ist nicht unsere Moral!» Die Goldbrille blitzte belustigt. «Sag mal, von wem stammt das Buch eigentlich?»

«Was?» brüllte Poddujew. Man brachte ihn irgendwie vom Wesentlichen ab.

«Wer hat das alles denn geschrieben? Welcher Autor? – Sieh mal auf der ersten Seite nach.»

Was sollte denn der Name? Was hatte er mit der Hauptsache, mit ihren Krankheiten zu tun. Mit ihrem Leben oder ihrem Tod? Jefrem fragte niemals nach den Namen der Autoren; wenn er las, dann interessierte ihn das gar nicht.

Doch jetzt schlug er die erste Seite auf und las laut: «Tol-stoj.»

«Das kann nicht sein!» protestierte Rusanow. «Tolstoj? Nehmen Sie bitte zur Kenntnis: Tolstoj hat nur optimistische und patriotische Sachen geschrieben, sonst hätte man ihn nämlich gar nicht gedruckt. *‹Brot›*, *‹Peter, der Große›*. Er hat dreimal den Stalin-Preis bekommen, das dürfte Ihnen bekannt sein.»

«Das ist aber ein anderer Tolstoj», rief Djomka aus der Ecke. «Das ist Lew Tolstoj.»

«Ach, der?» sagte Rusanow teils erleichtert, teils spöttisch. «Der andere ... Dieser Spiegel der Russischen Revolution, mit den Zierkoteletten? ... Er hat sich in vielem, in sehr vielem nicht ausgekannt. Dem Bösen muß man widerstehen, Junge, gegen das Böse muß man kämpfen!»

«Das finde ich auch», antwortete Djomka gedämpft.

Wer Bücher schenkt . . .

. . . schenkt Wertpapiere, heißt es bei Stendhal. Denn: Bücher sind Geschenke ganz besonderer Art; sie verwelken nicht, sie zerbrechen nicht, sie veralten nicht, und sie gleichen dem Kuchen im Märchen, den man ißt, und der nicht kleiner wird.

Man könnte hinzufügen, etwas prosaischer: Und sie tragen Zinsen wie ein klug angelegtes Kapital.

Wer Bücher schenkt, schenkt Wertpapiere.

Pfandbrief und Kommunalobligation

Meistgekaufte deutsche Wertpapiere - hoher Zinsertrag - schon ab 100 DM bei allen Banken und Sparkassen

Verbriefte Sicherheit

9

Die Oberärztin Jewgenija Ustinowna sah nicht wie eine Chirurgin aus: Weder hatte sie den willensstarken Blick, die resoluten Stirnfalten, den fest zusammengepreßten Mund noch die sachliche Gradlinigkeit der ganzen Erscheinung. Wenn die knapp Sechzigjährige ihre grauen Haare unter dem Arztkäppchen verbarg, kam es oft vor, daß man ihr nachrief: «Junge Frau, sagen Sie doch bitte...» Sie war, wie es heißt, von hinten eine Jungpionierin, von vorn eine Pensionärin mit immer müdem Gesicht, verschwollenen Augen und Tränensäcken darunter. Dafür schminkte sie aber ihre Lippen leuchtend rot, nur mußte sie das Rouge mehrmals am Tag auftragen, weil es sich immer wieder an den Zigaretten abwischte.

Wenn sie nicht gerade im Operationssaal, im Verbandsraum oder in einem Krankenzimmer beschäftigt war, rauchte sie. Kaum hatte sie einen Augenblick Zeit, griff sie zu einer Zigarette, gierig, als wolle sie sie verschlingen. Auch während der Visite hielt sie manchmal Zeigefinger und Mittelfinger unwillkürlich an die Lippen, daß man sich hätte streiten können, ob sie nicht sogar dabei rauchte.

Diese schmale, ältliche Frau führte gemeinsam mit dem Chefchirurgen Lew Leonidowitsch, einem hochgewachsenen Mann mit langen Armen, alle Operationen in der Klinik durch: Sie sägte Arme und Beine ab, führte tracheometrische Röhren in Kehlkopfwände ein, entfernte Mägen, drang bis zu jeder Stelle der Gedärme vor, plünderte die Tiefe des Beckengürtels – und am Ende eines Operationstages entfernte sie noch nebenbei ein, zwei vom Krebs befallene Brustdrüsen. Es verging kaum ein Dienstag oder Freitag, an dem Jewgenija Ustinowna keine Brustoperation gehabt hätte; zur Krankenpflegerin, die den Operationssaal hinterher saubermachte, sagte sie einmal, erschöpft an einer Zigarette ziehend, daß alle von ihr entfernten Brüste sich wohl zu einem kleinen Berg auftürmen ließen.

Jewgenija Ustinowna war ihr Leben lang nur Chirurgin gewesen, trotzdem vergaß sie nie, was Tolstoj den Kosaken Jeroschka über die europäischen Ärzte sagen läßt: «Sie können nur schneiden, also sind sie Dummköpfe. Aber in den Bergen, da gibt es richtige Ärzte. Die kennen ihre Kräuter.»

Und wenn morgen eine neue Therapie – seien es Strahlen, Chemikalien, Pflanzen, Farben oder gar ein neues telepathisches Verfahren – ihre Kranken vor dem Messer retten könnte, Jewgenija Ustinowna würde die Chirurgie nicht einen Augenblick verteidigen. Nicht einmal aus Überzeugung, einfach, weil sie ihr Leben lang operiert hatte – ein Leben lang nur Blut und Fleisch.

Aber was sollte sie auch anderes tun, kein Mensch kann auf halbem Weg sein bisheriges Leben aufgeben, um mit erneuerten Kräften etwas ganz anderes zu beginnen.

Gewöhnlich machten sie die Krankenvisite immer zu dritt oder zu viert: Lew Leonidowitsch, sie und die Stationsärzte. Aber Lew Leonidowitsch war auf ein paar Tage nach Moskau gefahren, zu einem Seminar über Thoraxoperationen. Aus irgendeinem Grund kam sie an diesem Samstag allein in den oberen Krankensaal der Männer – ohne den behandelnden Arzt und sogar ohne Schwester.

Sie betrat den Saal nicht sofort, sondern blieb ruhig in der Türöffnung stehen und lehnte sich an den Pfosten. Ein junges Mädchen könnte sich so anlehnen, wohl wissend, daß ihm diese Haltung besser stünde als aufrecht, mit geraden Schultern und erhobenem Kopf, dazustehen.

Nachdenklich beobachtete sie Djomkas Spiel. Er hatte das kranke Bein ausgestreckt, das gesunde angezogen und, wie auf einen Tisch, ein Buch darauf gelegt. Auf dem Buch versuchte er, aus vier Bleistiften eine Figur zu konstruieren, die er mit beiden Händen festhielt und intensiv betrachtete. Als sie ihn anrief, hob er den Kopf und legte die Bleistifte zusammen.

«Was konstruierst du da, Djomka?» fragte Jewgenija Ustinowna zerstreut.

«Einen Lehrsatz!» antwortete er schroff, lauter als notwendig.

Während sie miteinander sprachen, sahen sie sich aufmerksam an; beide wußten, daß sie etwas anderes meinten.

«Die Zeit vergeht», sagte Djomka erklärend, nicht mehr so schroff und nicht ganz so laut.

Sie nickte.

Immer noch schwieg sie, an den Türpfosten gelehnt – nicht mehr mädchenhaft, sondern erschöpft.

«Ich möchte mir dein Bein jetzt einmal ansehen.»

Djomka, sonst immer gelassen, entgegnete ungeduldig: «Ljudmila Afanassjewna hat mich gestern erst untersucht. Sie sagte, wir wollen nicht weiter bestrahlen!

Jewgenija Ustinowna nickte, mit einer Bewegung von verhaltener Eleganz.

«Das ist auch richtig. Ich will dein Bein ja nur einmal ansehen.»

Djomkas Gesicht verfinsterte sich. Er legte seine Stereometrie fort, streckte sich auf dem Bett aus, indem er ein wenig Platz frei ließ, und entblößte das kranke Bein bis zum Knie.

Jewgenija Ustinowna setzte sich neben ihn. Mühelos streifte sie die Ärmel ihres Kittels und des Kleides darunter bis zu den Ellbogen auf. Wie zwei Lebewesen glitten ihre schmalen, geschickten Hände über Djomkas Bein.

«Tut es hier weh? Und hier?» fragte sie nur.

«Ja doch, ja», bestätigte er, indes sein Gesicht immer finsterer wurde.

«Spürst du auch nachts das Bein?»

«Ja ... aber Ljudmila Afanassjewna ...»

Jewgenija Ustinowna nickte wieder verständnisvoll und strich ihm über die Schulter.

«Schon gut, mein Lieber, laß dich weiter bestrahlen.»

Wieder sahen sie einander prüfend an.

Das ganze Krankenzimmer war verstummt, man konnte jedes Wort hören, das sie miteinander sprachen.

Jewgenija Ustinowna stand auf und wandte sich um. Neben dem Ofen hatte Proschka gelegen, aber gestern war er ans Fenster umgezogen (obwohl es als schlechtes Vorzeichen galt, sich in ein Bett zu legen, dessen Besitzer es zum Sterben verlassen hatte). Im Bett neben dem Ofen lag jetzt der stille, mittelgroße, strohblonde Friedrich Federau, für die Kranken kein ganz Neuer, denn er hatte schon drei Tage auf der Treppe kampiert. Er stand auf, legte die Hände an die Seiten, sah Jewgenija Ustinowna freundlich und ehrerbietig an. Sie war ein wenig größer als er. Er war doch ganz gesund! Nichts tat ihm weh! Die erste Operation damals hatte ihn vollkommen wiederhergestellt. Und jetzt war er in der Krebsstation nicht etwa deshalb erschienen, um sich zu beschweren, sondern aus Pflichtgefühl: Auf seinem Entlassungsschein stand, er müsse am 1. Februar 1955 zur ärztlichen Kontrolle kommen. So kam er weder am 31. Januar noch am 2. Februar, sondern pünktlich wie eine von den Astronomen errechnete Mondfinsternis in die Klinik zurück. Er hatte eine beschwerliche, weite Reise machen müssen, zuerst in Pelzmantel und Filzstiefeln auf einem Lastwagen, dann in Halbstiefeln und leichtem Mantel mit der Eisenbahn bis in die Stadt.

Hier wurde es wirklich finster um ihn – wieder hielt man ihn auf der Station fest. Er hoffte nur, daß sie ihn heute entlassen würden.

Die hochgewachsene, dürre Maria mit ihren matten Augen betrat den Krankensaal und reichte Jewgenija Ustinowna ein Handtuch. Jewgenija Ustinowna wischte die Hände daran ab, hob die immer noch bis zu den Ellbogen entblößten Arme und bewegte in der fortdauernden Stille langsam kreisend die Finger über Federaus Hals und, nachdem sie ihm geboten hatte, das Hemd aufzuknöpfen, an den Schlüsselbeinen entlang bis zu den Achselhöhlen. Schließlich sagte sie: «Alles in Ordnung, Federau. Wirklich, sehr gut.»

Sein Gesicht leuchtete auf, als habe er soeben eine Auszeichnung erhalten.

«Das ist alles sehr gut so», sagte sie gedehnt, fast zärtlich, und strich noch einmal mit kreisenden Bewegungen über den Halsansatz am Unterkiefer. «Eine kleine Operation noch, dann ist alles in Ordnung.»

«Wie?» Federaus Gesicht wurde schmal. «Warum denn, wenn alles so gut ist, Jewgenija Ustinowna?»

«Damit es noch besser wird», lächelte sie schwach.

«Hier?» fuhr er sich mit einer schneidenden Bewegung schräg über den Hals. Sein weiches Gesicht bekam einen flehenden Ausdruck. Er hatte ganz helle Augenbrauen.

«Ja, hier. Aber beunruhigen Sie sich nicht, es ist nichts versäumt worden. Am besten machen wir die Operation gleich am nächsten Dienstag.» (Maria notierte den Termin.) «Und Ende Februar fahren Sie wieder nach Hause, um niemals mehr herzukommen.»

«Und wenn ich dann wieder zu einer ‹ärztlichen Kontrolle› bestellt werde?» Federau versuchte zu lächeln, aber es mißlang ihm.

«Nun, das ist doch nicht so schlimm», lächelte sie entschuldigend. Was hätte sie ihm denn auch zum Trost sagen können?

Damit ließ sie ihn stehen. Er setzte sich auf sein Bett und versank in Nachdenken. Sie lächelte flüchtig Achmadschan zu (vor drei Wochen hatte sie ihn in der Leistengegend operiert) und blieb vor Jefrem stehen.

Er hatte sie schon erwartet, das blaue Buch neben sich. Mit seinem großen Kopf, dem dick verbundenen Hals, den breiten Schultern und den angezogenen Beinen glich er, halb aufrecht im Bett sitzend, einem monströsen Knirps. Er blickte mißtrauisch zu ihr auf, als erwarte er einen Schlag.

Sie stützte sich auf die Bettlehne und hielt wie beim Rauchen zwei Finger an die Lippen.

«Nun, wie fühlen Sie sich, Poddujew?»

Das fehlte ihm gerade noch, jetzt über seine Gefühle zu reden! Sollte sie doch ihr Programm absolvieren und verschwinden.

«Ich habe genug – vom Operieren», sagte Jefrem schließlich.

Sie hob die Augenbrauen, als sei sie verwundert darüber, daß jemand vom Operieren genug haben könne.

Sie sagte kein Wort. Er hatte ja alles ausgesprochen.

Beide schwiegen wie nach einer Auseinandersetzung. Oder wie vor einem Abschied.

«Wieder an derselben Stelle?» sagte Jefrem eher bestätigend als fragend.

(Er wollte sagen: Was haben Sie denn wohl gedacht? Aber er, der nie mit einem Vorgesetzten behutsam umging, der jedem seine Meinung ins Gesicht schleuderte, er schonte jetzt Jewgenija Ustinowna. Sollte sie es doch selber sagen.)

«Gleich daneben», antwortete sie.

(Was soll man viel darüber reden, du armer Teufel, daß Krebs an der Zunge nicht dasselbe ist wie Krebs an der Unterlippe? Man entfernt die Knoten im unteren Mundbereich und stellt plötzlich fest, daß die Lymphbahnen in Mitleidenschaft gezogen sind. Die kann man aber nicht sofort operieren.)

Jefrem ächzte wie einer, der sich übermäßig quält.

«Nicht nötig. Ich will nichts mehr.»

Aber sie versuchte ja gar nicht, ihn zu überreden.

«Ich will keine Operation. Ich will überhaupt nichts mehr.»

Sie sah ihn schweigend an.

«Entlassen Sie mich!»

Sie blickte ihm in die hellen Augen, die nach so vielen Ängsten alle Furcht verloren hatten, und dachte: Ja, weshalb? Weshalb ihn noch quälen, wenn das Messer des Chirurgen die Metastasen doch nicht aufhalten kann?

«Am Montag machen wir den Verband einmal auf, Poddujew, und sehen nach. Einverstanden?»

(Er hatte zwar um seine Entlassung gebeten, hoffte aber immer noch zu hören: Du bist wohl verrückt geworden, Poddujew? Was soll das heißen, entlassen? Wir wollen dich doch heilen! Wir werden dich ganz gesund machen!)

Aber sie stimmte ihm zu.

Das war das Todesurteil.

Er machte mit dem ganzen Rumpf eine Bewegung, die ein Nicken bedeuten sollte. Denn den Kopf allein konnte er ja nicht bewegen. Sie ging weiter zu Proschka, der zu ihrer Begrüßung aufgestanden war und ihr lächelnd entgegensah. Ohne ihn zu untersuchen, fragte sie: «Nun, wie geht es Ihnen?»

«Sehr gut», Proschka strahlte jetzt über das ganze Gesicht. «Oh, die Tabletten helfen mir.»

Er hielt ihr ein Glasröhrchen mit einem Vitamin-Präparat hin. Womit konnte er sie nur ablenken, wie sie begütigen, daß sie nicht ans Operieren dachte?

Sie nickte beim Anblick der Tabletten und befühlte mit der Hand seine linke Bruststeite: «Und hier? Sticht es hier manchmal?»

«Ein wenig.»

Sie nickte wieder, kaum merklich.

«Sie können noch heute nach Hause gehen.»

Proschkas Gesicht mit den schwarzen Brauen verzog sich vor Freude: «Was sagen Sie?! Keine Operation mehr?»

Sie schüttelte den Kopf mit einem schwachen Lächeln.

Eine Woche lang hatten sie ihn abgetastet, viermal zur Röntgenuntersuchung geschickt, hatten ihn hingesetzt, hingelegt, wieder hingestellt, alten Männern in weißen Kitteln vorgeführt – er dachte schon, daß er sich da eine schlimme Krankheit geholt hätte –, und plötzlich ließen sie ihn ohne Operation laufen!

«Also bin ich gesund?!»

«Nicht ganz.»

«Aber diese Tabletten sind sehr gut, ja?» Seine dunklen Augen leuchteten verständnisvoll und dankbar. Er freute sich, daß er ihr mit seinem leichten Fortgang eine Freude bereiten konnte.

«Solche Tabletten können Sie sich selbst in der Apotheke kaufen. Und ich verschreibe Ihnen noch etwas zum Einnehmen», sie wandte sich zur Schwester um, «Askorbin, bitte.»

Maria beugte sich ernst über ihr Heft, um den Namen zu notieren.

«Aber Sie müssen sich vorläufig sehr vorsehen!» sagte Jewgenija Ustinowna eindringlich. «Nicht schnell laufen, nichts Schweres heben, und wenn Sie sich bücken, ganz vorsichtig sein.»

Proschka brach in Lachen aus, erleichtert, daß nicht einmal sie allwissend war.

«Wie denn – nichts Schweres heben? Ich bin doch Traktorfahrer.»

«Vorläufig können Sie noch nicht arbeiten.»

«Warum denn? Bekomme ich ein Attest?»

«Nein, Sie bekommen eine Bescheinigung von uns und lassen sich arbeitsunfähig schreiben.»

«Arbeitsunfähig?» – Proschka sah sie bestürzt an. «Was, der Teufel, soll ich damit? Und wovon soll ich dann leben? Ich bin doch jung, ich will arbeiten.»

Er hielt seine kräftigen Hände mit den breiten Fingern vor sich hin, die nach Arbeit verlangten.

Aber das überzeugte Jewgenija Ustinowna nicht.

«In einer halben Stunde kommen Sie hinunter in den Verbandsraum, dann ist die Bescheinigung fertig, ich erkläre Ihnen noch alles andere.»

Damit ging sie hinaus, und die strenge, dürre Maria folgte ihr. Sofort war im Krankenzimmer der Bann gebrochen, alle redeten durcheinander. Proschka natürlich über die Arbeitsunfähigkeit, was das solle, das müsse er mit seinen Freunden besprechen; die anderen erörterten den Fall Federau. Sie waren alle überrascht: Da kommt jemand mit einem sauberen, glatten Hals, hat keine Schmerzen, nichts – und den wollen sie operieren!

Poddujew drehte sich mit angezogenen Beinen auf seinem Bett herum (es sah aus, wie wenn ein Beinamputierter sich umwendet) und schrie empört, rot vor Zorn: «Laß dich nicht herumkriegen, Federau! Sei kein Dummkopf! Wenn sie erst anfangen zu schneiden, bringen sie dich um – wie mich.»

Aber Achmadschan beurteilte den Fall anders: «Sie müssen schneiden, Federau! Umsonst sagen sie so etwas nicht.»

«Warum aber schneiden, wenn er gar keine Schmerzen hat?» regte Djomka sich auf.

«Was soll das denn, Bruder!» dröhnte Kostoglotows Baß. «Man könnte hier verrückt werden – einen gesunden Hals zu operieren.»

Rusanow verzog bei jedem lauten Ausruf sein Gesicht, aber er teilte keinen Verweis aus. Nach der Spritze gestern war er sehr guter Laune gewesen, weil er sie so gut überstanden hatte. Aber die ganze Nacht und den Morgen über störte ihn die Geschwulst am Hals genauso wie früher bei jeder Kopfbewegung, und er war ganz unglücklich darüber, daß sie kein bißchen kleiner werden wollte. Wenigstens war Doktor Hangart gekommen und hatte sich eingehend nach Pawel Nikolajewitschs bisherigem Befinden erkundigt: Wie es ihm gestern, in der Nacht und heute gegangen sei, ob er sich sehr schwach fühle. Sie erklärte ihm auch, daß die Geschwulst nach der ersten Spritze keineswegs schon zurückgehen müsse. Daß sie es nicht getan habe, sei im Gegenteil ganz normal. Ein wenig konnte sie ihn beruhigen. Er beobachtete Doktor Hangart eindringlich – sie hatte ein recht kluges Gesicht (nur der Familienname klang verdächtig). Schließlich hatten sie in dieser Klinik auch nicht die schlechtesten Ärzte, man mußte nur wissen, was man von ihnen wollte.

Aber die Beruhigung hielt nicht lange vor. Als die Ärztin hinausgegangen war, begann die Geschwulst von neuem zu drücken; die anderen Kranken waren mit ihren eigenen Sorgen beschäftigt, und einem von ihnen wurde sogar empfohlen, sich den gesunden Hals aufschneiden zu lassen. Rusanow dagegen hat eine Riesenbeule – aber niemand will sie operieren: Geht es ihm etwa so schlecht? Als Pawel Nikolajewitsch vorgestern den Krankensaal betrat, hätte er sich nicht vorstellen können, daß er sich diesen Menschen so schnell verbunden fühlen würde.

Bei dreien von ihnen ging es ja auch um den Hals.

Friedrich Jakobowitsch war ganz niedergeschlagen. Er hörte sich alle Ratschläge an und lächelte abwesend. Sie wußten so genau, was er tun sollte, nur er selbst hatte eine verworrene Vorstellung davon. (Von ihrer eigenen Situation hatten sie alle nur verworrene Vorstellungen.) Die Operation war gefährlich – aber sie nicht machen zu lassen, war ebenso riskant. Er hatte sich schon das vorige Mal, als man seine Unterlippe mit Röntgenstrahlen behandelt hatte, genug in der Klinik umgesehen und erkundigt. Nach der Behandlung war die verschorfte Lippe zuerst angeschwollen, der Schorf dann getrocknet und schließlich abgefallen. Er verstand aber auch, warum Halsdrüsen operiert werden müssen: Damit der Krebs nicht weiterwuchern kann.

Andererseits, Poddujew war zweimal operiert worden – und was hatte es genützt? ... Wenn nun der Krebs gar nicht weiterwuchern will? Oder er keinen Krebs mehr hat? Das alles mußte er mit seiner Frau besprechen, noch dringender mit seiner Tochter Henriette, sie war klüger und entschlossener als alle anderen Familienmitglieder. Aber hier hat er schließlich ein Krankenbett belegt, und die Ärzte werden nicht abwarten, bis Briefe hin- und hergegangen sind (in der Steppe, wo er wohnt, wird nur zweimal in der Woche Post ausgetragen – wenn der Weg gut ist). Um Entlassung bitten und zum Familienrat nach Hause fahren – ist sehr schwierig, schwieriger, als die Ärzte oder die Kranken ahnen, die ihm jetzt so billigen Rat geben. Dafür muß er in der hiesigen Ortskommandantur das Urlaubszeugnis sperren lassen, das er sich gerade mit Mühe verschafft hat, muß sich für eine Weile abmelden und losfahren; zuerst mit der Eisenbahn bis zu der kleinen Station, wo er Pelz und Filzstiefel fremden Leuten zur Aufbewahrung überlassen hat (dort herrscht jetzt noch eisiger Winter), dann in einem rüttelnden Lastwagen – vielleicht nicht einmal in der Fahrerkabine, sondern hinten – etwa 50 Kilometer bis zur eigenen Maschinen-Traktoren-Station. Sofort nach seiner Ankunft muß er bei der Gebietskommandantur einen neuen Antrag stellen und zwei, drei oder gar vier Wochen auf die Reiseerlaubnis warten. Wenn er die schließlich hat, muß er auch noch um Arbeitsurlaub bitten, und dann beginnt die Schneeschmelze, die Straße wird für Lastwagen unbefahrbar. An der kleinen Station aber, wo zwei Züge am Tag halten, jeder nur eine Minute, muß er verzweifelt von einem Wagenschaffner zum anderen hetzen, um noch eine Platzkarte zu bekommen. Wieder in der Stadt, muß er sich noch einmal in der Kommandantur anmelden und ein paar Tage warten, bis in der Klinik ein Platz frei wird.

Mittlerweile diskutierte man den Fall Proschka. Da sollte einer noch an Vorzeichen glauben! – er hatte doch auf dem schlechten Bett gelegen. Die anderen beglückwünschten ihn und rieten ihm, die Arbeitsunfähigkeit anzuerkennen. Nimm, was sie dir geben! Du kannst es schon gebrauchen. Einmal geben sie, dann nehmen sie. Aber Proschka wandte ein, daß er doch arbeiten wolle. Du kannst noch genug arbeiten, hieß es, du Dummkopf, das Leben ist lang genug.

Proschka ging fort, seine Bescheinigung abzuholen. Im Krankensaal wurde es allmählich still.

Jefrem schlug sein Buch wieder auf, aber er merkte schnell, daß er las, ohne den Sinn zu verstehen.

Er verstand nichts von dem Gelesenen, weil er unruhig und aufgeregt war, weil er beobachtete, was im Zimmer und auf dem Korridor geschah. Um aber verstehen zu können, durfte er nicht vergessen, daß es für ihn kein Ziel mehr gab. Daß er nichts mehr ändern würde. Niemanden mehr überzeugen. Daß ihm nur noch wenig Zeit blieb, mit sich selbst ins reine zu kommen.

Erst dann verstand er den Text, der mit gewöhnlichen schwarzen Buchstaben auf das Papier gedruckt war. Aber Lesen- und Schreibenkönnen genügte eben nicht, um ihn zu entziffern.

Als Proschka freudestrahlend mit seinen Bescheinigungen die Treppe hinaufstieg, begegnete er auf dem oberen Flur Kostoglotow: «Und runde Stempel, sieh mal!»

Ein Zettel war für den Bahnhof bestimmt, er enthielt die Bitte, dem Kranken NN außer der Reihe eine Fahrkarte zu verkaufen, da er gerade eine Operation hinter sich habe. (Wenn nichts von einer Operation darauf stand, mußten die Kranken wie alle anderen Reisenden Schlange stehen und dann noch zwei oder drei Tage auf ihren Zug warten.)

Die zweite Bescheinigung war für das Gesundheitsamt seines Wohnortes: «Ich verstehe das nicht.» Proschka zeigte auf das Papier. «Was steht hier?»

«Augenblick mal», Kostoglotow kniff unzufrieden die Augen zusammen, «nimm das Papier, ich kann es so herauskriegen.»

Proschka nahm die kostbaren Bescheinigungen wieder an sich und ging seine Sachen packen.

Kostoglotow lehnte sich über das Treppengeländer und ließ seinen Haarschopf in den Lichtschacht hinabhängen.

Weder Latein noch eine andere Fremdsprache konnte er, wie es sich gehörte, er hatte überhaupt nichts gründlich gelernt außer der Topographie, und die nur während der Militärzeit, im Unteroffizierskurs. Aber wenn er sich auch immer und überall über jegliche Bildung lustig machte, ließ er sich nicht den kleinsten Brocken entgehen, um seine eigene zu erweitern. Ein Semester Geophysik hatte er 1938 mitbekommen, 1946/47 ein Semester Geodäsie, allerdings ohne Abschlußprüfung, dazwischen lag die Zeit beim Militär und der Krieg – beide wenig dazu angetan, Fortschritte in seinen Fächern zu machen. Aber niemals vergaß Kostoglotow den Ausspruch seines geliebten Großvaters: «Ein Dummer will belehren, ein Kluger lernen.» Sogar während der Militärzeit nahm er an Wissen auf, was ihm nützlich schien, und lauschte begierig jedem klugen Wort, sei es die Erzählung eines Offiziers aus einem anderen Regiment oder eines Soldaten aus seinem eigenen Zug. Natürlich tat er es so, daß er seinem Stolz nichts vergab – als interessiere es ihn nicht weiter. Und wenn Kostoglotow eine neue Bekanntschaft machte, hatte er es nie eilig, sich dem anderen vorzustellen oder in Erfahrung zu bringen, wer sein neuer Bekannter sei, was er tue, woher er komme. Auf diese Weise erfuhr er vieles Interessante. Am meisten hatte er freilich während der Nachkriegszeit in den überfüllten Gefängniszellen der Butyrka gelernt. Dort hielt jeden Abend ein Professor, ein Kandidat oder ein anderer Kenner der Materie, einen Vortrag – über Atomphysik, die westliche Architektur, Genetik, Poetik oder Bienenzucht –, und Kostoglotow war bei allen Vorträgen der eifrigste Zuhörer. Sei es in der Krasnaja Presnja, auf der rohen Pritsche im Güterwagen, an den Aufenthaltsorten mit dem Hintern auf der bloßen Erde sitzend, dann im Lager – überall sammelte er eifrig, getreu dem großväterlichen Sprichwort, in seinem Gedächtnis, was er in den Hörsälen der Institute nicht hatte erfahren können.

Als Kostoglotow einmal im Lager heißes Wasser holen mußte, geriet er an den Krankenstatistiker, einen schüchternen älteren Mann, der in der Sanitätsabteilung die Akten führte. Kostoglotow erfuhr von ihm, daß er an der Universität Leningrad klassische Philologie und Literatur gelehrt hatte. Und Kostoglotow beschloß, bei ihm Lateinstunden zu nehmen. Zu diesem Zweck mußten sie bei Frost in der Lagerzone hin und her wandern, Bleistift und Papier gab es nicht, manchmal zog der Statistiker einen Fausthandschuh aus und schrieb mit dem Finger etwas in den Schnee. (Der Statistiker gab den Unterricht ohne Entgelt: Für eine kurze Weile hatte er einfach das Gefühl, wieder ein Mensch zu sein. Und Kostoglotow hätte die Stunden auch gar nicht bezahlen können. Beinahe hätten sie beide dafür beim Aufsichtsposten zahlen müssen: Er rief sie einzeln zum Verhör, weil er den Verdacht hegte, daß sie ihre Flucht vorbereiteten und einen Lageplan in den Schnee zeichneten. Die Ausrede mit dem Latein ließ er sowieso nicht gelten. Damit hörte der Unterricht auf.)

Aus jenen Lateinstunden hatte Kostoglotow behalten, daß das Präfix «ir» eine negative Bedeutung hat, und er wußte auch, von dem Wort «Kardiogramm» her, was «Kardialtumor» bedeutete. Deshalb konnte er Proschkas Diagnose mühelos verstehen: «Herzgeschwulst, ein Fall, der durch eine Operation nicht zu heilen ist.» Weder eine Operation noch eine andere Therapie konnten hier helfen, umsonst verschrieb man ihm nicht Askorbin.

Über das Treppengeländer gebeugt, dachte Kostoglotow schon nicht mehr an die Übersetzung aus dem Lateinischen, sondern an seinen Grundsatz, den er gestern Ljudmila Afanassjewna dargelegt hatte – daß ein Kranker alles über sein Leiden wissen solle.

Dieser Grundsatz galt für lebenserfahrene Menschen wie ihn. Aber Proschka?

Proschka hatte nur wenig Gepäck – er besaß fast nichts. Sibgatow, Djomka, Achmadschan begleiteten ihn. Alle drei traten behutsam auf: Der eine mußte seinen Rücken schonen, der andere sein Bein, der dritte hatte immerhin eine Krücke. Aber Proschka schritt unbekümmert aus, seine weißen Zähne blitzten.

So war das, selten einmal gaben sie jemandem das Geleit in die Freiheit.

Sollte Kostoglotow ihm sagen, daß man ihn draußen sofort wieder verhaften würde?

«Was steht denn nun darin?» fragte Proschka sorglos im Gehen.

«Weiß der Teufel», Kostoglotow verzog den Mund, und mit ihm verzog sich seine Narbe, «die Ärzte sind heutzutage so schlau, ich kriege das nicht heraus.»

«Na, gute Besserung! Euch allen gute Besserung, Freunde! Jetzt nach Hause! Jetzt zur Frau!»

Proschka drückte allen die Hand und winkte ihnen noch von der Treppe aus fröhlich zu.

Sie war nur leicht mit dem Finger um Djomkas Geschwulst gefahren, hatte ihn flüchtig um die Schultern gefaßt – und war weitergegangen. Aber da geschah etwas Entscheidendes. Djomka spürte es deutlich. Und seine leise Hoffnung erlosch.

Er hatte es nicht sofort begriffen – zuerst hatte man noch debattiert, dann wurde Proschka verabschiedet, danach überlegte er, ob er in das glückbringende Bett am Fenster umziehen solle – dort war das Licht besser zum Lesen, außerdem konnte man sich bequemer mit Kostoglotow unterhalten –, als ein Neuer das Zimmer betrat.

Ein braungebrannter junger Mann mit pechschwarzem, gepflegtem Haar. Er war weit über zwanzig Jahre alt. Drei Bücher trug er unter dem linken Arm und drei unter dem rechten.

«Seid gegrüßt, Freunde», rief er schon an der Türschwelle. Djomka gefiel er sehr gut, wie er so selbstverständlich und aufrichtig dastand. «Wohin soll ich?»

Dabei sah er nicht die Betten, sondern die Wände an.

«Werden Sie – viel lesen?» fragte Djomka.

«Die ganze Zeit!»

Djomka dachte nach.

«Fachbücher oder einfach so?»

«Fachbücher.»

«Dann legen Sie sich doch da ans Fenster. Gleich bekommen Sie auch Ihr Bettzeug. Was für Bücher lesen Sie denn?»

«Geologie, Kleiner», antwortete der Neue.

Und Djomka las auf einem Einband: «Die Suche nach Erzvorkommen mit Hilfe geochemischer Verfahren.»

«Legen Sie sich doch ans Fenster, ja? Was haben Sie denn?»

«Was am Bein.»

«Ich auch.»

Mit dem einen Bein trat der Neue zwar vorsichtig auf, aber er hatte eine Figur wie ein Eisläufer.

Der Neue bekam sein Bett gemacht, er schien nur zum Lesen hierhergekommen zu sein: Fünf Bücher breitete er auf dem Fensterbrett aus und vertiefte sich in das sechste. Er las eine gute Stunde, ohne einen Ton zu sagen, bis er zum Arzt gerufen wurde.

Auch Djomka versuchte zu lesen. Zuerst nahm er die Stereometrie und konstruierte seine Figuren mit den Bleistiften. Doch die Lehrsätze gingen ihm nicht in den Kopf. Und die Zeichnungen – Abschnitte von Geraden, schartig abgebrochene Flächen – brachten Djomka immer nur auf den gleichen Gedanken.

Da versuchte er es mit einem leichteren Buch *‹Das Wasser des Lebens›* von einem gewissen Koschewnikow, der sich damit bereits einen Stalin-Preis geholt hatte. Dieser hieß A. Koschewnikow, außerdem gab es noch einen S. Koschewnikow und einen W. Koschewnikow. Djomka wurde fast schwindlig bei dem Gedanken, daß es so viele Schriftsteller gab. Im vergangenen Jahrhundert waren es vielleicht zehn gewesen, aber alle berühmt. In diesem Jahrhundert gab es Tausende, man brauchte nur einen Buchstaben zu verändern, und schon hatte man einen neuen Schriftsteller. Mal hießen sie Safronow, mal Safonow. Niemand schaffte es, alle ihre Bücher zu lesen. Außerdem war es gleichgültig, ob man ihre Bücher überhaupt las oder nicht. Unbekannte Schriftsteller tauchten plötzlich auf, bekamen einen Stalin-Preis und verschwanden wieder in der Versenkung. Fast jedes einigermaßen umfangreiche Buch vom vergangenen Jahr hatte einen Preis erhalten. Im Jahr wurden aber rund vierzig, fünfzig Preise vergeben.

Auch Titel brachte Djomka ständig durcheinander. Er hatte vieles über die Filme *‹Ein großes Leben›* und *‹Eine große Familie›* gelesen. Einer von beiden Filmen sollte angeblich sehr nützlich sein, der andere aber schädlich – nur konnte Djomka sich gar nicht darauf besinnen, welcher, um so mehr, als er beide Filme nicht gesehen hatte. Auch die Begriffe verwirrten sich immer mehr, je länger Djomka über sie nachdachte. Kaum hatte er einmal begriffen, daß etwas objektiv analysieren heißt, die Dinge sehen, wie sie wirklich sind, als er eine heftige Kritik an der Schriftstellerin Panowa las, die sich «auf den schwankenden, schlüpfrigen Boden des Objektivismus gestellt habe».

Trotzdem sollte man alles bewältigen und behalten!

Djomka las als *‹Das Wasser des Lebens›* und konnte einfach nicht dahinterkommen: Lag es nun an dem Buch oder an seiner eigenen Stimmung, daß er es so dumm und langweilig fand?

Das Gefühl der Leere und Traurigkeit lastete schwer auf ihm. Was wollte er denn, sich einen guten Rat geben lassen, sich beschweren? Nein, er wollte ja nur mit jemandem reden und ein wenig bedauert werden.

Natürlich hatte er oft genug gehört und gelesen, daß Mitleid ein erniedrigendes Gefühl sei: sowohl für den Mitleidigen als auch für den, der bemitleidet wird. Und trotzdem wünschte er sich ein bißchen Mitleid.

Denn mit Djomka hatte noch nie im Leben jemand Mitleid gehabt.

Im Krankenzimmer gab es zwar immer genug Interessantes zu hören und zu besprechen, aber nach solchen Gesprächen verlangte ihn jetzt nicht. Unter Männern mußte man sich immer beherrschen wie ein Mann.

In der Klinik lagen auch viele Frauen, aber Djomka wäre niemals auf den Gedanken gekommen, die Schwelle ihres großen, lärmenden Krankensaals zu überschreiten. Wenn dort ebenso viele gesunde Frauen wären, könnte es ganz unterhaltsam sein, im Vorbeigehen einmal unversehens einen Blick hineinzuwerfen. Aber von diesem Gedränge kranker Frauen wandte er verschüchtert den Blick ab. Ihre Krankheiten bildeten eine stärkere Schranke als bloße Scham. Gelegentlich traf Djomka eine Frau auf der Treppe oder einem Flur. Viele waren so niedergeschlagen und bedrückt, daß sie den Morgenrock nachlässig zugeknöpft hatten und man das Hemd über der Brust oder dem Bauch sehen konnte. Aber diese Begegnungen riefen kein Gefühl der Freude, sondern nur Schmerz in ihm hervor. Deshalb wandte er immer die Augen von ihnen ab. Es war nicht leicht, hier in der Klinik eine Bekanntschaft zu machen.

Nur Tante Stefa war er einmal aufgefallen, sie hatte ihn ausgefragt, und beide freundeten sich miteinander an. Tante Stefa war schon Mutter und Großmutter und hatte auch die Eigenheiten aller Großmütter – ein faltenreiches Gesicht und ein Lächeln, das großmütig alle menschlichen Schwächen verzieh. Meist blieb Djomka mit Tante Stefa irgendwo im Treppenhaus zu einem langen Gespräch stehen. Noch nie hatte er einen so teilnahmsvollen und aufmerksamen Zuhörer gehabt, es war, als habe Tante Stefa ihn besonders gern. Und es fiel ihm leicht, von sich und auch von seiner Mutter zu erzählen, Erlebnisse, die er sonst niemandem offenbart hätte.

Djomka war zwei Jahre alt, als sein Vater im Krieg fiel. Dann kam ein Stiefvater ins Haus, er war nicht zärtlich, aber gerecht, man hätte ganz gut mit ihm leben können, die Mutter aber – das stand für ihn seit langem fest, er sprach es nur gegenüber Stefa nicht aus – wurde ein liederliches Frauenzimmer. Der Stiefvater verließ sie, mit Recht. Von da an brachte die Mutter ihre Liebhaber mit in das einzige Zimmer, das sie und Djomka bewohnten. Dann tranken sie (sie versuchten auch Djomka dazu zu zwingen, aber er weigerte sich), und die Männer blieben unterschiedlich lange bei ihr: der eine bis Mitternacht, der andere bis zum nächsten Morgen. Eine Zwischenwand gab es im Zimmer nicht, dunkel wurde es auch nie, weil die Straßenlampen die ganze Nacht brannten. Das alles hatte Djomka so ernüchtert, daß er nur für Schmutz hielt, woran seine Altersgenossen mit einem heimlichen Schauder dachten.

So verging das fünfte und das sechste Schuljahr. Im siebten siedelte Djomka zum Hausmeister der Schule über. In der Schule bekam er zweimal am Tage etwas zu essen. Die Mutter gab sich gar keine Mühe, ihn zurückzuholen – sie atmete erleichtert auf.

Djomka konnte nicht gleichmütig über seine Mutter sprechen. Tante Stefa hörte sich alles an, nickte mit dem Kopf dazu und schloß etwas unverständlich: «Auf der weiten Welt haben alle Platz.»

Im vergangenen Jahr war Djomka in eine Fabriksiedlung umgezogen, wo es eine Abendschule gab, dort bekam er auch einen Platz im Wohnheim. Djomka arbeitete als Dreherlehrling, dann als Geselle. Er kam nicht besonders schnell voran, aber im Unterschied zum leichtsinnigen

Leben seiner Mutter trank er keinen Wodka, grölte er keine Lieder, sondern lernte eifrig. Er machte einen guten Abschluß in der achten Klasse und nach dem ersten Halbjahr der neunten.

Nur Fußball spielte er hin und wieder. Und für dieses bescheidene Vergnügen mußte er hart bezahlen: Ein Junge stieß im Gedränge um den Ball versehentlich mit seinem Fußballstiefel gegen Djomkas Schienbein. Djomka achtete gar nicht darauf, hinkte eine Weile, bis der Schmerz verging. Im Herbst fing das Bein wieder an, immer heftiger zu schmerzen, lange wollte er nicht zum Arzt gehen, dann wurde es bestrahlt, aber vergeblich, die Ärzte überwiesen ihn zur Behandlung in die Bezirksstadt, schließlich hierher.

Warum, fragte Djomka jetzt Tante Stefa, warum behandelte das Schicksal die Menschen so ungerecht? Den einen gelingt alles auf Anhieb, und den anderen geht alles schief. Und dann heißt es noch, daß des Menschen Schicksal von ihm selber abhänge. Nichts kann er dazu tun.

«Von Gott hängt es ab», besänftigte ihn Tante Stefa, «Gott kann alles sehen. Man muß sich nur fügen, Djomuschka.»

«Wenn alles von Gott abhängt, wenn er alles sieht – warum darf er dann alles auf einen einzelnen abwälzen? Er muß es doch irgendwie gerecht verteilen ...»

Daß man sich fügen mußte, dagegen ließ sich allerdings nichts einwenden. Was sollte man auch anderes tun?

Tante Stefa war hier aus der Stadt, ihre Töchter, Söhne und Schwiegersöhne kamen oft zu Besuch und brachten ihr Geschenke mit. Diese Geschenke hielten sich nicht lange bei ihr, Tante Stefa bewirtete damit die Nachbarinnen und die Pflegerinnen, manchmal ließ sie auch Djomka aus seinem Zimmer rufen, um ihm ein Ei oder eine Pirogge zuzustecken.

Djomka hatte immer Hunger, er war noch nie im Leben satt geworden. Weil er fortwährend ans Essen dachte, schien ihm sein Hunger größer zu sein, als er war. Trotzdem schämte er sich, Tante Stefa auszunutzen, und als er das Ei angenommen hatte, versuchte er wenigstens die Pirogge abzulehnen.

«Nimm schon, Lieber!» sagte sie ermunternd. «Eine Fleischpirogge. Noch ist keine Fastenzeit.»

«Wieso gibt es eines Tages kein Fleisch mehr?»

«Natürlich nicht, weißt du das etwa nicht?»

«Was kommt denn danach?»

«Die Butterwoche doch!»

«Aber das ist doch noch besser, Tante Stefa! Diese Butterwoche!»

«Alles hat sein Gutes. Ob besser oder schlechter – Fleisch ist dann verboten.»

«Aber hat die Butterwoche wenigstens kein Ende?»

«Wie, kein Ende! In einer Woche ist sie vorbei.»

«Und was gibt es danach?» fragte Djomka erheitert, während er sich schon die duftende, hausbackene Pirogge in den Mund stopfte, wie er zu Hause nie eine bekommen hatte.

«Da wachsen diese Heiden auf, die nichts wissen. Danach – ist die große Fastenzeit.»

«Wofür ist sie denn gut, die große Fastenzeit?»

«Daß man sich nicht den Bauch stößt, wenn man sich ganz bis zur Erde verneigt. Aber nicht nur deswegen, auch Erleuchtungen müssen sein.»

«Was für einen Sinn haben denn diese Erleuchtungen?» Djomka begriff gar nichts mehr.

«Daß man klar und ruhig wird. Das Fasten macht die Gedanken klarer, hast du das noch nicht bemerkt?»

«Nein, Tante Stefa, noch nie.»

Schon in der ersten Klasse – er konnte noch nicht lesen und schreiben – hatte Djomka gelernt, daß die Religion Opium ist, eine dreimal reaktionäre Lehre, nützlich nur für Volksbetrüger. Die Religion hindert die Werktätigen in manchen Ländern noch daran, sich von der Ausbeutung zu befreien. Aber sobald sie sich von der Religion gelöst haben – nehmen sie die Produktionsmittel in die eigenen Hände und haben ihre Freiheit.

Auch Tante Stefa mit ihrem komischen Kalender, ihrem Gott in jedem Gespräch, ihrem sorglosen Lächeln in dieser finsteren Klinik und mit ihrer Pirogge war eine ganz und gar reaktionäre Gestalt.

Und trotzdem – als am Samstag nach dem Mittagessen die Kranken allein, ohne die Ärzte, ihren Gedanken nachhingen, als ein trüber Tag sein schwaches Licht in die Zimmer scheinen ließ und in der Halle und auf den Gängen schon die Lampen brannten – suchte Djomka hinkend eben jene reaktionäre Tante Stefa, die ihm keinen gescheiteren Rat geben konnte, als sich zu fügen.

Wenn sie nur nicht das Bein amputierten. Nur nicht operierten. Wenn er das Bein nur nicht opfern mußte.

Opfern? – Nicht opfern? Opfern – Nicht opfern?

Obwohl es sicher leichter zu ertragen wäre als jetzt der bohrende Schmerz.

Aber er fand Tante Stefa an keinem der gewohnten Treffpunkte. Dafür entdeckte Djomka im unteren Flur, wo er sich zu einer kleinen Halle erweitert, dem sogenannten Schönen Winkel (obwohl die diensthabende Schwester dort ihren Tisch und den Medikamentenschrank hatte), ein junges Mädchen, fast noch ein Kind, im üblichen abgetragenen Morgenrock, sie selbst aber – war wie aus einem Film; die unglaublich blonden Haare hatte sie auf ihrem Kopf zu einem leichten, beweglichen Gebilde aufgetürmt.

Gestern hatte Djomka sie schon einmal flüchtig gesehen und war vor dieser blonden Pracht zusammengezuckt. Das Mädchen erschien ihm so schön, daß er nicht wagte, sie länger anzuschauen – er wandte den Blick ab und ging weiter. Dabei waren sie im Alter sicher nicht weit auseinander (von Sarchan mit dem amputierten Bein abgesehen), aber Mädchen wie sie, schienen ihm überhaupt unerreichbar zu sein.

Heute früh hatte er sie noch einmal von hinten gesehen. Sogar in der Krankenkleidung war sie nicht zu verkennen mit ihrem wippenden Haarschopf.

Djomka wäre sicher nicht auf den Gedanken gekommen, sie jetzt zu suchen, weil er sich nicht einmal dazu überwinden konnte, sie zu grüßen: Sein Mund wäre sofort wie zugeklebt, und er würde nur etwas Unverständliches und Dummes stammeln. Aber nun hatte er sie gesehen – und sein Herz schlug aufgeregt. Er versuchte ohne zu hinken an ihr vorüberzugehen und ließ sich im Schönen Winkel nieder, wo er einen Stapel der regionalen *Prawda* durchblätterte, den die Kranken schon für Einwickelpapier und andere Zwecke zerschnitten hatten.

Die Hälfte des mit rotem Kattun bedeckten Tisches nahm eine bronzene Stalin-Büste ein – mit größerem Kopf und breiteren Schultern als ein gewöhnlicher Mensch. Djomka gegenüber, gleichsam neben Stalin, stand eine junge Krankenpflegerin, ebenso kräftig gewachsen und breitlippig. Da schon sonntägliche Ruhe herrschte, hatte sie vor sich auf dem Tisch eine Zeitung mit Sonnenblumenkernen ausgebreitet, deren Schalen sie, ohne die Hände zu Hilfe zu nehmen, geschickt auf die Zeitung spuckte. Sie mochte nur für einen Augenblick hierhergekommen sein, aber auf die Sonnenblumenkerne konnte sie nicht verzichten.

Aus dem Lautsprecher an der Wand ertönte gedämpfte Tanzmusik. An einem kleinen Tisch spielten zwei Kranke Dame.

Das Mädchen – Djomka schielte aus einem Augenwinkel hinüber – saß ruhig auf einem Stuhl an der Zwischenwand. Es saß aufrecht da und hielt mit einer Hand den Morgenrock am Hals zusammen, denn im Krankenhaus hatten die Morgenröcke nie einen Verschluß, wenn die Frauen ihn nicht selbst annähten.

Da saß der blondhaarige, zärtlich schmachtende Engel, den anzurühren man nicht wagen durfte. Wie herrlich wäre es, sich wenigstens mit ihm zu unterhalten, und sei es über das Bein!

Ärgerlich blätterte Djomka weiter in den Zeitungen. Dazu fiel ihm ein, daß er nicht einmal eine richtige Frisur hatte, sondern die Haare nur gleichmäßig kurz scheren ließ, um Zeit zu sparen. Und jetzt sah er natürlich wie ein Klotz vor ihr aus.

Plötzlich begann der Engel zu reden: «Warum bist du so schüchtern? Den zweiten Tag gehst du schon an mir vorbei und grüßt mich nicht.»

Djomka erzitterte, wandte sich um. Hatte da jemand mit ihm gesprochen? Ja! – Mit wem sonst!

Der Haarschopf wippte blütenleicht auf ihrem Kopf.

«Was ist – bist du erschrocken? Nimm einen Stuhl, setz dich her zu mir und stell dich vor.»

«Ich bin nicht erschrocken.» Aber etwas in seiner Kehle hinderte ihn plötzlich daran, deutlich zu sprechen.

«So schieb schon her, mach's dir bequem.»

Er nahm den Stuhl und gab sich noch mehr Mühe als vorhin, nicht zu hinken. Nur mit einer Hand trug er den Stuhl bis zur Zwischenwand neben ihren. Dann streckte er ihr die Hand hin.

«Djomka.»

«Asja.» Sie legte eine weiche kleine Hand hinein und zog sie wieder zurück.

Er setzte sich, aber es kam ihm lächerlich vor – wie Braut und Bräutigam so nebeneinanderzusitzen. Außerdem sah er sie so nicht gut genug.

Er stand wieder auf und stellte den Stuhl mehr in den Raum.

«Was sitzt du hier herum und tust nichts?» fragte Djomka.

«Wieso? Ich tue ja etwas.»

«Was denn?»

«Ich hör mir die Musik an, und in Gedanken tanze ich. Du kannst sicher nicht tanzen?»

«In Gedanken?»

«Ach was, mit den Beinen!»

Djomka schnalzte ablehnend mit der Zunge.

«Ich sehe doch sofort, du hast noch nicht viel Erfahrung. Schade, wir beide könnten hier schön tanzen», Asja sah sich um, «aber der Platz reicht nicht aus. Und was sind das schon für Tänze? Ich höre nur ein bißchen zu, weil das Schweigen mich sonst so bedrückt.»

«Welche Tänze sind denn besser?» Djomka war ganz bei der Sache. «Tango?»

Asja seufzte auf: «Ach was, Tango, den haben unsere Großmütter getanzt! Rock'n'Roll, das ist ein richtiger Tanz. Aber den kennt man hier noch nicht. Nur in Moskau können sie ihn.»

Djomka erfaßte gar nicht so schnell, was sie alles sagte, aber er freute sich einfach über das Geplauder und darüber, daß er sie so geradeheraus anblicken durfte. Sie hatte merkwürdige Augen – mit einem grünen Schimmer. Nun ja, die Augenfarbe kann man nicht ändern. Trotzdem gefielen sie ihm.

«Das ist jetzt auch ein guter Tanz!» Asja klopfte den Rhythmus mit. «Ich weiß aber nicht genau, wie er heißt, ich habe ihn noch nicht tanzen gesehen. Was machst du denn die ganze Zeit? Singst du?»

«Ach nee, ich singe nicht.»

«Warum nicht, wir singen gern. Damit die Stille nicht zu bedrückend wird. Was kannst du denn, Akkordeon spielen?»

«Nee ...» genierte sich Djomka. Er konnte ihr mit gar nichts imponieren. Sollte er etwa damit herausplatzen, daß ihn gesellschaftliche Probleme brennend interessierten?

Asja wußte nicht, was sie von ihm halten sollte: Er schien etwas Besonderes zu sein!

«Machst du vielleicht Leichtathletik? Ich habe mal ein bißchen Fünfkampf trainiert. 140 Zentimeter und 32 Zehntel habe ich geschafft.»

«Ich – nein ...» Djomka fiel es schwer einzugestehen, was für eine Null er ihr gegenüber war. Andere Menschen verstehen es eben besser, sich das Leben einzurichten.

Djomka wird das niemals können – nur ein wenig Fußball hat er gespielt ...

Und ausgespielt.

«Nun, rauchst du wenigstens, oder trinkst du?» sagte Asja erwartungsvoll. «Oder nur Bier?»

«Bier», seufzte Djomka. (Er hatte zwar noch keinen Schluck Bier getrunken, aber seine ganze Schande konnte er doch nicht eingestehen.)

«Ach!» stöhnte Asja auf, als hätte sie einen Schlag unter die Rippen bekommen. «Was seid ihr hier doch für Naturkinder und Muttersöhnchen! Kein sportlicher Ehrgeiz! In unserer Schule gibt es auch noch solche. Wir sind im Herbst in die Jungenschule versetzt worden – und der Direktor hat nur die Prügelknaben und die Klassenersten dabehalten. Und die besten Jungen hat er in die Mädchenschule gesteckt.»

Sie wollte ihn nicht demütigen, denn sie hatte Mitleid mit ihm, trotzdem fühlte Djomka sich solidarisch mit den Prügelknaben.

«In welcher Klasse bist du denn?» fragte er.

«In der zehnten.»

«Und wer erlaubt euch solche Frisuren?»

«Was heißt erlauben? Die Lehrer kämpfen dagegen an – und wir wehren uns gegen sie!»

Nein, ihre Stimme klang ganz ehrlich, und wenn sie auch über Djomka gespottet hätte, wenn sie mit Fäusten auf ihn losgegangen wäre, er freute sich über das Gespräch.

Die Tanzmusik war verstummt, ein Sprecher begann über den notwendigen Kampf der Völker gegen die schändlichen Pariser Verträge zu reden, die Frankreich gefährdeten, weil es sich Deutschland in die Hand gab, und die für Deutschland unerträglich waren, weil sie es Frankreich auslieferten.

«Und was machst du überhaupt?» forschte Asja weiter.

«Überhaupt – arbeite ich als Dreher», sagte Djomka leichthin, aber würdevoll.

Auch der Dreher konnte Asja nicht verblüffen.

«Wieviel verdienst du denn?»

Djomka hielt seinen Lohn in Ehren, denn er war schwer verdient und außerdem sein erster. Aber jetzt fühlte er, daß er nicht sagen durfte, *wieviel* er bekam.

«Nicht der Rede wert», sagte er zögernd.

«Das ist alles Unsinn», erklärte Asja bestimmt. «Du solltest lieber Sportler werden! Begabung hast du.»

«Man muß aber auch was können ...»

«Ach, was heißt können! Jeder kann Sportler werden! Man muß nur viel trainieren! Aber wie hoch wird der Sport dafür auch bezahlt! Du machst kostenlose Reisen, kannst jeden Tag für dreißig Rubel essen und im Hotel wohnen! Und dann noch die Prämien! Und die Städte, die du alle kennenlernst!»

«Wo warst du denn schon überall?»

«In Leningrad, in Woronesch.»

«Gefällt dir Leningrad?»

«Was denkst du denn! Die Passage, das große Kaufhaus! Und die Fachgeschäfte erst – eins extra für Strümpfe, eins für Handtaschen!»

Djomka wußte nichts dergleichen zu erzählen, und Neid erfüllte ihn. Vielleicht war wirklich all das begehrenswert, worüber dieses kleine Mädchen so sicher urteilte, und er selbst mit seinen Problemen – einfach provinziell.

Die kleine Krankenpflegerin stand noch immer wie ein Denkmal am Tisch und spuckte Sonnenblumenkerne auf die Zeitung, ohne ihre Haltung zu verändern.

«Und wie bist du – du Sportlerin denn hierhergeraten?»

Er konnte sich nicht dazu überwinden, geradeheraus zu fragen, was ihr fehle. Vielleicht wäre es ihr unangenehm.

«Ach, ich bin nur für drei Tage zur Beobachtung hier», wehrte Asja ab. Eine Hand war ständig damit beschäftigt, den Morgenrock am Hals zusammenzuhalten. Einen Morgenrock hatten sie ihr hier angedreht, den zu tragen man sich ja schämen mußte! «Wenn man eine Woche in dieser Klinik liegt, wird man verrückt ... Aber du, was machst du hier?»

«Ich?» Djomka verstummte. Er hatte ganz sachlich von seinem Bein reden wollen, aber der plötzliche Überfall verwirrte ihn. «Ich hab was am Bein ...»

Bisher – war dieses «am Bein» für ihn ein Wort von schwerwiegender Bedeutung gewesen. Aber Asjas Leichtigkeit ließ ihn bereits daran zweifeln, ob alles wirklich so schwer und bitter sei. Jetzt konnte er über das Bein fast wie über seinen Lohn sprechen, schüchtern-wegwerfend.

«Und was sagen die Ärzte?»

«Ja, siehst du ... Eigentlich sagen sie gar nichts Richtiges ... Sie wollen es amputieren ...»

Sagte es – und blickte mit finsterem Gesicht auf das helle von Asja.

«Du bist wohl!!» Wie einem guten Freund schlug sie ihm auf die Schulter. «Was soll das heißen – das Bein amputieren? Die sind wohl wahnsinnig geworden? Sie wollen es nicht behandeln? Laß dich nur nicht von ihnen überreden! Lieber sterben als ohne Bein, meinst du nicht auch? Leben heißt doch glücklich sein!»

Ja natürlich, schon wieder hatte sie recht! Was wäre das für ein Leben als Krüppel? Jetzt zum Beispiel säße er neben ihr – und wohin mit seiner Krücke? Und dann – der Beinstumpf? ... Nicht einmal den Stuhl könnte er selbst heranrücken – das müßte sie tun. Wirklich, das wäre kein Leben mehr – ohne Bein.

Leben heißt glücklich sein.

«Bist du schon lange hier?»

«Wie lange eigentlich?» Djomka überlegte. «Ungefähr drei Wochen.»

«Wie schrecklich!» Asja schüttelte sich. «Wie gräßlich langweilig. Kein Radio, kein Akkordeon! Und das sinnlose Gerede in eurem Saal kann ich mir auch vorstellen!»

Wieder scheute Djomka sich, einzugestehen, daß er oft tagelang lernte, etwas las. Alle seine Schätze hielten dem leichten Atem aus Asjas Mund nicht stand. Sie kamen ihm jetzt wertlos und papieren vor.

Spöttisch lachend (über sich selbst konnte er allerdings nicht lachen) sagte Djomka: «Zum Beispiel haben wir darüber diskutiert, wovon die Menschen leben.»

«Was soll das heißen?»

«Nun, etwa, wofür sie leben.»

«Och», Asja wußte auf alles eine Antwort. «Wir mußten mal einen Aufsatz schreiben: ‹Wofür lebt der Mensch?› Und die Lehrerin gab an, worüber wir schreiben sollten: über die Baumwollbauern, die Melkerinnen, über die Helden des Bürgerkrieges, den Sieg Pawel Kortschagins und wie du darüber denkst, den Sieg Matrosows und so weiter ...»

«Und wie denkst du denn darüber?»

«Wie? – Entweder würde ich genauso handeln oder nicht. Wir schrieben natürlich alle, weil sie das verlangte, daß wir genauso handeln würden, warum sollten wir es vor den Prüfungen mit ihr verderben? Und Saschka Gromow fragte auch noch: ‹Kann ich denn nicht schreiben, was ich selber denke?› – ‹Was ich selber denke›, sagte sie, ‹ich werde dir helfen! Ich verpaß dir eine Fünf! ...› Und ein Mädchen schrieb: ‹Ich weiß noch nicht, ob ich meine Heimat liebe oder nicht.› War das ein Spaß! Da fängt die an zu quaken: ‹Das ist ja ganz schrecklich! Wie kannst du überhaupt daran zweifeln, ob du sie liebst?› – ‹Vielleicht liebe ich sie ja, aber ich weiß es einfach nicht. Ich muß es erst prüfen.› – ‹Da gibt es nichts zu prüfen! Die Liebe zur Heimat solltest du schon mit der Muttermilch eingesogen haben! Zur nächsten Stunde schreibst du den Aufsatz noch einmal!› Wir nennen sie nur die Kröte. Sie lacht nie, wenn sie in die Klasse kommt. Na ja, man kann es auch verstehen: eine alte Jungfer, hat im Privatleben kein Glück gehabt, läßt nun ihre Launen an uns aus. Besonders die guten Schüler kann sie nicht leiden.»

Asja sagte das alles ganz beiläufig, selbstsicher. Anscheinend hatte sie noch keine Krankheit durchgemacht, keine Schmerzen, Anstrengungen oder Appetitlosigkeit. Sie hatte ihre rosige Frische noch nie eingebüßt, war einfach hergekommen zu einer dreitägigen Untersuchung, von ihrem Sportplatz und ihren Tanzabenden.

«Habt ihr denn gute Lehrer?» fragte Djomka, damit sie das Gespräch nur ja nicht abbrach, damit sie weitererzählte und er das Recht hatte, sie anzuschauen.

«Nein! Nur aufgeblasene Gockel! Schule überhaupt! ... Es lohnt nicht, darüber zu reden.»

Ihre gesunde Fröhlichkeit teilte sich allmählich auch Djomka mit. Dankbar für ihr Geplauder, gar nicht mehr eingeschüchtert und verklemmt saß er da. Er mochte über nichts mit ihr streiten, hätte am liebsten allem zugestimmt, ohne Rücksicht auf seine eigenen Ansichten. Auch das Bein hätte er fast vergessen, wenn der nagende Schmerz ihn nicht daran erinnerte, daß er in der Schlinge steckte und das Bein kaum herausziehen würde – bis zur Wade? bis zum Knie? oder bis zum Oberschenkel es opfern müßte. Und am Bein lag es, daß die Frage «Wovon leben die Menschen?» für ihn so wichtig blieb.

«Nun, im Ernst, was meinst du? Wofür ... lebt der Mensch?»

Nein, dieses Mädchen wußte wirklich alles. Sie sah Djomka mit ihren grünlichen Augen fast ungläubig an, ob er sie mit seiner Frage nicht zum Narren halten wollte: «Was heißt wofür? Für die Liebe, natürlich!»

Für die Liebe! ... «Für die Liebe» hatte auch Tolstoj gesagt, aber wie war das gemeint? Auch ihre Lehrerin hatte gefordert: «für die Liebe» – aber wie hatte sie es gemeint? Djomka hatte sich angewöhnt, alles genau und gründlich zu überlegen.

«Aber ...» sagte er mit belegter Stimme (es war doch so einfach, aber er genierte sich, es auszusprechen), «Liebe – ist doch ... ist doch nicht das ganze Leben. Das ist ... nur manchmal. Von einem bestimmten Alter an. Bis zu ...»

«Von welchem Alter an, von welchem denn?» fragte Asja erzürnt, als hätte er sie soeben beleidigt. «In unserem Alter liegt doch die ganze Seligkeit, wann denn noch? Und was gibt es überhaupt im Leben außer der Liebe?»

Das Gesicht mit den hochgezogenen Brauen wirkte so überzeugend, daß man gar nichts erwidern konnte – und Djomka erwiderte auch nichts. Er wollte ja nur zuhören, nicht aber Einspruch erheben.

Sie neigte sich ganz zu ihm hinüber, und ohne eine Hand auszustrekken, war es, als reiche sie ihm beide Hände über alle Trümmer auf Erden hinweg: «*Das* ist *unser* Leben! Und das ist *heute*! Laß die Leute schwätzen, sie kommen doch nie zu einem Ende mit ihrer Weisheit. Liebe! – nichts weiter!»

Vorher hatte sie vertraulich mit ihm gesprochen, als hätten sie schon hundert Abende miteinander verbracht... Hätte nicht die Pflegerin mit ihren Sonnenblumenkernen danebengestanden, wäre nicht die Schwester gewesen, die beiden Damespieler und die über den Gang schlurfenden Kranken – dann wäre sie gewiß hier in diesem stillen Eckchen, in ihrem besten Alter, bereit gewesen, ihm zu zeigen, wovon die Menschen leben.

Djomkas Bein, das sonst auch im Schlaf schmerzte und noch eben weh getan hatte, war vergessen. Djomka sah auf Asjas leichtgeöffneten Morgenrock, und sein Mund öffnete sich ein wenig. Das, was seinen ganzen Abscheu erregt hatte, wenn es seine Mutter tat, erschien ihm zum erstenmal nicht sündhaft, nicht schmutzig, sondern als gerechter Ausgleich für alles Häßliche auf der Welt.

«Und du?» fragte Asja leise, bereit, in Lachen auszubrechen, aber voll Mitgefühl. «Du hast bis heute noch niemals ... Lieber Kleiner, du warst noch nicht...?»

Djomka stieg das Blut in die Ohren, ins Gesicht, in die Stirn, als hätte man ihn bei einem Diebstahl ertappt. In diesen zwanzig Minuten hatte das kleine Mädchen ihn von allem abgebracht, was er sich in Jahren zurechtgedacht hatte – und mit trockener Kehle, wie um Gnade bittend, sagte er: «Und du...?»

So wie der Morgenrock nur ihr Hemdchen verdeckte, ihre Brust und ihr Herz, verbarg sie auch mit Worten nichts vor ihm, sie hätte auch keinen Anlaß dazu gesehen: «Pah, ich – schon in der zehnten Klasse!... Ein Mädchen von uns hat schon in der achten Klasse ein Kind bekommen! Und ein anderes Mädchen haben sie in ihrer Wohnung dabei geschnappt, wie sie... für Geld, verstehst du? Sie hatte schon ein eigenes Sparbuch! Es kam nur heraus, weil sie es im Tagebuch hatte liegenlassen, und die Lehrerin fand es darin. – Außerdem, die Hälfte der Mädchen in unserer Klasse tut es schon!... Je früher, desto interessanter! Warum sollen wir es aufschieben? Das ist das Atomzeitalter!»

11

Auch in den Krankenzimmern der Krebsstation verbreitete der Samstagabend eine spürbare Erleichterung, obwohl es eigentlich keinen Grund dafür gab: denn die Kranken waren auch nicht für einen Tag von ihren Leiden befreit, um so weniger von ihren Gedanken daran. Befreit waren sie nur von den Gesprächen mit den Ärzten und dem größten Teil der Behandlung – und eine kindliche Freude hatte sich offenbar heimlich der Menschen bemächtigt.

Als Djomka nach dem Gespräch mit Asja mühsam die Treppe hinaufgestiegen war – das kranke Bein schmerzte wieder heftiger – und in sein Zimmer zurückkehrte, ging es dort so lebhaft zu wie noch nie. Nicht nur alle Zimmerbewohner waren vollzählig versammelt, aus dem Erdgeschoß hatten sich auch noch Gäste eingefunden, darunter alte Bekannte wie der Koreaner Ni, den sie aus der radiologischen Station entlassen hatten (solange radioaktive Nadeln in seiner Zunge steckten, wurde er wie in einem Banksafe gehütet), und noch ein paar neue. Einer von ihnen – ein stattlicher Russe mit zurückgekämmten Haaren, der wegen einer Kehlkopferkrankung nur flüsternd sprechen konnte – hatte es sich auf Djomkas Bett bequem gemacht: Und alle hörten Kostoglotow zu, sogar Mursalimow und Jegenberdijew, die doch kein Russisch verstanden.

Kostoglotow hielt eine Rede. Er saß auf der Fensterbank neben seinem Bett und brachte damit die Bedeutsamkeit des Augenblicks zum Ausdruck. (Die strengen Krankenschwestern hätten ihm das nicht gestattet, aber heute führte Turgun Aufsicht, der wußte, daß das Ansehen der Medizin nicht davon abhing.) Kostoglotow hatte ein Bein wie eine Gitarre auf das andere gelegt, mit dem er sich auf sein Bett stützte, er wiegte sich ein wenig aufgeregt hin und her, während er dem ganzen Krankensaal seine Betrachtungen vortrug: «Vor langer Zeit lebte der Philosoph Descartes, der sagte: ‹Prüfe alles durch den Zweifel!›»

«Aber das hat doch nichts mit unserer Wirklichkeit zu tun!» rügte Rusanow und hob streng den Zeigefinger.

«Natürlich nicht», Kostoglotow wunderte sich sogar über den Einwurf, «ich will damit ja nur sagen, daß wir nicht wie Kaninchen den Ärzten Glauben schenken sollen. Ich lese hier gerade ein Buch», er hob ein großformatiges, aufgeschlagenes Buch vom Fensterbrett, «Abrikosow und Strukow, Lehrbuch der pathologischen Anatomie. Darin steht, daß die Entwicklung einer Geschwulst in ihrem Zusammenhang mit dem zentralen Nervensystem noch sehr wenig erforscht ist. Dieser Zusammenhang ist aber bemerkenswert! Da heißt es sogar schwarz auf weiß –» er suchte die Stelle – «daß es eine *spontane Genesung* gibt, wenn auch in seltenen Fällen! Begreift ihr, was das bedeutet? Nicht Heilung, sondern Genesung! Na?»

Eine Bewegung ging durch das Zimmer. Als sei aus dem aufgeschlagenen Buch wie ein regenbogenfarbener Schmetterling die spontane Genesung aufgeflogen, jeder hielt ihr Stirn und Wangen hin, damit sie ihn wohltätig im Flug anrühre.

«Spontan, unabhängig von äußeren Einflüssen», Kostoglotow hatte das Buch fortgelegt und beide Arme ausgebreitet, das eine Bein hatte er noch immer angezogen. «Das bedeutet, aus unerklärlichen Gründen geht die Geschwulst plötzlich zurück! Sie wird immer kleiner und verschwindet schließlich! Nun?»

Alle hörten mit offenem Mund, schweigend, diesem Märchen zu. *Ihre* Geschwulst, diese bösartige Geschwulst, die ihr ganzes Leben zerstörte – sollte plötzlich von selbst zurückgehen, verschwinden, nicht mehr sein?

Schweigend hielten alle dem Schmetterling das Gesicht hin, nur der widerspenstige Poddujew knarrte mit seinem Bett und sagte mit heiserer, hoffnungsloser Stimme: «Dafür muß man sicher ... ein reines Gewissen haben.»

Sie begriffen nicht gleich: Sprach er mit ihnen oder nur so vor sich hin?

Nur Pawel Nikolajewitsch, der diesmal aufmerksam, ja sogar mit Sympathie seinem Nachbarn Oglojed zugehört hatte, wandte sich aufgebracht nach Poddujew um und schimpfte ihn aus: «Das ist doch idealistisches Geschwätz! Was hat denn das Gewissen damit zu tun? Schämen Sie sich, Genosse Poddujew!»

Aber Kostoglotow parierte seinen Ausfall: «Das hast du prima gesagt, Jefrem! Ganz ausgezeichnet! Wir haben vielleicht noch gar keine Ahnung von dem, was alles möglich ist. Nach dem Krieg habe ich mal in einer Zeitschrift, ich glaube, es war die *Swesda,* eine hochinteressante Sache gelesen. Da hat man festgestellt, daß der Mensch im Rückenmark so eine Art Sperre hat, und solange die lebensgefährlichen Stoffe oder Mikroben durch diese Sperre nicht ins Gehirn gelangen, bleibt der Mensch am Leben. Was bedeutet das also?»

Der junge Geologe, der seit seiner Ankunft die Bücher nicht aus der Hand gelegt hatte und auch jetzt, neben Kostoglotow, auf seinem Bett las, hob hin und wieder interessiert den Kopf. Die Gäste und die Zimmergenossen lauschten gespannt. Auch Federau mit seinem unberührt glatten, aber zur Operation verurteilten Hals lag zusammengerollt in seinem Bett neben dem Ofen und hörte zu.

«Entscheidend ist bei dieser Sperre, wie sich erwiesen hat, das Verhältnis der Kalium- und Natriumsalze zueinander. Wenn eines dieser Salze, ich weiß nicht mehr genau, welches, nehmen wir mal Natrium, überwiegt, kann keine Krankheit dem Menschen etwas anhaben. Wenn aber umgekehrt das Kalisalz überwiegt, nützt die Sperre nichts und der Mensch stirbt. Und wovon hängt nun das Verhältnis der Kaliumsalze zu den Natriumsalzen ab? Das ist das Allermerkwürdigste! Von der *Stimmung* des Menschen. Habt ihr das verstanden? Wenn der Mensch immer optimistisch ist, wenn er seelisch stabil ist, produziert er mehr Natrium, und keine einzige Krankheit kann ihn umbringen. Aber er braucht nur den Mut sinken zu lassen – und sofort hat er mehr Kalium, dann kann man schon seinen Sarg bestellen.»

Mit ruhig abwägender Miene hörte der Geologe zu, wie ein Student, der schon ungefähr weiß, was der Dozent gleich an die Tafel schreiben wird. Er sagte zustimmend: «Physiologie des Optimismus. Eine gute Idee. Sehr gut.»

Als habe er keine Zeit zu verlieren, vertiefte er sich wieder in sein Buch.

Auch Pawel Nikolajewitsch erhob jetzt keinen Einspruch. Dieser Oglojed hatte seine Ansichten ganz wissenschaftlich vorgetragen.

«Ich würde mich nicht wundern», fuhr Kostoglotow fort, «wenn sie in hundert Jahren entdecken, daß unser Körper irgendein Kontrollsalz absondert, wenn wir ein gutes Gewissen haben, und keines, wenn uns etwas bedrückt. Und von diesem Kontrollsalz hängt es vielleicht ab, ob die Zellen zu einer Geschwulst ausarten oder ob eine Geschwulst verschwinden kann.»

Jefrem seufzte heiser: «Ich habe viele Weiber ruiniert. Mit ihren Kindern habe ich sie sitzenlassen. Sie haben geweint ... Meine Geschwulst wird nicht zurückgehen.»

«Was soll denn das jetzt?!» Pawel Nikolajewitsch geriet außer sich. «Das ist ja die reinste Pfaffenmoral. Sie haben sich allen möglichen Unsinn angelesen, Genosse Poddujew, und den ideologischen Kampf aufgegeben. Wollen Sie uns jetzt auch noch etwas von moralischer Vollkommenheit vorjammern!»

«Was haben Sie denn gegen moralische Vollkommenheit?» gab Kostoglotow bissig zurück. «Warum geraten Sie so in Zorn darüber? Wen stört die moralische Vollkommenheit denn? Nur moralisch Verkrüppelte!»

«Sie ... werden Sie nicht ausfallend», Pawel Nikolajewitschs Brille funkelte, er saß kerzengerade da, als drücke ihn keine Geschwulst unterm Kinn. «Viele Fragen sind bereits endgültig gelöst. Die können Sie nicht mehr in Zweifel ziehen!»

«Warum denn nicht?» Kostoglotow sah Rusanow mit seinen großen dunklen Augen durchdringend an.

«Na gut», mischten die anderen Patienten sich ein, um die beiden zu besänftigen.

«Hören Sie, Genosse», flüsterte der Stimmlose auf Djomkas Bett, «Sie wollten uns doch vom Birkenpilz erzählen ...»

Aber weder Rusanow noch Kostoglotow wollten nachgeben. Sie kannten sich nicht, sahen sich aber ganz erbittert an.

«Wenn Sie schon Ihre Meinung sagen wollen, dann halten Sie sich wenigstens an die elementarsten Regeln der Höflichkeit», wies Pawel Nikolajewitsch seinen Kontrahenten zurecht, indem er jedes Wort überdeutlich aussprach. «Zur angeblichen moralischen Vollkommenheit bei Lew Tolstoj und Konsorten hat Lenin ein für allemal das Nötige gesagt! Und Genosse Stalin! Und Gorki!»

«Verzeihen Sie», Kostoglotow nahm sich mühsam zusammen und streckte einen Arm aus, «*ein für allemal* kann überhaupt niemand auf der Erde etwas sagen. Weil das Leben dann stillstände. Und allen nachkommenden Generationen nichts mehr zu sagen bliebe.»

Pawel Nikolajewitsch war verdutzt. Die oberen Ränder seiner empfindsamen weißen Ohren röteten sich, und auf seinen Wangen bildeten sich kreisrunde rote Flecken.

(Jetzt ging es nicht mehr um irgendwelche Einwände, um einen Streit am Feierabend, man mußte feststellen, was für ein Mensch dieser Kostoglotow war, woher er kam, aus welchen Kreisen – und ob seine empörend falschen Ansichten keine negative Wirkung auf seine Tätigkeit hatten.)

«Ich behaupte nicht», beeilte sich Kostoglotow zu sagen, «daß ich etwas von Sozialwissenschaften verstehe, ich habe mich wenig damit beschäftigen können. Aber mit meinem kleinen Verstand begreife ich es so, daß Lenin Tolstoj das Streben nach moralischer Vollkommenheit in dem Augenblick zum Vorwurf machte, als es die Gesellschaft vom Kampf mit der Willkür, von der beginnenden Revolution ablenken mußte. So! Und weshalb verbieten Sie einem Menschen das Wort», er wies mit seinen kräftigen Händen auf Poddujew, «der über den Sinn des Lebens nachdenkt, der sich an der Schwelle des Todes befindet? Warum ärgern Sie sich darüber, daß er Tolstoj liest? Wem schadet das denn? Oder sollte man Tolstoj etwa auf dem Scheiterhaufen verbrennen? Vielleicht hat der Staatliche Synod diese Angelegenheit damals nicht ganz bereinigt?»

(Kostoglotow, der keine Sozialwissenschaften studiert hatte, verwechselte «staatlich» mit «allerheiligst».)

Jetzt färbten sich Pawel Nikolajewitschs Ohren feuerrot. Das war ja ein unverhüllter Angriff auf eine Regierungsinstanz (wenn er auch nicht mitbekommen hatte, auf welche), und dazu vor diesem bunt zusammengewürfelten Auditorium, das durch keine Parteiliste legitimiert war – all das verschärfte die Situation derart, daß man die Debatte unbedingt taktisch beenden, über diesen Kostoglotow aber bei der nächsten Gelegenheit *Erkundigungen einziehen* mußte. Deshalb sagte Pawel Nikolajewitsch an Poddujews Adresse, um die Angelegenheit nicht auf ein grundsätzliches Niveau zu bringen: «Soll er doch Ostrowskij lesen. Davon hat er mehr.»

Aber Kostoglotow würdigte das taktische Verhalten Pawel Nikolajewitschs nicht, er hörte überhaupt nicht zu, sondern trug dem überraschten Auditorium weiter seine Gedanken vor: «Warum soll man einen Menschen daran hindern, sich seine Gedanken zu machen? Worauf läuft denn unsere ganze Lebensphilosophie hinaus? ‹Ach, wie schön ist das Leben! Ich liebe dich, Leben, Leben heißt Glücklichsein!› Welche Tiefe! Das könnte ohne unser Zutun jedes Tier sagen – jedes Huhn, jede Katze, jeder Hund.»

«Ich bitte Sie, ich bitte Sie!»

Schon nicht mehr aus staatsbürgerlichem Pflichtgefühl, nicht mehr als Subjekt, sondern als Objekt der Geschichte sagte Pawel Nikolajewitsch beschwörend: «Lassen Sie den Tod aus der Debatte! Wir wollen nicht einmal daran denken!»

«Selbst wenn Sie mich darum bitten, nicht!» wehrte ihn Kostoglotow mit seiner Pranke ab. «Wenn wir *hier* nicht über den Tod sprechen, wo sollen wir es denn sonst tun? Ach ja, wir leben ja ewig!»

«Wie? Was?» rief Pawel Nikolajewitsch flehend aus. «Was sollen Sie? Die ganze Zeit vom Tod reden, an den Tod denken? Damit dieses Kaliumsalz im Körper die Oberhand bekommt?»

«Nicht ständig», Kostoglotow wurde ein wenig leiser, weil er bemerkte, daß er sich in einen Widerspruch verwickelte, «nicht ständig, aber wenigstens manchmal. Das ist durchaus von Nutzen. Was hämmern wir den Menschen denn ihr Leben lang ein? – Du bist ein Teil des Kollektivs, du bist ein Teil des Kollektivs! Das ist richtig, solange sie leben. Aber wenn es ans Sterben geht, werden sie aus dem Kollektiv entlassen. Mag jeder Mensch zum Kollektiv gehören, sterben muß er allein. Und die Geschwulst befällt ihn allein, nicht das ganze Kollektiv. Das sind Sie! Sie, Sie!» zeigte er mit dem Finger grob auf Rusanow. «Sagen Sie doch mal, wovor Sie jetzt am meisten Angst haben? Vorm Sterben! Und wovon möchten Sie aus lauter Angst um keinen Preis reden? Vom Tod! Und was ist das Ganze? Heuchelei!»

«Rational gedacht, ist das richtig», sagte leise, aber allen verständlich, der sympathische Geologe, «wir fürchten uns so vor dem Sterben, daß wir sogar den Gedanken an die Toten verdrängen. Wir kümmern uns nicht einmal um ihre Gräber.»

«Das stimmt», pflichtete Rusanow ihm bei, «die Heldengedenkstätten müssen gepflegt werden, das steht auch oft in der Zeitung.»

«Nicht nur Heldengräber, sondern alle», sagte der Geologe mit leiser Stimme, als könne er nicht lauter sprechen; er war überhaupt von schmaler Gestalt und wirkte nicht sehr kräftig. «Viele Friedhöfe sind schändlich verkommen, das habe ich selbst im Altajgebiet und in der Gegend von Nowosibirsk gesehen. Keine Friedhofsmauern, das Vieh weidet auf den Gräbern, die Schweine suhlen sich dort. Ist das etwa unser Volkscharakter? Früher wurden die Gräber doch gepflegt...»

«In Ehren gehalten!» warf Kostoglotow ein.

Pawel Nikolajewitsch hörte nicht mehr zu, er hatte das Interesse an der Diskussion verloren. Selbstvergessen hatte er eine unvorsichtige Bewegung gemacht, und der Schmerz war von der Geschwulst so heftig in den Kopf und den Hals gezogen, daß sein ganzer Eifer erloschen war, diesen Strohköpfen Vernunft beizubringen. Schließlich war er nur zufällig in diese Klink geraten und sollte seine Krankheit nicht mit ihren Problemen noch belasten. Viel wichtiger und schlimmer war doch, daß die Geschwulst sich seit der gestrigen Spritze kein bißchen verändert hatte. Bei diesem Gedanken wurde ihm ganz flau im Magen. Dieser Oglojed konnte gut über den Tod reden, wo es ihm allmählich besser ging.

Der stattliche Russe auf Djomkas Bett versuchte, ein paarmal ins Gespräch einzugreifen, um den unangenehmen Streit abzubrechen, wobei er die Hand gegen die schmerzende Kehle drückte. Aber sein Flüstern hörte niemand, und lauter zu reden, hatte er keine Kraft, mit den zwei Fingern an der Kehle versuchte er nur, den Schmerz zu lindern und die Stimmbänder zu unterstützen. (Jede Krankheit an der Zunge oder der Kehle, jede Unfähigkeit zu sprechen ist besonders quälend; eine Qual, die dem ganzen Gesicht ihren Stempel aufprägt.) Danach wollte er die Streitenden mit heftigen Armbewegungen beschwichtigen, aber erst jetzt, als sie sich beruhigt hatten, konnte er sich bemerkbar machen. Er war aufgestanden und ging durch den Gang zwischen den Betten auf die Tür zu.

«Genossen, Genossen», flüsterte er mit heiserer Stimme, die das Mitleid der anderen erregte, «laßt diesen ganzen Trübsinn. Unsere Krankheiten bringen uns auch so schon zur Verzweiflung! Aber Sie, Genosse», er streckte fast flehend eine Hand (mit der anderen drückte er gegen die Kehle) zu dem erhöht sitzenden, zerzausten Kostoglotow aus wie zu einer Gottheit, «Sie haben vorhin so interessant über den Birkenpilz gesprochen. Bitte, erzählen Sie noch mehr davon!» Auch der dunkelhäutige Ni, der nur mühsam seine Zunge bewegen konnte, da man ihm einen Teil entfernt hatte und der Rest jetzt geschwollen war, bat ihn undeutlich um dasselbe.

Die anderen schlossen sich an.

Kostoglotow empfand eine zweideutige Leichtigkeit. Wie lange hatte er vor den *Freien* schweigen müssen, die Hände auf den Rücken gelegt, den Kopf gesenkt. Diese Haltung war ihm fast zur zweiten Natur geworden, er hatte sie sich auch während des einen Jahres in der Verbannung nicht abgewöhnen können. Und jetzt noch legte er unwillkürlich seine Hände auf dem Rücken zusammen, wenn er in den Alleen des Klinikviertels seinen Spaziergang machte. Diese Freien, die jahrelang mit ihm nicht wie mit ihresgleichen umgehen, ja nicht einmal wie mit einem menschlichen Wesen reden und, was noch bitterer war, ihm nicht die

Hand geben oder einen Brief von ihm annehmen durften – diese Freien saßen nun arglos vor ihm, der sich dreist auf die Fensterbank geschwungen hatte und Belehrungen erteilte. Sie erwarteten von ihm die Bestätigung ihrer Hoffnungen. Und Oleg entdeckte, daß er sich selbst nicht mehr von ihnen distanzierte wie gewöhnlich, sondern an ihrem Unglück teilnahm. Es war ihm immer noch ungewohnt, vor vielen zu sprechen – überhaupt an Versammlungen, Sitzungen, Meetings teilzunehmen. Wie man aber nach dem Anlauf auf dem Eis nicht mehr anhalten kann, sondern dahingleitet, mag kommen, was will, so wurde auch Kostoglotow unaufhaltsam weitergetragen vom Gefühl seiner Gesundung, seiner überraschenden, anscheinend aber wirklichen Gesundung.

«Freunde», sagte er ungewöhnlich redselig, «es ist eine merkwürdige Geschichte. Ich habe sie von einem Kranken, der zur Nachuntersuchung hier war, als ich auf meine Einweisung wartete. Ich habe sofort eine Postkarte geschrieben und, um nichts zu riskieren, mit dem Absender der Gesundheitsfürsorgestelle. Heute habe ich schon eine Antwort bekommen. Nach zwanzig Tagen bereits eine Antwort. Und Doktor Maslennikow entschuldigt sich auch noch bei mir wegen der Verzögerung, weil er durchschnittlich zehn Briefe am Tag beantworten müsse. Für einen einzigen vernünftigen Brief braucht man doch schon eine halbe Stunde! Also sitzt er allein fünf Stunden am Tag an seinen Briefen. Und bekommt keinen Pfennig dafür!»

«Im Gegenteil, vier Rubel gibt er pro Tag für das Porto aus», fügte Djomka hinzu.

«Ja, vier Rubel pro Tag. Im Monat also hundertzwanzig. Und das macht er alles nebenbei, nicht dienstlich, das sind nur seine guten Taten. Oder wie muß ich sagen?» Kostoglotow wandte sich boshaft an Rusanow: «*Human*, nicht wahr?»

Pawel Nikolajewitsch las gerade einen Zeitungsartikel über Fragen des Budgets zu Ende und tat, als habe er nichts gehört.

«Einen Assistenten oder einen Sekretär hat er auch nicht. Das macht er alles neben seiner Arbeit. Und danken tut es ihm auch niemand. Für uns Kranke ist der Arzt wie ein Fährmann; eine Stunde lang brauchen wir ihn, dann ist er vergessen. Und wen der Doktor geheilt hat, der wirft seinen Brief fort. In dem Brief an mich beklagt er sich darüber, daß die Kranken ihm nicht mehr schreiben, besonders wenn er ihnen geholfen hat. Und dann bittet *er* mich, *bittet*, daß ich ihm genau antworten möchte! Dabei müßten wir Kranken ihm doch unendlich dankbar sein.»

Kostoglotow versicherte sich selbst im stillen, daß die Uneigennützigkeit und der Fleiß Maslennikows ihn rührten und er ihn loben wollte. Also war er selbst noch nicht ganz verdorben. Aber doch schon verdorben genug, daß er sich nicht wie Maslennikow tagaus, tagein für andere abmühen würde.

«Nun erzähl aber mal der Reihe nach, Oleg», bat Sibgatow mit einem schüchternen, hoffnungsvollen Lächeln.

Wenn er doch geheilt werden könnte! – trotz der niederdrückenden, monatelangen, jahrelangen, augenscheinlich hoffnungslosen Behandlung – plötzlich, endgültig geheilt werden! Den gesunden Rücken strekken, fest auftreten, sich als junger Mann fühlen! Guten Tag, Ljudmila Afanassjewna! Ich bin jetzt gesund!

Wie sehr verlangte es sie alle, von einem solchen Arzt zu hören – von einem Zauberer, einem Heilmittel, das die Ärzte hier nicht kannten! Sie mochten es sich eingestehen oder leugnen, sie alle glaubten insgeheim an einen solchen Arzt, ein solches Heilbuch oder eine kundige Alte – man mußte das Mittel nur in Erfahrung bringen – und wäre gerettet.

Denn sie konnten nicht glauben, daß das Urteil über ihr Leben schon gesprochen war.

Solange wir gesund und glücklich sind, mögen wir alle Wunder verlachen, wenn aber das Leben so verfahren, so sinnlos geworden ist, daß nur ein Wunder uns noch retten kann, klammern wir uns gern an dieses eine Wunder.

Kostoglotow, der das leidenschaftliche Verlangen spürte, mit dem seine Zimmergenossen ihm zuhörten, geriet beim Erzählen in heftige Erregung und glaubte seinen eigenen Worten jetzt mehr als dem Brief, wie er ihn heute morgen gelesen hatte.

«Also fang ich von vorn an: Scharaf, dieser Kranke, hatte mir von Doktor Maslennikow erzählt, das sei ein alter Landarzt im Bezirk Alexandrow, nicht weit von Moskau. Jahrzehntelang arbeitete er – so war das früher üblich – in demselben Krankenhaus. Und eines Tages fiel ihm auf, daß unter seinen kranken Bauern keiner Krebs hatte, obwohl in der Literatur so viel darüber geschrieben wurde. Woher kam das?»

(Woher mochte das kommen? Wer von uns erschauerte nicht schon als Kind vor dem Geheimnis – vor der Berührung jener undurchdringlichen, aber nachgiebigen Wand, durch die es trotz allem hervortreten muß? Und in unserem nüchternen Alltagsleben, wo für das Geheimnisvolle kein Raum ist, mag es plötzlich aufleuchten: Ich bin da! Vergiß das nicht!)

«... Er untersuchte und untersuchte also», sagte Kostoglotow, der sich sonst nie wiederholte, jetzt aber sein Vergnügen daran hatte, «und er entdeckte folgendes: daß alle Bauern dieser Gegend, um Geld zu sparen, sich keinen Tee, sondern *Tschaga* kochten, so heißt nämlich dieser Birkenpilz.»

«Der unter den Bäumen wächst?» unterbrach Poddujew ihn. Sogar in seine Verzweiflung, mit der er sich abgefunden und in den letzten Tagen abgekapselt hatte, leuchtete der Hoffnungsschimmer dieses einfachen Heilmittels.

Da fast alle hier aus dem Süden stammten – einige von ihnen hatten noch nie einen Birkenpilz, geschweige denn eine Birke gesehen –, konnten sie sich nicht vorstellen, wovon Kostoglotow redete.

«Nein, Jefrem, kein richtiger Pilz. Es ist eher so eine Art von Birkenkrebs. Erinnere dich, auf alten Birken findet man oft solche ... Wucherungen, solche häßlichen Auswüchse, rund wie ein Rücken und außen schwarz, aber innen sind sie dunkelbraun.»

«Zunderschwamm also», überlegte Jefrem, «womit man früher Feuer anmachte?»

«Mag sein. Sergej Nikititsch Maslennikow kam jedenfalls ein Gedanke: Ob die Bauern sich nicht schon seit Jahrhunderten mit diesem Baumschwamm vom Krebs heilen, ohne es zu wissen?»

«Sozusagen prophylaktisch?» nickte der junge Geologe. Er kam zwar den ganzen Abend nicht zum Lesen, aber dafür lohnte sich das Gespräch.

«Die Vermutung genügte nicht, versteht ihr? Man mußte sie nachprüfen. Man mußte jahrelang diejenigen beobachten, die den Tee tranken, und die anderen, die es nicht taten. Und dann denen, die eine Geschwulst hatten, diesen Tee zu trinken geben. Das bedeutete für sie, auf andere Heilmittel zu verzichten. Dann war noch zu untersuchen, bei welcher Temperatur und in welcher Dosierung der Tee zubereitet werden mußte, ob aufgebrüht oder nicht, wieviel Gläser der Patient zu trinken bekam, welche Nachwirkungen der Tee hatte und gegen welche Geschwulst er hilft, gegen welche nicht. Aber das ist alles sehr langwierig ...»

«Nun, und jetzt? Jetzt?» fragte Sibgatow aufgeregt.

Djomka dachte: Ob der Tee etwa auch meinem Bein helfen kann? Es sogar retten?

«Jetzt? – beantwortet er auch noch Briefe. Er hat mir geschrieben, was man tun muß.»

«Und Sie haben die Adresse?» fragte der Stimmlose begierig, der noch immer die Hand an die heisere Kehle preßte, und zog aus seiner Jackentasche einen Notizblock mit Füllfederhalter. «Haben Sie auch das Rezept? Schreibt er nichts davon, ob der Tee auch bei Kehlkopfkrebs hilft?»

So gern Pawel Nikolajewitsch auch standhaft bleiben und seinen Nachbarn mit Verachtung strafen wollte, aber diese Gelegenheit durfte er nicht verpassen. Er brachte es nicht mehr fertig, in die Zahlen des Haushaltsplans für 1955 einzudringen, der auf der Sitzung des Obersten Sowjets beraten wurde, er legte die Zeitung ganz offen beiseite und wandte sein Gesicht langsam Oglojed zu, ohne die Hoffnung zu verbergen, daß dieses Volksmittel auch ihn, den Sohn Rußlands, heilen könne. Bereits ohne alle Feindseligkeit, um Oglojed nicht zu reizen, doch ein wenig mahnend fragte Pawel Nikolajewitsch: «Aber ist das Verfahren denn offiziell anerkannt? Hat irgendeine Instanz es genehmigt?»

Von oben, von seinem Fensterbrett herab brach Kostoglotow in Lachen aus.

«Darüber weiß ich nicht Bescheid. Der Brief», er wedelte mit einem kleinen gelblichen Blatt Papier in der Luft herum, das mit grüner Tinte beschrieben war, «der Brief ist ganz sachlich: wie man den Baumschwamm zerstoßen und auflösen soll. Ich vermute allerdings, wenn das Verfahren schon eine offizielle Instanz durchlaufen hätte, würden die Schwestern uns jetzt den Tee an die Betten bringen. Auf jedem Treppenabsatz würde ein Fäßchen mit diesem Getränk stehen. Und niemand brauchte mehr nach Alexandrow zu schreiben.»

«Alexandrow», notierte der Stimmlose sofort, «und welches Postamt? Welche Straße?» verbesserte er sich schnell.

Achmadschan, der aufmerksam zuhörte, brachte es sogar fertig, das Wichtigste mit leiser Stimme für Mursalimow und Jegenberdijew zu übersetzen. Er selbst brauchte diesen Birkenpilz nicht, da er allmählich gesund wurde. Aber eines war ihm unverständlich: «Wenn dieser Pilz so gut ist, warum nehmen die Ärzte ihn nicht als Heilmittel?»

«Das ist immer ein langwieriger Prozeß, Achmadschan. Die einen glauben nicht daran, die anderen wollen nicht umlernen und lehnen es daher ab, die dritten sind dagegen, weil sie ihr eigenes Mittel verbreiten wollen. Und wir Kranken – wir haben kein Recht auszuwählen.»

Kostoglotow hatte Rusanows Frage beantwortet, hatte Achmadschan Auskunft gegeben, aber auf die Frage des Stimmlosen reagierte er nicht. Er tat, als habe er nicht richtig hingehört, in Wirklichkeit aber wollte er ihm die Adresse nicht geben. Und zwar deshalb, weil der Stimmlose etwas aufdringlich war, obwohl er sehr ehrwürdig und zurückhaltend wirkte mit diesem Gesicht und der Figur eines Bankdirektors. In einem kleinen südamerikanischen Land hätte er sogar einen dekorativen Ministerpräsidenten abgegeben. Außerdem hatte Oleg Mitleid mit dem ehrlichen alten Maslennikow, der über den Briefen von Unbekannten den Schlaf versäumte – sollte der Stimmlose ihn auch noch mit seinen Fragen überschütten? Andererseits mußte man auch mit dieser röchelnden Kehle Mitleid haben, die keinen menschlichen Laut mehr herausbrachte (und die wir gar nicht genug schätzen, solange wir unsere Stimme haben).

Aber wenn jetzt plötzlich alle an Maslennikow schrieben, brauchte er, Kostoglotow, nicht mehr auf Antwort zu warten. Und warum sollte er, der so viele Jahre rechtlos gewesen war, diesen Freien zeigen, wie man sich aus einer Verschüttung freischaufelte? Dort, wo sein Charakter geprägt worden war, hatte das Gesetz gegolten: «Findest du jemanden, binde dich nicht – plünderst du jemanden, zeig es nicht.» Schließlich verstand Kostoglotow es, krank zu sein, sich ganz seiner Krankheit zu widmen. Er hatte sogar schon die *‹Pathologische Anatomie›* gelesen, er wußte sich zu jeder Frage von Doktor Hangart und Doktor Donzowa eine Erklärung zu erkämpfen. Sogar Doktor Maslennikow hatte ihm geantwortet.

All das ging Kostoglotow blitzschnell, unklar durch den Kopf, während sein Blick über die Gesichter Rusanows, Achmadschans und des Stimmlosen wanderte.

«Aber das Rezept steht in dem Brief?» fragte der Geologe. Er hatte Bleistift und Papier vor sich liegen, so pflegte er immer zu lesen.

«Das Rezept, bitte sehr, nehmt euch alle einen Bleistift, ich diktiere», verkündete Kostoglotow.

Sie drängten durcheinander, baten um Bleistifte und Papier. Pawel Nikolajewitsch hatte nichts bei sich (zu Hause besaß er natürlich einen Füllfederhalter mit verdeckter Feder, neueste Ausführung!), Djomka gab ihm einen Bleistift. Dann begann Kostoglotow langsam aus dem Brief vorzulesen, wie man den Birkenschwamm trocknen müsse, wie zerreiben, mit welchem Wasser aufkochen, ziehen lassen, durchziehen und wie oft man ihn trinken müsse.

Geübt oder unbeholfen kritzelten sie ihre Zeilen, baten, das Gesagte zu wiederholen – und im Krankensaal verbreitete sich eine warme, freundschaftliche Atmosphäre. Wie abweisend gingen sie oft miteinander um – aber sie hatten einen gemeinsamen Feind, den Tod, und was auf der Welt kann Menschen entzweien, die gemeinsam dem Tod ausgeliefert sind?

Als Djomka alles aufgeschrieben hatte, sagte er mit rauher Stimme, langsam, nicht seinem Alter entsprechend: «Ja ... und woher sollen wir die Birken nehmen, wenn es hier keine gibt?»

Sie seufzten unwillkürlich. Die vor langer Zeit Rußland verlassen hatten (einige sogar freiwillig) oder auch niemals dort gewesen waren, sahen das anspruchslose, nie von der Sonne verbrannte Land vor sich, unterm Schleier eines leichten, warmen Regens, beim Frühlingshochwasser – diese stille Landschaft mit gewundenen Feld- und Waldwegen, mit den unscheinbaren Bäumen, die dem Menschen so sehr dienen und nützen. Die dort leben, verstehen ihre Heimat gar nicht immer, sie sehnen sich nach einem strahlend blauen Meer und Bananenstauden, dort aber gibt es, was sie brauchen: die schwarze, unförmige Wucherung auf einem weißen Birkenstamm, die Krankheit, die Geschwulst des Baumes.

Nur Mursalimow und Jegenberdijew hatten Kostoglotows Erzählung so verstanden, daß es auch hier – in der Steppe und im Gebirge – das geben müsse, was sie brauchten. Denn an jedem Ort der Erde ist für den Menschen gesorgt, er muß nur zu suchen verstehen.

«Wir müssen jemanden finden, der uns den Birkenschwamm sammelt und herschickt», antwortete der Geologe auf Djomkas Frage. Anscheinend hatte ihm der Gedanke mit dem Tee sofort gefallen.

Kostoglotow, der doch alles ausfindig gemacht hatte, wußte niemanden in Rußland, den er darum bitten könnte. Seine Bekannten waren entweder gestorben oder verzogen, an einige konnte er sich nicht gut wenden, wieder andere waren geschniegelte Stadtmenschen, sie würden die richtige Birke nicht finden, geschweige denn den Rindenschwamm. Am liebsten würde er selbst wie ein Tier, wie ein kranker Hund, in die Wälder gehen, sich den Birkenschwamm holen, ihn zerstoßen und am Feuer zubereiten, den Sud trinken und allmählich gesund werden. Monatelang durch die Wälder streifen und keine andere Sorge kennen als die eigene Gesundheit.

Aber der Weg nach Rußland war ihm verboten.

Und die anderen hier hatten die Weisheit des lebensnotwendigen Verzichts nicht begriffen, sie besaßen nicht die Fähigkeit, alles außer dem Einen von sich abzuschütteln. Sie sahen Hindernisse, wo es keine gab: Sie dachten an den Krankenschein oder die Urlaubsgenehmigung, an die Trennung von der Familie, an Geld, an Kleidung für solch ein Unternehmen, an die Ungewißheit, den richtigen Ort zu finden.

Kostoglotow schlug mit der Hand auf den Brief und sagte: «Er erwähnt übrigens, daß es Zwischenhändler gibt, findige Leute, die den Birkenschwamm sammeln, trocknen und per Nachnahme verschicken, aber sie nehmen viel Geld dafür – fünfzehn Rubel pro Kilogramm, im Monat braucht man aber sechs Kilogramm.»

«Woher nehmen sie überhaupt das Recht?» regte Pawel Nikolajewitsch sich auf, und sein Gesicht wurde so obrigkeitsstreng, daß jeder Zwischenhändler bei seinem Anblick vor Angst in die Hosen gemacht hätte. «Die machen sich wohl kein Gewissen daraus, so viel Geld zu verlangen für etwas, das die Natur umsonst gibt!»

«Schrei nicht so!» zischte Jefrem ihn an. (Er sprach die Worte besonders nachlässig aus, halb absichtlich, halb unwillkürlich.) «Denkst du, man holt sich den Rindenschwamm so beim Spazierengehn? Man muß mit Sack und Axt in den Wald gehen, im Winter auch noch auf Skiern.»

«Aber fünfzehn Rubel für ein Kilogramm, diese verdammten Spekulanten!» Rusanow war nicht gewillt nachzugeben, und auf seinem Gesicht erschienen wieder die roten Flecken.

Die Frage hatte eine prinzipielle Bedeutung. Im Laufe seines Lebens hatte Rusanow die unumstößliche Überzeugung gewonnen, daß alle Fehlkalkulationen, alle mangelhaften Produkte, alle Verluste durch Spekulation und Schieberei verursacht wurden. Das fing schon damit an, daß unregistrierte Personen auf den Straßen Lauch, Radieschen und Blumen verkauften, daß alte Frauen auf dem Markt Milch und Eier anboten, daß die Bauern auf den Bahnstationen Äpfel, Wollsocken oder gebratenen Fisch loswerden wollten. Bis zu den schweren Fällen, in denen ganze Lastwagen mit staatlichen Materiallieferungen unter der Hand verschwanden. Erst wenn alle diese Schiebereien mit der Wurzel ausgerottet sind, wird alles besser werden und die Wirtschaft einen erstaunlichen Aufschwung nehmen. Dagegen war es gar nicht anstößig, wenn man seine materielle Basis durch ein hohes staatliches Gehalt mitsamt einer ansehnlichen Pension festigte (Pawel Nikolajewitsch träumte schon lange von einer persönlichen Pension). Natürlich gehörten auch ein Auto, eine Datscha und ein größeres Wohnhaus dazu. Aber die gleiche Datscha, das gleiche Auto, bekamen einen geradezu verbrecherischen Anstrich, wenn sie durch Spekulation erworben waren. Pawel Nikolajewitsch träumte deshalb – ja er *träumte* von der Einführung öffentlicher Hinrichtungen für Spekulanten. Öffentliche Hinrichtungen könnten zu einer schnellen und gründlichen Gesundung der Gesellschaft beitragen.

«Nun gut», wurde auch Jefrem böse, «schrei nicht, sondern fahr selbst hin und organisier die Beschaffung der Rindenschwämme. Von mir aus eine staatliche. Oder eine genossenschaftliche. Und wenn dir fünfzehn Rubel zuviel sind, dann bestell lieber nichts.»

Rusanow hatte begriffen, daß hier der wunde Punkt war. Er haßte zwar das Spekulantentum, aber bis die Akademie der Wissenschaften das neue Heilmittel geprüft und die Genossenschaft der mittelrussischen Gebiete die reibungslose Beschaffung organisiert hätte – würde seine Geschwulst nicht warten.

Der stimmlose Neuling kletterte wie der Reporter einer großen Zeitung auf Kostoglotows Bett und versuchte, mit heiserem Flüstern die Adressen der Zwischenhändler in Erfahrung zu bringen: «Von den Adressen steht nichts im Brief?»

Auch Pawel Nikolajewitsch wartete mit dem Bleistift in der Hand. Aber Kostoglotow reagierte nicht. Ob im Brief eine Adresse stand oder nicht – er gab keine Antwort, stieg vom Fensterbrett herunter und begann unter dem Bett nach seinen Stiefeln zu suchen. Dort versteckte er sie allen Vorschriften des Krankenhauses zum Trotz für seine Spaziergänge.

Djomka legte sein Rezept sorgfältig in die Nachttischschublade, und da er nicht mehr erfuhr, streckte er sein Bein vorsichtig auf dem Bett aus. Soviel Geld besaß er jetzt nicht und würde er nie besitzen.

Die Birke half vielleicht, aber nicht allen.

Rusanow war es sehr peinlich, daß er – nach dem Zusammenstoß mit Oglojed, und nicht dem ersten innerhalb dreier Tage – sich so offen für die Erzählung interessierte und ohne die Adresse nichts anfangen konnte. Und um Oglojed ein wenig zu schmeicheln, sagte er – im übrigen ganz aufrichtig, indem er unwillkürlich das hervorhob, was sie beide verband: «Was kann es Schlimmeres geben als ... (Krebs? Aber er hatte doch keinen Krebs) als diese onkologischen ... und Krebs?»

Aber Kostoglotow rührte die Vertraulichkeit des Älteren und Höhergestellten überhaupt nicht. Während er seine Füße mit den Lappen umwickelte, die er im Stiefelschaft hatte trocknen lassen, und die scheußlichen Gummistiefel mit den groben Flicken anzog, platzte er heraus: «Was schlimmer ist als Krebs? Lepra!»

Das bedrohliche, düstere Wort verhallte im Zimmer wie eine Salve.

Pawel Nikolajewitsch zeigte ein versöhnliches Lächeln: «Nun, wie soll ich es sagen? Warum eigentlich schlimmer? Der Prozeß dauert nur länger.»

Kostoglotow richtete einen dunklen, feindseligen Blick auf die helle Brille und die hellen Augen Pawel Nikolajewitschs.

«Deswegen schlimmer, weil man sie schon lebend aus der Welt verbannt, von ihren Verwandten trennt und hinter Stacheldraht setzt. Meinen Sie, das wäre leichter zu ertragen als eine Geschwulst?»

Pawel Nikolajewitsch fühlte sich hilflos dem brennenden Blick dieses ungehobelten Menschen ausgeliefert.

«Nun, ich will ja nur sagen – alle diese verdammten Krankheiten ...»

Jeder intelligente Mensch hätte verstanden, daß man dem anderen entgegenkommen muß, Oglojed wollte das offenbar nicht begreifen. Er würdigte das diplomatische Verhalten Pawel Nikolajewitschs gar nicht. Er hatte sich bereits zu seiner ganzen schlaksigen Länge erhoben und den schmutziggrauen Frauenmorgenrock aus Barchent übergezogen, der fast bis zu den Stiefeln reichte und ihm auf seinen Spaziergängen als Mantel diente. In der Meinung, es klinge besonders gelehrt, erklärte er selbstzufrieden: «Ein Philosoph hat einmal gesagt: Wenn der Mensch niemals krank wäre, könnte er seine Grenzen nicht erkennen.»

Aus einer Tasche des Morgenrocks nahm er einen zusammengerollten Uniformgürtel von etwa vier Finger Breite, mit einem fünfzackigen Stern auf der Schnalle, schlang ihn vorsichtig um die Taille, um die Geschwulst nicht zu drücken. Und während er eine von den billigen Papirosy, die beim Rauchen immer ausgehen, zwischen den Fingern rollte, ging er zur Tür. Der Interviewer mit der tonlosen Stimme wich zur Seite, als Kostoglotow zwischen den Betten hindurchging. Obwohl er wie ein Bankier oder Minister aussah, fragte er so flehentlich, als sei Kostoglotow eine Leuchte der Onkologie, die dieses Gebäude für immer verließ: «Sagen Sie doch ungefähr, in wie vielen von hundert Fällen eine Kehlkopfgeschwulst Krebs bedeutet.»

Niemand sollte sich über Krankheiten oder den Kummer anderer lustig machen, aber Krankheit und Kummer müssen auch so ertragen werden, daß sie nicht zum Lachen reizen. Kostoglotow sah das verwirrte, ängstliche Gesicht dieses Mannes vor sich, der heute wie ein Irrlicht im Krankensaal aufgetaucht war und vor seiner Krankheit wahrscheinlich ganz selbstsicher dahingelebt hatte. Sogar die verständliche Geste, daß er die Finger im Gespräch an die schmerzende Kehle hielt, wirkte lächerlich.

«In vierunddreißig Fällen», lächelte Kostoglotow den Stimmlosen an und trat zur Seite.

Hatte er heute auch nicht zuviel Theater gemacht? Hatte er nichts Überflüssiges oder Unangebrachtes gesagt?

Der aufgeregte Interviewer ließ nicht von ihm ab, er lief hinter Oleg die Treppe hinab, beugte sich in all seiner Stattlichkeit herunter und krächzte ihm über die Schulter zu: «Was meinen Sie, Genosse – wenn meine Geschwulst nicht mehr schmerzt, bedeutet das Besserung oder Verschlechterung? Oder etwas ganz anderes?»

Lästige, hilflose Menschen.

«Was sind Sie denn?» fragte Kostoglotow stehenbleibend.

«Lektor», sagte der Bankdirektor mit seinem gepflegten grauen Haar und blickte Kostoglotow hoffnungsvoll wie einen Arzt an. «Philosoph», verbesserte er sich und blieb auch stehen. Er hatte Kostoglotow seine unpassenden und ungeschickten Zitate aus der Philosophiegeschichte bereits verziehen. Er wollte ihn nicht mehr deswegen tadeln, aber er mußte die Anschriften der Zwischenhändler haben.

«Lektor, und dann ausgerechnet die Kehle», Kostoglotow schüttelte den Kopf.

Er bereute es nicht, daß er im Zimmer die Adressen verschwiegen hatte. Nach den Begriffen des Milieus, in dem er sieben Jahre lang durch die Mühle gedreht worden war, konnte nur ein kleiner Halsabschneider so handeln: Alle stürzen sich auf die Zwischenhändler, die Preise steigen, und man bekommt keinen Rindenschwamm mehr. Aber er war auch nicht verpflichtet, die Adressen einzelnen zu geben. Diesem Geologen, mit dem er noch keine zehn Worte gesprochen hatte, würde er sie zwar geben, einfach weil sein Gesicht ihm gut gefiel und das, was er über die Friedhöfe gesagt hatte. Auch Djomka könnte sie bekommen, aber Djomka hatte kein Geld (dabei hatte Oleg selbst keins, um den Rindenschwamm zu kaufen). Auch Federau sollte sie ruhig bekommen und Ni und Sibgatow – Kameraden im Unglück. Aber sollte doch jeder einzeln darum bitten, und wenn er es bleiben ließe – passé. Und dieser Lektor, dieser Philosoph hier, fuhr es Oleg durch den Kopf – ein verrückter Mensch, was er wohl in seinen Vorlesungen alles zum besten gibt? Vielleicht vernebelt er nur die Köpfe?... Und was taugt seine ganze Philosophie, wenn die Krankheit ihn so aus dem Konzept bringen kann?! Aber man mußte bedenken, daß es ausgerechnet die Kehle war! «Notieren Sie die Adresse!» kommandierte Kostoglotow. «Nur für Sie!»

Der Philosoph beugte sich mit dankbarer Eilfertigkeit über sein Papier. Oleg ließ ihn stehen und ging rasch hinaus, um noch zu seinem Spaziergang zu kommen, ehe die Außentür geschlossen würde. Draußen auf der Treppe war kein Mensch.

Oleg atmete glücklich die kühle, unbewegliche Luft ein; ohne aber die Lungen ganz mit der reinen Luft zu füllen, zündete er sich eine Zigarette an, die zum Glück gehört (obgleich nicht nur Doktor Donzowa, sondern auch Maslennikow in seinem Brief vor dem Rauchen gewarnt hatten).

Es war vollkommen windstill und nicht sehr kalt. Im Widerschein eines Fensters glänzte eine Pfütze, das Wasser schimmerte schwarz. Der 5. Februar erst – und doch schon Vorfrühling, ungewöhnlich. Ein leichter Dunstschleier hing in der Luft, so leicht, daß er nichts verhüllte, sondern die fernen Lichter von Straßenlampen und Fenstern nur weniger grell erscheinen ließ.

Links von Oleg strebten vier Pyramidenpappeln steil in die Höhe, über das Dach hinaus, wie vier Brüder. Gegenüber stand eine Pappel allein, mit weitausgreifenden Ästen, ebenso hoch wie die vier. Dahinter begann das Gewirr der anderen Bäume im Park. Die geländerlose Steintreppe der Station dreizehn führte in wenigen Stufen zu einer abschüssigen Asphaltallee, die an beiden Seiten von Hecken begrenzt war. Bäume und Sträucher waren noch kahl, aber auch ohne Laub wirkten sie lebendig.

Oleg wollte durch die Alleen des Parks gehen, mit jedem Schritt und Druck des Fußes auf dem festen Grund die Freude spüren, die Freude des lebendigen Menschen mit gesunden Gliedmaßen. Aber die Aussicht von der Treppe fesselte ihn, und er rauchte seine Zigarette dort zu Ende.

Weiches Licht fiel aus den Fenstern der gegenüberliegenden Gebäude. In den Alleen war fast niemand mehr unterwegs. Und wenn von hinten nicht der Lärm der nahe gelegenen Eisenbahn störte, könnte man das gleichmäßige Rauschen des Flusses hören, eines eiligen Gebirgsflusses, der unten in der Schlucht, hinter den letzten Klinikgebäuden, schäumte und toste.

Noch weiter, hinter dem Fluß, lag ein anderer Park, der zur Stadt gehörte; aus dieser Richtung, wahrscheinlich aus den geöffneten Fenstern eines Klubhauses, hörte er Tanzmusik, gespielt von einer Blaskapelle. Es war Samstagabend – da wurde getanzt.

Oleg war noch erregt, daß er heute so viel gesprochen und sie ihm zugehört hatten. Stark empfand er das plötzlich zurückgekehrte Leben, mit dem er noch vor zwei Wochen für immer abgeschlossen zu haben glaubte. Zwar versprach dieses Leben ihm nichts von dem, was die Menschen dieser Stadt für gut hielten und worum sie kämpften: weder eine Wohnung noch ein Vermögen, noch gesellschaftliches Ansehen oder Geld – dafür aber andere, eigene Freuden, die zu schätzen er nicht verlernt hatte: das Recht umherzugehen, ohne auf einen Befehl zu warten; das Recht auf Einsamkeit; das Recht, Sterne zu betrachten, die nicht von den Lampen der Lagerzone verdeckt wurden; das Recht, nachts das Licht auszulöschen und im Dunkeln zu schlafen, Briefe in einen Postkasten zu werfen, sonntags auszuruhen, im Fluß zu baden und vieles mehr.

Und auch das Recht – sich mit Frauen zu unterhalten.

Alle diese zahllosen, wunderbaren Rechte gab ihm die Genesung zurück.

Und er stand da, rauchte und freute sich.

Immer noch ertönte die Musik aus dem Park. Oleg hörte sie – aber er vernahm eine andere Musik, die vierte Symphonie von Tschaikowskij – ihren unruhigen, schweren Anfang, die staunenerregende Anfangsmelodie. Diese Melodie legte Oleg auf seine Weise aus (vielleicht mußte man sie anders verstehen), ihm war, als kehre jemand ins Leben zurück oder sei blind gewesen und nun wieder sehend geworden: Er tastet gleichsam, gleitet mit der Hand über die Gegenstände, über ein geliebtes Gesicht – er fühlt und fürchtet sich noch, an sein Glück zu glauben: daß diese Gegenstände Wirklichkeit sind, daß seine Augen wieder sehen können.

12

Als Soja sich am Sonntagmorgen eilig anzog, fiel ihr ein, daß Kostoglotow sie gebeten hatte, beim nächsten Dienst wieder das grau-goldene Kleid zu tragen. Er hatte den Halsausschnitt nur abends unter ihrem Kittel gesehen. Uneigennützige Bitten erfüllt jeder gern. Sie zog das Kleid gern an, denn es war fast ein Sonntagskleid; sie hoffte, daß sie nicht so viel zu tun haben würde und sich mit Kostoglotow, der sie besuchen wollte, unterhalten könnte. Nachdem sie sich also blitzschnell entschlossen hatte, streifte sie das gewünschte Kleid über, besprühte es mit ein wenig Parfum und kämmt sich die Ponyfransen. Es war schon sehr spät, den Mantel zog sie erst in der Tür über, und die Großmutter konnte ihr gerade noch das Frühstück in die Tasche stecken.

Es war ein kühler, aber nicht mehr winterlicher Morgen. In Rußland würde man bei diesem Wetter einen Regenmantel tragen. Hier im Süden hatte man andere Vorstellungen von Kälte und Hitze: Wenn die heiße Zeit beginnt, trägt man noch Wollanzüge, den Mantel trägt man länger und schon früh im Jahr, und wer einen Pelz besitzt, wartet ungeduldig auf die wenigen Frosttage.

An der Ecke sah Soja die Straßenbahn kommen, lief ihr einen Häuserblock weit nach, sprang als letzte auf und blieb atemlos mit rotem Gesicht auf der hinteren offenen Plattform stehen. Die Straßenbahnen in dieser Stadt fuhren langsam, lärmend und kreischten an den Biegungen schrill in den Gleisen; sie hatten auch noch keine automatisch schließenden Türen.

Die Atemlosigkeit und sogar das Stechen in der Brust störten nicht, denn beides verging sofort – und machte Soja erst recht ihren gesunden Körper und ihre Sonntagslaune bewußt. Während der Institutsferien kam ihr die Arbeit in der Klinik – dreieinhalb Tage in der Woche – leicht vor, fast wie eine Erholung. Natürlich wäre alles einfacher ohne den Dienst, aber Soja hatte sich an die doppelte Belastung gewöhnt: Zwei Jahre studierte sie schon und arbeitete nebenher. Die Klinikarbeit war nicht sehr ergiebig für ihr Studium. Soja arbeitete auch nicht deswegen, sondern um Geld zu verdienen: Großmutters Pension reichte gerade für ein Butterbrot, und das Stipendium hatte Soja jedesmal sofort ausgegeben. Der Vater schickte kein Geld, sie hätte ihn auch nicht darum gebeten. Von einem solchen Vater nahm sie nichts an.

An den zwei freien Tagen seit der letzten Nachtwache war Soja nicht müßig gewesen, das hatte sie noch nie gekonnt. Als erstes setzte sie sich an eine leichte Bluse aus Georgette, für den Frühling, den Stoff hatte sie schon im Dezember gekauft (die Großmutter pflegte zu sagen: «Mach den Schlitten im Sommer fertig, den Wagen im Winter.» Getreu diesem Sprichwort gab es die besten Sommersachen im Winter zu kaufen). Soja nähte auf einer alten Singer-Nähmaschine (sie hatten sie aus Smolensk mitgebracht), die ersten Nähanleitungen erhielt sie auch von der Großmutter. Sie war aber zu altmodisch, und Soja sah den Nachbarinnen oder Bekannten mit flinken Augen ab, was sie gebrauchen konnte, und erkundigte sich bei allen, die einen Schneiderkurs mitgemacht hatten. Denn dazu hatte Soja keine Zeit. Die Bluse wurde in diesen zwei Tagen zwar nicht fertig, dafür brachte Soja den alten Sommermantel noch zur Reinigung. Außerdem fuhr sie auf den Markt, Kartoffeln und Gemüse besorgen, feilschte dort wie ein alter Geizhals um die Preise und trug zwei schwere Einkaufstaschen nach Hause (die Großmutter stand in den Geschäften Schlange, aber Schweres schleppen konnte sie nicht mehr). Auch in die Badeanstalt war Soja noch gegangen. Nur zum Ausruhen und Lesen hatte sie keinen Augenblick mehr gefunden. Aber gestern abend war sie noch mit ihrer Studienkollegin Rita im Haus der Kultur zum Tanzen gewesen.

Soja hätte sich etwas Lebendigeres und Frischeres vorstellen können als diese Klubs. Aber es gab keine andere Möglichkeit, junge Leute kennenzulernen. In ihrem Semester und in ihrem Fach waren zwar viele Russinnen, aber fast keine Jungen aus Rußland. Daher schätzte sie auch die vom Institut veranstalteten Abende gar nicht.

Das Haus der Kultur war weiträumig, sauber, gut geheizt, mit Marmorsäulen und Marmortreppen, mit überhohen Spiegeln in Bronzerahmen – beim Tanzen konnte man sich ganz von weitem darin sehen – und mit teuren, bequemen Sesseln (nur waren sie in Überzüge gesteckt und das Sitzen darin verboten). Soja war seit Silvester nicht hier gewesen, weil man sie an jenem Abend geärgert hatte. Damals fand ein Maskenball mit Preisverteilung für die besten Kostüme statt, und Soja nähte sich ein Affenkostüm mit einem prächtigen Schwanz. Alles war ausgezeichnet aufeinander abgestimmt: die Frisur, die angedeutete Maske, die Farben, das ganze Kostüm war ebenso komisch wie schön, sie rechnete schon mit dem ersten Preis, obwohl sie viele Konkurrentinnen hatte. Aber kurz vor der Preisverteilung schnitten ein paar Rüpel den Schwanz mit einem Messer ab und versteckten ihn. Soja brach in Tränen aus – nicht einmal nur wegen dieser Gemeinheit, sondern weil alle ringsum zu lachen anfingen und diese Geschmacklosigkeit für geistreich hielten. Ohne den Schwanz wirkte das Kostüm aber nicht mehr, Soja hatte auch ihre gute Laune verloren – und bekam keinen Preis.

Noch gestern abend erinnerte sie sich daran, verletzt und ein wenig böse, als sie den Klub betrat. Aber niemand dachte mehr an den Vorfall mit dem Affenkostüm. Das Publikum war bunt zusammengewürfelt – Studenten aus verschiedenen Instituten und Fabrikarbeiter. Soja und Rita brauchten nicht ein einziges Mal miteinander zu tanzen, sofort wurden sie getrennt, und drei Stunden drehten und wiegten sie sich, stampften den Rhythmus zu den Klängen des Blasorchesters. Der Körper verlangte nach dieser Anstrengung, diesen Drehungen und Bewegungen, und den ganzen Körper ergriff ein Wohlgefühl bei dem, was das Wichtigste am Tanz ist: das offene Aneinanderschmiegen. Die Kavaliere sprachen wenig: Wenn sie mal einen Scherz machten, kam er Soja dumm vor. Später begleitete Kolja, ein Techniker, sie nach Hause. Auf dem Wege unterhielten sie sich über indische Filme, über das Schwimmen; von etwas Ernsthaftem zu reden wäre ihnen lächerlich erschienen. Am Hauseingang angekommen, wo es dunkel war, küßten sie sich. Die meisten Küsse bekam Sojas Busen, der keinem Mann Ruhe ließ. Wie heftig er sie umarmte! Und versuchte, sie überall zu streicheln. Soja gefiel es, aber plötzlich wurde sie gleichgültig bei dem Gedanken, daß sie hier die Zeit vertrödelte und am Sonntag früh aufstehen mußte. Sie verabschiedete sich schnell und lief die alte Treppe hinauf.

Unter Sojas Freundinnen, besonders unter den Medizinerinnen, herrschte die Meinung, daß man vom Leben soviel wie möglich und so früh wie möglich *mitnehmen* solle. Gegen den allgemeinen Strom dieser Überzeugung im ersten Studienjahr, ja sogar noch im dritten so etwas wie eine alte Jungfer zu bleiben, wenn auch mit ausgezeichneten theoretischen Kenntnissen, war einfach unmöglich. Auch Soja machte ihre Erfahrungen, erlebte einige Male alle Stufen der Annäherung, die Eroberung, die Gewalt und die tollen Minuten, in denen man sich nicht rühren kann, mag das Haus in die Luft gehen; auch jene Augenblicke erschöpfter Beruhigung, wenn man vom Boden und von den Stühlen die verstreuten Kleidungsstücke aufsammelt, die man sonst um keinen Preis voreinander sehen ließe, aber jetzt ist nichts Außergewöhnliches dabei.

Es waren wirklich starke Erlebnisse, und noch vor dem dritten Studienjahr hatte Soja die Kategorie der alten Jungfer hinter sich gelassen – trotzdem war das alles noch nicht *das Entscheidende*. Allen Erlebnissen fehlte noch die bewußte Dauer, die Beständigkeit im Leben, ja das Leben selbst erst ermöglicht.

Soja war erst dreiundzwanzig Jahre alt, aber sie hatte schon eine Menge gesehen und erfahren: die langwierige, nervenaufreibende Evakuierung aus Smolensk, im Güterzug, dann auf einem Lastkahn, danach wieder im Güterwagen; besonders deutlich erinnerte sie sich an einen Nachbarn im Güterwagen, der jedem einzelnen sein Eckchen auf den Pritschen mit einem Bindfaden abmaß und dabei bewies, daß Sojas Familie zwei Zentimeter zuviel Platz belegt hatte; sie erinnerte sich an das mühselige Hungerdasein in dieser Stadt während der Kriegsjahre, als man nur noch über Lebensmittelkarten und Schwarzmarktpreise sprach; als Onkel Fedja ihr, Soja, heimlich ein Stückchen Brot aus dem Nachttisch entwendete; und jetzt in der Klinik – diese bösartigen Krebsleiden, Schicksale ohne Hoffnung, trostlose Krankengeschichten und Tränen.

Dagegen waren alle Umarmungen und Zärtlichkeiten nur süße Tropfen im salzigen Meer. Satt trinken konnte man sich nicht an ihnen.

Bedeutete das nun, daß man unbedingt heiraten sollte? Daß in der Ehe das Glück lag? Die jungen Männer, mit denen sie tanzen ging und ihre freie Zeit verbrachte, ließen einer wie der andere durchblicken, daß es ihnen nur um ein wenig Zärtlichkeit und ihr Vergnügen ging. Und unter sich sagten sie: «Ich würde ja heiraten, aber für einen oder zwei Abende kann ich immer eine *Freundin* finden. Warum dann heiraten?»

Ja, warum sollten sie heiraten, wenn die Frauen heute es ihnen so leicht machten? Es war wie auf dem Markt: Niemand kauft Tomaten für den dreifachen Preis, wenn das Angebot reichlich ist, sie bleiben liegen und verfaulen – ebenso unmöglich ist es, unnahbar zu bleiben, wenn alle anderen nachgiebig sind.

Da nützte auch das Standesamt nichts, wie Soja aus dem Schicksal der ukrainischen Krankenschwester Maria gelernt hatte, mit der sie sich im Dienst oft abwechselte: Maria hatte sich auf das Standesamt verlassen, aber nach einer Woche ließ ihr Mann sie allein, fuhr fort auf Nimmerwiedersehen. Seit acht Jahren mußte sie für ihr Kind sorgen und galt noch als verheiratet.

Deshalb war Soja, wenn ihre gefährliche Zeit begann, an solchen Abenden besonders vorsichtig – wie ein Pionier im Minenfeld.

Aber näher als Marias Schicksal war Soja die schlechte Ehe der eigenen Eltern, die sich beständig stritten, wieder versöhnten, eine Zeitlang getrennt lebten, wieder zueinander zurückkehrten und einander von neuem quälten. Schwefelsäure zu trinken wäre nicht schlimmer, als den gleichen Fehler zu machen wie die Mutter.

In solch einem Fall half eben kein Standesamt.

Ihren Körper, das Verhältnis seiner Glieder zueinander wie auch das Leben als Ganzes empfand Soja als ein Gleichmaß und eine Harmonie. Und nur dieser Harmonie gemäß konnte sich jede Erweiterung, jede Entfaltung ihres Lebenskreises vollziehen.

Ein Mensch wie Kolja aber, der ihr in Pausen zwischen den Zärtlichkeiten seiner Hände dumme, abgeschmackte Redensarten aus einem Film sagte, zerstörte diese Harmonie nur und gefiel ihr im Grunde gar nicht.

So ließ Soja sich bis zum Ende der Fahrt von der Straßenbahn auf der hinteren Plattform durchschütteln, wo die Schaffnerin laut mit einem jungen Mann schimpfte, der keinen Fahrschein hatte (er hörte ihr aufmerksam zu und kaufte auch dann keinen). Als die Straßenbahn an der Endstation wendete, wo sich schon die Wartenden drängten, sprang der gemaßregelte junge Mann noch im Fahren ab, ihm nach ein kleiner Bub und Soja, weil es für sie von hier aus näher zur Klinik war.

Es war schon eine Minute nach acht, Soja eilte im Laufschritt den gewundenen asphaltierten Weg des Klinikviertels entlang. Als Krankenschwester durfte sie eigentlich nicht so rennen, aber als Studentin – das war etwas anderes.

Bis sie die Krebsstation erreicht, den Mantel ausgezogen und den Schwesternkittel übergeworfen hatte und die Treppe hinaufgelaufen war, vergingen zehn Minuten, und es wäre ihr schlecht bekommen, wenn Olimpiada Wladislawowna oder Maria vor ihr Dienst gehabt hätte: Sogar Maria hätte ihr wegen der zehn Minuten mit bösem Gesicht einen Verweis erteilt, als verpaßte sie die halbe Schicht. Zum Glück löste sie heute den Studenten Turgun ab, einen Karakalpaken, der immer großzügig war, besonders ihr gegenüber. Zur Strafe wollte er ihr einen Klaps auf den verlängerten Rücken geben, sie wehrte sich lachend und schubste ihn die Treppe hinunter. Obwohl noch Student, hatte man ihn im Rahmen der Nationalitätenpolitik bereits zum leitenden Arzt eines Dorfkrankenhauses (der karakalpakischen autonomen Republik) ernannt, und so leichtsinnig konnte er sich nur noch in diesen letzten freien Monaten benehmen. Turgun hinterließ Soja das Aufgabenheft und einen besonderen Auftrag von der Oberschwester Mita. Sonntags war keine Visite, keine Behandlung, keine Transfusion zu machen, dafür hatten die Schwestern die zusätzliche Sorge, daß die Verwandten der Kranken nicht einfach ohne Erlaubnis des diensthabenden Arztes bis in die Zimmer vordrangen – und nun hatte Mita dem Tagesdienst auch noch einen Teil ihrer endlosen Statistik übertragen, mit der sie nie fertig wurde. Heute mußte ein dicker Packen aus der Krankenkartei vom Dezember vergangenen Jahres, 1954, durchgearbeitet werden. Soja spitzte die Lippen, als wolle sie pfeifen, fuhr mit dem Daumen an einer Ecke des Kartenstapels entlang und überlegte, wieviel Zeit ihr zum Ausruhen bleiben würde – als sie neben sich einen großen Schatten sah. Kein bißchen überrascht wandte sie den Kopf (das kann man auf ganz verschiedene Weise tun) und erblickte neben sich Kostoglotow. Er war sorgfältig rasiert, sah fast gekämmt aus, und nur die Narbe am Kinn gab ihm wie immer ein abenteuerliches Aussehen.

«Guten Morgen, Sojenka», sagte er gentlemanlike.

«Guten Morgen», nickte sie flüchtig, scheinbar unzufrieden oder ein wenig unschlüssig, in Wirklichkeit aber ohne Grund.

Er betrachtete sie mit den großen dunkelbraunen Augen: «Ich sehe ja gar nicht, ob Sie meine Bitte erfüllt haben?»

«Welche Bitte?» Erstaunt runzelte Soja die Stirn (das konnte sie besonders gut).

«Erinnern Sie sich nicht? Und ich habe mir doch für diese Bitte etwas ausgedacht.»

«Sie haben sich meine ‹*Pathologische Anatomie*› geliehen – daran erinnere ich mich wohl.»

«Ich gebe sie Ihnen ja auch noch heute zurück. Vielen Dank dafür.»

«Sind Sie denn daraus klug geworden?»

«Ich glaube, das Nötige habe ich verstanden.»

«Hoffentlich hat das Buch Ihnen nicht geschadet?» fragte Soja ernst. «Ich habe mir hinterher Vorwürfe gemacht.»

«Nein, nein, liebe Soja», er strich ihr flüchtig über die Hand, «im Gegenteil, das Buch hat mich ermutigt. Sie sind ein Goldschatz, weil Sie es mir gegeben haben. Aber ...» er sah auf ihren Hals, «den obersten Kittelknopf, bitte, machen Sie den doch einmal auf.»

«Wieso?» Soja stellte sich überrascht (auch das gelang ihr ausgezeichnet). «Mir ist nicht zu heiß!»

«Doch, doch, Sie sind ja ganz rot.»

«Ach, wirklich», sie brach in ein zustimmendes Lachen aus, denn ihr war noch heiß vom Laufen und von der Neckerei mit Turgun. Und sie knöpfte den Kittel auf.

Im grauen Stoff schimmerten die Goldfäden.

Kostoglotow sah sie mit großen Augen an und sagte fast tonlos: «Das ist schön. Danke. Später lassen Sie mich mehr davon haben?»

«Das hängt davon ab, was Sie sich ausgedacht haben.»

«Ich verrate es Ihnen, aber jetzt noch nicht, ja? Wir werden den Tag doch zusammen verbringen?»

Soja machte kugelrunde Augen wie eine Puppe.

«Nur wenn Sie mir vorher helfen. Deshalb bin ich so ins Schwitzen geraten, weil ich heute viel zu tun habe.»

«Wenn Sie lebendige Menschen mit Nadeln stechen wollen – helfe ich Ihnen nicht dabei.»

«Wie wäre es denn mit der Krankenstatistik? Würde sie auch die Freude trüben? Also nach dem Frühstück die Statistik», lächelte Soja ihm aufmunternd zu.

Das Frühstück wurde schon in die Krankenzimmer gebracht.

Nach ihrem Nachtdienst hatte Soja noch am Freitag, neugierig geworden durch das Gespräch in der Registratur, Kostoglotows Krankenkarte angesehen.

Er hieß also Oleg Filimonowitsch (der schwerfällige Vatersname entsprach dem häßlichen Familiennamen, nur der Vorname klang etwas freundlicher). Geboren 1920 und mit vierunddreißig Jahren wirklich noch nicht verheiratet, kaum zu glauben, und er lebte in irgendeinem Usch-Terek. Er war gelernter Topograph und arbeitete jetzt als Agrotechniker.

Diese Angaben halfen ihr auch nicht weiter.

Heute früh hatte sie im Aufgabenheft gelesen, daß er seit Freitag täglich je zwei Kubikzentimeter Synestrol instrumuskulär injiziert bekam.

Diese Spritze mußte ihm der Abenddienst geben – sie also heute nicht. Soja zupfte an ihren zu einem Schnäuzchen vorgestülpten Lippen.

Nach dem Frühstück brachte Kostoglotow das Lehrbuch der ‹*Patho-*

logischen Anatomie› und wollte ihr helfen, aber Soja verteilte gerade die Medikamente, die drei- und viermal am Tag eingenommen werden mußten.

Schließlich setzten sich beide an den Schwesterntisch. Soja nahm ein großes Blatt für die graphische Darstellung, auf die alle Daten übertragen werden sollten. Sie begann zu erklären (dabei hatte sie selbst schon fast vergessen, was sie machen mußte) und mit einem großen, unhandlichen Lineal auf dem Papier zu hantieren.

Soja wußte, was sie im allgemeinen von ihren «Helfern» zu halten hatte – von den jungen Leuten und den alleinstehenden Älteren (auch den verheirateten): Meist gab es Plänkeleien, Scherze, einen Flirt und Fehler in den Listen. Aber Soja nahm die Fehler gern in Kauf, denn noch der gleichgültigste Flirt erschien ihr interessanter als alle bedeutungsvollen Listen. Soja hatte also nichts dagegen einzuwenden, dieses Spiel fortzusetzen, wenn es nur die Dienststunden verkürzte.

Um so mehr verwunderte es sie, daß Kostoglotow sofort alle Blicke und Anspielungen sein ließ, schnell begriffen hatte, worum es ging, und sogar umgekehrt ihr etwas erklärte. Er vertiefte sich in die Karten, rechnete die Zahlen aus – und sie zeichnete nur die Linien in die graphische Darstellung ein. «Neuroblastom», diktierte er, «Nasenhöhlensarkom ... Rückenmarkgeschwulst ...» Und was er nicht verstand, mußte sie ihm sofort erklären.

Sie mußten ausrechnen, wie viele Geschwülste von jedem Typ in dem bestimmten Zeitraum behandelt worden waren – getrennt nach Männern, Frauen und Altersgruppen. Außerdem den Anteil der verschiedenen Behandlungsarten. Und dann mußten für alle Unterteilungen die Ergebnisse nach den fünf möglichen Kriterien aufgeschlüsselt werden: Heilung, Besserung, keine Veränderung, Verschlechterung und Tod. Die Ergebnisse notierte Sojas Helfer besonders aufmerksam. Ihm war sofort aufgefallen, daß fast keine endgültigen Heilungen, aber auch wenig Todesfälle darunter waren.

«Aha, hier darf niemand sterben, sie entlassen die Kranken rechtzeitig», sagte Kostoglotow.

«Was sollen sie denn anderes tun, Oleg, sagen Sie doch selbst» (mit «Oleg» redete sie ihn an, um ihn für die Mitarbeit zu belohnen. Er merkte es und warf ihr einen Blick zu). «Wenn einem Kranken offensichtlich nicht geholfen werden kann und er nur noch Wochen oder Monate zu leben hat – warum dann mit ihm ein Krankenbett belegen? Andere, die geheilt werden können, stehen Schlange, um ins Krankenhaus aufgenommen zu werden. Außerdem haben die Inkurablen ...»

«Die was?»

«Die unheilbaren Kranken ... Sie haben mit ihrem Aussehen und ihren Gesprächen einen schlechten Einfluß auf die Heilbaren.»

Da saß Oleg am Schwesterntisch – und machte gleichsam einen Schritt vorwärts in seiner gesellschaftlichen Position und in der Erkenntnis der Welt. Jener Inkurable, dem nicht mehr zu helfen war, den im Krankenhaus zu behalten nicht mehr lohnte – war nicht er, Kostoglotow. Mit ihm sprach man bereits so, als werde er nicht sterben, als sei er kurabel. Dieser unverdiente Sprung von einem Zustand in einen anderen, verursacht durch die Laune überraschender Zusammenhänge, erinnerte ihn undeutlich an etwas, aber er konnte jetzt nicht darauf kommen.

«Ja, das ist ganz logisch. Aber hier zum Beispiel ist Asowkin gestrichen worden. Gestern hat man ihn in meiner Gegenwart entlassen ... ohne ein Wort der Erklärung, ohne überhaupt etwas zu sagen – und ich hatte das Gefühl, als sei ich auch an dieser Entlassung beteiligt.»

Er saß so, daß die Gesichtshälfte mit der Narbe von Soja abgewandt war, sein Gesicht wirkte gar nicht mehr hart.

Einträchtig, freundschaftlich wie bisher arbeiteten sie weiter und waren vor dem Mittagessen fertig.

Mita hatte zwar noch einen Auftrag hinterlassen: Die Laboranalysen mußten auf die Fieberkarten der Kranken übertragen werden, damit man weniger Blätter hatte, die an die Krankengeschichte geklebt wurden. Aber alles wollte Soja nicht an einem Sonntag erledigen, daher sagte sie: «Nun aber vielen Dank, Oleg Filimonowitsch.»

«Nicht doch, sagen Sie ruhig weiter Oleg!»

«Nach dem Essen müssen Sie sich ein wenig ausruhen ...»

«Ich ruhe mich niemals aus!»

«Aber Sie sind doch noch krank.»

«Es ist ganz eigentümlich, Soja, Sie brauchen nur die Treppe hinaufzukommen zu Ihrer Arbeit, und ich bin schon gesund.»

Er betrachtete sie vergnügt wie eine goldgelbe Pirogge und sah in diesem Augenblick wirklich ganz gesund aus.

«Nun gut», gab Soja nach (das hatte sie ja nur gewollt), «dieses Mal lade ich Sie in den Salon ein.»

Und sie wies mit dem Kopf in die Richtung des Sitzungszimmers der Ärzte.

Aber nach dem Mittagessen verteilte sie wieder Medikamente, außerdem mußte sie ein paar dringende Fälle im großen Frauensaal versorgen. Im Gegensatz zu allem Verfall und allen Krankheiten, die sie hier umgaben, empfand Soja ihre eigene unberührte Gesundheit bis in die Haut und in die Fingerspitzen. Mit besonderer Freude fühlte sie ihre festen Brüste schwer werden, wenn sie sich über ein Krankenbett beugte, fühlte, wie sie zitterten, wenn sie eilig lief. Schließlich hatte sie alles erledigt. Soja wies die Pflegerin an, keine Besucher in die Krankenzimmer zu lassen und sie zu rufen, wenn etwas Besonderes wäre. Sie nahm ihre Handarbeit mit, und Oleg betrat hinter ihr das Ärztezimmer.

Es war ein helles Eckzimmer mit drei Fenstern. Keineswegs mit persönlichem Geschmack eingerichtet – die Hand des Buchhalters und die des Chefarztes hatten offensichtlich mitgewirkt; die beiden Sofas, die im Zimmer standen, waren höchst unbequem – mit steifen Lehnen, die in den Rücken schnitten, und in den Spiegeln der Rückenlehnen konnte sich allenfalls eine Giraffe betrachten. Die Tische waren nach der üblichen bedrückenden Vorschrift für Amtsräume angeordnet: Quer zum massiven Schreibtisch des Vorsitzenden, der mit einer Strukturglasplatte bedeckt war, stand – natürlich in T-Form – der lange Tisch für die Sitzungsteilnehmer. Auf diesem Tisch lag, sozusagen im Samarkander Stil, eine himmelblaue Samtdecke – und ihr Himmelblau gab dem ganzen Zimmer eine heitere Note. Ein paar bequeme Sessel standen auch noch in loser Gruppe etwas vom Tisch entfernt und machten das Zimmer gemütlich.

Hier erinnerte nichts an die Klinik außer der Wandzeichnung *‹Der Onkologe›* zum Jahrestag der Revolution.

Soja und Oleg ließen sich in den bequemen Sesseln in der hellsten Ecke des Zimmers nieder, wo Agaventöpfe auf Gestellen standen; hinter der großen Scheibe des Hauptfensters aber breitete eine Eiche ihre Zweige bis zur zweiten Etage aus.

Oleg setzte sich nicht einfach hin – er nahm mit dem ganzen Körper auf, wie bequem der Sessel sich dem Rücken anschmiegte, wie ungezwungen sich Kopf und Hals hinten anlehnten.

«Was für ein Luxus!» sagte er. «Solch einen Luxus habe ich sicher seit fünfzehn Jahren nicht genossen.»

(Wenn ihm der Sessel so gut gefiel, warum hatte er sich noch keinen gekauft?)

«Und nun, was haben Sie sich also vorgenommen?» fragte Soja mit der Wendung des Kopfes und dem Augenausdruck, die zu dieser Frage gehörten.

Nachdem sie sich in dieses Zimmer zurückgezogen hatten, in diesen Sesseln saßen, um sich zu unterhalten – hing es nur von einem Wort, einem Ton, einem Blick ab, wie das Gespräch verlaufen würde, oberflächlich-glatt oder in tieferen Schichten. Soja war auch zum ersteren bereit, aber schon als sie das Zimmer betrat, hatte sie vorausgeahnt, daß es zum zweiten kommen würde.

Sie hatte sich nicht getäuscht. In den Sessel zurückgelehnt, ohne den Kopf zu heben, sagte Oleg feierlich – zum Fenster hinaus, über sie hinweg: «Ich habe überlegt ... Ob wohl ein Mädchen mit blonden Haaren ... zu uns ins Neuland kommen würde?»

Erst jetzt sah er sie an.

Soja hielt dem Blick stand.

«Was erwartet das Mädchen dort?»

Oleg seufzte.

«Ich habe es Ihnen schon erzählt. Wenig Erfreuliches. Eine Wasserleitung gibt es dort noch nicht. Bügeleisen nur auf Holzkohlenfeuer,

Petroleumlampen! Wenn es regnet, ist alles Schlamm, bei Trockenheit – Staub. Schön ist dort überhaupt nichts.»

Er hatte alles Abschreckende aufgezählt – als wolle er ihr keine Möglichkeit lassen, etwas zu versprechen. Wenn man sich niemals hübsch anziehen könnte, was würde das für ein Leben sein? Aber, wie angenehm das Leben in einer Großstadt auch sein mochte, Soja wußte, daß ausschlaggebend nicht die Stadt, sondern das eigene Herz war. Deshalb wollte sie zuerst einmal diesen Menschen verstehen, ehe sie bereit war, sich die Neulandsiedlung vorzustellen.

«Aber ich begreife nicht, was *Sie* dort festhält.»

Oleg brach in Lachen aus: «Das Innenministerium! Nichts weiter!» Sein Kopf lag immer noch so bequem auf der Sessellehne.

Soja runzelte die Stirn.

«Das hatte ich schon vermutet. Aber verzeihen Sie, Sie sind doch kein Tschetschene oder Kalmücke?»

«Ein hundertprozentiger Russe! Ich kann doch wohl schwarze Haare haben!»

Und er fuhr sich über den Kopf.

Soja zuckte mit den Achseln: «Warum denn – ausgerechnet Sie?»

Oleg seufzte wieder: «Oh, diese ahnungslose Jugend heute! Als wir aufwuchsen, hatten wir keine Ahnung vom Strafgesetzbuch, was für Paragraphen und Abschnitte es darin gibt und wie *frei* man sie interpretieren kann. Aber Sie leben hier im Zentrum des ganzen Gebietes und kennen nicht den elementaren Unterschied zwischen einem Zwangssiedler und einem Administrativverbannten.»

«Was ist denn der Unterschied?»

«Ich bin so ein Administrativverbannter, ich bin nicht als Angehöriger eines bestimmten Volksstammes deportiert worden, sondern *persönlich,* als Oleg Filimonowitsch Kostoglotow, verstehen Sie», er lachte, «sozusagen als ‹Ehrenbürger›, für den unter anständigen Bürgern aber kein Platz mehr ist.»

Seine schwarzen Augen funkelten sie an.

Sie erschrak nicht. Das heißt, sie erschrak wohl, doch nur kurz.

«Und ... für wieviel Jahre hat man Sie verbannt?» fragte sie leise.

«Auf ewig!» sagte er so laut, als ob er ihr einen Schlag versetzte.

Es dröhnte in ihren Ohren.

«Lebenslänglich?» fragte sie noch einmal fast flüsternd.

«Nein, ausdrücklich *auf ewig*!» beharrte Kostoglotow auf dem Wort. «Auf dem Papier stand ausdrücklich *auf ewig.* Wenn es lebenslänglich hieße, dann könnte man wenigstens eines Tages den Sarg fortbringen, aber wenn da für immer steht – dann ist wahrscheinlich nicht einmal das erlaubt. Mag auch die Welt untergehen – das ist ganz gleichgültig, die Ewigkeit ist länger.»

In diesem Augenblick krampfte sich ihr Herz wirklich zusammen.

All das war nicht von ungefähr – diese Narbe, sein harter Gesichtsausdruck. Vielleicht war er ein Mörder, ein Verbrecher, er könnte sie hier erdrosseln, es war für ihn ein leichtes, und sie hatte sich hier so unüberlegt in seine Gewalt begeben!

Trotzdem unterdrückte Soja ihren Wunsch, den Sessel so herumzudrehen, daß sie bei der ersten Gelegenheit davonlaufen konnte. Nur ihre Stickerei legte sie fort (sie hatte sowieso keinen Stich daran getan). Und während sie tapfer Kostoglotow ansah, der immer noch ruhig, entspannt im Sessel saß, fragte sie doch ein wenig aufgeregt: «Wenn es Ihnen zu schwerfällt, sagen Sie mir nichts. Aber wenn Sie es können, erklären Sie mir doch, dieses schreckliche Urteil – wofür?»

Aber Kostoglotow schien nicht nur unbeschwert zu sein von dem drükkenden Gedanken an ein Verbrechen, sondern antwortete auch noch mit einem unbekümmerten Lächeln: «Ein Urteil, Sojenka, hat es überhaupt nicht gegeben. Verbannt worden bin ich auf Grund einer – Anordnung.»

«Einer Anordnung?»

«Ja, so heißt das. Es ist so etwas wie eine Warenrechnung. Wie man etwas aus dem Magazin für sein Warenlager bestellt: soundso viele Säcke davon, soundso viele Fäßchen ... Verpackung usw. ...»

Soja griff sich an den Kopf: «Und alle – wurden so deportiert?»

«Nein, das kann man nicht sagen. Ziffer zehn allein verschicken sie noch nicht, aber Ziffer zehn und elf zusammen – das schon.»

«Was bedeutet das – Ziffer elf?»

«Elf?» Kostoglotow dachte nach. «Soja, ich erzähle Ihnen ein bißchen viel, seien Sie so vorsichtig wie möglich damit, sonst könnten Sie dafür büßen. Mein ursprüngliches Urteil – nach Ziffer zehn – lautete auf sieben Jahre. Wer weniger als acht Jahre bekam, hatte gar nichts begangen, und die Sache war einfach aus der Luft gegriffen, glauben Sie mir! Aber es gab noch Ziffer elf – für *Kollektiv*vergehen. An sich bedeutet Ziffer elf nur eine Freiheitsstrafe, wie groß die auch sein mag – aber da es sich um eine Gruppe handelte, wurden die Mitglieder für immer verbannt. Damit sie sich nie mehr am alten Ort treffen können. Ist das klar?»

Nein, es war ihr noch gar nicht klar.

«Es war also ...» sie versuchte abzuschwächen, «nun, wie sagt man doch – eine Bande?»

Da lachte Kostoglotow laut auf. Brach plötzlich ab und zog die Augenbrauen zusammen.

«Das haben Sie wirklich gut gemacht. Wie mein Untersuchungsrichter, dem genügte auch das Wort Gruppe nicht. Daher nannte er uns mit Vorliebe *Bande*. Ja, wir waren eine Bande von Studenten und Studentinnen im ersten Studienjahr.» Sein Gesicht hatte einen drohenden Ausdruck angenommen. «Ich verstehe, daß man hier nicht rauchen soll, daß es ein Vergehen ist, aber ich werde trotzdem rauchen, einverstanden? Wir trafen uns von Zeit zu Zeit, machten den Mädchen den Hof, tanzten mit ihnen, und wir Jungen sprachen auch noch über Politik. Und eben ... *darüber*. Verstehen Sie, uns gefiel das nicht, was wir ringsum sahen. Wir waren sozusagen nicht begeistert. Zwei von uns hatten den Krieg mitgemacht und erwarteten nun etwas anderes. Im Mai schnappten sie uns, vor den Prüfungen – auch die Mädchen.»

Soja war bestürzt ... Sie nahm ihre Stickerei vom Tisch. Einerseits erzählte er so gefährliche Dinge, die sie niemandem weitererzählen durfte, ja eigentlich nicht einmal anhören oder zufällig erfahren. Andererseits war sie erleichtert, daß er niemanden in eine dunkle Seitenstraße gelockt und erschlagen hatte.

Sie schluckte.

«Ich verstehe nicht ... Sie haben aber doch – irgend etwas *getan*?»

«Was heißt ‹etwas›?» Er zog den Zigarettenrauch ein und stieß ihn wieder aus, dieser große Mann mit der winzigen Zigarette. «Ich habe Ihnen doch schon gesagt, wir studierten. Tranken Wein, wenn das Stipendium ausreichte. Gingen auf Tanzabende. Die Mädchen haben sie gleichzeitig mit uns eingelocht. Und ihnen je fünf Jahre gegeben ...» Er sah sie eindringlich an. «Stellen Sie sich einmal vor, das wäre Ihnen passiert. Man nimmt Sie kurz vor der Abschlußprüfung des zweiten Semesters fest – und rein ins Loch.»

Soja legte die Stickerei wieder auf den Tisch.

All das Schreckliche, worauf sie sich vorher in Gedanken gefaßt gemacht hatte, war eigentlich nicht einmal schrecklich, sondern wirkte fast kindlich.

«Aber Sie, die Jungen – was wollten Sie denn damit?»

«Womit?» Oleg verstand sie nicht.

«Nun, das alles ... die Unzufriedenheit ... die Erwartung von irgend etwas ...»

«Ach, natürlich! Natürlich!» Oleg lachte resigniert auf. «Der Gedanke ist mir noch gar nicht gekommen. Sie haben sich wieder einmal mit meinem Untersuchungsrichter getroffen, Soja. Er sagte damals genau dasselbe. Dieser Sessel ist zu gemütlich! Auf einem Bett zu sitzen macht keinen so großen Spaß.»

Oleg rekelte sich genußvoll und sah, während er an der Zigarette zog, blinzelnd durch die große Fensterscheibe. Obwohl es auf den Abend zuging, wurde es nach dem trüben Tag nicht dunkler, sondern heller. Im Westen, wohin das Eckzimmer ging, löste sich die Wolkenschicht allmählich auf.

Erst jetzt nahm Soja ihre Stickerei zur Hand und machte zufrieden ihre Stiche. Oleg lobte sie aber nicht wie das letzte Mal.

«Und was war mit ... Ihrem Mädchen? War sie auch dort?» fragte Soja, ohne den Kopf von der Handarbeit zu heben.

«Ja», antwortete Oleg und zog in Gedanken verloren das «J» in die Länge.

«Und wo ist sie jetzt?»

«Am Jenissej.»

Soja blickte kurz auf.

«So können Sie sie gar nicht heiraten?»

«Ich will es auch gar nicht», sagte er zerstreut.

Soja sah ihn an, dann durchs Fenster hinaus. Warum heiratet er dann nicht dort, wo er jetzt lebt?

«Ist es denn sehr schwierig, zusammenzukommen?» fiel ihr plötzlich ein.

«Für Unverheiratete ist es fast unmöglich», sagte er teilnahmslos. «Aber es hat auch – keinen Sinn.»

«Haben Sie denn ein Bild von ihr?»

«Ein Bild?» sagte er verwundert. «Häftlinge dürfen keine Bilder haben, sie werden zerrissen.»

«Aber wie sah sie denn aus?»

Oleg kniff lächelnd die Augen zusammen.

«Die Haare fielen ihr bis auf die Schultern hinab, und an den Enden – ringelten sie sich, so ein wenig nach oben. In den Augen hatte sie immer ein winziges verschmitztes Lachen, gerade wie Sie, und – auch einen leisen Schatten. Daß ein Mensch sein Schicksal so vorausahnen kann, hm?»

«Waren Sie im Lager zusammen?»

«Nein.»

«Wann haben Sie sich denn zum letztenmal gesprochen?»

«Fünf Minuten vor meiner Verhaftung ... Es war doch Mai, wir saßen abends lange im Garten. Gegen zwei Uhr verabschiedete ich mich von ihr und ging fort – einen Häuserblock weiter nahmen sie mich fest. Das Auto stand einfach an der Ecke.»

«Und sie?»

«Wurde eine Nacht später festgenommen.»

«Seitdem haben Sie sich nie wiedergesehen?»

«Einmal noch. Bei der Gegenüberstellung. Ich war schon geschoren. Sie wollten, daß wir übereinander aussagten. Aber das taten wir nicht.» Er drehte den Zigarettenstummel zwischen den Fingern, unschlüssig, wo er ihn lassen sollte.

«Dorthin», sie zeigte auf einen blitzend sauberen Aschenbecher am Platz des Vorsitzenden.

Die Wölkchen im Westen vergingen immer mehr, schon hatte die matte Sonne sich fast freigekämpft. Und selbst das eigensinnige, verschlossene Gesicht Kostoglotows wurde weicher in ihrem Licht.

«Aber warum haben Sie denn jetzt ...?!» sagte Soja mitleidig.

«Soja!» erwiderte Oleg scharf, hielt dann nachdenklich inne. «Können Sie sich wenigstens ungefähr vorstellen, was ein Mädchen im Lager erwartet, noch dazu, wenn sie schön ist? Wenn die Schurken sie nicht schon unterwegs im Gemeinschaftswaggon vergewaltigt haben – im übrigen kommen sie im Lager immer noch dazu –, richten es die Lagerschmarotzer, irgendwelche Hunde von Aufsichtspersonen oder Essenverteiler am ersten Abend so ein, daß sie sie nackt im Bad mustern können. Und jeder sucht sich eins von den Mädchen aus. Gleich am anderen Morgen wird ihr der Vorschlag gemacht, mit dem und dem zusammen zu leben, dann bekommt sie einen sauberen, warmen Arbeitsplatz. Wenn sie sich aber weigert, dann hetzen sie sie so, daß sie gerade am Leben bleibt und ihre Zeit übersteht. Ich mache ihr keinen Vorwurf, ich verstehe sie. Aber ... genug damit. Sie begreift es selbst.»

Beide schwiegen. Die Sonne war in voller Klarheit aus den Wolken hervorgetreten, sofort sah alles heller und freundlicher aus. Schwarz glänzend standen die Bäume gegen den Himmel, und im Zimmer leuchtete die hellblaue Tischdecke, bekam Sojas Haar einen goldenen Schimmer.

«Ein Mädchen aus unserer Gruppe beging Selbstmord ... Eine lebt noch ... Drei Jungen sind tot ... Von zwei anderen weiß ich gar nichts ...»

Er beugte sich über die Seitenlehne des Sessels, wiegte sich hin und her und begann zu rezitieren:

«Dieser Orkan verging. Nicht viele leben noch ...
Den Ruf der Freunde hören wenige ...»

So saß er da, mit dem Kopf nach unten, und sah auf den Fußboden. Die Haare standen widerspenstig nach allen Seiten ab. Sicher mußte er sie zweimal am Tag naß machen und kämmen.

Er schwieg, aber Soja hatte alles gehört, was sie von ihm wissen wollte. Die Hauptsache hatte er ihr erzählt: Er war an die Verbannung gekettet – aber nicht wegen eines Mordes; es war unverheiratet –, aber nicht wegen irgendeines Gebrechens; nach so vielen Jahren sprach er zärtlich von seiner Verlobten – und schien wohl eines tiefen Gefühls fähig zu sein.

Er schwieg immer noch, und sie schwieg auch, sah abwechselnd auf ihn und auf die Stickerei. Schön war wirklich nichts an ihm, aber abstoßend fand sie ihn auch nicht mehr.

Wie sagte die Großmutter immer –: «Du brauchst keinen schönen, du brauchst einen guten Mann.» Deutlich empfand Soja seine Zuverlässigkeit und Kraft, nach allem, was er durchgemacht hatte – eine Sicherheit, die ihr bei den jungen Männern nie begegnet war. Sie stickte weiter und fühlte plötzlich seinen prüfenden Blick. Stirnrunzelnd erwiderte sie ihn.

Er sprach ausdrucksvoll, blickte sie die ganze Zeit dabei eindringlich an:

«*Wen* soll ich rufen, *wem* die Freude sagen, die bittere, daß ich am Leben blieb?»

«Aber Sie haben es doch schon jemandem gesagt!» flüsterte sie, mit Augen und Lippen lächelnd.

Ihre Lippen waren nicht blaß, aber anscheinend auch nicht geschminkt. Ihre Farbe war etwa zwischen Rot und Orange – fast feurig. Das sanfte gelbliche Abendlicht belebte auch sein mageres Krankengesicht. In diesem warmen Licht schien es, als würde er nicht sterben, sondern gesund werden.

Oleg schüttelte kurz den Kopf, wie ein Chansonnier, der nach einem traurigen Lied ein lustiges anstimmen will: «Ach, Sojenka! Machen Sie mir das Fest vollkommen. Ich bin diese weißen Kittel endgültig leid. Zeigen Sie mir nicht die Krankenschwester, sondern eine junge Dame aus der Stadt! Denn in Usch-Terek werde ich keine zu sehen bekommen.»

«Woher soll ich jetzt eine hübsche junge Dame nehmen?» sagte Soja listig.

«Ziehen Sie doch für einen Augenblick Ihren Kittel aus. Und – gehen Sie ein wenig auf und ab!»

Er rückte mit seinem Sessel beiseite und zeigte ihr, wo sie gehen solle.

«Aber ich bin doch im Dienst», widersprach sie noch, «ich darf nicht ...»

Ob sie zu lange über all das Schwere gesprochen hatten oder ob die Abendsonne im Zimmer sie übermütig gemacht hatte – genug, Soja spürte, wie die Lust in ihr aufstieg, es zu tun.

Sie warf die Stickerei hin, sprang wie ein kleines Mädchen vom Sessel auf und öffnete den Kittel, ein wenig nach vorn geneigt, eilig, als wolle sie nicht auf und ab gehen, sondern laufen. «Da, zieh doch!» streckte sie ihm einen Arm hin, als sei es nicht ihr eigener. Er hielt den Ärmel fest und streifte ihn ab. «Den anderen auch!» Mit einer tänzerischen Bewegung drehte sie sich um sich selbst, der Kittel blieb auf seinen Knien liegen, und sie – ging durchs Zimmer. Sie schritt wie ein Mannequin – leicht geneigt, dann wieder aufgerichtet, ließ die Arme hängen und hob sie spielerisch.

Nach einigen Schritten drehte sie sich um und blieb mit ausgebreiteten Armen wie angewurzelt stehen.

«Bravo!» rief er dröhnend. «Großartig.»

Auch in dem Leuchten der hellblauen Decke – in der unergründlichen usbekischen Bläue, die im Sonnenlicht aufflammte, war wieder die gestrige Melodie dieser unmittelbaren Erkenntnis und Klarheit. Alle leichtsinnigen, verworrenen, gar nicht erhabenen Wünsche wurden wieder lebendig, auch die Freude an den weichen Sesseln, an dem gemütlichen Zimmer – nach den tausend Jahren ungeregelten, erbarmungslosen Lebens. Auch die Freude über Soja, nicht nur das Gefallen an ihrem Anblick, sondern die viel stärkere Freude, daß er sich nicht unbeteiligt, sondern ganz bewußt freute. Er, der noch vor einem halben Monat sterben wollte!

Soja bewegte triumphierend die feurigroten Lippen; mit einem schelmisch-bedeutungsvollen Gesicht, als wisse sie noch ein Geheimnis, ging sie wieder zurück ans Fenster. Sich nach ihm umwendend, blieb sie dort stehen.

Er stand nicht auf, blieb an seinem Platz, nur der Kopf mit dem schwarzen Haarschopf hob sich von der Lehne ihr entgegen. Anzeichen, die man nur in sich aufnehmen, nicht benennen kann, ließen ihn Sojas Kraft spüren – nicht die Kraft, die schwere Gegenstände hebt, sondern eine andere, die nach einer Gegenkraft verlangt. Oleg freute sich, daß ihm diese Herausforderung galt, daß er fähig war, seine Kraft mit ihrer zu messen.

Alle Leidenschaften des Lebens kehrten in den gesundenden Körper zurück. Alle, alle!

«Soja», sagte Oleg, die Silben dehnend, «Soja! Und wie deuten Sie Ihren Namen?»

«Soja bedeutet das Leben», antwortete sie deutlich, wie eine Losung. Sie erklärte gern ihren Namen. Sie hatte die Hände hinter ihrem Rükken auf das Fensterbrett gestützt, stand leicht zur Seite geneigt, so daß ihr Schwergewicht nicht auf einem Bein ruhte.

«Und zum Zoo? – Zu den zoobewohnenden Vorfahren fühlen Sie sich nicht manchmal hingezogen?»

Sie stimmte in sein Lachen ein.

«Wir alle sind ihnen ja nicht ganz fern. Suchen uns Nahrung, nähren unsere Jungen. Ist das etwa schlecht?»

Und hier hätte sie besser einhalten sollen! Aber erregt von dieser verzehrenden Begeisterung, von der die jungen Männer in der Stadt nichts ahnten, die jeden Samstag ohne großen Aufwand ihre Mädchen umarmten, und sei es beim Tanz – erregt warf Soja die Arme hoch, schnipste mit den Fingern und wiegte sich hin und her, wie es sich zu dem Chanson aus einem indischen Film gehörte: «A-wa-raj-ja-a! A-wa-raj-ja-a!»

Aber Olegs Gesicht wurde plötzlich finster, er bat: «Nicht dieses Lied – lassen Sie es, Soja!»

Sofort nahm sie eine korrekte Haltung ein, als habe sie nicht gesungen und getanzt.

«Das ist aus dem ‹*Vagabunden*›, kennen Sie den Film nicht?»

«Doch.»

«Ein hervorragender Film! Ich habe ihn mir zweimal angesehen!» (Sie war zwar viermal in dem Film gewesen, aber sie schämte sich, es einzugestehen.) «Gefällt er Ihnen denn nicht? Er zeigt doch Ihr Schicksal.»

«Meins nicht, zum Glück», Oleg runzelte die Stirn. Sein Gesicht hatte den strahlenden Ausdruck verloren, und ohne das Sonnenlicht sah man ihm die Krankheit wieder an.

«Aber er ist doch auch aus dem Gefängnis zurückgekehrt, und sein ganzes Leben war zerstört.»

«Das sind alles nur Gaunertricks. Dieser Vagabund ist ein Bandit, ein Gangster.»

Soja streckte die Hand nach ihrem Kittel aus.

Oleg stand auf, breitete ihn auseinander und half ihr hinein.

«Und Banditen mögen Sie nicht?» Sie nickte dankend und knöpfte den Kittel zu.

«Ich hasse sie.» Er sah an Soja vorbei, sein Gesicht war hart geworden, sein Kinn bewegte sich kaum merklich hin und her, furchteinflößend. «Sie sind Raubtiere, Parasiten, die nur auf Kosten anderer leben. Dreißig Jahre lang hat man bei uns getönt, daß sie sich umerziehen lassen, daß sie sich in die Gesellschaft einfügen werden, aber ihr Prinzip ist dasselbe wie zu Hitlers Zeiten: Wenn man dich nicht ... dafür haben sie ein Schimpfwort, das trifft die Sache genau, das Prinzip ist immer dasselbe: Schlagen sie dich nicht, sitz still, warte, bis du an der Reihe bist. Ziehen sie deinen Nebenmann aus, nicht dich, sitz still, warte ab. Sie geben dem noch einen Tritt, der schon am Boden liegt, und hängen sich ebenso frech romantische Gewänder über, wir tragen auch noch dazu bei, daß Legenden um sie entstehen, und ihre Lieder machen sogar auf der Leinwand Karriere.»

«Was für Legenden denn?» Sie blickte ihn von unten her an, als habe sie ein schlechtes Gewissen.

«Es würde hundert Jahre dauern, die alle zu erzählen. Nun gut, eine Legende, wenn Sie wollen.» Er hatte sich neben sie ans Fenster gestellt. Oleg faßte sie gebieterisch am Ellbogen, während er mit ihr wie mit einem Kind sprach. «Alle Gangster geben sich als edle Räuber aus und prahlen damit, daß sie keine Armen ausplündern und die *heilige Krücke* der Häftlinge nicht anrühren – das heißt, ihnen nicht die letzte Gefängnisration wegnehmen, sondern nur alles übrige stehlen. 1947, im Durchgangsgefängnis von Krasnojarsk, hatten wir keinen einzigen *Biber* in unserer Zelle, das heißt, niemand, dem man etwas wegnehmen konnte, denn wir hatten alle nichts. Fast die Hälfte der Gefangenen waren Verbrecher. Sie waren halb verhungert und fingen an, sich den ganzen Zukker und alles Brot zu ergaunern. Der Gefangenenbestand in der Zelle war wirklich originell: zur Hälfte diese Banditen, zur Hälfte Japaner. An politischen Häftlingen gab es nur zwei Russen, mich und noch einen bekannten Polarflieger, eine Insel im Eismeer hieß weiter nach seinem Namen, während er saß. Drei Tage lang nahmen die Banditen uns ratzekahl alles weg. Da verabredeten sich die Japaner, die sich nicht so leicht erwischen lassen, standen eines Nachts geräuschlos auf, rissen Bretter von den Pritschen und stürzten sich mit dem Ruf ‹Bansaj!› auf die anderen, um sie zu verprügeln. Und wie sie sie verdroschen haben, das war ein Schauspiel!»

«Und Sie auch?»

«Wieso uns? Wir hatten ihnen doch kein Brot gestohlen. Wir waren neutral geblieben, aber wir bangten um den Ruhm der japanischen Waffen. Morgens herrschte wieder Ordnung: Wir bekamen unsere volle Ration Brot und Zucker. Dafür machte die Gefängnisverwaltung etwas anderes: Die Hälfte der Japaner wurde in eine andere Zelle gesteckt, dafür bekamen wir zu den verprügelten Banditen ein paar Neue. Und nun wurden die Japaner verdroschen – noch dazu mit ungleichen Waffen, denn die Verbrecher haben auch Messer, sie haben einfach alles. Sie prügelten die Japaner halb tot. Da hielten wir beiden, der Flieger und ich, es nicht mehr aus und halfen den Japanern.»

«Gegen die Russen?»

Oleg ließ ihre Arme los und richtete sich auf. Er bewegte das Kinn kaum merklich hin und her: «Gangster – sind für mich keine Russen.»

Mit einer Hand fuhr er sich über die Narbe, als wolle er sie abwischen – vom Kinn längs der Backe bis zum Hals. «Das haben sie mir verpaßt.»

13

Pawel Nikolajewitschs Geschwulst hatte auch vom Samstag zum Sonntag keine Ruhe gegeben und sich nicht verändert. Das stellte er morgens noch vor dem Aufstehen fest. Der alte Usbeke hatte ihn mit seinem widerlichen Husten früh geweckt.

Draußen begann, wie gestern und vorgestern, ein gleichmäßig trüber Tag, der ihn bedrückte. Der Schafhirte aus Kasachstan saß seit dem frühen Morgen mit untergeschlagenen Beinen auf seinem Bett, sinnlos wie ein Baumstumpf. Heute war keine Visite, niemand mußte zur Röntgenbestrahlung oder zum Verbandwechseln, und er würde vermutlich bis zum Abend so dasitzen. Der unheimliche Jefrem hatte sich bereits wieder in seinen Tolstoj – Gott hab ihn selig – vergraben; von Zeit zu Zeit stapfte er den Mittelgang hin und zurück und stieß an die Betten, aber Pawel Nikolajewitsch war schon erleichtert, daß er sich nicht mehr an ihn klammerte und auch die anderen in Ruhe ließ.

Oglojed war fortgegangen und kam den ganzen Tag nicht in den Krankensaal zurück. Der Geologe, dieser wohlerzogene junge Mann, las in seinem Geologiebuch und störte niemanden. Auch die anderen im Zimmer waren ruhig.

Pawel Nikolajewitsch ermunterte der Gedanke, daß seine Frau heute kommen würde. Natürlich konnte sie ihm nicht helfen, aber wie gut würde es sein, ihr nur das Herz auszuschütten: Wie schlecht es ihm ging, daß die Spritze noch nicht geholfen hatte, mit welch unangenehmen Menschen er in einem Zimmer lag. Wenigstens bemitleiden würde sie ihn. Er mußte sie bitten, ihm ein Buch zu bringen, irgendein optimistisches, modernes Buch. Auch den Füllhalter, damit er nicht noch einmal in so eine dumme Situation geriet wie gestern abend, als er sich bei diesem Rotzjungen einen Bleistift leihen mußte, um das Rezept aufzuschreiben. Und die Hauptsache – ihr Anweisungen geben, wie sie den Pilz, den Birkenschwamm, besorgen konnte. Schließlich war noch nicht alles verloren: Wenn die Medikamente nicht halfen, gab es andere Mittel. Das Allerwichtigste aber war: Sich als Mensch, großgeschrieben, fühlen. Ein Optimist sein.

Unmerklich hatte Pawel Nikolajewitsch sich hier aber schon eingelebt. Nach dem Frühstück las er in der gestrigen Zeitung den Artikel Swerews über den Haushaltsetat zu Ende. Da wurde auch schon die neueste Ausgabe gebracht. Djomka nahm sie, aber Pawel Nikolajewitsch befahl, sie ihm hinüberzureichen. Befriedigt nahm er die Meldung vom Sturz der Regierung Mendès-France zur Kenntnis (Versuche nicht zu intrigieren! Zwinge niemandem die Pariser Verträge auf!), strich sich einen langen Artikel von Ehrenburg an (dessen gesellschaftliche Bedeutung er vom Kriege her noch schätzte, ungeachtet einiger Schnitzer, die die zentrale Presse rechtzeitig ausgebügelt hatte) und vertiefte sich in einen Aufsatz über die Verwirklichung der Beschlüsse des Januarplenums, die die sprunghafte Erhöhung der Erzeugung von Viehzuchtprodukten betrafen. So vertrieb Pawel Nikolajewitsch sich die Zeit, bis die Pflegerin meldete, daß seine Frau gekommen sei. Im allgemeinen durften Verwandte bettlägrige Angehörige im Krankensaal besuchen, aber wie sollte Pawel Nikolajewitsch jetzt beweisen, daß er bettlägrig war, außerdem war es ihm lieber, diese langweiligen, bedrückten Menschen für eine Weile allein zu lassen und in die Vorhalle zu gehen. Er wickelte sich einen warmen Schal um den Hals und stieg die Treppe hinunter.

Nicht jeder Mann hat ein Jahr vor der silbernen Hochzeit seine Frau noch so gern! Nie hatte Pawel Nikolajewitsch ein Mensch nähergestanden als sie, mit niemandem konnte er sich so über einen Erfolg freuen oder ein Mißgeschick überdenken. Kapa war eine treue Freundin, eine sehr energische und überdies kluge Frau («Bei ihr funktioniert der *Dorfsowjet*!» lobte Pawel Nikolajewitsch sie vor seinen Freunden). Nie hatte er das Bedürfnis verspürt, sie zu betrügen, und auch sie betrog ihn nie. Außerdem stimmte es nicht, daß der Ehemann nach seinem gesellschaftlichen Aufstieg sich seiner Jugendbindung schämt. Seit ihrer Heirat war sie weit über ihre anfängliche soziale Stellung hinausgewachsen (sie hatte in der Makkaronifabrik gearbeitet, wo er damals in der Teigmischabteilung angestellt war. Schon vor der Hochzeit wählte man ihn in den Betriebsrat, und er wechselte in die Abteilung für Arbeitsschutz über. Im Komsomol baute er den Apparat der Handelsangestellten aus, dann war er noch ein Jahr Direktor der Fabrik-Zehnjahresschule) – aber ihre gemeinsamen Interessen gingen in dieser Zeit nicht auseinander, und ihre Sympathien für das Proletariat blieben echt. Wenn die Rusanows an Feiertagen einfache Gäste hatten und selbst ein wenig angeheitert waren, erinnerten sie sich besonders gern ihrer Vergangenheit in der Fabrik und sangen gemeinschaftlich mit den andern das alte Arbeiterlied von den Ziegelsteinen.

Kapa saß in der großen Halle – ihre breite Gestalt mit dem Silberfuchsmantel, der Handtasche von der Größe einer Aktenmappe und der Einkaufstasche mit den Lebensmitteln nahm gut drei Plätze auf der Bank in der wärmsten Ecke ein. Sie stand auf, küßte ihren Mann herzlich mit den weichen Lippen und zog ihn neben sich auf eine umgeschlagene Mantelecke, damit er es möglichst warm hatte. «Hier ist ein Brief für dich», sagte sie und zuckte mit einem Mundwinkel. Aus diesem vertrauten Zucken schloß Pawel Nikolajewitsch, daß der Brief eine unangenehme Nachricht enthielt. Obwohl im allgemeinen sachlich und überlegen, hatte Kapa eine typisch weibliche Angewohnheit: Wenn es eine Neuigkeit gab – ob gut oder schlecht –, mußte sie sofort damit herausplatzen.

«Na schön», Pawel Nikolajewitsch wurde böse, «bring mich nur um, wenn das wichtiger ist – bring mich ruhig um!»

Aber Kapa war schon erleichtert und konnte nun reden wie ein vernünftiger Mensch!

«Ach, laß nur, laß, Unsinn!» sagte sie reuevoll. «Wie geht es denn, wie geht es dir, Pasik? Über die Spritze weiß ich Bescheid, ich habe doch am Freitag gleich die Oberschwester angerufen und gestern früh noch einmal. Wenn etwas nicht in Ordnung gewesen wäre, wäre ich sofort gekommen. Aber sie sagte mir – es sei alles glattgegangen, nicht wahr?»

«Die Spritze ist mir sehr gut bekommen», bestätigte Pawel Nikolajewitsch, mit seiner Standhaftigkeit zufrieden, «aber die Verhältnisse hier! Ach, Kapa, die Verhältnisse hier ...» und sofort hatte er alles Bittere und Verletzende vor Augen, angefangen von Jefrem und Oglojed, und ohne noch unter den Beschwerden auszuwählen, sagte er schmerzlich: «Wenn ich wenigstens eine Einzeltoilette benützen könnte! Ich leide! Was für eine Toilette das hier ist! Keine Trennwände, alle sind offen!» (Die Benutzung eines öffentlichen Bades und einer öffentlichen Toilette untergräbt unweigerlich die Autorität eines Funktionärs. An seinem Arbeitsplatz stand Rusanow eine Toilette zur Verfügung, die der Allgemeinheit nicht zugänglich war.)

Da Kapa begriff, wie schlecht er es getroffen hatte und wie dringend er sich aussprechen mußte, unterbrach sie seine Klagen nicht, sondern brachte ihn noch auf andere. Allmählich hatte er sich alles von der Seele geredet bis auf den letzten Punkt, für den es keine Antwort und keinen Ausweg gab: «Wofür bekommen die Ärzte eigentlich ihr Geld?» Sie fragte ihn aus, wie es ihm während und nach der Injektion gegangen sei, wie die Geschwulst sich anfühle. Sie öffnete seinen Schal und betrachtete die Geschwulst, die nach ihrer Meinung schon ein klein wenig zurückgegangen war.

Das stimmte zwar nicht, aber Pawel Nikolajewitsch hörte trotzdem gern, daß sie vielleicht ein wenig kleiner geworden war.

«Jedenfalls nicht größer, hm?»

«Nein, wirklich nicht! Natürlich nicht!» sagte Kapa überzeugt.

«Wenn sie wenigstens nicht weiterwächst!» sagte Pawel Nikolajewitsch gleichsam bittend mit weinerlicher Stimme. «Wenn sie nur nicht größer wird. Aber was dann, wenn sie noch eine Woche lang weiterwächst – was dann?»

Das Wort auszusprechen, in diesen schwarzen Abgrund zu blicken, vermochte er nicht. Ach, wie unglücklich er war, und in welcher Gefahr er schwebte!

«Die nächste Spritze bekomme ich morgen, dann wieder eine am Mittwoch. Und wenn sie nicht helfen, was dann?»

«Dann fahren wir nach Moskau», sagte Kapa entschieden. «Wenn die beiden nächsten Spritzen nicht helfen, dann ins Flugzeug und nach

Moskau. Du hast doch am Freitag noch angerufen und selbst abgesagt. Aber inzwischen habe ich mit den Schendjakins gesprochen und bin bei Alymows gewesen, und Alymow hat selbst in Moskau angerufen. Da erfuhr er, daß deine Krankheit bis vor kurzem überhaupt nur in Moskau behandelt wurde, alle Kranken wurden dorthin geschickt, seitdem die regionalen Kader angewachsen sind, beginnt man auch hier mit der Behandlung. Aber im allgemeinen sind die Ärzte doch ein widerliches Volk? Wie können sie von Produktionserrungenschaften sprechen, wenn sie es mit einem lebendigen Menschen zu tun haben? Ich hasse die Ärzte, sag, was du willst!»

«Ja, ja», pflichtete Pawel Nikolajewitsch ihr mit bitterer Miene bei, «ich habe es denen hier schon zu verstehen gegeben.»

«Und die Lehrer hasse ich auch! Was habe ich mich mit ihnen herumgeplagt, Majkas wegen! Und was war erst mit Lawrik ...!»

Pawel Nikolajewitsch putzte seine Brillengläser.

«Zu meiner Zeit war alles noch besser, als ich die Schule leitete. Alle Lehrer verhielten sich feindselig, standen nicht auf unserer Seite, und die Aufgabe hieß eindeutig: sie in Schranken halten. Aber heutzutage, was können wir heute noch von ihnen verlangen?»

«Ja, also hör zu! Es ist kein großes Problem, dich nach Moskau zu bringen, noch haben wir die Möglichkeit, und eine Begründung läßt sich auch finden. Überdies hat Alymow ausgemacht, daß man dort eine Verabredung trifft – und dich werden sie schon gut unterbringen. Na? Warten wir noch die dritte Spritze ab?»

Nun hatten sie einen festen Plan entworfen – und Pawel Nikolajewitsch wurde es wieder wohler ums Herz. Nur nicht demütig auf das Ende warten in diesem stickigen Loch! Die Rusanows waren schon immer aktive Menschen, Menschen mit Initiative gewesen, und wenn sie die Initiative ergriffen, behielten sie ihr seelisches Gleichgewicht.

Heute gab es nichts Eiliges zu erledigen, und Pawel Nikolajewitsch war glücklich, daß er noch bei seiner Frau sitzen konnte und nicht in den Krankensaal zurückkehren mußte. Er fror ein wenig, weil die Eingangstür ständig auf- und zuging – und Kapitalina Matwejewna zog unter dem Mantel ein Schultertuch hervor und hüllte ihn ein. Da auch ihre Nachbarn auf der Bank saubere, intelligente Menschen waren, konnten sie um so ruhiger sitzen bleiben.

Der Reihe nach besprachen sie verschiedene Fragen, die wegen Pawel Nikolajewitschs Krankheit nicht geklärt worden waren. Nur die wichtigste, die drohend über ihnen hing, ließen sie unerwähnt: Was wäre wenn die Krankheit ein schlechtes Ende nähme? Dagegen konnten sie ihre Initiative nicht einsetzen und keine Erklärungen vorschieben. Auf dieses Ende waren sie nicht vorbereitet – und schon aus diesem Grunde konnte es nicht eintreten. (Zwar war in Pawels Frau hin und wieder flüchtig der Gedanke aufgetaucht, was im Falle seines Todes mit dem

Vermögen und der Wohnung anzufangen sei, aber beide waren so im Geiste des Optimismus erzogen, daß sie all diese Fragen lieber im unklaren ließen, als sich mit provisorischen Plänen oder gar mit einem Testament als Ausdruck der Mutlosigkeit zu quälen.) Sie sprachen über Anrufe, Fragen und Grüße von Mitarbeitern und der Produktionsverwaltung, wohin Pawel Nikolajewitsch vor anderthalb Jahren aus der Spezialabteilung seiner Fabrik übergewechselt war. Er selbst bearbeitete natürlich keine Fragen der Produktion, sein Bereich war nicht so eng, solche Fragen sprachen die Ingenieure und Ökonomen miteinander ab. Rusanow führte die Spezialkontrolle durch. Er war bei seinen Mitarbeitern beliebt und hörte es jetzt gern, wie sie sich um ihn sorgten.

Sie sprachen auch über seine Pensionsaussichten. Aus irgendeinem Grund war es ihm trotz seines langjährigen, tadelfreien Dienstes auf bedeutenden Posten, in Kader- und Spezialabteilungen nicht gelungen, den Traum seines Lebens zu verwirklichen: eine persönliche Pension zu bekommen. Nicht einmal eine günstige Verwaltungspension – auch ein Privileg, was Höhe und Beginn betraf – war ihm sicher, weil er sich 1939 nicht hatte entschließen können, zum Militär überzuwechseln, wie ihm vorgeschlagen worden war. Bedauerlich, aber, nach den wechselnden Verhältnissen der letzten zwei Jahre zu urteilen, vielleicht auch nicht. Vielleicht war die Ruhe mehr wert.

Sie kamen kurz auf den Wunsch der Bevölkerung nach einem höheren Lebensstandard zu sprechen, der in der letzten Zeit immer stärker zum Ausdruck kam – auch in der Kleidung, in der Einrichtung und Aufteilung der Wohnungen. Und bei dieser Gelegenheit meinte Kapitalina Matwejewna, wenn die Behandlung ihres Mannes Erfolg haben werde, sich aber, wie vorausgesagt, anderthalb bis zwei Monate hinziehe, könnte man in dieser Zeit doch die Wohnung ein wenig renovieren lassen. Im Badezimmer hätte seit langem schon ein Wasserrohr verlegt werden müssen, in der Küche der Ausguß ebenfalls, in der Toilette mußten die Wände gekachelt werden, außerdem brauchten das Eßzimmer und Pawel Nikolajewitschs Zimmer dringend einen neuen Anstrich: in einem anderen Farbton (sie hatte sich schon Farben angesehen) mit einem goldenen Muster, das war jetzt modern. Pawel Nikolajewitsch hatte gegen diese Vorschläge gar nichts einzuwenden, aber zu seinem Ärger fiel ihm ein, daß die Arbeiter sicher beim «Hausherrn» einen Aufschlag erpressen würden – nicht erbitten, sondern erpressen, obwohl sie doch vom Staat beauftragt waren und von ihm ihren Lohn bekamen. Nicht um das Geld tat es ihm leid (natürlich reute ihn auch das Geld!), viel wichtiger und kränkender erschien Pawel Nikolajewitsch die prinzipielle Seite der Angelegenheit: *Wofür?* Warum begnügte er sich denn mit seinem gesetzlichen Gehalt und den Prämien, ohne weitere Trinkgelder oder Zuschläge zu verlangen? Und warum sollten diese gewissenlosen Arbeiter mehr bekommen als ihren Lohn? Ein Zugeständnis hatte prinzipielle Bedeutung. Nachgiebigkeit gegenüber den unorganisierten Kräften und Kleinbürgern wäre unverantwortlich. Pawel Nikolajewitsch regte sich auf, wenn er nur daran dachte.

«Sag bloß, Kapa, warum sind sie den Arbeiterkadern gegenüber so nachlässig geworden? Warum stellten wir denn noch keine Bedingungen, als wir in der Makkaronifabrik arbeiteten, und verlangten kein Schmiergeld vom Meister? Wäre uns so etwas überhaupt in den Sinn gekommen? ... Wir dürfen sie um nichts in der Welt darin bestärken! Das wäre doch Bestechung!»

Kapa war zwar einverstanden, aber sie wandte ein, wenn man den Arbeitern nicht etwas zustecke, würden sie sich bestimmt rächen und etwas falsch machen, und man hätte nur den Ärger davon.

«Ein pensionierter Oberst hat sich auch geweigert und gesagt: ‹Ich bezahle keine Kopeke zusätzlich!› Da haben die Arbeiter ihm eine tote Ratte ins Abflußrohr der Badewanne gesteckt, das Wasser floß nicht richtig ab, und dann fing es an zu stinken!»

So kamen sie nicht dazu, die Renovierung zu vereinbaren. Das Leben ist zu schwierig, wirklich schwierig, wohin man auch sieht.

Dann sprachen sie über Jura, den ältesten Sohn. Er war zwar schon erwachsen, aber so zurückhaltend und irgendwie hilflos; er wurde nicht wie die anderen Rusanows mit dem Leben fertig. Er hatte die juristische Laufbahn eingeschlagen, die Ausbildung nach dem Studium wurde abgekürzt, aber, um ehrlich zu sein – er war nicht sehr geeignet für diese Arbeit. Weder verstand er, seine Position auszubauen, noch nützliche Bekanntschaften anzuknüpfen. Sicher machte er auch jetzt, während seiner Dienstreise, irgendeinen Fehler. Pawel Nikolajewitsch schien sehr beunruhigt. Und Kapitalina Matwejewna sorgte sich um die Heirat ihres Sohnes. Das Autofahren hatte er dem Vater zu verdanken, eine eigene Wohnung würde Pawel Nikolajewitsch ihm auch verschaffen – wie aber aufpassen, daß er mit seiner Heirat keinen Fehler beging? Er war doch so arglos, die erste beste Weberin vom Textilkombinat konnte ihn betören; nun ja, einer Arbeiterin würde er nicht so leicht begegnen, dazu gab es keine Gelegenheit, aber jetzt die Dienstreise! Ein winziger Schritt dieses unbesonnenen Menschen konnte die Anstrengungen der ganzen Familie, die jahrzehntelangen Bemühungen zunichte machen! Schendjakins Tochter hätte um ein Haar einen Studienfreund aus dem Pädagogischen Institut geheiratet, er stammte vom Lande, seine Mutter war eine einfache Kolchosbäuerin, und dann muß man sich einmal die Wohnung der Schendjakins vorstellen, ihre Einrichtung und die einflußreichen Leute, die zu ihnen zu Besuch kommen – und dann sitzt plötzlich diese alte Frau mit ihrem weißen Kopftuch am Familientisch – die Schwiegermutter! Teufel auch ... Glücklicherweise konnte der Schwiegersohn gesellschaftlich entlarvt und die Tochter gerettet werden.

Anders war es mit Avieta. Awa. Alla. Sie war das Goldstück der Familie Rusanow. Vater und Mutter konnten sich nicht daran erinnern, daß sie ihnen jemals Kummer oder Sorgen gemacht hätte. Awa war schön, klug und energisch, sie wurde mit dem Leben fertig und brauchte keine Aufsicht. Ihretwegen mußte sich niemand beunruhigen – sie würde keinen falschen Schritt tun, weder in großen noch in kleinen Dingen. Nur ihren Namen verübelte sie den Eltern: Das wäre nicht nötig gewesen, meinte sie, nennt mich einfach nur noch Awa! Aber im Paß stand trotzdem Avieta Pawlowna. Und der Name war doch auch so schön! Die Ferien gingen allmählich zu Ende. Am Mittwoch würde sie aus Moskau zurückkehren und sofort ins Krankenhaus kommen.

Mit den Namen haben sie überhaupt Pech gehabt: Die Anforderungen des Lebens wechseln, aber Namen bleiben für immer. Auch Lawrik fing schon an, sich über seinen Namen zu ärgern. Jetzt in der Schule heißt er einfach Lawrik, aber noch in diesem Jahr bekommt er seinen Paß, und was wird darin stehen? Lawrentij Pawlowitsch. Damals hatten die Eltern es sich so klug ausgedacht: Er soll den Namen des Ministers tragen, des aufrechten Mitkämpfers von Stalin, und soll ihm ähnlich werden. Aber seit zwei Jahren schon mußte man sich hüten, den Namen «Lawrentij Pawlowitsch» laut auszusprechen. Da hilft nur eines: Lawrik muß unbedingt versuchen, auf die Kriegsakademie zu kommen, denn beim Militär wird niemand mit Vor- und Vatersnamen angeredet.

Und wenn man sich einmal heimlich die Frage stellte: Weshalb geschah das eigentlich alles? Die Schendjakins dachten genauso, sprachen es aber nicht vor dritten aus: Angenommen, Berija wäre wirklich ein Falschspieler gewesen, ein bourgeoiser Nationalist, der an die Macht wollte – nun gut, sollten sie ihn doch verurteilen, ihn heimlich erschießen, aber wozu es dem einfachen Volk mitteilen? Schließlich konnte man auch für bestimmte Kreise ein Geheimdossier in Umlauf bringen und darin alles erklären. Die Zeitungen aber hätten schreiben sollen, daß er an einem Herzinfarkt gestorben sei. Und dann konnte man ihm ein ehrenvolles Begräbnis bereiten. Auch über die Jüngste, Majka, sprachen sie. In diesem Jahr brachte sie kaum noch Einsen nach Hause, auch nur noch wenige Zweien. Sie war nicht mehr Klassenerste, und ihr Name stand nicht mehr auf der Ehrentafel der Schule. Das kam nur vom Übergang in die fünfte Klasse. In den ersten Jahren hatte sie immer bei derselben Lehrerin Unterricht gehabt, die sie gut kannte, die auch die Eltern kannte – und Majka lernte ausgezeichnet. Aber in diesem Jahr hat sie zwanzig verschiedene Fachlehrer, so einer unterrichtet eine Stunde pro Woche in der Klasse, kennt die einzelnen Schüler nicht, peitscht sein Pensum durch; was für ein Trauma er dabei dem Kind zufügt, wie er seinen Charakter verbiegt – darüber macht er sich keine Gedanken! Aber Kapitalina Matwejewna wird keine Mühe scheuen, um durch den Elternrat in der Schule einmal für Ordnung zu sorgen. Obwohl diese neue Reform die Ordnung ja noch mehr untergräbt – was soll denn wieder die Gemeinschaftserziehung? Warum die bewährte getrennte Erziehung aufgeben, eine der besten Errungenschaften der reifen Sowjetpädagogik?

All das besprachen sie miteinander, über eine Stunde lang, zäh schleppte sich das Gespräch hin, das beide heimlich als Verlegenheitsgespräch empfanden. Pawel Nikolajewitsch fühlte sich ganz mutlos, er war nicht imstande, an die Realität der Menschen und Ereignisse zu glauben, von denen sie redeten, oder gar etwas zu tun; am liebsten hätte er sich wieder hingelegt und sich mit der Geschwulst ins Kopfkissen vergraben.

Aber Kapitalina Matwejewna zog das Gespräch deswegen so in die Länge, weil in ihrer Handtasche noch der Brief brannte, den sie heute morgen von ihrem Bruder Minaj aus K. erhalten hatte. In K. hatten sie vor dem Kriege gewohnt, dort waren sie aufgewachsen, hatten geheiratet und ihre Kinder bekommen. Während des Krieges wurden sie hierher evakuiert. Kapas Bruder übernahm später die Wohnung in K.

Sie verstand ja, daß ihrem Mann jetzt nicht nach solchen Nachrichten zumute war, aber diese hier konnte man wirklich nicht einer Bekannten oder Freundin anvertrauen. In der Stadt gab es niemanden, der die Nachricht in ihrer ganzen Bedeutung erfassen würde. Nachdem sie die ganze Zeit ihren Mann getröstet hatte, bedurfte sie nun auch seiner Hilfe! Sie konnte es zu Hause nicht allein mit dieser Neuigkeit aushalten. Von den Kindern würde sie höchstens Avieta alles erzählen, Jura – um keinen Preis. Aber auch darüber mußte sie mit ihrem Mann sprechen.

Doch je länger er neben ihr saß, um so schlapper wurde er, und es schien fast unmöglich, die Hauptsache noch mit ihm zu besprechen. Sie mußte die Zeit irgendwie herumbringen, deshalb kramte sie in der Einkaufstasche und zeigte ihrem Mann, was sie ihm zu essen mitgebracht hatte. Die Silberfuchsmanschetten an den Ärmeln ihres Pelzmantels waren so dick, daß sie kaum in den weit offenen Rachen der Tasche hineingingen.

Als Pawel Nikolajewitsch die Lebensmittel sah (er hatte noch genug in seinem Nachttisch stehen), fiel ihm etwas ein, was wichtiger für ihn war als Essen und Trinken und womit er gleich hätte anfangen müssen: der Tee, der Birkenschwamm! Lebhaft erzählte er seiner Frau von diesem Wunder, von dem Brief, von dem Doktor (vielleicht auch Scharlatan); man müsse sofort überlegen, wer ihm in Rußland diesen Pilz besorgen könne.

«In der Umgebung von K. gibt es doch Birken genug. Warum kann Minaj ihn mir nicht besorgen?! Schreib ihm sofort einen Brief! Außerdem haben wir doch noch gute Freunde dort, die könnten sich auch darum kümmern. Sollen sie ruhig wissen, wie es mir geht!»

Da hatte er selbst angefangen, von Minaj und K. zu reden! Während Kapa das Schloß ihrer Handtasche auf- und zuschnappen ließ –

sie nahm den Brief nicht heraus, weil der Bruder darin so düstere Andeutungen machte –, sagte sie: «Weißt du, wir müssen uns gut überlegen, ob wir das in K. so ausposaunen lassen sollen ... Minka schreibt nämlich ... Vielleicht stimmt das aber gar nicht ... daß Roditschew in der Stadt sein soll ... und re-ha-bi-li-tiert wurde ... Ist das möglich?»

Während sie dieses abscheuliche lange Wort aussprach und auf das Schloß ihrer Handtasche blickte, um den Brief herauszunehmen, entging ihr, daß Paschka weiß wie die Wand wurde.

«Was hast du??» schrie sie auf, sein Anblick versetzte ihr einen größeren Schrecken, als es der Brief vermocht hatte. «Was ist dir?!» Er hatte sich zurückgelehnt und zog wie eine Frau das Schultertuch um sich zusammen.

«Vielleicht stimmt es ja gar nicht!» Mit ihren kräftigen Armen faßte sie ihn von unten an den Schultern, in der einen Hand noch immer die Tasche, als wolle sie sie ihm über die Achsel hängen. «Vielleicht stimmt es ja nicht. Minka hat ihn ja nicht selbst gesehen! Aber die Leute sagen ...»

Allmählich schwand die Blässe aus Pawel Nikolajewitschs Gesicht, aber er fühlte sich noch ganz schwach – im Leib, in den Schultern, den Armen; und die Geschwulst zog seinen Kopf seitwärts hinab. «Warum erzählst du mir so etwas?» brachte er schließlich mit leiser, gequälter Stimme hervor. «Habe ich nicht schon genug Kummer?» Und ein trokkenes Schluchzen erschütterte zweimal seine Brust.

«Verzeih mir, Paschenka! Verzeih mir doch, lieber Pawel!» Sie umklammerte seine Schultern, während sie selbst mitsamt ihrer kupferroten Lockenmähne vor Aufregung zitterte. «Ich hatte einfach den Kopf verloren! Kann er etwa jetzt Minaj das Zimmer wegnehmen? Was soll das überhaupt? Erinnerst du dich, wir haben schon von zwei ähnlichen Fällen gehört!»

«Ach, was hat denn das Zimmer damit zu tun, soll er es doch nehmen, das verdammte Zimmer», antwortete er mit kläglichem Flüstern.

«Wieso verdammt? Und der arme Minaj soll sich einschränken?»

«Denk gefälligst an deinen Mann! Denk mal, wie es mir geht. Und von Gusun schreibt er nichts?»

«Nein ... was soll das nur werden, wenn sie jetzt alle zurückkehren?»

«Wie kann ich das wissen», antwortete ihr Mann mit gedämpfter Stimme. «Welches Recht haben die überhaupt, sie freizulassen? ... Wie kann man nur so erbarmungslos sein und den anderen ein solches Trauma zufügen?»

14

Wie sehr hatte Rusanow sich von diesem Wiedersehen ein wenig Aufmunterung erhofft, und nun ging es ihm noch viel schlechter als vorher. Kapa wäre besser gar nicht gekommen. Schwankend ging er die Treppe hinauf, klammerte sich ans Geländer und spürte den Schüttelfrost immer stärker in sich aufsteigen. Kapa durfte ihn nicht im Mantel nach oben begleiten – die faule Pflegerin ließ sie nicht durch, deshalb scheuchte Kapa sie mit Pawel Nikolajewitsch zum Krankensaal hinauf, damit er die Lebensmittel nicht tragen mußte. Und am Schwesterntisch saß diese glubschäugige Soja, die ihm aus unerfindlichen Gründen am ersten Abend ganz gut gefallen hatte. Hinter ihre Listen verschanzt, flirtete sie mit dem ungehobelten Oglojed und dachte nicht an die Kranken. Rusanow bat sie um Aspirin, sie antwortete mechanisch (und schlagfertig), daß Aspirin abends verboten sei. Immerhin ließ sie ihn die Temperatur messen. Und brachte ihm dann ein Medikament.

Um die Lebensmittel kümmerte er sich gar nicht mehr. Pawel Nikolajewitsch konnte sich endlich hinlegen: den kranken Hals ins Kissen vergraben (erstaunlich, daß es hier so weiche Kissen gab, daß man nicht sein eigenes mitbringen mußte) und die Decke über den Kopf ziehen.

Seine Gedanken verwirrten sich, in seinem Kopf begann es zu pochen und zu brennen, der Körper wurde empfindungslos wie nach einer Narkose. Er hörte nichts mehr von den dummen Gesprächen der anderen im Zimmer, spürte nicht die Erschütterungen, die Jefrem mit seinem Getrampel auf den Dielenbrettern verursachte. Draußen klarte es allmählich auf, die Sonne ließ sich – allerdings auf der anderen Seite des Gebäudes – vor ihrem Untergang noch einmal sehen, Pawel Nikolajewitsch merkte nichts davon. Merkte auch nicht, wie die Stunden vergingen. Vielleicht hatte das Medikament ihn eingeschläfert. Er wachte erst auf, als das elektrische Licht schon brannte, und schlief wieder ein. Mitten in der Nacht, in der dunklen Stille, wurde er wieder wach.

Und er fühlte, daß es den wohltätigen Schleier nicht mehr gab. Die Angst hatte sich in der Magengegend festgesetzt und erdrückte ihn jetzt. In Rusanows Kopf, im Zimmer, in der ganzen ungeheuren Dunkelheit drängten sich und kreisten die verschiedensten Gedanken. Nicht einmal Gedanken, sondern – Angst. Er hatte Angst. Angst, daß Roditschew plötzlich, morgen früh, hier eindringen könnte, trotz der Schwestern, trotz der Pflegerinnen ins Zimmer stürzen und ihn verprügeln. Weder vor der Justiz, vor dem Gericht noch vor der Schande hatte er Angst – nur davor, geschlagen zu werden. Ein einziges Mal hatte er Schläge bekommen – in der Schule, in der letzten Klasse: Sie warteten abends heimlich vor dem Ausgang auf ihn, um es ihm «zu geben». Keiner hatte ein Messer bei sich, aber sein Leben lang vergaß Pawel Nikolajewitsch dieses schreckliche Gefühl nicht – wie von allen Seiten knochige, harte Fäuste auf ihn losprügelten.

Wie man das Bild eines Toten, den man zum letztenmal als Jüngling gesehen hat, unverändert in der Erinnerung bewahrt, so erschien ihm jetzt Roditschew, der nach achtzehn Jahren doch als Invalide zurückkehren würde, vielleicht taub und krumm geworden, als der braungebrannte, vor Gesundheit strotzende junge Mann, der noch am letzten Sonntag vor seiner Verhaftung mit seinen Hanteln und Gewichten auf ihrem gemeinsamen Balkon stand. Rusanow und Kapa hatten schon die Anzeige gegen ihn geschrieben und eingereicht. Roditschew, nackt bis zum Gürtel, rief ihn zu sich.

«Paschka, komm doch mal her! Fühl einmal diesen Bizeps. Keine Angst, drück nur fest. Hast du jetzt begriffen, was ein Ingenieur der neuen Gesellschaft ist? Wir sind nicht so mickrig geraten wie dieser Eduard Christoforowitsch, wir sind ausgeglichen an Leib und Geist. Aber du bist ein richtiger Schwächling geworden, verkümmerst hinter deiner Ledertür. Komm doch zu uns in die Fabrik, ich bring dich in einer guten Abteilung unter, ja? Du hast keine Lust?» Er lachte schallend und sang, während er in den Waschraum ging: «Wir Schmiede haben junges Blut.»

Diesen kerngesunden Mann stellte Rusanow sich jetzt vor, wie er mit geballten Fäusten in den Krankensaal eindrang. Er konnte dieses Hirngespinst nicht loswerden. Früher war er mit Roditschew befreundet gewesen, beide arbeiteten in einer Komsomolgruppe zusammen und hatten eine gemeinsame Fabrikwohnung. Roditschew arbeitete dann in der Arbeiterfakultät und im Institut weiter, während Rusanow sich mehr mit der Gewerkschaft und dem Fragebogenwesen beschäftigte. Zuerst gab es Unstimmigkeiten zwischen ihren Frauen, dann auch zwischen ihnen. Roditschew sprach oft in reichlich herablassendem Ton mit Rusanow. Außerdem war die Wohnung schnell zu klein geworden für Rusanows Familie: zwei Kinder in einem Raum. Eines kam zum andern, sie wurden ausfallend gegeneinander, und Pawel Nikolajewitsch reichte folgendes Material über ihn ein: Roditschew habe sich im privaten Gespräch wohlwollend über die zerschlagene Industriegruppe geäußert und den Vorschlag gemacht, in der Fabrik eine Gruppe von Schädlingen zu bilden.

Rusanow bat nur dringend darum, daß sein Name in dieser Angelegenheit unerwähnt blieb und er nicht zur Gegenüberstellung mußte: Bei dem bloßen Gedanken an eine solche Begegnung packte ihn die Angst. Aber der Untersuchungsrichter versicherte ihm, daß beides gesetzlich nicht erforderlich sei – das Geständnis des Angeklagten reichte aus.

Nicht einmal die ursprüngliche Eingabe Rusanows mußte zusammen mit den Akten abgelegt werden, so daß der Angeklagte, wenn er den

Artikel 206 unterschrieb, niemals auf den Namen seines Wohnungsnachbarn stoßen würde.

Und alles wäre auch glattgegangen, wenn nicht Gusun gewesen wäre, der Sekretär des Parteikomitees in der Fabrik. Er erhielt den Bescheid, daß Roditschew als Volksfeind aus der Partei auszuschließen sei. Aber Gusun widersetzte sich und schlug Krach, Roditschew sei ein zuverlässiger Genosse, und sie sollten ihm gefälligst ausführliches Material geben. Damit hatte er sich selbst den Strick gedreht, zwei Tage später nahmen sie auch ihn fest – nachts, und am dritten Tag hatten sie ihn mitsamt Roditschew glücklich aus der Partei ausgeschlossen – als Mitglieder einer konterrevolutionären Untergrundorganisation.

Rusanow quälte der Gedanke, daß Gusun während seines zweitägigen Verhörs erfahren hatte, woher das Material stammte. Und wenn Gusun Roditschew dort getroffen hatte (da sie wegen derselben Sache verknackt wurden, bestand auch diese Möglichkeit), dann hatte er ihm auch alles erzählt – daher jetzt die Angst vor der drohenden Rückkehr, dieser Auferstehung von den Toten, die Rusanow sich niemals hätte träumen lassen.

Roditschews Frau ahnte wahrscheinliich die Zusammenhänge, aber ob sie noch lebte? Damals hatte Kapa vorgeschlagen, Katja Roditschew aus der Wohnung ausweisen zu lassen, sobald ihr Mann verhaftet sei, und die ganze Wohnung samt Balkon zu übernehmen. (Jetzt konnte man sich kaum noch vorstellen, welche Bedeutung ein Zimmer von 18 Quadratmetern und eine Wohnung ohne Gasanschluß damals hatten.) Aber Katja spielte ihren letzten Trumpf aus und erklärte, daß sie schwanger sei. Und auf Verlangen brachte sie eine Bescheinigung. Wahrhaftig! Wie sie sich ausgerechnet hatte, durfte eine Schwangere nicht ausgewiesen werden. Erst zum kommenden Winter verließ sie die Wohnung, monatelang – während sie das Kind erwartete – mußten sie sie noch Wand an Wand ertragen. Bis zum Ende der Schonfrist. Bei Kapa in der Küche durfte sie zwar nicht aufmucken, und die fünfjährige Awa, die immer so drollige Einfälle hatte, spuckte ihr in die Kochtöpfe.

Angst? Auf dem Rücken liegend, in der Dunkelheit des schweratmenden und schnarchenden Krankensaales (aus der Halle, wo die Schwester wachte, drang nur der schwache Widerschein der Tischlampe durch die Milchglasscheibe der Tür) versuchte der überwache Rusanow herauszufinden, warum ihn die Schatten Rodtischews und Gusuns bedrängten, warum er sich auch vor der Rückkehr der anderen fürchtete, die mit seiner Hilfe verurteilt worden waren: Jener Eduard Christoforowitsch, ein bürgerlich erzogener Ingenieur, hatte Pawel Nikolajewitsch vor den Arbeitern einen Dummkopf und Betrüger genannt (er gestand dann, daß er davon träumte, den Kapitalismus wieder einzuführen); eine Stenotypistin hatte sich schuldig bekannt, die Rede eines wichtigen Vorgesetzten – übrigens eines Gönners von Pawel Nikolajewitsch – entstellt wiedergegeben zu haben, und der Vorgesetzte hatte die betreffenden Worte seiner Rede doch ganz anders gemeint; ein unbotmäßiger Buchhalter (ein Priestersohn dazu – sie hatten ihn binnen einer Minute überführt); das Ehepaar Jeltschanskij ... und wer noch alles!

Vor keinem von ihnen hatte Pawel Nikolajewitsch Angst gehabt, immer kühner und offener setzte er sich für ihre Entlarvung ein, zweimal erschien er sogar zur Gegenüberstellung, wo er die Angeklagten mit fester Stimme überführte. Damals wäre doch niemandem der Gedanke gekommen, daß an seinem Verhalten etwas Ehrloses sei! In jener herrlichen, anständigen Zeit, den Jahren 1937–1938, war die gesellschaftliche Atmosphäre endlich einmal von allem Schmutz gereinigt, damals konnte man frei atmen! Alle Lügner, Verleumder, Anhänger der eilfertigen Selbstkritik oder superklugen Intellektuellen waren verschwunden, zum Schweigen gebracht, und prinzipientreue, zuverlässige Staatsbürger wie Rusanow und seine Freunde gingen würdevoll mit erhobenem Kopf einher.

Doch jetzt hatte eine andere, verworrene, ungesunde Zeit begonnen, so daß man sich seiner besten staatsbürgerlichen Handlungen fast schämen mußte! Oder sogar für seine eigene Haut fürchten? Angst haben? Was für ein Unsinn. In keiner Situation hatte er sich je feige gezeigt. Er hatte nie Angst haben müssen. Vielleicht war er kein besonders tapferer Mensch, aber er konnte sich nicht entsinnen, daß er auch nur einmal feige gewesen wäre. Es gab auch keinen Grund zur Annahme, daß er an der Front Angst bekommen hätte – als wertvollen, erfahrenen Funktionär hatte man ihn nur nicht an der Front eingesetzt. Niemand konnte behaupten, daß er beim Bombenangriff oder bei einer Feuersbrunst den Kopf verloren hätte – aus K. gingen sie vor den Bombenangriffen fort, und in einen Brand war er auch nie geraten. Ebensowenig hatte er sich je vor der Justiz und dem Gesetz gefürchtet, weil er Gesetze nicht übertrat und die Justiz immer auf seiner Seite war. Er fürchtete sich auch nicht vor öffentlichen Enthüllungen, denn die Öffentlichkeit trat immer für ihn ein. In der Regionalzeitung würde niemals eine ungehörige Notiz über Rusanow stehen, Kusna Fotojewitsch oder Nil Prokofjewitsch würden es zu verhindern wissen. Und die Zeitung der Hauptstadt beschäftigt sich nicht mit einem Rusanow. Also hatte er auch nie einen Anlaß gehabt, die Presse zu fürchten.

Auch während einer Dampferfahrt auf dem Schwarzen Meer hatte er keine Angst vor dem tiefen Wasser gehabt. Ob er sich vor der Höhe fürchtete, ließ sich schwer sagen, denn er war nicht so leichtsinnig, auf Berge oder Felsen zu klettern, und Brückenmontage fiel nicht in seinen Arbeitsbereich.

Rusanows Arbeitsbereich war seit vielen, wohl fast zwanzig Jahren das Befragungswesen. Diese Arbeit war sich immer gleich geblieben. Nur Ignoranten und Uneingeweihte verkennen, wie kunstvoll und diffizil sie ist, wieviel Talent sie erfordert. Es ist – Poesie, von der die Dichter noch keine Ahnung haben. Jeder Mensch füllt im Laufe seines Lebens mehr als einen Fragebogen aus, und jeder Fragebogen enthält eine bestimmte Anzahl Fragen. Jede Antwort ist ein feiner Faden, der sich vom Befragten bis zum Zentrum des Befragungswesens spinnt. So gehen von jedem einzelnen Hunderte von Fäden aus, insgesamt sind es sicher Millionen, und wenn diese Fäden sich sichtbar machen ließen, wäre der ganze Himmel von einem Spinngewebe überzogen, und wenn die Fäden auch noch so elastisch und haltbar wären, würden sich Autobusse, Straßenbahnen und Menschen darin verfangen, der Wind könnte noch nicht einmal mehr Zeitungsfetzen oder Herbstblätter über die Straßen treiben. Aber sie sind weder sichtbar noch greifbar, obwohl jeder sie ständig zu spüren bekommt. Allerdings sind die sogenannten lupenreinen Fragebogen ein Ideal wie die absolute Wahrheit – eigentlich unerreichbar. Von jedem Menschen gibt es etwas Negatives oder Verdächtiges festzuhalten, jeder läßt sich etwas zuschulden kommen oder verheimlicht etwas, man muß nur gründlich nachforschen. Dieses Wissen um die unsichtbaren Fäden erzeugt natürlich Hochachtung vor jenen Personen, die ein so kompliziertes Befragungssystem leiten. Diesem Umstand verdanken sie ihre Autorität.

Wenn man noch einen anderen, musikalischen Vergleich heranziehen will, so besaß Rusanow dank seiner Position gleichsam ein Xylophon, auf dem er nach Belieben jedes Holzstäbchen anschlug. Obwohl sie alle aus Holz waren, hatte jedes seine eigene Stimme. Zum Beispiel gab es Holzstäbchen, das heißt Umgangsmethoden, die ganz zart und verhalten wirkten. Wenn er etwa einem Genossen zu verstehen geben wollte, daß er unzufrieden mit ihm sei. Oder ihn unauffällig warnen, zurechtweisen wollte. In solchen Fällen grüßte Rusanow auf verschiedene Art.

Wenn der Betreffende (natürlich als erster) grüßte, erwiderte Rusanow den Gruß sachlich-ernst, ohne zu lächeln; oder er zögerte kaum merklich mit der Antwort und hob die Augenbrauen (das hatte er vor dem Spiegel in seinem Arbeitszimmer einstudiert) – als überlege er, ob es überhaupt angebracht sei, den Gruß zu erwidern (dabei machte er entweder eine volle Drehung des Kopfes, eine angedeutete, oder ließ sie ganz bleiben). Dieses winzige Zögern hat immer eine beachtliche Wirkung. Der so zögernd oder kühl gegrüßte Mitarbeiter beginnt sofort, sein Gedächtnis nach möglichen Sünden zu durchforschen. Und dieses Zögern, das seinen Zweifel geweckt hat, hält ihn vielleicht von einem falschen Schritt ab, den er fast schon getan hätte – aber Pawel Nikolajewitsch wäre in jedem Fall dahintergekommen, wenn vielleicht auch erst später.

Noch wirksamer war es, wenn man jemanden traf (oder anrief oder sogar zu sich bestellt hatte), ihm zu sagen: «Kommen Sie doch bitte morgen vormittag um zehn Uhr zu mir.» – «Haben Sie denn jetzt keine Zeit für mich?» wird der andere bestimmt fragen, weil er so schnell wie möglich erfahren möchte, warum man ihn bestellte, und versuchen, das Gespräch so schnell wie möglich hinter sich zu bringen. «Nein, jetzt geht es nicht», sagt Rusanow dann freundlich, aber entschieden. Er wird nicht sagen, daß er etwas anderes zu tun habe oder eine Versammlung besuchen müsse, nein, um nichts in der Welt würde er einen einfachen, einleuchtenden Grund angeben, um den anderen zu beruhigen (das eben ist ja die Methode), er spricht sein «Es geht nicht» so aus, daß es viele ernste Bedeutungen haben kann, und nicht nur angenehme. «Aber worum handelt es sich denn?» fragt der andere vielleicht noch aus Tollkühnheit oder grenzenloser Unerfahrenheit. «Morgen werden Sie es schon hören», übergeht Rusanow sammetpfotig diese undiplomatische Frage. Aber wie lange ist es noch bis morgen früh um zehn Uhr, was kann sich bis dahin alles ereignen! Der Mitarbeiter muß noch bis zum Feierabend arbeiten, nach Hause fahren, sich mit seiner Familie unterhalten, vielleicht ins Kino oder zu einer Elternversammlung in der Schule gehen, dann auch noch schlafen (der eine kann einschlafen, der andere nicht) und sich schließlich auch noch am Morgen mit dem Frühstück abquälen – und die ganze Zeit wird die eine Frage an ihm nagen: Warum hat er mich zu sich bestellt? In diesen langen Stunden wird der Mitarbeiter vieles bereuen, sich vor vielem hüten und sich selbst geloben, auf den Versammlungen seine Vorgesetzten nicht mehr zu ärgern. Und wenn er zu Pawel Nikolajewitsch kommt, passiert vielleicht gar nichts, wird er nur nach dem Geburtsdatum oder nach der Nummer seines Diploms gefragt.

So lassen sich wie beim Xylophon die Umgangsformen bis zur trokkensten und schärfsten Stimme steigern: «Sergej Sergejewitsch (der Direktor des ganzen Unternehmens) bittet Sie bis dann und dann, diesen Fragebogen auszufüllen.» Und der Mitarbeiter erhält einen Vordruck – nicht einen simplen Fragebogen, sondern den umfangreichsten und unangenehmsten aller Fragebogen, die Rusanow in seinem Schrank, den für Geheimzwecke, aufbewahrt. Der Mitarbeiter hat vielleicht gar keinen Anlaß dazu gegeben, und Sergej Sergejewitsch weiß möglicherweise gar nichts davon, aber wer kann das nachprüfen, wo Sergej Sergejewitsch doch gefürchtet wird wie die Pest? – Der Mitarbeiter nimmt also den Fragebogen mit tapferer Miene an sich, aber wenn er vor dem Befragungszentrum je etwas verheimlicht hat, sitzt ihm schon die Angst im Nacken. Denn auf diesem Fragebogen läßt sich nichts vertuschen. Der ist ausgezeichnet. Besser als alle anderen. Mit diesem Fragebogen hatte Rusanow es auch fertiggebracht, daß einige Frauen sich scheiden ließen, deren Männer nach Paragraph 58 im Gefängnis saßen. Mochten diese Frauen auch versuchen, ihre Spuren zu verwischen, ihnen unter falschen Namen, aus einer anderen Stadt Päckchen zu schicken, mochten sie überhaupt nichts tun – das Gitter dieser Fragen war zu feinmaschig, als daß sie sich mit Lügen hätten hindurchwinden können. Nur eine Möglichkeit gab es, hindurchzuschlüpfen: die Scheidung vor dem Gesetz. Dafür wurde das Verfahren auch sehr erleichtert: Das Gericht verlangte nicht die Einwilligung der Häftlinge zur Scheidung, und diese mußten auch nicht benachrichtigt werden. Rusanow ging es nur darum, daß die Scheidung vollzogen wurde, damit die schmutzigen Hände eines Verbrechers eine Frau, die noch nicht verloren war, nicht vom Pfad der Bürgertugend abhielten. Diese Fragebogen aber wurden an niemanden weitergeleitet. Und Sergej Sergejewitsch hielt sie für nichts als einen Witz.

Der poetische Reiz seiner Arbeit lag in dem Empfinden, einen Menschen völlig in der Hand zu haben, obwohl rein sachlich auf diesen noch nicht einmal Druck ausgeübt worden war.

Der geheimnisvollen, halb exklusiven Stellung innerhalb des Betriebs verdankte Rusanow eine profunde Kenntnis der eigentlichen wahren Lebensumstände, was ihn sehr befriedigte. Das der Allgemeinheit sichtbare Leben (im Betrieb, auf den Konferenzen, auf den Seiten der Betriebszeitung, am Schwarzen Brett, bei der Lohnabrechnung, in der Kantine, im Klub) – war nicht das wirkliche Leben, es sah nur für Uneingeweihte so aus. Der wahre Verlauf des Lebens wurde nicht mit laut erhobener Stimme entschieden, sondern absolut ruhig, in stillen Arbeitsräumen, unter zwei, drei einander verstehenden Menschen oder durch freundliche Telefonanrufe. Das wirkliche Leben strömte außerdem in geheimen Papieren, die tief in den Aktenmappen Rusanows und seiner Mitarbeiter verborgen lagen, und lange konnte es stumm hinter einem Menschen hergehen, um sich dann jäh für einen Augenblick zu zeigen, mit feurigem Schlund aus der Unterwelt aufzutauchen, das Opfer mit Glut zu bespeien oder ihm den Kopf abzureißen – um dann wieder zu verschwinden, wer weiß wohin. An der Oberfläche aber blieb alles beim alten: der Klub, die Kantine, die Lohnabrechnungen, die Zeitung, der Betrieb – nur fehlte zwischen den am Schwarzen Brett vorbeigehenden Menschen der eine: der Entlassene, Abgesetzte, Ausgemerzte.

Der diffizilen, poetisch-politischen Art seiner Arbeit entsprach auch die jeweilige Einrichtung von Rusanows Arbeitsraum. Immer war es ein abseits gelegenes Zimmer mit einer Tür, die früher nur mit Leder bezogen und mit glänzenden Nägeln beschlagen war; als dann der Reichtum des Betriebes wuchs, wurde sie mit einem dunklen Windfang versehen. So ein Windfang ist eine scheinbar simple Einrichtung, ein ganz harmloses Ding, höchstens einen Meter breit, der Besucher verliert nicht mehr als zwei, drei Sekunden, bis er die äußere Tür hinter sich zugemacht, die innere noch nicht geöffnet hat. Aber in diesen Sekunden unmittelbar vor dem entscheidenden Gespräch erfährt er gleichsam einen Kurzschluß – kein Licht, keine Luft –, und schon empfindet er seine ganze Nichtigkeit, verglichen mit jenem, dem er gleich gegenübertreten wird.

Und sollte er Dreistigkeit, Wagemut, eigene Ideen besessen haben – hier, in dem Windfang, wird ihm das alles vergehen.

Natürlich kamen nicht gleich mehrere Leute auf einmal zu Pawel Nikolajewitsch. Hereingelassen wurde nur, wer bestellt worden war oder telefonisch die Erlaubnis erhalten hatte, vorzusprechen. Diese Gestaltung seines Arbeitsraums und diese Besucherordnung förderten die bedachtsame und geregelte Erledigung dienstlicher Obliegenheiten durch Rusanows Abteilung in hohem Maße. Das Fehlen der schützenden Doppeltür hätte Pawel Nikolajewitsch als schmerzlich empfunden.

Selbstverständlich konnte, gemäß der dialektischen Wechselbeziehung zwischen allen Erscheinungen der Wirklichkeit, die Verhaltensweise Rusanows am Arbeitsplatz nicht ohne Einfluß auf seine Lebensweise im allgemeinen bleiben. Nach und nach, im Verlauf von Jahren, hatte sich bei ihm und Kapitalina Matwejewna eine Abneigung gegen die Menge, gegen Menschenansammlung und Gedränge entwickelt. Sie bekamen Abscheu vor Straßenbahn und Autobus – dort wurde man gestoßen, konnte angerempelt werden, Bauarbeiter und andere Werktätige in verdreckten Overalls stiegen ein, konnten einem den Mantel mit Schmieröl und Kalkstaub beschmutzen. Auch hatte sich dort eine widerliche Familiarität eingebürgert – man klopfte einander auf die Schulter und bat, das Fahrgeld oder den Fahrschein weiterzugeben, unentwegt wurde man zu dieser Art Gefälligkeiten gezwungen. Doch zu Fuß durch die Stadt zu gehen war unbequem und ziemlich gewöhnlich, es entsprach nicht der eigenen Position, auch konnte man als Fußgänger erst recht in unvorhergesehene Zwischenfälle verwickelt werden. Deshalb gingen Rusanows allmählich zum Auto über – erst zu Dienstwagen und Taxi, dann zum eigenen Wagen. Was Eisenbahnreisen betraf, so wurden ihnen selbstverständlich nicht nur die Abteile für das gemeine Volk unangenehm, sondern auch die Wagen mit Platzkarten: Auch dort pflegten sich Leute in Schafspelzen mit ihren Eimern und Säcken breitzumachen. Darum reisten Rusanows nur noch in Einzelabteilen der Polsterklasse. Für Rusanow wurde natürlich immer rechtzeitig ein Hotelzimmer bestellt, damit er ja nicht aus Platzmangel in ein Zimmer mit mehreren Betten gesteckt werde. Für Rusanows kamen natürlich auch nicht die erstbesten Sanatorien in Frage, sondern nur solche, wo der Gast zuvorkommend bedient wird, wo der Park und der Strand dem gewöhnlichen Publikum verschlossen bleiben. Und als die Ärzte Kapitalina Matwejewna verordnet hatten, häufiger spazierenzugehen, konnte sie das nur in solchen Sanatorien, wo sie ihresgleichen traf. Obwohl Rusanows die russische Denkweise beibehielten und Volksbelustigungen eigentlich sehr schön fanden, gaben sie doch mit der Zeit den reinlicheren und etwas ungefährlicheren Festen der Führungsschicht den Vorzug.

Rusanows liebten das Volk – ihr großes Volk! Sie dienten ihm und waren bereit, ihm ihr Leben zu opfern. Doch die Bevölkerung konnten sie im Laufe der Jahre immer weniger ausstehen – diese aufsässige Bevölkerung, die sich ewig drückte, aufbegehrte und obendrein noch Forderungen stellte.

Und so machten sie immer häufiger einen Bogen um schlechtgekleidete, unverschämte, zuweilen auch betrunkene Menschen, denen man in Verkehrsmitteln, vor Bierkiosken, an Bushaltestellen und auf Bahnhöfen begegnen konnte. Ein schlechtgekleideter Mensch ist immer gefährlich, er ist sich seiner Verantwortlichkeit kaum bewußt und hat wohl auch nicht viel zu verlieren, denn sonst wäre er ja besser gekleidet. Gewiß, das Gesetz und die Miliz schützen Rusanow vor schlechtgekleideten Menschen, doch dieser Schutz setzt unweigerlich mit Verspätung ein, erst wenn es gilt, den Flegel zu bestrafen, also nach einem Zusammenstoß; bei dem eigentlichen Zusammenstoß aber ist Pawel Nikolajewitsch im Grunde schutzlos – weder seine Position noch seine Verdienste können ihn schützen. Der Flegel aber kann ihn grundlos beleidigen, unflätig beschimpfen, kann ihn mir nichts, dir nichts mit der Faust ins Gesicht schlagen, ihm seinen Anzug mit Gewalt ausziehen oder zumindest beschädigen.

Und so kam es, daß Rusanow, der nichts auf der Welt fürchtete, an einer völlig normalen und berechtigten Angst vor hemmungslosen, angetrunkenen Leuten zu leiden begann, genauer gesagt, vor einem Faustschlag ins Gesicht.

Darum hatte die Nachricht von der Heimkehr Roditschews ihn anfangs so aufgewühlt: Rusanow hatte die Vorstellung, Roditschew würde ihn sofort mit der Faust ins Gesicht schlagen. Er oder Gusun konnten sich natürlich nicht auf das Gesetz berufen – das Gesetz würde ihnen gegen Rusanow kaum helfen –, und irgendwelche Forderungen konnten sie, durften sie gar nicht stellen. Was aber, wenn sie als kräftige Männer zurückkamen und ihm, vulgär gesprochen, eins in die Fresse hauen wollten?

Eben diese Angst mußte Pawel Nikolajewitsch überwinden, auslöschen, denn er war ein bewußter Willensmensch neuer Prägung.

Vorerst war ja alles pure Einbildung. Möglich, daß es gar keinen Roditschew gab, gebe Gott, daß er nicht heimkehren möge. Dieses ganze Geschwätz über Heimkehrer konnte durchaus auf Märchen beruhen, denn im Verlauf der wichtigen Ereignisse, die Pawel Nikolajewitsch miterlebt hatte, waren ihm keine Anzeichen neuer Strömungen aufgefallen.

Und dann: Wenn Roditschew wirklich freigekommen war, fuhr er nach K., nicht aber hierher. Auch hatte er jetzt anderes zu tun, als Rusanow zu suchen – er mußte aufpassen, daß er aus K. nicht wieder hinausgeworfen wird. Den ersten, unwillkürlichen Schreck hätte Pawel Nikolajewitsch sich also sparen können. Sollte Roditschew ihn aber wirklich suchen, so käme er nicht gleich darauf, es hier zu tun. Außerdem fuhr der Zug von K. hierher volle drei Tage und Nächte, durch acht

Regierungsbezirke. Und selbst wenn Roditschew hier erschiene, ginge er doch zuerst in die Wohnung Rusanows und nicht ins Krankenhaus. Gerade im Krankenhaus war Pawel Nikolajewitsch in voller Sicherheit.

In Sicherheit! Lächerlich. Mit dieser Geschwulst – und in Sicherheit. Lieber sterben als sich vor jedem, der heimkehrt, fürchten. Welch ein Wahnsinn – sie heimzuschicken! Wozu? Sie haben sich dort eingelebt, sich abgefunden – wozu sie also wieder hierherlassen, anderen Leuten das Leben vergällen?

Rusanows Erregung schien abzuklingen, er würde wohl einschlafen können. Er mußte versuchen zu schlafen. Doch zuvor mußte er auf die Toilette gehen – die unangenehmste Prozedur im Krankenhaus.

Er drehte sich vorsichtig um, richtete sich vorsichtig auf – die Geschwulst am Hals drückte wie eine eiserne Faust –, arbeitete sich aus dem durchgelegenen Bett heraus, zog die Pyjamajacke über, fuhr in die Hausschuhe, setzte die Brille auf und schlurfte leise hinaus.

Die strenge schwarze Maria wachte an ihrem Tisch, sein Schlurfen ließ sie hellhörig aufsehen. In einem Bett unmittelbar an der Treppe wiegte sich stöhnend ein Neuer hin und her, ein Grieche mit wirrem Haarschopf. Liegen konnte er nicht, er saß und blickte Pawel Nikolajewitsch mit übernächtigen, entsetzt aufgerissenen Augen nach.

Auf zwei Rückenkissen gestützt, lehnte ein kleiner, noch sorgsam gekämmter, ganz gelber Mann halb sitzend in seinem Bett auf dem mittleren Treppenabsatz und atmete aus einem Sauerstoffkissen aus Segeltuch. Auf seinem Nachtschränkchen lagen Apfelsinen, Gebäck, Rachat-Lukum, daneben stand eine Flasche mit Joghurt, doch alles das war ihm gleichgültig – die einfache, körperlose Luft drang nicht mehr ausreichend in seine Lungen.

Im unteren Flur standen weitere Betten mit Kranken. Einige schliefen. Eine Alte von ostasiatischem Aussehen lag zerzaust mit schmerzverzerrtem Gesicht in den Kissen.

Er kam an einer Kammer vorbei, in der man auf einer unsauberen Liege unterschiedslos jedem Patienten Einläufe zu machen pflegte.

Und schließlich, nach tiefem Einatmen, bemüht, die Luft anzuhalten, betrat Pawel Nikolajewitsch die Toilette. In dieser Toilette ohne Einzelkabinen und sogar ohne Becken fühlte er sich besonders preisgegeben und erniedrigt. Die Pflegerinnen reinigten sie mehrmals am Tage, kamen aber nicht nach, und immer gab es frische Spuren von Erbrechen, von Blut und Exkrementen. Diese Toilette wurde ja von Wilden benutzt, die an Komfort nicht gewöhnt waren. Er sollte versuchen, zum Chefarzt vorzudringen und durchzusetzen, daß er die Arzttoilette benutzen durfte, dachte Rusanow, aber nicht entschlossen wie sonst, sondern ziemlich träge.

Und wieder an der Einlaufkammer vorbei, vorbei an der Alten mit dem wirren Haar und den anderen im Flur schlafenden Kranken. Vorbei an dem Todgeweihten mit dem Sauerstoffkissen. Oben aber fragte der Grieche grauenhaft flüsternd: «Hör mal, Kumpel! Werden hier alle kuriert? Oder sterben auch welche?»

Rusanow sah ihn an und zuckte zusammen – und spürte bei dieser Bewegung deutlich, daß er den Kopf nicht mehr wenden konnte, sondern, wie Jefrem, den ganzen Oberkörper drehen mußte. Die unheimliche Beule am Hals drückte oben gegen den Kiefer und nach unten gegen das Schlüsselbein.

Er hastete in sein Zimmer.

Woran hatte er bloß gedacht?

Vor wem sich gefürchtet?

Auf wen gehofft?

Hier, zwischen Kiefer und Schlüsselbein, saß sein Schicksal.

Sein Richter.

Und vor diesem Richter halfen ihm weder Beziehungen noch Verdienste, noch Verteidiger.

15

«Wie alt bist du denn?»

«Sechsundzwanzig.»

«Oh, allerhand!»

«Und du?»

«Sechzehn. Und mit sechzehn soll ich das Bein hergeben, überleg mal!»

«Bis wohin wollen die denn ...?»

«Bis zum Knie – unter dem machen sie's nicht, ich habe das hier schon gesehen. Meistens noch ein Stück drüber. So ungefähr ... So ein Stumpf wird bleiben ...»

«Dann kriegst du eine Prothese. Was willst du denn werden?»

«Ich möchte auf die Universität.»

«Welche Fakultät?»

«Entweder Philologie oder Geschichte.»

«Wirst du die Prüfungen schaffen?»

«Ich denke schon. Ich rege mich niemals auf, bin sehr ruhig.»

«Das ist gut. Was stört dich dann die Prothese? Du kannst doch lernen, arbeiten. Wirst dich um so mehr dahinterklemmen. Für die Wissenschaft mehr leisten.»

«Aber sonst? Das Leben?»

«Außer der Wissenschaft – was denn sonst?»

«Na, so ...»

«Heiraten?»

«Na ja, zum Beispiel.»

«Du findest schon eine! Auf jeden Baum setzt sich ein Vogel! – Welche Alternative hast du denn?»

«Was?»

«Entweder das Bein oder das Leben?»

«Ich könnte doch Glück haben, vielleicht heilt's von allein.»

«Nein, Djomka, auf ‹vielleicht› kann man keine Brücken bauen. Auf ein solches Glück darf ein vernünftiger Mensch nicht hoffen. Haben sie dir gesagt, wie deine Geschwulst heißt?»

«So ähnlich wie S. A.»

«Dann muß operiert werden.»

«Wieso? Kennst du dich aus?»

«Ja. Wenn man mir vorschlagen würde, das Bein herzugeben – selbst ich wäre sofort bereit. Obwohl für mich das Leben nur einen Sinn hat, wenn ich mich bewegen kann – zu Fuß und zu Pferd, per Auto kommt man da gar nicht hin.»

«Was? Wollen sie dich nicht operieren?»

«Nein.»

«Hast du die Zeit verpaßt?»

«Wie soll ich sagen ... nicht direkt verpaßt ... Ja, zum Teil auch verpaßt. Draußen war so viel zu tun. Ich hätte vor drei Monaten herkommen müssen, aber ich konnte mich nicht von der Arbeit trennen. Vom Gehen und auch vom Reiten wurde es schlimmer, es wurde feucht, brach auf und fing an zu eitern. Wenn's aufbrach, wurde mir besser, da habe ich weitergearbeitet, ich dachte, ich warte noch etwas. Jetzt scheuert es so, daß ich am liebsten das Hosenbein abschneiden oder nackt dasitzen möchte.»

«Ist es nicht verbunden?»

«Nein.»

«Zeig mal – darf ich?»

«Sieh dir's nur an.»

«Huh, so groß ... und so dunkel.»

«Es ist von Natur aus dunkel. Hier hatte ich ein großes Muttermal. Daraus hat es sich entwickelt.»

«Was ist denn das da?»

«Die drei Verhärtungen von den Durchbrüchen ... Meine Geschwulst ist ganz anders als deine, Djomka. Ich habe ein Melanoblastom. Dieses Luder kennt kein Erbarmen. In der Regel – acht Monate und aus.»

«Woher weißt du das?»

«Bevor ich herkam, habe ich ein Buch gelesen. So kam ich ja erst dahinter, was los ist. Aber selbst wenn ich früher gekommen wäre, hätten sie eine Operation nicht riskiert. Ein Melanoblastom ist hundsgemein – sobald man mit dem Messer drangeht, gibt's neue Metastasen. Das Zeug will auch leben, auf seine Art, verstehst du? Was ich in diesen Monaten versäumt habe, hat sich in der Leistengegend festgesetzt.»

«Und was hat Ljudmila Afanassjewna gesagt, als du am Sonntag bei ihr warst.»

«Sie sagt, man müsse versuchen, sogenanntes Kolloidgold aufzutreiben. Wenn man es bekommt, könnte man vielleicht damit das Zeug in der Leistengegend aufhalten und das am Bein durch Röntgenbestrahlung in Schach halten.»

«Und heilen?»

«Nein, Djomka, geheilt kann ich nicht mehr werden. Ein Melanoblastom ist überhaupt nicht zu heilen. Es gibt keine Genesung. Und bei mir ist es so: Das Bein abnehmen – ist zuwenig, und höher – wo soll man da schneiden? Die Frage, um die es jetzt geht, ist: Kann man das noch hinauszögern. Und was gewinne ich dabei: Monate oder Jahre.»

«Das heißt ... Wie denn? Du ... du wirst also ...?»

«Ja. Ich werde also. Ich habe mich schon damit abgefunden, Djomka. Aber nicht der lebt mehr, der länger lebt. Mein einziges Problem ist jetzt: Wieviel kann ich noch schaffen. Man muß doch etwas geschafft haben auf der Welt! Und ich brauche drei Jahre! Drei Jahre – um mehr bitte ich nicht. Aber diese drei Jahre muß ich draußen, im Freien verbringen, nicht in der Klinik.»

Sie unterhielten sich ganz leise auf Wadims Bett am Fenster. Das Gespräch hätte nur der danebenliegende Jefrem hören können, doch der lag seit dem frühen Morgen da wie ein Klotz und starrte unausgesetzt auf die Decke. Auch Rusanow konnte es wahrscheinlich hören, ein paarmal blickte er voller Sympathie zu Wadim Zadyrko hinüber.

«Was für eine Arbeit hast du denn vor?» fragte Djomka stirnrunzelnd.

«Versuch's mal zu verstehen. Ich bin jetzt dabei, eine neue, sehr umstrittene Hypothese zu überprüfen. Große Wissenschaftler in Moskau glauben nicht daran, daß man Vorkommen polymetallischer Erze nach dem Vorhandensein radioaktiven Wassers feststellen kann. Radioaktiv – weißt du, was das ist?... Da gibt es tausend Argumente, aber auf dem Papier läßt sich alles, was man will, verteidigen oder ablehnen. Ich aber fühle genau, daß ich es mit Tatsachen beweisen kann. Doch dazu müßte ich die ganze Zeit draußen sein und das Erz an Hand des radioaktiven Wassers tatsächlich finden – nur so und nicht anders. Und möglichst oft. Aber Arbeit ist eben Arbeit. Was kostet denn die meiste Kraft? Wir haben zum Beispiel keine Vakuumpumpe, sondern eine Zentrifugalpumpe. Um sie in Gang zu setzen, muß man erst die Luft heraussaugen. Womit? Mit dem Mund! Dabei habe ich viel radioaktives Wasser geschluckt. Wir trinken es ja auch so. Die Kirgisen sagen: Unsere Väter haben es nicht getrunken, und wir trinken es auch nicht. Aber wir, die Russen, wir trinken es. Na ja, jetzt, mit dem Melanoblastom, da brauch ich mich vor der Radioaktivität nicht zu fürchten! Gerade ich könnte und müßte arbeiten!»

«Du Idiot!» sagte Jefrem mit knarrender, ausdrucksloser Stimme, ohne sich umzudrehen. «Wenn's ans Sterben geht, was nützt dir da die Geologie? Sie wird dir nicht helfen. Denk lieber darüber nach, wovon die Menschen leben.»

Wadims Bein lag unbeweglich, aber sein Kopf bewegte sich leicht auf dem biegsamen, freien Hals. Seine schwarzen Augen blitzten freundlich, seine weichen, geschwungenen Lippen zuckten kaum merklich, und er antwortete, ohne im geringsten gekränkt zu sein: «Das weiß ich doch. Vom produktiven Schaffen! Das hilft mächtig. Man braucht weder Essen noch Trinken.» Und er klopfte sich mit dem geriffelten Kugelschreiber gegen die Zähne, gespannt, wie weit er verstanden worden war.

«Lies mal das Buch hier, da staunst du!» krächzte Poddujew, immer noch bewegungslos, also ohne Zadyrko sehen zu können. Sein krummer Nagel klopfte gegen den blauen Buckdeckel.

«Das habe ich mir schon angesehen.» Wadims Antworten kamen

pfeilschnell geschossen. «Das ist nicht für unser Jahrhundert. Zu formlos, zu energielos. Für uns heißt es: mehr arbeiten! Und nicht für die eigene Tasche. Das ist alles.»

Rusanow regte sich, seine Brillengläser glänzten auf, er fragte laut: «Sagen Sie, junger Mann, sind Sie Kommunist?»

Ebenso freundlich und schlicht wandte Wadim den Blick zu Rusanow. «Ja», sagte er sanft.

«Ich war überzeugt davon!» verkündete Rusanow feierlich und hob den Zeigefinger.

Er sah einem Lehrer sehr ähnlich.

Wadim gab Djomka einen Klaps auf die Schulter.

«So, geh jetzt, ich muß arbeiten.»

Und er beugte sich über das Buch ‹*Methoden der Geochemie*›, worin ein Blatt Papier lag, das mit eng geschriebenen Auszügen und großen Ausrufungs- und Fragezeichen bedeckt war.

Er las, und der schwarze, geriffelte Kugelschreiber wippte leicht zwischen den Fingern. Er war ganz in sein Buch vertieft, war gleichsam nicht mehr vorhanden. Rusanow, für den seine Worte eine Ermunterung waren, wollte sich vor der Spritze noch mehr aufmuntern und beschloß, Jefrem endlich kleinzukriegen, damit er hier nicht länger Trübsinn verbreite. Geradeaus von der einen zur anderen Wand auf Jefrem blickend, begann er auf ihn einzureden: «Der Genosse hat Ihnen eine gute Lektion erteilt, Genosse Poddujew. Man darf der Krankheit nicht derart nachgeben. Und sich nicht von dem ersten besten Pfaffenbuch umwerfen lassen. Praktisch unterstützen Sie damit ...» Er wollte sagen: den Feind, im normalen Leben konnte man immer auf Feinde hinweisen, aber hier, im Krankenhaus, wer war hier ihr Feind? ... «Man muß das Leben in seiner ganzen Tiefe erkennen. Vor allem das Wesen der Heldentat. Was aber führte den Menschen zum heldenhaften Arbeitseinsatz? Oder zu Heldentaten im Großen Vaterländischen Krieg? Oder, beispielsweise, während unseres Bürgerkrieges? Hungrig, abgerissen, ohne Stiefel und ohne Waffen ...»

Seltsam unbeweglich war Jefrem heute: Er stand nicht auf, um im Gang zwischen den Betten auf und ab zu wandern, er unterließ viele seiner gewohnten Bewegungen. Früher hatte er es nur vermieden, Hals und Kopf zu bewegen, heute aber rührte er weder Füße noch Hände, klopfte nur ein einziges Mal mit dem Finger gegen das Buch. Man redete ihm zu, sein Frühstück zu essen, er antwortete nur: «Wenn du vom Essen nicht satt geworden bist, hilft dir auch kein Lecken mehr.» Vor dem Essen und nach dem Essen lag er bewegungslos da, und hätte er nicht von Zeit zu Zeit geblinzelt, so hätte man denken können, er habe Starrkrampf.

Nur seine Augen waren offen.

Um Rusanow sehen zu können, brauchte er sich überhaupt nicht zu bewegen. Außer der Decke und den Wänden sah er nur ihn, der weiß und sauber im Bett lag.

Er hatte gehört, was Rusanow ihm belehrend erklärte. Seine Lippen bewegten sich, und er sagte ebenso feindselig wie zuvor, nur noch unverständlicher: «Was denn – Bürgerkrieg? Hast du vielleicht im Bürgerkrieg gekämpft?»

Pawel Nikolajewitsch seufzte.

«Sie und ich, Genosse Poddujew, wir haben damals auf Grund unseres Alters noch nicht kämpfen können.»

Jefrem zog die Nase hoch.

«Ich weiß nicht, warum du nicht gekämpft hast. Ich habe gekämpft.»

Pawel Nikolajewitsch hob betont intelligent die Augenbrauen über den Brillenrand.

«So? Wie kam denn das?»

«Sehr einfach.» Jefrem sprach langsam, mit Pausen zwischen den Sätzen. «Pistole her und gekämpft. Komisch, ich war nicht der einzige.»

«Wo haben Sie denn auf diese Weise gekämpft?»

«Bei Ischewsk. Haben die Konstitution zusammengehauen. Ich allein hab sieben umgelegt. Weiß es wie heute.»

Ja, ihm schien es, als könne er sich noch jetzt an alle sieben erinnern, sieben Erwachsene, und daran, wer sie waren, und wo er, ein Halbwüchsiger, sie in den Straßen der aufständischen Stadt umgelegt hatte.

Der mit der Brille redete weiter, erklärte ihm irgend etwas, doch Jefrem war heute wie taub. Nur für kurze Zeit, wie aus der Tiefe auftauchend, hörte er etwas.

Kaum hatte er heute im Morgengrauen die Augen geöffnet und über sich ein Stück der kahlen weißen Decke erblickt, da erinnerte er sich, ohne jeden äußeren Anlaß, an einen längst vergangenen, nichtigen, gänzlich vergessenen Vorfall. Diese Erinnerung traf ihn wie ein Stoß.

Es war ein Tag im November, schon nach dem Krieg. Es schneite, der Schnee wurde schnell zu Matsch, auf der aus dem Graben herausgeschaufelten, etwas wärmeren Erde schmolz er sofort. Der Graben war für eine Gasleitung bestimmt und sollte einen Meter achtzig tief werden. Poddujew ging vorbei und sah, daß die vorgeschriebene Tiefe noch nicht erreicht war. Doch der Kolonnenführer kam und behauptete frech, die Tiefe stimme überall. «Wollen wir messen? Ist ja nur dein Schaden!» Poddujew nahm die Meßlatte, auf der im Abstand von zehn Zentimetern ein Querstrich eingebrannt war, jeder fünfte betont lang, sie stapften messend den Graben entlang und blieben in dem aufgeweichten Lehm immer wieder stehen, Jefrem mit seinen Stiefeln, der Kolonnenführer mit seinen Schuhen. An einer Stelle maßen sie einen Meter siebzig. Drei Männer schaufelten hier: ein langer, dürrer, das Gesicht voller schwarzer Stoppeln; ein ehemaliger Offizier, auf dem Kopf noch die Mütze mit lackiertem Schirm; der Stern war freilich längst heruntergerissen, der himbeerfarbene Mützenrand mit Erde und Lehm beschmiert; und schließlich ein dritter, ganz jung, mit einer städtischen Mütze und einem städtischen Mäntelchen (mit Textilien stand es in jener Zeit schlecht, Gefängniskleidung wurde nicht ausgegeben), einem Mäntelchen, das er wohl als Schüler bekommen hatte, viel zu kurz und zu eng, ganz abgetragen. (Dieses Mäntelchen hatte Jefrem wohl da zum erstenmal ganz deutlich wahrgenommen.) Die ersten beiden stocherten noch, taten, als würfen sie Erde hoch, obwohl der aufgeweichte Lehm sich nicht mehr vom Spaten löste. Der dritte, der Grünschnabel, stand da, die Brust gegen den Spatenstiel gelehnt, wie von ihm durchbohrt, hing daran wie eine Vogelscheuche, weiß vom Schnee, die Hände in die Ärmel gezogen. Für die Hände hatten sie nichts bekommen, an den Füßen hatte der Uniformierte Stiefel, die anderen aus Autoreifen geflochtene Schuhe. «Was stehst du rum, du Penner?» brüllte der Kolonnenführer den Jungen an. «Willst wohl 'ne Strafration, was? Los!» Der Junge seufzte und lehnte sich noch immer vornüber, der Spatenstiel schien ihm noch tiefer in die Brust zu dringen. Der Kolonnenführer schlug ihm ins Genick, der Junge schüttelte sich und fing an, mit dem Spaten zu stochern.

Sie maßen die Tiefe. Die Erde war zu beiden Seiten bis dicht an den Rand des Grabens aufgeworfen, und um den oberen Rand zu erkennen, mußte man sich tief hinabbeugen.

Der Uniformierte tat so, als wollte er helfen, in Wirklichkeit versuchte er die Latte schräg zu halten, um etwa zehn Zentimeter zu gewinnen. Poddujew brüllte ihm ein Schimpfwort zu, stellte die Latte gerade, und nun waren es genau ein Meter fünfundsechzig.

«Hör mal, Chef», bat da der Uniformierte leise, «erlaß uns die paar Zentimeter. Wir schaffen's nicht. Leerer Bauch, keine Kraft und das Wetter – siehst ja ...»

«Und ich gehe für euch auf die Anklagebank, was? Sonst noch Vorschläge? Es gibt schließlich einen Plan. Und daß mir die Wände rechtwinklig werden, das hier ist keine Rinne!»

Während Poddujew sich aufrichtete, die Latte heraufholte und die Füße aus dem Lehm zog, wandten alle drei ihm ihre Gesichter zu: das eine mit schwarzen Augenbrauen, das andere wie ein gehetzter Windhund, das dritte mit Flaum, noch nie rasiert. Und der Schnee fiel auf ihre Gesichter wie auf tote Gegenstände, sie sahen zu ihm empor. Und der Junge riß mühsam die Lippen auseinander und sagte: «Schon gut. Auch du wirst mal sterben müssen, Polier!»

Poddujew hatte keinen Bericht geschrieben, der sie in den Karzer brachte, er hatte sich nur genau notiert, wieviel sie gearbeitet hatten, um sich ihr Unglück nicht selbst auf den Hals zu laden. Und wenn man sich schon genau erinnern wollte – es hatte weitaus härtere Fälle gegeben. Auch waren seither zehn Jahre vergangen. Poddujew arbeitete nicht mehr in den Straflagern, jener Kolonnenführer war freigelassen worden, die Gasleitung war damals nur provisorisch gelegt worden, leitete wohl schon gar kein Gas mehr, jetzt wurde woanders geschuftet – aber *das* war geblieben, war heute aufgetaucht, war als erster Laut des Tages ins Ohr gedrungen: «Auch du wirst mal sterben müssen, Polier!»

Jefrem konnte sich nicht davor schützen, nichts Gewichtiges dagegen vorbringen. Was denn? Daß er noch leben möchte? Der Junge hatte es auch gewollt. Daß er, Jefrem, einen starken Willen hatte? Daß er etwas Neues begriffen hatte und gern danach leben würde? Die Krankheit hörte nicht darauf, die Krankheit hatte einen anderen «Plan». In dem kleinen blauen Buch mit der Goldschrift, das nun die vierte Nacht unter Jefrems Matratze lag, stand irgend etwas über die Inder: Die glauben, wir sterben nicht ganz, unsere Seele wandre in Tiere oder andere Menschen. Dieser «Plan» gefiel Poddujew jetzt: Wenigstens etwas Eigenes hinüberretten, nicht alles verscharren lassen. Wenigstens etwas Eigenes über den Tod hinaus.

Nur glaubte er einen Dreck an die Seelenwanderung.

Vom Hals her schoß es in den Kopf, ohne Unterlaß, jetzt schon ganz regelmäßig, viermal hintereinander. Vier Schläge: Tot – Jefrem – Poddujew – aus. Tot – Jefrem – Poddujew – aus.

Pausenlos. Und er begann diese Worte zu wiederholen, und je häufiger er sie wiederholte, um so mehr schien er sich von Poddujew zu lösen, der zum Sterben verurteilt war. Und sich an seinen Tod zu gewöhnen, als sei es der Tod seines Nachbarn. Doch dasjenige in ihm, was über den Tod Jefrem Poddujews, des Nachbarn, nachdachte, sollte ja wohl nicht sterben.

Und was war mit Poddujew, dem Nachbarn? Für den schien es keine Rettung zu geben. Nur dann, wenn er den Birkenschwammtee trinken könnte? Doch in dem Brief hatte gestanden, daß man den Tee ein Jahr regelmäßig trinken muß. Dafür brauchte man gut einen halben Zentner getrockneten Birkenschwamm oder einen ganzen Zentner frischen. Demnach wären es acht Sendungen. Der Schwamm aber durfte nicht länger lagern, mußte frisch vom Baum sein. Die Sendungen dürften also nicht alle auf einmal kommen, sondern nach und nach, einmal im Monat. Wer sollte für Poddujew diesen Schwamm regelmäßig sammeln, ihn regelmäßig schicken? Von dort, von weit her, aus Rußland?

So etwas kann nur ein nahestehender Mensch tun.

Viele, viele Menschen waren durch Jefrems Leben gegangen, aber keiner war an ihm hängengeblieben, nicht einer stand ihm nahe. Seine erste Frau, Amina, die könnte Birkenschwämme sammeln und schicken. Sie war die einzige, an die er hätte schreiben können, denn außer ihr hatte er niemanden jenseits des Urals. Doch sie würde zurückschreiben: «Verreck in der Gosse, alter Bock!» Und recht würde sie haben.

Jedenfalls würde sie recht haben im üblichen Sinne. Unrecht aber dem blauen Buch nach. Dem Buch nach war es so, daß Amina Mitleid mit ihm haben und ihn sogar lieben sollte – nicht als ihren Mann, sondern als leidenden Menschen. Und sie müßte ihm den Birkenschwamm schikken.

Das Buch war in Ordnung, vorausgesetzt, alle würden danach leben...

Das drang in Jefrems wie mit Watte verstopfte Ohren, als der Geologe sagte, er lebe für seine Arbeit. Und Jefrem klopfte mit dem Nagel auf das Buch.

Dann sah und hörte er nichts mehr, er hing von neuem seinen Gedanken nach, und wieder spürte er ein Stechen im Kopf.

Wenn dieses Stechen ihn nicht gequält hätte – wie leicht und angenehm wäre jetzt alles gewesen. Sich nicht bewegen, sich nicht mehr behandeln lassen, nichts essen, nichts reden, nichts hören, nichts sehen.

Einfach aufhören zu sein.

Doch er wurde am Bein und am Ellbogen gezerrt. Achmadschan war es und das Frauenzimmer aus der Chirurgie, das schon eine Weile an seinem Bett stand, um ihn zum Verbinden zu holen.

Und da mußte Jefrem einer überflüssigen Sache wegen aufstehen. Mußte auf die zwei Zentner, die sein Körper wog, den Willen übertragen, Arme und Beine anzuspannen, den Rücken aufzurichten, die mit Fleisch verpackten Knochen aus der Ruhe, in die sie versunken waren, aufzurütteln, seine Gelenke arbeiten zu lassen, mußte das Ganze aufstellen wie eine klobige Säule, der Säule eine Jacke überziehen und sie durch Gänge, über Treppen bewegen, der sinnlosen Quälerei entgegen – zehn Meter Binde sich abnehmen und dann wieder um den Hals wickeln lassen.

Das alles dauerte lange, tat weh und wurde von grauem Geraschel begleitet. Außer Jewgenija Ustinowna waren noch zwei Chirurgen zugegen, die, wer weiß warum, noch nie operiert hatten. Denen zeigte und erklärte sie etwas, sie sagte auch zu Jefrem etwas, aber er gab keine Antwort.

Er spürte, daß sie nichts mehr zu sagen hatte. In gleichgültigem Geraschel gingen alle Gespräche unter.

Er wurde mit einem weißen Reifen umwickelt, der noch mächtiger war als der vorige, und kehrte in sein Zimmer zurück. Das, was ihn umwickelt hielt, war größer als sein Kopf, nur der obere Teil des Kopfes war über dem Reifen zu sehen.

Im Zimmer begegnete ihm Kostoglotow, der einen Beutel Machorka ergattert hatte.

«Na, was haben sie denn gesagt?»

Jefrem überlegte: Wirklich, was hatten sie denn gesagt? Und obwohl er beim Verbinden nichts wahrgenommen zu haben schien, begriff er jetzt und erwiderte klar: «Kratz ab, wo du willst, nur nicht bei uns.»

Federau blickte entsetzt auf den ungeheuerlichen Hals, als sähe er das, was ihm möglicherweise bevorstand, und fragte: «Wirst du entlassen?»

Und erst diese Frage machte Jefrem klar, daß er sich nicht wieder ins Bett legen durfte, wie er gern gewollt hätte, sondern sich zur Entlassung fertig machen mußte; daß er, obwohl er sich nicht hinabbeugen konnte, sich anziehen mußte; daß er dann mit äußerstem Kraftaufwand die Säule seines Kopfes durch die Straßen der Stadt bewegen mußte.

Und unerträglich war ihm die Vorstellung, sich zwingen zu müssen, das alles zu tun, ohne zu wissen, warum und für wen.

Kostoglotow sah ihn an – nicht mitleidig, nein, eher mit soldatischer Teilnahme: Diese Kugel trifft dich, die nächste vielleicht mich. Er kannte Jefrems Vergangenheit nicht, hatte sich in der Klinik nicht mit ihm angefreundet, doch seine Gradlinigkeit gefiel ihm, Jefrem war durchaus nicht der schlechteste, der ihm im Leben begegnet war.

«Halt die Ohren steif, Jefrem», sagte er und streckte ihm die Hand hin. Jefrem drückte sie und grinste.

«Kaum geboren – regt er sich, wächst heran – schlägt er sich herum, stirbt, so geschieht's ihm recht!»

Oleg wollte zum Rauchen hinausgehen, da kam die Laborantin, die die Zeitungen austrug. Da er in der Tür stand, reichte sie ihm die Zeitung, Oleg schlug sie auf, doch Rusanow sah es und sagte laut und gekränkt zu der Laborantin: «Aber hören Sie! Hören Sie! Ich habe doch klar und deutlich gebeten, die Zeitung zuallererst mir zu geben!»

In seiner Stimme klang echter Schmerz, doch Kostoglotow hatte kein Verständnis für ihn und fragte schroff: «Warum eigentlich Ihnen zuerst?»

«Wieso denn: warum? Wieso: warum?» klagte Pawel Nikolajewitsch laut, erfüllt von der Unbezweifelbarkeit, der Eindeutigkeit seines Rechts, gepeinigt von der Unmöglichkeit, dieses Recht mit Worten zu verteidigen.

Es war nichts als Eifersucht, die er empfand, wenn ein Uneingeweihter vor ihm eine Zeitung aufschlug. Niemand von denen hier konnte aus der Zeitung das herauslesen, was Pawel Nikolajewitsch herauszulesen vermochte. Die Zeitung war für ihn eine zwar offen verbreitete, in Wirklichkeit jedoch chiffrierte Instruktion, eine Botschaft, die nicht klar formuliert werden durfte, die aber einem wissenden, versierten Menschen die Möglichkeit gab, an gewissen, unscheinbaren Merkmalen der Placierung der Artikel, an dem, was *nicht* erwähnt war, sich eine verläßliche Vorstellung von der neuesten Richtung zu machen. Und eben deshalb mußte Rusanow die Zeitung als erster lesen.

Aber das konnte man hier doch nicht aussprechen! Und so klagte Pawel Nikolajewitsch nur: «Ich bekomme doch gleich die Spritze. Ich wollte vor der Spritze noch rasch hineinschauen.»

«Die Spritze?» Oglojed ließ sich erweichen. «Moment...» Er überflog die Zeitung, die Berichte über die Tagung und die von ihnen auf die zweite Seite verdrängten Nachrichten. Er wollte doch hinausgehen, um zu rauchen. Schon raschelte er mit der Zeitung, um sie zusammenzufalten und weiterzugeben – da plötzlich fiel ihm etwas auf. Er steckte den Kopf tief zwischen die Blätter und sagte immer wieder dasselbe lange Wort, dehnte es zwischen Zunge und Gaumen: «In-ter-es-sant ... in-ter-es-sant ...»

Vier Schläge, dumpf wie das Pochen des Schicksals in Beethovens Symphonie – doch niemand im Zimmer hörte sie, würde sie wohl niemals hören –, und was hätte Oleg auch sonst laut sagen können?

«Was ist denn los?» Rusanow wurde ganz aufgeregt. «Geben Sie doch endlich die Zeitung her!»

Aber Kostoglotow gab keine Antwort. Er legte die Blätter zusammen, faltete sie erst einmal, dann noch einmal, wie sie gefaltet gewesen waren, doch die sechs Seiten legten sich nicht in dieselben Kniffe, beulten sich. Oleg ging einen Schritt auf Rusanow zu, der auch einen Schritt auf ihn zukam, reichte ihm die Zeitung, öffnete mitten im Krankensaal den seidenen Tabaksbeutel und drehte sich mit zitternden Händen eine Zigarette aus Machorka und Zeitungspapier.

Und mit zitternden Händen entfaltete Pawel Nikolajewitsch die Zeitung. Dieses «Interessant» Kostoglotows drang ihm wie ein Messer zwischen die Rippen. Was konnte für Olgojed interessant sein? Mit Kennerblick überflog er die Überschriften der Tagungsberichte, und plötzlich, und plötzlich ... Wie? ... Wie? ... Keineswegs dick gedruckt, ganz unscheinbar für jeden, der unkundig war, schrie ihm aus diesem Zeitungsblatt ein unerhörter, unmöglicher Erlaß entgegen. Der Erlaß von der völligen Umbesetzung des Obersten Gerichts! Des Obersten Gerichts der Sowjetunion! Wie?! Matulewitsch, der Vertreter Ulrichs?! Dotistow? Pawlenko? Und Klopow? – Er gehörte dem Obersten Gericht an, seit es bestand. Und Klopow – entlassen! ... Wer soll denn die Kader überwachen? ... Lauter neue Namen ... Alle, die die Justiz ein viertel Jahrhundert innehatten – alle mit einem Schlag ...

Das konnte kein Zufall sein!

Das war ein Schritt der Geschichte ...

Schweiß brach ihm aus allen Poren. Erst gegen Morgen war er zur Ruhe gekommen mit dem Gedanken, alle seine Ängste seien unbegründet und nun ...

«Die Spritze.»

«Was?!» Er fuhr entsetzt auf.

Doktor Hangart stand vor ihm mit der Spritze.

«Machen Sie den Arm frei, Rusanow, die Spritze.»

16

Er kroch. Er kroch durch ein Betonrohr – nein, kein Rohr, eher ein Tunnel, und aus den Betonplatten ragten Eisenstangen und Drähte heraus, zuweilen streiften sie ihn, und immer am Hals, rechts, wo es weh tat. Er kroch auf dem Bauch und fühlte vor allem die Schwere des Körpers, die ihn zu Boden drückte. Diese Schwere war bedeutend größer als das Gewicht seines Körpers, er hatte sich an diese Schwere noch nicht gewöhnt, sie lastete auf ihm, quetschte ihn breit. Erst dachte er, es sei der Beton, der drücke, aber nein, es war sein eigener Körper, der so schwer war. Er fühlte ihn und schleppte ihn wie einen Sack voll Schrott. Er meinte, mit dieser Schwere nie mehr auf die Beine kommen zu können, aber die Hauptsache war, aus diesem Tunnel herauszukriechen, wenigstens einmal durchzuatmen, wenigstens das Tageslicht zu sehen. Doch der Tunnel nahm und nahm und nahm kein Ende. Da befahl ihm eine Stimme – aber stimmlos, nur in Gedanken –, seitwärts zu kriechen. Wie denn, dort ist die Mauer? dachte er. Doch mit der gleichen Schwere, die ihn zu Boden drückte, wurde ihm unumstößlich dieser Befehl erteilt: seitwärts zu kriechen. Er ächzte, gehorchte und kroch – kroch tatsächlich, genau, wie er vorhin geradeausgekrochen war. Kaum hatte er sich daran gewöhnt, wurde ihm befohlen, zur anderen Seite zu kriechen. Er stöhnte auf, begann, sich in anderer Richtung zu bewegen. Alles war gleich schwer, aber kein Licht, kein Ende war zu erspähen. Dieselbe Stimme befahl ihm nach rechts und schneller zu kriechen. Er begann sich mit Ellbogen und Füßen abzustoßen und kroch los, obwohl rechts eine undurchdringliche Mauer war, und es schien zu gehen. Und sofort lautete der Befehl: nach links, und schnell – und ohne zu zögern, ohne zu denken kroch er nach links, und es ging. Die ganze Zeit über stieß er mit dem Hals an, der Schmerz zuckte in den Kopf. So schlecht war es ihm noch nie im Leben gegangen, und am schlimmsten würde es sein, hier zu sterben, ohne jemals hinauszugelangen.

Doch plötzlich wurden die Beine leicht – so leicht, als wären sie aufgeblasen, oder: mit Luft gefüllt. Und die Beine hoben sich, Brust und Kopf aber blieben immer noch an den Boden gedrückt. Er horchte – kein Befehl.

Da kam ihm die Idee, er könnte vielleicht auch so hinausgelangen: Mochten die Beine ihn aus dem Rohr hinausziehen, er würde ihnen nachkriechen und so entkommen. Wirklich, nun kroch er rückwärts, stieß sich mit den Händen ab – wo nur die Kraft herkam? – und kroch den Beinen hinterher durch ein Loch. Das Loch war eng, das schlimmste aber war, daß ihm das Blut in den Kopf schoß, er meinte, er müßte sterben, der Kopf würde platzen. Doch als er sich noch ein paarmal von den Wänden abgestoßen hatte, sich überall aufschürfend, schaffte er es, gelangte ins Freie.

Nun befand er sich vor einem Rohr inmitten einer Baustelle, die aber menschenleer war, offenbar war der Arbeitstag schon vorüber. Die Erde rundherum war braun, schmutzig und aufgeweicht. Er setzte sich auf das Rohr, um Luft zu holen, da sah er ein Mädchen neben sich sitzen, in verschmierter Arbeitskleidung, aber mit bloßem Kopf, mit strohblondem Haar, das strähnig herabhing, ohne Spange, ohne Klemmen. Das Mädchen sah ihn nicht an, saß nur da, wartete aber auf eine Frage von ihm, das wußte er. Erst war er erschrocken, doch dann begriff er, daß das Mädchen vor ihm noch mehr Angst hatte als er vor ihm. Rusanow war gar nicht nach einer Unterhaltung zumute, doch es wartete so, daß er fragte: «Wo ist deine Mutter?»

«Ich weiß nicht», antwortete das Mädchen, schlug die Augen nieder und kaute an den Fingernägeln.

«Wieso weißt du das nicht?» Schon wurde er ärgerlich. «Das mußt du doch wissen. Und mußt alles aufrichtig sagen. Und alles aufschreiben, wie es ist... Ich frage dich noch einmal: Wo ist deine Mutter?»

«Das wollte ich Sie fragen», sagte das Mädchen und blickte auf. Seine Augen waren wasserhell. Und sofort durchfuhr es Rusanow – Vermutungen stürzten auf ihn ein, mehrere, aber nicht eine nach der anderen, sondern alle zugleich. Das Mädchen war die Tochter der Arbeiterin Gruscha, die für ihr Geschwätz über den Führer des Volkes eingesperrt worden war. Diese Tochter aber hatte ihm einen falsch ausgefüllten Fragebogen eingereicht, hatte die Geschichte mit der Mutter verschwiegen. Er hatte sie kommen lassen und ihr, des gefälschten Fragebogens wegen, mit einem Gerichtsverfahren gedroht. Daraufhin hatte sie sich vergiftet. Vergiftet hatte sie sich, doch jetzt erkannte er an ihren Augen und Haaren, daß sie ins Wasser gegangen war. Auch erkannte er, daß Gruschas Tochter wußte, wer er war. Und die letzte Erkenntnis: Wenn sie sich ertränkt hat und er neben ihr sitzt, ist also auch er gestorben. Schweiß strömte ihm von der Stirn, er wischte ihn ab und sagte zu dem Mädchen: «Ist das eine Hitze! Wo kann man hier Wasser trinken, weißt du das?»

«Da.»

Sie wies auf einen Waschzuber oder Kübel mit abgestandenem Regenwasser, das mit grünlichem Lehm vermischt war. Und sofort erriet er, daß das Mädchen in diesem Wasser ertrunken war und jetzt wollte, daß auch er darin ertrinke. Wenn es das wollte, dann war er also doch noch am Leben?

«Geh und hol den Bauleiter her», sagte er listig, um sie loszuwerden. «Und Stiefel soll er mir mitbringen, so kann ich schließlich keinen Schritt gehen.»

Sie nickte, sprang von dem Rohr herunter und stapfte durch Pfützen, eine Schlampe mit hängendem Haar, in Overall und Stiefeln, wie alle Frauen auf dem Bau.

Er hatte einen solchen Durst, daß er beschloß, doch aus diesem Kübel zu trinken – nur ein wenig, das würde ihm nichts schaden. Er stieg hinunter und merkte verwundert, daß die nasse Erde gar nicht glitschig war. Die Erde unter seinen Füßen war auf seltsame Weise unbestimmbar. Und alles um ihn herum war unbestimmbar, in der Ferne war nichts zu erkennen. Er hätte gehen können, doch plötzlich erschrak er, glaubte, ein wichtiges Papier verloren zu haben. Er fuhr sich in die Taschen, in alle Taschen auf einmal, schneller als seine Hände greifen konnten, und stellte fest: er hatte es verloren.

Er war bestürzt, entsetzt – in Zeiten wie der jetzigen durften andere Leute solche Papiere nicht lesen. Das konnte große Unannehmlichkeiten für ihn nach sich ziehen. Da fiel ihm ein, wo er das Papier verloren hatte – an dem Rohr beim Herauskriechen. Und er ging rasch zurück. Fand aber diesen Platz nicht. Erkannte nichts wieder. Es gab auch gar kein Rohr. Aber Arbeiter gingen umher. Und das war das schlimmste – sie hätten das Papier finden können.

Es waren lauter unbekannte Arbeiter, alle jung. Einer von ihnen, in der Montur eines Schweißers, mit Schulterklappen, blieb stehen und blickte ihn an. Warum nur? Hatte er es etwa gefunden?

«Sag, hast du Streichhölzer?» fragte Rusanow.

«Du rauchst doch gar nicht», antwortete der Schweißer.

(Alles wissen sie! Woher bloß?)

«Ich brauche die Streichhölzer zu einem anderen Zweck.»

«Zu welchem anderen?» fragte der Schweißer argwöhnisch.

Wirklich, dachte Rusanow, wie konnte ich nur so etwas Dummes antworten! Das war doch die typische Antwort eines Saboteurs. Daraufhin können sie mich hier festhalten. Und dann finden sie das Papier. Die Streichhölzer brauche ich doch, um jenes Papier zu verbrennen.

Der Bursche kam auf ihn zu, näher, immer näher – entsetzt ahnte Rusanow, was geschehen würde. Der Bursche blickte ihm in die Augen und sagte betont deutlich: «Aus der Tatsache, daß Gruscha Jeltschanskaja mir ihre Tochter gleichsam vermacht hat, schließe ich, daß sie sich schuldig fühlt und mit Verhaftung rechnet.»

Rusanow zitterte am ganzen Körper.

«Woher wissen Sie das?» fragte er, obwohl es völlig klar war, daß der Bursche jenes wichtige Papier, seine dienstliche Meldung von damals, soeben gelesen hatte: Der Satz stammte Wort für Wort daraus.

Der Schweißer gab keine Antwort und ging seiner Wege. Rusanow geriet in Panik. Natürlich, hier irgendwo in der Nähe lag dieses Papier, er mußte sich beeilen, beeilen!

Und er rannte umher zwischen Mauern, bog um Ecken, das Herz sprang voraus, die Beine kamen nicht nach, die Beine bewegten sich langsam, verzweifelt langsam! Doch da sah er ein Papier. Dachte sofort: Das ist es. Er wollte darauf zurennen, aber die Füße kamen nicht von der Stelle. Da ließ er sich vornüberfallen, verlegte alle Kraft in die Arme, robbte auf das Papier zu – daß nur keiner zuvorkommt, keiner danach greift!... Näher... näher... Und endlich ergriff er das Papier! Seine Meldung! Aber die Finger hatten keine Kraft mehr, es zu zerreißen, kraftlos fiel er mit dem Gesicht nach vorn, das Papier unter sich begrabend.

Jemand berührte seine Schulter. Er war entschlossen, nicht aufzusehen und das Papier nicht herauszugeben. Doch die Berührung war sanft, es war eine Frauenhand, Rusanow erriet, daß es Gruscha Jeltschanskaja selber war. «Mein Freund!» fragte sie weich, offenbar dicht an seinem Ohr. «Ach, mein Freund! Sagen Sie, wo ist meine Tochter? Wohin haben Sie sie gebracht?»

«Sie ist gut untergebracht, Agrafena Fjodorowna, Sie brauchen sich nicht zu beunruhigen!» antwortete Rusanow, sah sie aber nicht an.

«Aber wo?»

«Im Kinderheim.»

«Aber in welchem Kinderheim?» Sie drängte nicht, ihre Stimme klang traurig.

«Das weiß ich nicht, wirklich nicht.» Er war bereit, ihr aufrichtig zu antworten, wußte aber selber nicht Bescheid: Er hatte sich nicht darum gekümmert, vielleicht war das Kind weitergeschickt worden.

«Unter meinem Namen?» fragte sie fast zärtlich.

«Nein», erwiderte er teilnahmsvoll. «Das ist nun einmal Vorschrift: Der Familienname wird geändert. Ich kann nichts dafür, das ist Vorschrift.»

Da lag er und erinnerte sich daran, daß er die Jeltschanskaja eigentlich gern gemocht hatte. Er hegte keinerlei Groll gegen sie. Und er hatte den Mann nur deswegen anzeigen müssen, weil Tschuchnenko, dem Jeltschanskij damals im Wege stand, ihn darum gebeten hatte. Nach der Verhaftung des Mannes hatte Rusanow sich redlich um die Frau und die Tochter gekümmert, darum hatte sie, in Erwartung der eigenen Verhaftung, ihm auch ihre Tochter anvertraut. Wie es aber dazu gekommen war, daß er auch sie angezeigt hatte, darauf konnte er sich nicht besinnen.

Jetzt wandte er sich um, wollte sie ansehen, doch sie war nicht da, war weit und breit nicht zu sehen (sie war ja gestorben, wie hätte sie da sein können?). Er spürte ein heftiges Stechen im Hals auf der rechten Seite. Und er streckte sich lang aus und blieb liegen. Er mußte sich ausruhen, er war müde wie noch nie. Der ganze Körper war wie zerschlagen.

Er lag in einem Stollen, doch seine Augen gewöhnten sich an die Dunkelheit, und er bemerkte neben sich, auf der mit feinem Anthrazit übersäten Erde, einen Telefonapparat. Das wunderte ihn sehr – wie kam ein städtischer Telefonapparat hierher? Sollte er angeschlossen sein? Dann konnte er anrufen, damit man ihm etwas zum Trinken holte. Und ihn ins Krankenhaus brachte.

Er nahm den Hörer ab, hörte aber statt des Rufzeichens eine energische, nüchterne Stimme: «Genosse Rusanow?»

«Ja, ja!» Rusanow nahm sich zusammen, spürte sofort: Das war eine Stimme «von oben», nicht «von unten».

«Kommen Sie zum Obersten Gericht.»

«Zum Obersten Gericht? Jawohl! Sofort! Gut!» Und schon wollte er auflegen, da fiel ihm noch ein: «Entschuldigung – welches Oberste Gericht, das alte oder das neue?»

«Das neue», klang es zurück. «Beeilen Sie sich.» Und man legte auf.

Die Umbesetzung in dem Gericht fiel ihm ein – und er verfluchte sich selbst, weil er von sich aus nach dem Hörer gegriffen hatte. Matulewitsch ist nicht da... Klopow ist nicht da!... Ja, und Berija auch nicht! – Das sind Zeiten!

Aber er mußte hingehen. Von sich aus hätte er nicht die Kraft gehabt, aufzustehen, doch da man ihn hinbefahl, mußte er sich erheben. Er spannte Arme und Beine an, richtete sich ein wenig auf und fiel wieder hin, immer wieder, wie ein Kalb, das noch nicht gehen gelernt hat. Freilich, einen genauen Termin hatte man ihm nicht genannt, wohl aber gesagt: «Beeilen Sie sich.» Er stemmte sich gegen die Wand und kam endlich auf die Beine. Mit bleischweren, unsicheren Füßen, sich an der Wand festhaltend, wankte er vorwärts. Sein Hals begann wieder zu schmerzen.

Er ging und überlegte: Würde man ihn wirklich vor Gericht stellen? Wäre so eine Grausamkeit möglich: ihn nach so vielen Jahren vor Gericht zu stellen. Ach, diese Umbesetzung! Ach, das konnte nicht gut ausgehen!

Nun ja, bei aller Achtung vor der höchsten Justizbehörde, ihm würde nichts anderes übrigbleiben, als sich zu verteidigen. Und er würde es wagen, sich zu verteidigen!

Er würde ihnen folgendes sagen: Nicht ich habe die Leute verurteilt! Und auch die Untersuchung habe nicht ich geführt! Ich habe nur jeweils einen Verdacht geäußert, habe signalisiert. Wenn ich in einer von mehreren Parteien bewohnten Wohnung auf der Toilette ein Stück Zeitung mit dem Bild des Führers finde, bin ich verpflichtet, dieses Stück Zeitung mitzunehmen und zu signalisieren. Dann folgt eine Untersuchung, um zu prüfen, ob es ein Zufall war oder nicht. Untersuchungen werden gemacht, um die Wahrheit herauszufinden. Ich habe nur meine simple Bürgerpflicht erfüllt.

Er würde ihnen sagen: In all diesen Jahren war es wichtig, der Gesundung der Gesellschaft zu dienen. Der moralischen Gesundung! Ohne die Gesellschaft zu säubern, ist das unmöglich. Die Säuberung aber ist unmöglich ohne diejenigen, die sich vor einer Müllschaufel nicht ekeln.

Je mehr Argumente er fand, um so mehr brannte er darauf, ihnen die Meinung zu sagen. Nun drängte es ihn schon, rascher zu gehen, um eher dazusein und ihnen entgegenzuschleudern: Ich bin nicht der einzige, der es getan hat! Warum stellt ihr gerade mich vor Gericht? Wer hat es denn nicht getan? Und wie hätte sich einer auf seinem Posten halten können, wenn er nicht mitgemacht hätte! Gusun? Ja, und der ist selber hineingeschlittert!

Er war so angespannt, als brüllte er schon, merkte aber, daß er gar nicht brüllte, daß nur der Hals angespannt war. Und weh tat.

Er ging wohl auch nicht einen Stollen, sondern einfach einen Korridor entlang. Hinter ihm rief jemand: «Paschka! Bist du krank? Was schleppst du dich so hin?»

Er gab sich einen Ruck, und jetzt ging er wohl weiter wie ein Gesunder. Dann drehte er sich um, er wollte sehen, wer ihm zugerufen hatte. Es war Swejnek, in der Jungsturmjacke der zwanziger Jahre und mit Portepee.

«Wo gehst du denn hin, Jan?» fragte Pawel und wunderte sich, daß der andere so jung war. Das heißt, Swejnek war damals wirklich noch sehr jung, aber das war schon lange her.

«Wohin? Wo auch du hingehst, zur Kommission.»

«Was für eine Kommission?» Pawel versuchte zu überlegen. Er war doch woanders hinbeordert worden, aber er konnte sich nicht entsinnen wohin.

Und er ging neben Swejnek her, im gleichen Schritt, stramm, schnell, jung. Und merkte: Er war noch nicht zwanzig, noch nicht verheiratet.

Sie kamen in ein großes Amtsgebäude, wo an vielen Bürotischen die Intelligenzler saßen – alte Buchhalter mit Bärten wie Popen und mit Krawatten, Ingenieure mit Bergwerksabzeichen im Knopfloch, ältere Damen, wie aus der guten Gesellschaft der Zarenzeit; und ganz junge Stenotypistinnen, geschminkt, in Röcken, die die Knie frei ließen. Kaum hatten Swejnek und er mit dem exakten Hämmerschritt ihrer vier Stiefel das erste Büro betreten, wandten alle, etwa dreißig Leute, ihnen ihre Gesichter zu; einige erhoben sich ein wenig von ihren Stühlen, andere verbeugten sich sitzend, und alle sahen ihnen nach, während sie den Raum durchquerten, und auf allen Gesichtern lag Furcht. Das schmeichelte Pawel und Jan.

Sie kamen ins nächste Zimmer, begrüßten die anderen Mitglieder der Kommission und nahmen ihre Plätze ein an dem Tisch mit dem roten Tischtuch.

«Ihr könnt sie reinlassen!» kommandierte Wenka, der Vorsitzende. Es ging los. Als erste kam Tante Gruscha, die Arbeiterin aus der Presserei.

«Tante Gruscha, was willst du denn hier?» staunte Wenka.

«Wir wollen den Apparat säubern, und was ist mit dir los? Bist du etwa auch ein Apparatschik geworden?»

Alle lachten. Tante Gruscha ließ sich nicht einschüchtern. «Nein, aber weißt du, meine Tochter wird größer, kann man sie nicht im Kindergarten unterbringen?»

«Gemacht, Tante Gruscha!» rief Pawel. «Schreib einen Antrag. Wir bringen deine Tochter schon unter! Aber jetzt störe uns nicht, wir wollen die Intelligenzler säubern!»

Und er griff nach der Karaffe, wollte sich Wasser einschenken, doch die Karaffe war leer. Da nickte er dem Tischnachbarn zu, man solle ihm die Karaffe vom anderen Ende des Tisches geben. Er bekam sie, doch sie war ebenfalls leer. Aber er hatte solchen Durst, daß ihm der Hals brannte.

«Wasser!» bat er. «Wasser!»

«Gleich», sagte Doktor Hangart, «gleich wird Wasser gebracht.»

Rusanow öffnete die Augen. Sie saß an seinem Bett.

«Ich habe Kompott im Nachttisch», sagte Pawel Nikolajewitsch mühsam. Er hatte Schüttelfrost, der ganze Körper schmerzte, in seinem Kopf pochte es dumpf.

«Also geben wir Ihnen Kompott.» Wera Hangarts schmale Lippen lächelten. Sie öffnete den Nachttisch, nahm das Glas mit Kompott und ein Trinkglas heraus. Im Fenster lag ein blasser abendlicher Schein.

Pawel Nikolajewitsch beobachtete aus den Augenwinkeln, wie die Hangart ihm das Kompott ins Glas schüttete, damit sie kein Pulver beimischte.

Das süßsaure Kompott war eine Wohltat. Ohne den Kopf vom Kissen zu heben, leerte er das ganze Glas, das Doktor Hangart reichte.

«Heute war mir ganz schlecht», klagte er.

«Nein, Sie haben es gut überstanden», widersprach sie ihm. «Es lag einfach daran, daß wir die Dosis erhöht haben.»

Rusanow kam ein neuer Verdacht, er fragte: «Wie? Werden Sie sie jetzt täglich erhöhen?»

«Von heute an wird die Dosis die gleiche bleiben. Sie werden sich daran gewöhnen und sie besser vertragen.»

«Und das Oberste ...» begann er und verstummte. Schon brachte er Albtraum und Wirklichkeit durcheinander.

17

Wera Korniljewna Hangart war besorgt, wie Rusanow die volle Dosis vertragen würde. Im Laufe des Tages war sie ein paarmal gekommen und blieb auch etwas länger nach Dienstschluß. Sie hätte nicht so häufig zu kommen brauchen, wenn Olimpiada Wladislawowna, wie im Dienstplan vorgesehen, auf der Station gewesen wäre; doch die war vom Betriebsrat zu den Kassenverwaltungskursen abkommandiert, statt ihrer hatte Turgun tagsüber Dienst, und er war nicht umsichtig genug.

Rusanow hatte die Spritze ziemlich schlecht, doch noch in vertretbarem Maße vertragen. Gleich nach der Spritze bekam er ein Schlafmittel, wachte zwischendurch auch nicht auf, schlief aber unruhig, warf sich herum, zuckte zusammen und stöhnte. Jedesmal blieb Wera Korniljewna an seinem Bett stehen, beobachtete ihn, fühlte den Puls. Bald krümmte er sich zusammen, bald streckte er sich, sein Gesicht war rot und verschwitzt. Ohne Brille, ins Kissen gedrückt, war sein Gesicht nicht das eines gestrengen Vorgesetzten. Sein schütteres graues Haar klebte kläglich an den Schläfen.

Wera Korniljewna sah nicht nur nach Rusanow, sie erledigte auch andere Dinge. Poddujew, der als Stubenältester gegolten hatte, war entlassen worden, und obwohl dieser Posten keinerlei Bedeutung hatte, mußte er doch besetzt werden. Von Rusanows Bett trat sie an das nächste heran und erklärte: «Kostoglotow, von heute an werden Sie zum Stubenältesten ernannt.»

Kostoglotow lag angezogen auf der Bettdecke und las Zeitung. (Schon zum zweitenmal kam Doktor Hangart herein, und noch immer las er Zeitung.) Da sie bei ihm immer auf Widerspruch gefaßt war, brachte sie ihren Satz mit leisem Lächeln vor, als wolle sie andeuten, daß auch sie diesen Posten für überflüssig hielt. Kostoglotow blickte mit fröhlichem Gesicht auf, und da er nicht wußte, wie er am besten seine Achtung vor der Ärztin ausdrücken sollte, zog er seine ausgestreckten, langen Beine ein wenig an. Er betrachtete sie wohlwollend, sagte aber: «Wera Korniljewna! Sie wollen mir einen nicht wiedergutzumachenden moralischen Tort antun. Kein Administrator ist frei von Fehlern; manchmal gerät er sogar in Versuchung, seine Macht zu mißbrauchen. Darum habe ich mir nach langjähriger Überlegung geschworen, niemals mehr einen leitenden Posten zu bekleiden.»

«Sie haben also hohe Posten bekleidet?» Der Spaß an der Unterhaltung steckte sie an.

«Der höchste war der eines stellvertretenden Zugführers. Aber in Wirklichkeit war ich viel mehr. Mein Zugführer wurde wegen kompletter Dummheit und Unfähigkeit zu einem Divisionslehrgang abkommandiert, von dem er im Rang eines Batterieführers, auf keinen Fall darunter, zurückkommen sollte, natürlich nicht mehr in unsere Division. Der Offizier, der als Ersatz zu uns kam, wurde sofort außeretatmäßig in die Polit-Abteilung gesteckt. Mein Divisionskommandeur unternahm nichts dagegen, denn ich war ein anständiger Topograph, und die Jungs gehorchten mir. Und so habe ich im Rang eines Oberfeldwebels zwei Jahre lang die Pflichten eines Zugführers ausgeübt, von Jelez bis Frankfurt an der Oder. Komischerweise waren das die besten Jahre meines ganzen Lebens.»

Auch mit angezogenen Beinen kam er sich unhöflich vor, deshalb stellte er die Füße auf den Boden.

«Na, sehen Sie.» Doktor Hangart lächelte noch immer wohlwollend. «Warum also lehnen Sie ab? Es wird für Sie wieder eine gute Zeit werden.»

«Entzückende Logik! Und die Demokratie? Sie treten doch die Grundsätze der Demokratie mit Füßen: Die Stubeninsassen haben mich nicht gewählt, sie kennen nicht einmal meinen Lebenslauf... Und Sie kennen ihn auch nicht...»

«Sie können ihn mir ja erzählen.»

Sie sprach niemals laut, er hatte nur ihretwegen die Stimme gesenkt. Rusanow schlief, Zadyrko las, Poddujews Bett war schon leer – ihre Unterhaltung hörte kaum jemand.

«Das dauert eine Weile. Außerdem ist es mir peinlich, daß ich sitze, während Sie stehen. So unterhält man sich doch nicht mit Frauen. Doch wenn ich mich jetzt wie ein Soldat hier im Durchgang postierte, sähe es noch dümmer aus. Bitte, setzen Sie sich doch zu mir aufs Bett!»

«Eigentlich habe ich noch zu tun», sagte sie und setzte sich auf die Bettkante.

«Sehen Sie, Wera Korniljewna, meiner Treue zur Demokratie wegen mußte ich besonders viel leiden. Ich versuchte, die Demokratie in der Armee durchzusetzen, mit anderen Worten: Ich war dreist zu meinen Vorgesetzten, deshalb wurde ich 1939 nicht auf die Offiziersschule geschickt, sondern blieb Gemeiner. 1940 kam ich dann auf die Schule, wurde aber wieder dreist und flog raus. Erst 1941 habe ich im Fernen Osten die Unteroffizierskurse geschafft. Ehrlich gesagt, es hat mich gewurmt, kein Offizier zu sein, alle meine Kameraden wurden Offiziere. In der Jugend nimmt man sich so etwas zu Herzen. Gerechtigkeit ging mir über alles.»

«Ein Mensch, der mir sehr nahestand», sagte Doktor Hangart, auf die Bettdecke blickend, «hatte auch dieses Schicksal: Er war sehr vielseitig und aufgeschlossen – und auch nur ein einfacher Soldat.»

Eine Atempause, eine Sekunde des Schweigens, dann sah sie ihn an. «Doch Sie sind es bis heute geblieben.»

«Was? – Vielseitig und aufgeschlossen oder ein einfacher Soldat?»

«Dreist. Wie sprechen Sie denn immer mit den Ärzten? Besonders mit mir.»

Ihre Frage klang streng, aber ihre Strenge war seltsam, immer von Sanftmut erfüllt, wie alle ihre Worte und Gesten. Und diese Sanftheit war nicht vage, sie hatte Form und beruhte auf innerer Harmonie.

«Ich – mit Ihnen! Mit Ihnen rede ich ausnehmend höflich. Mit Ihnen führe ich die vollkommene Unterhaltung, Sie wissen's nur nicht. Sollten Sie aber die Unterhaltung am ersten Tag meinen – Sie ahnen ja nicht, wie ich damals in der Klemme saß. Man ließ mich, einen Sterbenden, nur mit Ach und Krach hierherfahren. Ich komme an – da gießt es in Strömen, und ich hatte Filzstiefel an, bei uns war noch Frost. Mein Mantel war so naß, daß ich ihn hätte auswringen können. Die Filzstiefel habe ich bei der Gepäckaufbewahrung abgegeben, dann habe ich mich in die Straßenbahn gesetzt und wollte in die Altstadt fahren, dort hatte ich noch vom Krieg her die Adresse eines meiner Soldaten. Es wurde schon dunkel, die ganze Straßenbahn riet mir ab hinzufahren, es sei lebensgefährlich. Bei der Amnestie von 1953 hätte man das ganze Gesindel laufenlassen und noch nicht wieder eingefangen. Außerdem war ich nicht sicher, ob der Soldat noch dort wohnte, und die Straße kannte auch keiner. Na schön. Ich habe also die Hotels abgeklappert. Überall so schöne Empfangshallen, daß ich mich gar nicht hineintraute. In manchen Hotels waren Betten frei, aber als ich statt eines Personalausweises die Bescheinigung vorzeigte, daß ich ein Verbannter bin, hieß es sofort: ‹Nein, nein!› Wohin also?

Zum Sterben war ich bereit, aber so einfach in der Gosse? Ich ging zur Miliz. ‹Bitte, ihr seid für mich zuständig. Bringt mich für die Nacht unter.› Erst haben sie herumgedruckst, dann hieß es: ‹Gehen Sie in ein Teehaus, dort kontrollieren wir die Papiere nicht.› Ein Teehaus war aber nicht zu finden, also fuhr ich wieder zum Bahnhof. Dort darf man aber nicht schlafen, die Miliz scheucht jeden auf. Am Morgen ging ich zu Ihnen in die Ambulanz und mußte lange anstehen, ehe ich drankam. Nach der Untersuchung hieß es: sofort ins Krankenhaus. Darauf mit zwei Straßenbahnen durch die ganze Stadt zur Kommandantur. Die Dienststunden sind dort nicht anders als überall in der Sowjetunion, aber dem Kommandanten war das egal, er war einfach weggegangen. Und eines Verbannten wegen Bescheid zu sagen, wäre unter der Würde gewesen. Kein Mensch wußte, ob er wiederkommt oder nicht. Da dachte ich: Wenn ich meine Bescheinigung abgebe, bekomme ich womöglich am Bahnhof meine Filzstiefel nicht zurück. Also wieder mit der Straßenbahn zurück zum Bahnhof. Jede Fahrt – anderthalb Stunden.»

«Auf Filzstiefel kann ich mich gar nicht besinnen. Hatten Sie denn welche?»

«Auf die können Sie sich auch gar nicht besinnen, ich habe sie gleich einem Kerl am Bahnhof verkauft. Ich kalkuliere so: Diesen Winter werde ich im Krankenhaus sein, und den nächsten Winter werde ich nicht mehr erleben. Ja. Jetzt also zurück zur Kommandantur – allein die Straßenbahnfahrten haben mich zehn Rubel gekostet. Von der Haltestelle muß man noch einen Kilometer durch Dreck waten, und ich hatte doch Schmerzen, und ging und ging ... Und immer mit meinem Sack auf der Schulter. Zum Glück war der Kommandant gekommen. Die Reisebescheinigung meiner zuständigen Kommandantur ließ ich ihm als Sicherheit da, zeigte die Einweisung der Ambulanz vor, er vermerkte darauf seine Erlaubnis. Dann fuhr ich los – noch nicht zu euch, sondern ins Stadtzentrum. Ich hatte auf dem Spielplan gesehen, daß ‹*Dornröschen*› gegeben wurde.»

«So so, Sie haben sich erst noch ein Ballett angesehen. Wenn ich das gewußt hätte, hätten Sie von mir kein Bett bekommen! Auf keinen Fall!»

«Wera Korniljewna, das ist doch wie ein Wunder – Ballett unmittelbar vor dem Tod! Und auch abgesehen vom Tod – in meiner ewigen Verbannung werde ich nie mehr ein Ballett sehen, dachte ich. Aber nein, zum Teufel – sie hatten ‹*Dornröschen*› abgesetzt, statt dessen gab's ‹*Agu-Waly*›.»

Lautlos lachend schüttelte Doktor Hangart den Kopf. Der Einfall eines Sterbenden, sich vor dem Tod noch ein Ballett anzusehen, gefiel ihr, gefiel ihr sogar sehr.

«Was tun? Im Konservatorium gab eine junge Pianistin ein Konzert. Aber das war so weit vom Bahnhof, ich würde hinterher nicht einmal eine Ecke zum Sitzen finden. Und es goß und goß. Der einzige Ausweg war, in die Klinik fahren, mich ergeben. Ich komme an: ‹Kein Platz, Sie müssen ein paar Tage warten.› Und die anderen Kranken sagen, es könnte auch eine Woche dauern, bis ich aufgenommen würde. Wo sollte ich denn warten? Also mußte ich mich mit Gewalt durchsetzen, wie im Lager, etwas anderes blieb mir ja nicht übrig. Und da kamen Sie und wollten mir meine Papiere wegnehmen. Wie sollte ich denn mit Ihnen reden?»

Jetzt machte es Spaß, daran zurückzudenken, beide fanden es komisch.

Er erzählte ohne nachzudenken, anderes ging ihm durch den Kopf. Wenn sie 1946 ihr Medizinstudium abgeschlossen hat, dachte er, ist sie jetzt mindestens einunddreißig, also fast genauso alt wie ich. Aber warum kommt sie mir jünger vor als Soja, die erst dreiundzwanzig ist? Nicht im Gesicht, sondern im Wesen, sie ist so scheu, so schüchtern. In solchen Fällen kann man vermuten, daß sie noch nicht ... Mit etwas Scharfblick erkennt man solche Frauen an unmerklichen Kleinigkeiten ihres Benehmens. Aber sie ist doch verheiratet. Warum also?

Sie sah ihn an und fragte sich, warum er ihr anfangs so feindselig und rüde vorgekommen war. Gewiß, er hatte einen dunklen Blick und harte Falten, aber er konnte auch freundlich aussehen und reden, wie jetzt zum Beispiel. Wahrscheinlich war beides seine Art, und er zeigte sich bald von der einen, bald von der anderen Seite, je nach Bedarf.

«Über Ballett und Filzstiefel bin ich jetzt hinlänglich informiert», meinte sie lächelnd. «Aber die Stiefel? Ihre Stiefel sind nämlich eine nie dagewesene Verletzung unserer Vorschriften.» Und sie kniff leicht die Augen zusammen.

«Wieder Vorschriften.» Kostoglotow verzog das Gesicht. «Aber Spaziergänge sind doch sogar im Gefängnis vorgeschrieben. Ohne Spaziergang kann ich nicht leben, sonst werde ich nie gesund. Sie werden mir die frische Luft nicht mißgönnen?»

Ja, er liebte die Spaziergänge. Er wanderte lange durch den Krankenhausgarten auf abgelegenen, einsamen Wegen. Wera Hangart hatte es beobachtet. Dabei sah er höchst ungewöhnlich aus. Er hatte der Beschließerin einen schlecht genähten Frauenkittel abgebettelt, die Männer bekamen keine Kittel, weil es nicht genug davon gab. Er wickelte sich in diesen Kittel, hielt die Weite mit einem breiten Militärgürtel mit dem emblemgeschmückten Koppel zusammen und zog die Falten unter dem Gürtel schräg über den Bauch, doch die Schöße klafften trotzdem auseinander. In Militärstiefeln, ohne Mütze, mit dichtem schwarzem Haarschopf ging er mit großen, festen Schritten durch den Garten, bald langsam, bald schnell, den Blick auf den Kiesweg gerichtet, und wenn er einen bestimmten Punkt erreicht hatte, machte er immer kehrt. Und er hielt immer die Hände auf dem Rücken. Und ging immer allein, niemals mit einem anderen.

«In den nächsten Tagen erwarten wir die Inspektion unseres Chefarztes Nisamudtin Bachramowitsch. Wissen Sie, was passiert, wenn er Ihre Stiefel sieht? Er wird mir einen scharfen Verweis erteilen.»

Wieder befahl sie nicht, sondern bat, es war fast, als klage sie ihm ihr Leid. Sie war selber erstaunt über ihren Ton ihm gegenüber – sie sprach mit ihm wie mit einem Gleichgestellten, ja sogar leicht unterwürfig. In diesem Ton redete sie sonst niemals mit Patienten. Kostoglotow berührte mit seiner Pranke ihre schmale Hand.

«Wera Korniljewna! Ich garantiere Ihnen hundertprozentig, daß er sie nicht bei mir findet! Und mich auch in der Halle nie damit sieht.»

«Und im Garten?»

«Dort wird er gar nicht merken, daß ich aus seiner Abteilung bin! Wenn Sie wollen, können wir ihm sogar spaßeshalber eine anonyme Anzeige schicken, daß ich in der Klinik Stiefel trage, dann wird er mit zwei Pflegerinnen kommen und suchen, sie werden sie niemals finden.»

«Anzeigen – finden Sie das vielleicht gut?» Sie kniff wieder die Augen zusammen.

Da war noch etwas. Warum schminkte sie sich die Lippen?

Das wirkte ein wenig zu aufdringlich, paßte nicht zu ihrer Feinheit. Er seufzte: «Sie werden nun einmal geschrieben, Wera Korniljewna, und zwar in Mengen. Und alles Weitere geht dann wie geschmiert. Die Römer sagen: *ein* Zeuge ist kein Zeuge. Doch im zwanzigsten Jahrhundert ist sogar einer zuviel, dieser eine ist überflüssig geworden.»

Sie wandte den Blick ab. Darüber konnte man hier nicht gut reden.

«Wo wollen Sie sie denn verstecken?»

«Die Stiefel? Da gibt es ein Dutzend Möglichkeiten, je nachdem, wie man Zeit hat. Ich kann sie in den ungeheizten Ofen tun, kann sie an einer Schnur zum Fenster hinaushängen. Keine Angst!»

Es war unmöglich, nicht zu lachen und nicht zu glauben, daß er wirklich einen Dreh finden würde.

«Aber Sie hätten Ihre Stiefel doch gleich am nächsten Tag abgeben müssen. Wie haben Sie es fertiggebracht, sie zu behalten?»

«Das war ganz einfach. In dem Verschlag, in dem ich mich umzog, habe ich sie vorher hinter die Tür gestellt. Die Pflegerin hat alles andere in den Sack mit meinem Namensschild hineingestopft und ihn zur zentralen Aufbewahrung getragen. Ich kam aus dem Badezimmer, wikkelte die Stiefel in Zeitungspapier und nahm sie mit.»

Jetzt redeten sie nur noch dummes Zeug. Es war ein normaler Arbeitstag – warum saß sie eigentlich hier? Rusanow schlief unruhig und schwitzte, aber er schlief und übergab sich nicht. Doktor Hangart fühlte noch mal seinen Puls und wollte schon hinausgehen, doch da fiel ihr etwas ein, sie wandte sich um und fragte Kostoglotow: «Bekommen Sie eigentlich schon die Zusatzration?»

«Nein.» Kostoglotow wurde hellhörig.

«Also von morgen an. Täglich zwei Eier, zwei Glas Milch und fünfzig Gramm Butter.»

«Wie bitte? Ist das wirklich wahr? So bin ich mein Leben lang nicht gefüttert worden! Aber es ist gerecht, wissen Sie. Ich bekomme nämlich nicht einmal Krankengeld.»

«Wieso denn?»

«Sehr einfach. Ich bin noch keine sechs Monate in der Gewerkschaft. Deshalb steht mir nichts zu.»

«Aber, aber! Wie ist denn das gekommen?»

«Das Leben draußen ist mir einfach fremd geworden. Ich bin in die Verbannung geschickt worden – wie sollte ich darauf kommen, daß ich so schnell wie möglich in die Gewerkschaft eintreten muß?»

Einerseits so gerissen und andererseits so ungeschickt, dachte Doktor Hangart. Diese Zusatzration hatte sie für ihn durchgesetzt, und zwar sehr nachdrücklich, es war nicht einfach gewesen... Doch jetzt mußte sie gehen, sie konnte nicht den ganzen Tag verschwatzen.

Sie war schon fast an der Tür, als er ihr spöttisch nachrief: «Moment mal, Sie wollen mich also bestechen? Ich bin doch Stubenältester. Es belastet mich sehr, daß ich gleich am ersten Tag der Korruption verfallen bin!»

Sie ging hinaus.

Nach dem Mittagessen mußte sie unbedingt noch einmal nach Rusanow sehen. Inzwischen hatte sie erfahren, daß die erwartete Inspektion des Oberarztes morgen stattfinden würde. Also mußte sie sich in allen Zimmern die Nachttische anschauen, denn Nisamudtin Bachramowitsch wünschte in den Nachttischen keine Krümel, kein überflüssiges Essen, im Idealfall überhaupt nichts anderes außer der Brot- und Zuckerration zu sehen, die die Kranken zum Frühstück bekamen. Außerdem achtete er auf Sauberkeit, und das mit einem Scharfblick, der selbst den einer Frau übertraf.

Als Wera Korniljewna ins zweite Stockwerk hinaufstieg, bog sie den Kopf weit zurück und musterte eingehend Decke und Wände. In der Ecke über Sibgatows Bett entdeckte sie Spinnweben (es war heller geworden, die Sonne schien). Doktor Hangart rief die Putzfrau (es war Jelisaweta Anatoljewna, sie mußte immer die Extraarbeiten machen, wer weiß warum) und erklärte ihr, daß morgen alles blitzsauber sein müsse, und zeigte ihr die Spinnweben.

Jelisaweta Anatoljewna holte ihr Brille aus der Kitteltasche, setzte sie auf und sagte: «Na so was! Sie haben ganz recht. Wie entsetzlich!» Dann nahm sie die Brille ab und ging hinter die Treppe, um den Besen zu holen.

Sie machte immer ohne Brille sauber.

Dann ging Doktor Hangart in den Krankensaal. Rusanows Befinden war noch unverändert. Er glühte, doch sein Puls ging ruhiger. Kostoglotow hatte gerade die Stiefel und auch den Kittel angezogen und wollte spazierengehen. Wera Korniljewna informierte alle im Zimmer über die wichtige Inspektion am nächsten Tag und bat sie, ihre Nachtschränkchen aufzuräumen, bevor sie selber sie kontrollierte.

«Fangen wir doch beim Stubenältesten an», sagte sie.

Man brauchte nicht unbedingt bei dem Stubenältesten zu beginnen. Sie wußte selber nicht, warum sie zuerst auf seine Ecke zuging.

Die ganze Wera Korniljewna war wie zwei Dreiecke, Spitze auf Spitze übereinandergestellt: unten ein breites Dreieck, oben ein schmales. Ihre Taille war so dünn, daß es einem in den Fingern juckte, sie zu umspannen und Wera Korniljewna in die Luft zu heben. Aber Kostoglotow tat nichts dergleichen, sondern öffnete bereitwillig seinen Nachttisch.

«Bitte.»

«Erlauben Sie?» fragte sie. Er trat beiseite, sie setzte sich auf sein Bett und begann, den Nachttisch zu inspizieren.

Sie saß, er aber stand hinter ihr und konnte jetzt gut die feinen, zarten Konturen ihres Halses sehen und das dunkelblonde Haar, im Nakken zu einem Knoten gesteckt.

Nein, man mußte sich von diesem Ansturm befreien. Unmöglich, daß jede Frau einem völlig den Kopf vernebelte. Da hatte sie mit ihm gesessen, geschwatzt, war weggegangen – er aber hatte all diese Stunden an sie gedacht. Doch sie – was machte ihr das schon aus?

Wenn sie am Abend nach Hause käme, würde ihr Mann sie umarmen.

Man mußte sich befreien! – Aber es war nicht möglich, sich anders zu befreien als durch eine Frau.

Und er stand da und blickte auf ihren Nacken, Nacken, Nacken. Der Kragen ihres Kittels stand oben etwas ab, ein rundes Knöchelchen wurde sichtbar, der oberste Halswirbel. Man könnte ihn mit dem Finger umkreisen.

«Ihr Nachttisch ist natürlich der schlampigste in der ganzen Klinik», kommentierte Doktor Hangart unterdessen.

«Krümel, fettiges Papier, daneben Tabak und Handschuhe. Schämen Sie sich! Das alles werden Sie heute aufräumen müssen.»

Er aber starrte auf ihren Nacken und schwieg.

Sie zog die oberste Schublade auf und bemerkte hier zwischen allerlei Krimskrams ein kleines Fläschchen mit einer bräunlichen Flüssigkeit, etwa vierzig Kubikmillimeter. Das Fläschchen war gut verkorkt, daneben lag ein ganz kleiner Plastikbecher und eine Pipette.

«Was ist das? Medizin?»

Kostoglotow stieß einen leisen Pfiff aus.

«Etwas ganz Harmloses.»

«Was für eine Medizin? Wir haben sie Ihnen nicht verschrieben.»

«Na und? Darf ich denn keine eigene haben?»

«Solange Sie in unserer Klinik liegen, ohne unser Wissen natürlich nicht.»

«Es ist mir peinlich, Ihnen zu erklären ... Gegen Hühneraugen.»

Sie drehte das unbeschriftete Fläschchen zwischen den Fingern hin und her, versuchte es zu öffnen, um daran zu riechen – und Kostoglotow mußte eingreifen. Er griff mit seinen rauhen Händen entschlossen nach den ihren und zog die eine, die den Propfen herausholen wollte, zurück.

Das ewige Sichberühren der Hände, die unvermeidliche Fortsetzung eines Gesprächs ...

«Vorsicht», warnte er sie sehr leise. «Das will gekonnt sein. Kein Tropfen darf an die Hände kommen. Und riechen darf man auch nicht daran.»

Und er nahm ihr das Fläschchen behutsam weg. Das ging aber doch über jeden Spaß hinaus! Doktor Hangart runzelte die Stirn.

«Was ist das? Ein starkes Medikament?»

Kostoglotow setzte sich neben sie und sagte sachlich, ganz leise: «Sehr stark. Das ist Eisenhutwurzel. Man darf nicht daran riechen, weder an diesem Extrakt noch an der getrockneten Wurzel. Darum ist auch ein fester Korken drauf. Wenn man die Wurzel angefaßt hat und danach die Hände nicht wäscht, kann man sterben, wenn man versehentlich am Finger leckt.»

Wera Korniljewna erschrak.

«Wozu brauchen Sie sie?»

«So ein Pech», brummte Kostoglotow. «Mein Pech, daß Sie es aufgestöbert haben. Ich hätte es verstecken müssen ... Ich brauche es, weil es meine Medizin war und auch jetzt noch gelegentlich ist.»

«Nur dazu?» forschten ihre Augen. Jetzt kniff sie sie nicht mehr zusammen. Jetzt war sie Ärztin und noch einmal Ärztin.

Sie sah ihn forschend an, obendrein als Ärztin, ihre Augen waren aber dennoch milchkaffeebraun.

«Nur dazu», sagte er aufrichtig.

«Oder haben Sie das ... als Notnagel?» Sie glaubte ihm immer noch nicht.

«Na ja, wenn Sie so wollen – als ich hierherfuhr, kam mir auch diese Idee. Um mich nicht sinnlos zu quälen ... Aber dann hörten die Schmerzen auf – der Grund fiel weg. Als Medizin habe ich es freilich weiter gebraucht.»

«Heimlich, wenn keiner hinsah?»

«Was bleibt einem übrig, wenn man nicht frei leben darf? Wenn es überall Vorschriften gibt?»

«Und wie viele Tropfen?»

«Stufenweise. Von einem Tropfen bis zu zehn Tropfen, von zehn bis zu einem, dann zehn Tage Pause. Und, ehrlich gesagt, bin ich nicht sicher, ob die Schmerzen nur durch die Röntgenbestrahlung zurückgegangen sind. Vielleicht zum Teil auch von der Wurzel.»

Beide sprachen gedämpft.

«Womit ist sie angesetzt?»

«Mit Wodka.»

«Haben Sie das selber gemacht?»

«Ja.»

«Wie stark konzentriert?»

«Tja, wie stark ... Ich bekam eine gewisse Menge, mir wurde gesagt: für drei Liter. Ich habe sie mir aufgeteilt.»

«Wieviel hat es denn gewogen?»

«Er hatte es nicht gewogen. Er hatte es mir so, nach Augenmaß, gegeben.»

«Nach Augenmaß? So ein gefährliches Gift. Das ist Aconitum! Überlegen Sie mal!»

«Was soll ich da überlegen?» Kostoglotow wurde ärgerlich. «Wissen Sie, wie es ist zu sterben, weit und breit allein, und die Kommandantur läßt Sie nicht über die Grenze der Siedlung hinaus? Da versuchen Sie mal zu überlegen – Aconitum, und was es wiegt! Wissen Sie, wieviel diese Handvoll Wurzel mich hätte kosten können? Zwanzig Jahre Zuchthaus! Für eigenmächtige Entfernung vom Ort der Verbannung. Und ich bin trotzdem weggefahren. Hundertfünfzig Kilometer weit. In die Berge. Da lebt so ein Alter, Kremenzew, vom gleichen Schlag wie Professor Pawlow. Verbannt seit Anfang des Jahrhunderts. Der reinste Zauberer! Sammelt die Wurzeln selber, bestimmt die Dosis. In dem Dorf, wo er lebt, lacht man ihn aus, der Prophet gilt nichts im eigenen Land. Aber aus Moskau und Leningrad kommen die Leute zu ihm. Einmal kam auch ein Korrespondent von der *Prawda*. Den hat der Alte überzeugt, sagt man. Jetzt gehen Gerüchte, daß man den Alten verhaftet hat. Irgendein Esel hat einen halben Liter Extrakt angesetzt und in der Küche frei stehenlassen, zur Novemberfeier bekam er Besuch, der Schnaps hat nicht ausgereicht, da haben's die Gäste ausgetrunken, der Gastgeber hat gar nichts davon gewußt. Drei Tote gab's. Und in einem anderen Haus haben sich Kinder vergiftet. Aber was kann der Alte schließlich dafür? Der hat ja gewarnt...»

Als er merkte, daß er bereits gegen sich sprach, verstummte Kostoglotow. Doktor Hangart war ganz erregt.

«Das ist es ja eben! Das Aufbewahren stark wirkender Medizin in gemeinsamen Krankenräumen ist – verboten! Ist absolut ausgeschlossen! Es kann zu einem Unglück führen. Geben Sie das Fläschchen her!»

«Nein», sagte er entschlossen.

«Geben Sie her!» Zornig zog sie die Augenbrauen zusammen und griff nach seiner geschlossenen Faust.

Kostoglotows kräftige, arbeitsgewohnte Finger schlossen sich so fest um das Fläschchen, daß es nicht mehr zu sehen war. Er lächelte.

«So kommen Sie nicht zum Ziel.»

Ihre Stirn wurde wieder glatt.

«Letzten Endes weiß ich, wann Sie spazierengehen, und kann das Fläschchen in Ihrer Abwesenheit holen.»

«Gut, daß Sie mich warnen, jetzt werde ich es verstecken.»

«An einer Schnur zum Fenster hinaushängen? So daß mir nichts anderes übrigbleibt, als Sie anzuzeigen?»

«Anzeigen? Davon wollten Sie doch heute morgen nichts wissen.»

«Aber Sie lassen mir keine Wahl.»

«Und darum muß angezeigt werden? Das ist unwürdig. Haben Sie Angst, den Extrakt könnte, zum Beispiel, Genosse Rusanow trinken? Das laß ich nicht zu. Ich werde ihn einwickeln und wegpacken. Aber schließlich werde ich ja das Krankenhaus einmal verlassen – und werde wieder zu dieser Wurzel greifen, und ob! Und Sie glauben nicht an sie?»

«Absolut nicht! Ein finsterer Aberglaube und ein Spiel mit dem Tod. Ich glaube nur an wissenschaftliche, in der Praxis erprobte Mittel. So hat man mir es beigebracht. Und so denken alle Onkologen. Geben Sie das Fläschchen her.»

Sie versuchte immerhin, seinen oberen Zeigefinger gerade zu biegen. Er sah in ihre zornigen milchkaffeebraunen Augen und hatte nicht nur keine Lust, sich ihr zu widersetzen oder mit ihr zu streiten, sondern hätte ihr mit Vergnügen dieses Fläschchen mitsam dem ganzen Nachttisch überlassen. Aber seinen Grundsätzen untreu zu werden, das fiel ihm schwer.

«Ach ja, die heilige Wissenschaft!» seufzte er. «Wenn das alles so unumstößlich wäre, wenn es nicht alle zehn Jahre widerlegt würde! Woran soll ich eigentlich glauben? Wozu hat man mir neue Spritzen verordnet? Was sind das für Spritzen?»

«Sehr entscheidende! Sehr wichtig für Ihr Leben! Ihr *Leben* muß gerettet werden!»

Sie sprach es mit allem Nachdruck. «Glauben Sie ja nicht, daß Sie schon gesund sind!»

«Ja, aber genauer! Worin besteht ihre Wirkung?»

«Wozu möchten Sie es genauer wissen? Die Spritzen tragen zur Gesundung bei. Sie verhindern die Bildung von Metastasen. Genauer werden Sie es nicht verstehen . . . Gut, geben Sie mir das Fläschchen, und ich gebe Ihnen mein Ehrenwort, daß Sie es zurückbekommen, wenn Sie von hier wegfahren!»

Er sah urkomisch aus, im Kittel, mit dem emblemgeschmückten Militärgürtel, fertig angezogen zum Spaziergang.

Sie bedrängte ihn sehr! Zum Teufel mit dem Fläschchen, es tat ihm nicht leid, es abzugeben, daheim hatte er noch zehnmal soviel von diesem Aconitum. Schlimm war etwas anderes: Da saß eine reizende Frau mit rauchbraunen Augen. Ihr Gesicht leuchtete. Es war so angenehm, mit ihr zu reden. Aber es würde nie möglich sein, sie zu küssen. Und wenn er wieder in seinem abgelegenen, öden Nest sein würde, dann würde er kaum noch glauben können, daß er dicht neben einer so schönen Frau gesessen hatte, die ihn, Kostoglotow, um jeden Preis retten wollte!

Doch das eben konnte sie nicht.

«Ich wage nicht, es Ihnen zu geben», meinte er scherzend. «Bei Ihnen zu Hause könnte es jemand trinken.»

(Wer denn? . . . Sie lebte ja allein. Aber das jetzt zu sagen, wäre unangebracht.)

«Also bekommt es keiner von uns! Wir gießen es einfach aus.»

Er lachte. Es tat ihm leid, daß er so wenig für sie tun konnte.

«Abgemacht. Ich gehe in den Hof und gieße es aus.»

Es war schade, daß sie sich die Lippen schminkte.

«Nein, jetzt glaube ich Ihnen nicht mehr. Ich muß dabeisein.»

«Ich habe eine Idee! Wozu ausgießen. Ich gebe es lieber einem guten Menschen, den Sie doch nicht retten können. Vielleicht hilft es ihm?»

«Wem denn?»

Kostoglotow wies mit einer Kopfbewegung auf das Bett Wadim Zadyrkos und dämpfte die Stimme noch mehr: «Melanoblastom, nicht wahr?»

«Jetzt bin ich endgültig überzeugt, daß wir es ausgießen müssen. Irgendeinen werden Sie mir hier bestimmt vergiften! Wo nehmen Sie nur den Mut her, einem Schwerkranken Gift zu geben? Und wenn er sich nun das Leben nimmt? Würde Ihr Gewissen Sie dann nicht quälen?»

Sie vermied es, ihn anzureden. Während des ganzen langen Gesprächs hatte sie ihn kein einziges Mal beim Namen genannt.

«Der nimmt sich nicht das Leben. Er hat Rückgrat.»

«Nein, nein, nein! Kommen Sie, wir gießen es aus!»

«Ich bin heute in glänzender Stimmung. Also los, gehen wir.»

Und sie gingen zwischen den Betten hindurch und ins Treppenhaus.

«Wird Ihnen nicht kalt sein?»

«Nein, ich habe ein Jäckchen unter dem Kittel.»

Ein Jäckchen. Warum hatte sie das gesagt? Er hätte es gern gesehen, das Jäckchen, die Farbe. Doch er würde es nie zu sehen bekommen.

Sie traten ins Freie. Es war ein schöner Tag, ganz frühlingshaft; ein Zugereister hätte kaum glauben können, daß erst der 7. Februar war. Die Sonne schien. Die Pappeln mit den hochgereckten Ästen und die niedrige Hecke waren noch kahl, aber selbst im Schatten lag nur noch ein wenig Schnee. Das vorjährige Gras zwischen den Bäumen war zertreten, bräunlich grau. Alleen, Steinplatten, Steine und Aspahlt waren noch feucht, noch nicht getrocknet. In der Anlage vor dem Haupteingang herrschte lebhaftes Kommen und Gehen – Ärzte, Schwestern, Pflegerinnen, das Büropersonal, ambulante Patienten und die Verwandten der Kranken eilten über den Platz. An zwei Stellen saßen sogar schon Leute auf den Bänken. In einigen Stationen standen schon die Fenster offen.

Unmittelbar vor dem Eingang konnte man den Extrakt nicht gut ausgießen.

«Kommen Sie, wir gehen dorthin!» Er wies auf den Durchgang zwischen der Krebsstation und der Hals- und Nasen-Station. Es war einer seiner üblichen Wege.

Sie gingen nebeneinander über den mit Steinplatten belegten Weg. Die Arztkappe Doktor Hangarts, im Schnitt einer Soldatenmütze ähnlich, befand sich genau in Kostoglotows Schulterhöhe.

Er schielte zu ihr hinunter. Sie war ganz ernst, als ginge es um eine gewichtige Sache. Das amüsierte ihn.

«Sagen Sie, wie wurden Sie in der Schule genannt?» fragte er plötzlich. Sie sah ihn rasch an.

«Das ist doch unwichtig.»

«Natürlich, aber es interessiert mich trotzdem.»

Schweigend ging sie ein paar Schritte weiter, leise mit den Absätzen klappernd. Ihre Gazellenbeine hatte er gleich am ersten Abend bemerkt, als er sterbenskrank auf dem Fußboden lag und sie auf ihn zukam.

«Wega», sagte sie.

(Das heißt, es stimmte nicht. Es stimmte nicht ganz. Nicht in der Schule wurde sie so genannt, sondern nur von einem einzigen Menschen. Von jenem einfachen Soldaten, der aus dem Krieg nicht heimgekehrt war. Plötzlich, ohne zu wissen warum, hatte sie einem anderen diesen Namen anvertraut.)

Sie traten aus dem Schatten heraus in den Durchgang zwischen den beiden Stationen – Sonne schlug ihnen entgegen und ein leichter Wind.

«Wega? Zu Ehren des Sterns? Aber die Wega ist blendend weiß.»

Sie blieben stehen.

«Ich blende nicht.» Sie nickte bestätigend. «Ich bin Wera Hangart. Nichts weiter.»

Zum erstenmal brachte nicht er sie in Verlegenheit, sondern sie ihn.

«Ich wollte sagen . . .» begann er.

«Alles klar. Gießen Sie es aus!» kommandierte sie. Und unterdrückte ein Lächeln.

Kostoglotow lockerte den festsitzenden Pfropfen, zog ihn vorsichtig heraus, beugte sich dann vor (was im Kittel mit den Stiefeln darunter sehr komisch aussah) und schob einen kleinen Stein zur Seite.

«Sehen Sie genau hin! Sonst werden Sie noch behaupten, ich hätte es in die Tasche gekippt!» rief er, zu ihren Füßen hockend.

(Ihre Beine, die Beine einer Gazelle, hatte er am ersten Abend bemerkt, am ersten Abend schon.)

Er goß die trübe graubraune Flüssigkeit, die Tod oder Genesung bringen konnte, in ein feuchtes Loch, in die dunkle Erde.

«Darf ich den Stein darauflegen?» fragte er.

Sie blickte von oben herab und lächelte.

Dieses Ausgießen und Mit-einem-Stein-Zudecken war bubenhaft, aber zugleich auch wie eine Verschwörung. Ein Geheimnis. Er erhob sich.

«Nun, so loben Sie mich doch!»

«Ich lobe Sie.» Sie lächelte. Aber traurig.

«Gehen Sie spazieren.» Und sie ging zur Krebsstation zurück.

Er sah ihrem weißen Rücken nach. Den beiden Dreiecken, dem oberen und dem unteren.

Die geringste Aufmerksamkeit, die eine Frau ihm entgegenbrachte, erregte ihn. Hinter jedem Wort vermutete er mehr, als in Wirklichkeit dahintersteckte. Und nach jedem Schritt erwartete er den nächsten.

«We-ga! We-ga!» suggerierte er ihr halblaut von weitem. «Kehr um, hörst du? Dreh dich um!»

Aber es klappte nicht. Sie drehte sich nicht um.

Oleg wartete noch bis Dienstag abend; da hatte Soja Nachtdienst. Das heitere Spiel mußte weitergehen – weiter als in der ersten Nacht und am Sonntagnachmittag. Er war bereit und wußte, daß auch sie es war.

Er wartete ungeduldig auf sie. Da er wußte, welchen Weg sie nahm, ging er in die Anlage. Dort rauchte er zwei selbstgedrehte Machorka-Zigaretten, dann fand er, daß er in diesem Weiberkittel reichlich dumm aussah, gar nicht so, wie er sich ihr gern präsentiert hätte. Außerdem wurde es schon dunkel. Er ging zurück, zog den Morgenrock und die Stiefel aus und wartete im Pyjama – was genauso lächerlich aussah – unten an der Treppe. Sein widerspenstiges Haar war heute einigermaßen gebändigt.

Sie kam aus dem Umkleideraum für Ärzte, ein wenig verspätet und hastig. Aber ihre Augenbrauen zuckten, als sie ihn sah, nicht staunend, sondern gleichsam bestätigend: Ja, hier hatte sie ihn erwartet; eben hier, am Fuß der Treppe, war der Platz, der ihm zukam.

Sie blieb nicht stehen; um nicht zurückzubleiben, ging er neben ihr her und nahm zwei Stufen auf einmal. Jetzt strengte ihn das nicht mehr an.

«Na, was gibt's Neues?» fragte sie ihn im Gehen wie einen Adjutanten.

Neues? Die Absetzung des Obersten Gerichts – das war was Neues. Aber um das zu verstehen, bedurfte es Jahre der Vorbereitung. Und das war es auch nicht, was Soja jetzt hören wollte.

«Ich weiß einen neuen Namen für Sie. Endlich hab ich begriffen, wie Sie heißen müssen.»

«So? Wie denn?» Sie lief flink die Treppe hinauf.

«Im Gehen kann man's nicht sagen. Ist zu wichtig.»

Er hatte sie vor sich und stellte fest, daß ihre Beine stämmig waren, ziemlich massiv. Zu ihrer Figur paßten sie freilich. Darin lag sogar ein besonderer Reiz. Dennoch, man wurde anders gestimmt, wenn die Beine schlank waren. Wie bei Wega.

Er staunte schon eine ganze Weile über sich. Er hatte nie so gedacht und geurteilt, er fand das geschmacklos. Sein Großvater nannte das «weibstoll». Aber es gab ein Sprichwort: Iß, wenn du hungrig bist, liebe, wenn du jung bist. In der Jugend hatte Oleg alles versäumt. Jetzt aber war es anders. Wie eine Pflanze im Herbst die letzten Säfte aus der Erde ziehen will, um dem entschwundenen Sommer nicht nachtrauern zu müssen, so beeilte Oleg sich jetzt, als sein Leben wiederkehrte – und schon zur Neige ging, ja natürlich, zur Neige –, Frauen zu sehen und tief in sich aufzunehmen, und zwar auf eine Weise, über die er mit ihnen nicht reden konnte. Schärfer als andere fühlte er, was Frauen auszeichnet, weil er sie viele Jahre lang nicht aus der Nähe gesehen hatte. Auch ihre Stimmen hatte er nicht gehört, hatte ihren Klang vergessen.

Soja übernahm den Dienst, lief flink wie ein Wiesel zwischen Tisch, Instruktionstafel und Medikamentenschrank hin und her und dann auf eine Tür zu. Oleg paßte auf, und als sie stehenblieb, war er sofort zur Stelle. «Und sonst gibt's nichts Neues in der ganzen Klinik?» fragte Soja honigsüß, während sie Spritzen auskochte und Ampullen öffnete.

«Oh, doch, ein ganz großes Ereignis! Nisamudtin Bachramowitsch hat heute eine Inspektion gemacht.»

«Ja-a? Wie gut, daß ich nicht da war! ... Na, und? Hat er Ihnen die Stiefel weggenommen?»

«Nein, aber es gab einen kleinen Zusammenstoß.»

«Warum denn?»

«Es war höchst feierlich. Mindestens fünfzehn Mann in weißen Kitteln kamen herein, Oberärzte, Assistenzärzte und Ärzte, die ich nie hier gesehen habe. Der Chefarzt stürzte sich wie ein Tiger auf die Nachttische, aber wir waren rechtzeitig gewarnt worden. Er ging also leer aus. Das paßte ihm gar nicht, er machte ein böses Gesicht. Da war gerade von mir die Rede, und Ljudmila Afanassjewna beging eine Ungeschicklichkeit: Sie las aus meinem Protokoll vor.»

«Was für ein Protokoll?»

«Na, der Krankenbericht, ich verspreche mich immer ... Sie las die erste Diagnose vor, und dabei stellte sich zufällig heraus, daß ich aus Kasachstan bin. ‹Wie?› sagte Nisamudtin. ‹Aus einer anderen Republik? Wir haben nicht genug Betten, und da nehmen wir Fremde auf? Sofort entlassen!›»

«Aber fast die Hälfte unserer Patienten sind doch ‹Fremde›!»

«Natürlich, ich bin ihm einfach in die Quere gekommen. Aber Ljudmila Afanassjewna hätten Sie sehen sollen! Sie hat mich verteidigt wie eine Henne ihre Küken: ‹Ein wissenschaftlich wichtiger Fall! Wir können der weiteren Schlußfolgerungen wegen nicht auf ihn verzichten ...› Meine Lage war blödsinnig: Vor ein paar Tagen habe ich mich mit ihr gestritten und meine Entlassung verlangt, da hat sie mich angeschrien, und jetzt ist sie für mich eingetreten. Ich hätte Nisamudtin nur zu sagen brauchen: ‹Ja – ja› – und wäre mittags schon nicht mehr hiergewesen! Dann hätte ich Sie nicht mehr wiedergesehen ...»

«Also meinetwegen haben Sie nicht ‹ja – ja› gesagt?»

«Was denn sonst?» Kostoglotow dämpfte die Stimme. «Ich hatte Ihre Adresse doch nicht. Wo hätte ich Sie suchen sollen?»

Doch sie tat geschäftig, und es war nicht zu ergründen, wieweit sie ihm glaubte.

«Wie hätte ich Ljudmila Afanassjewna im Stich lassen können?» fuhr er etwas lauter fort. «Ich sitze da wie ein Klotz. Nisamudtin ist in Fahrt: ‹Ich gehe sofort in die Ambulanz und hole euch fünf solche Fälle! Entlassen!› Und hier hab ich wohl eine Dummheit gemacht – die Chance versäumt, entlassen zu werden. Ljudmila Afanassjewna tat mir leid, sie zuckte zusammen, als sei sie geschlagen worden, und sagte kein Wort mehr. Ich stütze die Ellbogen auf die Kie, räuspere mich und frage ganz ruhig: ‹Wie können Sie mich denn entlassen, wenn ich vom Neuland komme?› – ‹Vom Neuland?› sagt Nisamudtin ganz erschrokken. (Das wäre doch ein politischer Fehler!) ‹Für das Neuland ist dem Staat nichts zu schade.›

Und sie zogen weiter.»

«Sie haben den Bogen aber raus!» sagte Soja kopfschüttelnd.

«Ich bin im Lager so frech geworden, Sojenka. Früher war ich nicht so. Überhaupt habe ich viele Eigenschaften, die nicht angeboren, sondern im Lager erworben sind.»

«Aber Ihre Heiterkeit – die stammt nicht von dort?»

«Warum denn nicht? Ich bin heiter, weil ich an Verluste gewöhnt bin. Mir will es nicht in den Kopf, daß hier an Besuchstagen so viel geweint wird. Warum weinen sie denn? Hier wird keiner verschickt, keinem wird etwas beschlagnahmt...»

«Sie bleiben also noch einen Monat hier?»

«Sojenka! Wo denken Sie hin?! Nein, aber zwei Wochen werden es noch werden. Ich habe doch Ljudmila Afanassjewna sozusagen schriftlich gegeben, alles über mich ergehen zu lassen...»

Die Spritze war mit angewärmter Flüssigkeit gefüllt, und Soja lief davon.

Ihr stand heute eine peinliche Sache bevor, und sie wußte nicht recht, was sie tun sollte.

Oleg mußte ja die neuverordnete Spritze bekommen, und zwar in die für solche Zwecke vorgesehene Stelle. Doch der Ton, der zwischen ihnen beiden entstanden war, machte die Spritze undenkbar: Das Spiel wäre zu Ende gewesen. Dieses Spiel und diesen Ton gefährden, wollte Soja ebensowenig wie Oleg. Es mußte noch einiges geschehen, was die Spritze wieder möglich machte – wie unter Menschen, die einander sehr nahestehen.

Als Soja an den Tisch zurückkam und die Spritze für Achmadschan bereitete, fragte Soja: «Na, und Sie? Sind Sie artig beim Spritzen? Oder zappeln Sie?»

So eine Frage – und ausgerechnet an Kostoglotow! Er hatte ja nur darauf gewartet, seine Erklärung abgeben zu können: «Sie kennen meinen Standpunkt, Sojenka. Ich ziehe es immer vor, mich, wenn möglich, zu drücken. Das Gelingen hängt davon ab, wer dran ist. Mit Turgun klappt's vorzüglich: Er ist darauf erpicht, Schach zu lernen. Wir haben ausgemacht: Wenn er gewinnt, wird gespritzt, wenn ich gewinne, nicht; aber ich komme auch ohne Schach mit ihm zu Rande. Wenn Maria Dienst hat, schaff ich's nicht, mit der ist nicht zu spaßen: Sie kommt mit der Spritze, das Gesicht wie aus Holz. Ich versuche zu scherzen, sie sagt: ‹Patient Kostoglotow! Machen Sie sich frei!› Sie sagt ja nie ein Wort zuviel.»

«Sie kann sie nicht ausstehen.»

«Wen? Mich?»

«Alle Männer.»

«Nun, im Prinzip mag sie recht haben. Mit der neuen Schwester habe ich noch keine Spielregeln ausgemacht. Und wenn Olimpiada wieder da ist – die ist genau, weicht nicht um ein Jota ab.»

«So werde ich es auch machen!» sagte Soja und füllte die Kubikzentimeter in die Spritze. Doch ihre Stimme klang nachgiebig.

Sie ging, Achmadschan die Spritze zu geben. Oleg blieb am Tisch sitzen.

Es gab noch einen zweiten, weit wichtigeren Grund, warum Soja dagegen war, daß Oleg diese Spritzen bekam. Seit Sonntag überlegte sie, ob sie ihn über diese Spritzen aufklären sollte. Wenn das, worüber sie jetzt scherzhaft plauderten, Ernst werden (dieser Fall könnte ja eintreten), wenn es dieses Mal nicht beim trübseligen Aufsammeln der hastig ausgezogenen Kleidungsstücke bleiben, wenn etwas Langwährendes daraus werden sollte und Soja sich wirklich entschließen könnte, ihn emsig zu umsorgen, ihm in die Verbannung zu folgen (letzten Endes hatte er doch recht – weiß man denn, in welchem entlegenen Nest das Glück auf einen wartet?) – dann gingen die Spritzen, die Oleg verschrieben worden waren, nicht nur ihn allein an, sondern auch sie.

Sie war dagegen.

«Los!» sagte sie fröhlich, als sie mit der leeren Spritze zurückkam. «Haben Sie Mut gefaßt? Gehen Sie und machen Sie sich frei für die Spritze, Patient Kostoglotow! Ich komme sofort.»

Doch er saß da und sah sie an, und zwar gar nicht wie ein Patient. An die Spritze dachte er überhaupt nicht mehr, darüber waren sie sich schon einig. Er sah ihre Augen, die leicht aus den Augenhöhlen drängten.

«Gehen wir», sagte er. Je dunkler seine Stimme wurde, desto heller wurde ihre.

«Irgendwohin?» sagte sie staunend und lachte. «In die Stadt?»

«Ins Ärztezimmer.»

Sie wich seinem drängenden Blick nicht aus und sagte ohne Koketterie: «Aber, das geht doch nicht! Ich habe eine Menge zu tun.»

Er schien nicht zu verstehen: «Gehen wir!»

«Richtig», entsann sie sich plötzlich. «Ich muß das Sauerstoffkissen füllen für ...» Sie nickte zur Treppe hin, mochte vielleicht auch den Namen des Kranken genannt haben, er hatte ihn nicht verstanden. «Und der Hahn an der Sauerstoffflasche funktioniert nur schwer. Sie können mir helfen.» Sie lief die Treppe hinunter, er folgte ihr. Jener gelbsüchtige Patient auf dem Treppenabsatz, der Unglückliche mit der spitzen Nase, dem der Krebs die Lunge zerfraß, der vielleicht nicht immer so klein gewesen, vielleicht erst durch die Krankheit zusammengeschrumpft war, der, um den es so schlecht stand, daß die Ärzte bei der Visite schon nicht mehr mit ihm sprachen, nichts mehr fragten – er saß im Bett und atmete, laut röchelnd, aus dem Sauerstoffkissen. Es ging ihm schon lange schlecht, heute aber war er noch elender, das konnte jeder sehen. Aus dem einen Kissen atmete er, das andere lag leer neben ihm.

Es stand so schlimm um ihn, daß er kaum noch jemanden wahrnahm. Sie gingen mit dem leeren Kissen die Treppe hinunter.

«Wie behandeln Sie ihn?»

«Gar nicht. Eine Operation ist unmöglich. Und die Bestrahlungen haben nichts genützt.»

«An der Brust wird nicht operiert?»

«In unserer Stadt noch nicht.»

«Dann stirbt er also?»

Sie nickte.

Und obwohl sie das Sauerstoffkissen für diesen Mann, der dem Ersticken nahe war, trugen, hatten sie ihn sofort vergessen. Denn jeden Augenblick mußte etwas Interessanteres geschehen.

Die hohe Sauerstoffflasche stand in einem Flur, der jetzt abgeschlossen war – in jenem Flur an den Röntgenräumen, in dem Doktor Hangart einst den durchnäßten, sterbenden Kostoglotow untergebracht hatte. (Dieses «einst» lag knapp drei Wochen zurück.)

Und wenn man die zweite Lampe im Flur nicht anknipste (sie hatten nur die erste angeknipst), blieb die Ecke hinter dem Mauervorsprung, wo die Sauerstoffflasche stand, im Halbdunkel.

Soja war kleiner als die Flasche, Oleg größer.

Sie schloß das Ventil des Kissens an das Ventil der Flasche. Er stand hinter ihr und atmete den Geruch ihres Haares ein, das unter der Kappe hervorquoll.

«Der Hahn geht so schwer auf», klagte sie.

Er legte die Hand auf den Hahn, öffnete ihn sofort, der Sauerstoff strömte nun zischend in das Kissen.

Ohne äußeren Anlaß legte Oleg die nun freie Hand um Sojas Handgelenk. Sie zuckte nicht zurück, war nicht verwundert. Sie beobachtete, wie sich das Kissen langsam zu füllen begann. Seine Hand glitt vom Handgelenk zum Ellbogen, vom Ellbogen zur Schulter hinauf.

Ein Erkundungsmanöver, simpel, doch unentbehrlich für ihn und auch für sie. Sie mußten prüfen, ob sie beide die vorangegangenen Worte richtig verstanden hatten.

Ja, ohne Zweifel.

Er zupfte leicht, mit zwei Fingern, an ihrem Pony, sie tat nicht empört, fuhr nicht zurück – sie achtete auf das Kissen.

Da faßte er ihre Schultern, zog sie an sich und küßte den Mund, der ihm so oft zugelacht und etwas vorgeschwatzt hatte.

Soja begegnete ihm nicht weich nachgiebig, sondern angespannt, suchend, bereit.

Plötzlich schielten ihre Augen zur Seite, sie riß sich los und rief: «Das Kissen!»

Er warf den Arm hoch, packte den Hahn und drehte ihn rasch zu. Sojas Pony war zerzaust, die Kappe verschoben.

«Hat es dich nicht erschreckt, daß ich ein Verbannter bin?

Daß ich alt bin?

Daß ich krank bin?»

Sie lehnte sich an ihn.

«Kommst du nach Usch-Terek?... Wir heiraten... Wir bauen uns dort ein Haus.»

Sie streckte sich und legte den Arm um seinen Nacken: «Oljoschek! Weißt du, was diese Spritzen bedeuten?»

«Was denn?» Er rieb seine Wange an ihrem Arm.

«Diese Spritzen... Wie soll ich's dir erklären... Wissenschaftlich heißt es: Hormontherapie... Man verwendet sie so: Die Frauen bekommen männliche Hormone, die Männer weibliche... Man nimmt an, daß damit die Bildung von Metastasen vermindert wird... Doch zuallererst vermindert sich im allgemeinen... verstehst du?»

«Nein! Was! Nicht ganz!» fragte Oleg abgerissen. Er war völlig verändert. Jetzt umklammerte er ihre Schultern schon anders, als wollte er die Wahrheit aus ihr herausschütteln.

«Du, sag doch, sag!»

«Dabei vermindert sich... die Potenz... Es geht so weit, daß sich andersgeschlechtliche Merkmale bilden können. Bei einer großen Dosis können den Frauen Bärte wachsen und Männern Brüste...»

«Was?» brüllte Oleg, der jetzt erst langsam zu begreifen begann. «Diese Spritzen? Die ich bekomme? Und sie – sie verhindern *alles*?»

«Na ja, nicht alles. Die Libido bleibt noch lange.»

«Was ist das, Libido?»

Sie sah ihm in die Augen und zog ihn ein wenig am Schopf.

«Na ja, was du jetzt empfindest... den Wunsch...»

«Der Wunsch bleibt, die Möglichkeit – nicht? Ja? Ist es so?» fragte er erschüttert.

«Die Möglichkeit läßt stark nach. Später auch der Wunsch. Verstehst du?»

Sie fuhr mit dem Finger über seine Narbe, streichelte seine heute ganz glattrasierte Wange. «Darum möchte ich nicht, daß du diese Spritzen bekommst.»

«Verdammt noch mal!» Er kam zu sich und richtete sich auf. «Das ist ja ungeheuerlich! Ich hab's ja geahnt, ich habe so etwas erwartet. Nun stimmt es also!»

Er hätte die Ärzte am liebsten verflucht, weil sie so eigenmächtig über das Leben anderer verfügten – und da fiel ihm plötzlich das klare, überzeugte Gesicht Wera Hangarts ein. Gestern hatte sie ihn mit so innigem Wohlwollen angesehen und gesagt: «Sehr wichtig für Ihr Leben! Ihr Leben muß gerettet werden!»

Diese Wera wollte ihm Gutes tun? Und ihn deshalb mit Hilfe eines Betruges an dieses Schicksal ausliefern?

«Wirst du auch so eine werden?» Er sah Soja mißtrauisch an.

«So, wie man's uns in der Schule eintrichtert: ‹Das kostbarste, was der Mensch besitzt, ist das Leben. Es wird ihm nur einmal gegeben›, ja? ‹Also klammere dich ans Leben, um jeden Preis!› Ja?»

Warum fiel er denn so über sie her?

Sie faßte das Leben doch genauso auf wie er: Wozu leben ohne *das*? Sie hatte ihn eben über den Berg geschleppt. Da stand sie. Und solange diese Libido noch durch seine Wirbel strömte, mußte man sich beeilen.

«Kannst du mir nicht entgegengesetzte Spritzen geben?»

«Dann fliege ich raus.»

«Aber es gibt doch solche Spritzen?»

«Es sind die gleichen – nur nicht wechselwirkend gebraucht.»

«Komm, wir gehen irgendwohin ...»

«Aber wir sind doch gegangen. Und angekommen. Wir müssen zurück ...»

«Ins Ärztezimmer?»

«Das geht nicht, vielleicht kommt die Putzfrau oder sonst jemand ... Es ist ja erst Abend ...»

«Also gut, nachts ...»

«Warum denn so eilig, Oljoschek. Es soll doch weitergehen.»

«Wieso denn ‹weitergehen›, wenn es morgen keine Libido mehr gibt? Oder nein, umgekehrt – danke –, die Libido bleibt. Komm, wir gehen irgendwohin!»

«Oljoschek, etwas muß man sich aufheben ... Übereil dich nicht! Wir müssen das Kissen hinauftragen ...»

«... Gleich. Wir tragen es gleich hin.

Ja, gleich ...»

Sie stiegen die Treppe hinauf und trugen zu zweit das Kissen, das prall wie ein Fußball war und Erschütterungen, die das Gehen verursachte, von einem zum anderen übertrug. So als hielten sie sich an den Händen.

Neben der Treppe, auf dem Bett, an dem Tag und Nacht Gesunde und Kranke, ganz mit sich selbst beschäftigt, vorübereilten, saß der gelbe, ausgedörrte Mann. Er hustete schon nicht mehr, sein Kopf schlug gegen die angezogenen Knie, und seine Stirn mochte die Knie wie eine Mauer empfinden, die ihn eng umschloß.

Noch lebte er – aber Lebendes gab es für ihn nicht mehr.

Vielleicht starb er heute – Olegs Bruder, Olegs Nächster, verlassen, ausgehungert nach Teilnahme. Vielleicht hätte Oleg sich an sein Bett setzen und hier die Nacht verbringen müssen, um ihm die letzten Stunden zu erleichtern.

Aber sie legten ihm nur das Sauerstoffkissen hin, seine letzten Kubikzentimeter Luft, sein Todeskissen, das für sie nur ein Anlaß gewesen war, sich zurückzuziehen und zu küssen.

Wie angekettet ging Oleg neben Soja die Treppe hinauf. Er dachte nicht an den Sterbenden, obwohl er selber einen halben Monat zuvor fast gestorben wäre und in einem halben Jahr vielleicht würde sterben müssen.

Er dachte nur an dieses Mädchen, diese Frau, dieses Weib und daran, wie man sie überreden könnte.

Dieses längst vergessene, ihn jetzt um so stärker überwältigende, schmerzhafte Gefühl in den Lippen, die vom Küssen fast geschwollen, fast aufgesprungen waren, strömte jung durch seinen ganzen Körper.

19

Nicht jeder nennt seine Mama – Mama, besonders wenn Fremde zugegen sind. Jungen über fünfzehn und unter dreißig schämen sich dessen. Aber Wadim, Boris und Jurij Zadyrko hatten sich niemals ihrer Mama geschämt. Sie liebten sie einmütig, als der Vater noch lebte, besonders aber, nachdem er erschossen worden war. Der Altersunterschied zwischen ihnen war gering, sie wuchsen auf wie drei Gleichaltrige, waren immer tätig, in der Schule wie auch daheim, trieben sich nicht auf der Straße herum und machten der verwitweten Mutter niemals Kummer. Mit einem Kinderfoto hatte es begonnen, später waren andere – zum Vergleich – hinzugekommen, und dann hatte sich die Sitte eingebürgert, zu viert alle drei Jahre zum Fotografen zu gehen (später besaßen sie ihren eigenen Apparat), und so kam im Familienalbum ein Foto zum anderen: die Mutter und ihre drei Söhne. Sie war blond, die drei Jungen waren schwarz – wahrscheinlich ein Erbe jenes gefangenen Türken, der einst ihre Urgroßmutter aus Saporoschje geheiratet hatte. Nicht alle Außenstehenden konnten sie auf den Fotos auseinanderhalten. Von Foto zu Foto wurden sie sichtlich größer, kräftiger, wuchsen der Mutter über den Kopf, die langsam älter wurde, sich vor dem Objektiv aufrecht hielt, stolz auf diese lebendige Chronik ihres Lebens. Sie war Ärztin, wohlbekannt in der Stadt, in der sie lebte, mit Dankesbezeigungen, Blumensträußen und Kuchen reichlich belohnt, doch selbst wenn sie in ihrem Leben weiter nichts Nützlicheres vollbracht hätte – drei Söhne erzogen zu haben, rechtfertigte das Leben einer Frau. Alle drei besuchten das polytechnische Institut, der älteste Sohn hatte Geologie studiert, der mittlere Elektrotechnik, und der jüngste, der Bauingenieur werden sollte, stand jetzt kurz vor dem Abschluß seines Studiums. Die Mutter war bei ihm, als sie von Wadims Krankheit erfuhr.

Am Donnerstag wäre sie fast hierhergefahren. Am Samstag bekam sie ein Telegramm von Doktor Donzowa, daß Kolloidgold gebraucht werde. Am Sonntag telegrafierte sie zurück, sie werde wegen des Goldes nach Moskau fahren. Seit Montag war sie dort, gestern und heute kämpfte sie sicherlich um Audienz bei Ministern und an anderen wichtigen Stellen, damit man ihr um ihres getöteten Mannes willen Kolloidgold für den erkrankten Sohn bewilligte. (Ihr Mann hatte während des Krieges die Rolle eines von der Sowjetmacht verkannten Intellektuellen gespielt und war von den Deutschen erschossen worden, weil er Verbindung zu den Partisanen unterhalten und sowjetische Gefangene versteckt hatte.)

Alle diese Bemühungen empfand Wadim sogar aus der Entfernung als widerwärtig und beleidigend. Ihm war jede krumme Tour, jede Ausnutzung von Verdiensten und Beziehungen unerträglich. Es bedrückte ihn schon, daß Mama vorsorglich an Doktor Donzowa telegrafiert hatte, so wichtig es ihm auch war, weiterzuleben, er wollte selbst jetzt da sich das Gespenst des Krebstodes zeigte, keinerlei Vorteile ausnutzen. Freilich, nachdem Wadim die Donzowa eine Weile beobachtet hatte, begriff er rasch, daß sie ihm auch ohne Mamas Telegramm sehr viel Zeit und Aufmerksamkeit gewidmet hätte. Aber wegen des Kolloidgoldes hätte sie nicht telegrafieren sollen. Sollte Mama dieses Gold bekommen, würde sie natürlich damit hierherfliegen. Aber auch wenn sie es nicht bekäme, würde sie kommen. Er hatte ihr aus der Klinik von dem Birkenschwamm geschrieben – nicht weil er daran glaubte, sondern um Mama weiterhin mit seiner Rettung zu beschäftigen, ihr eine Befriedigung zu verschaffen. Wenn ihre Verzweiflung wüchse, würde sie, all ihren medizinischen Kenntnissen und Grundsätzen zum Trotz, zu jenem Quacksalber in die Berge fahren, um die Wurzel des Eisenhuts zu holen. (Oleg Kostoglotow war gestern zu ihm gekommen und hatte gebeichtet, daß er den Wurzelextrakt ausgegossen habe, es sei ohnehin nicht viel in dem Fläschchen gewesen. Er hatte Wadim die Adresse des Alten gegeben und gesagt, falls der Alte schon im Gefängnis säße, sei er bereit, ihm von seinem Vorrat abzugeben.)

Mama hatte jetzt doch keine Ruhe, da ihr ältester Sohn vom Tode bedroht war. Mama würde alles versuchen, und mehr noch als das, sie würde selbst Überflüssiges unternehmen. Sie würde ihm sogar ins Gebirge folgen, obwohl er dort seine Galja hatte. Soviel Wadim aus dem wenigen, was er über sein Leiden gelesen und gehört hatte, entnehmen konnte, waren es letzten Endes Mamas allzu große Besorgnis und Umsicht, die seine Geschwulst erst zum Wuchern gebracht hatten. Er hatte von Geburt an ein großes Muttermal am Bein, und als Ärztin hatte Mama offenbar um die Gefährlichkeit einer Entartung gewußt. Immer wieder fand sie Anlässe, dieses Muttermal zu untersuchen und abzutasten, und schließlich bestand sie darauf, daß ein guter Chirurg es vorbeugend wegoperierte – und genau das hätte man anscheinend nicht tun dürfen.

Doch selbst wenn Mama dazu beigetragen haben sollte, daß er nun dahinsiechte – er konnte ihr weder in Gedanken noch offen einen Vorwurf machen. Man sollte nicht extrem zweckgebunden denken und nur nach Resultaten urteilen – menschlicher ist es, die Absicht anzuerkennen. Und es wäre ungerecht, Mama jetzt die Schuld daran zu geben, daß er seine Arbeit nicht beenden, seine Möglichkeiten nicht ausschöpfen konnte und seine Interessen aufgeben mußte. Denn all diese Interessen, die Möglichkeiten, diesen Drang zur Arbeit gäbe es nicht, wenn es ihn, Wadim, nicht gäbe. Als Mamas Sohn.

Der Mensch hat Zähne, die kann er zusammenbeißen, bis es knirscht. Wenn er auch Mama verzieh, den Umständen konnte er nicht verzeihen! Ihnen würde er nicht einen Quadratzentimeter seines Epithels geben! Und er konnte nicht anders als mit den Zähnen knirschen.

Wie hatte ihn diese verfluchte Krankheit getroffen! Wie hatte sie dazwischengehauen in dem für ihn wichtigsten Augenblick!

Freilich, Wadim schien von Kindheit an geahnt zu haben, daß er nicht genügend Zeit haben würde. Es machte ihn nervös, wenn eine Bekannte oder eine Nachbarin kam und schwatzte und ihm und Mama die Zeit stahl. Es empörte ihn, daß die verschiedenen Schul- und Institutsveranstaltungen – Ausflug, Arbeitseinsatz, Abendveranstaltung, Aufmarsch – immer eine oder zwei Stunden zu früh angesetzt werden, weil man damit rechnet, daß die Teilnehmer zu spät kommen. Niemals konnte Wadim die halbstündigen Nachrichten im Radio ertragen, weil das, was wichtig und wesentlich war, in fünf Minuten gesagt werden konnte, alles andere war nur Geschwätz. Der Gedanke machte ihn rasend, jedes beliebige Geschäft möglicherweise geschlossen vorzufinden, weil gerade Warenlieferung, Inventur oder sonst was war – nie ließ sich das voraussehen. Jeder beliebige Dorfsowjet, jedes beliebige ländliche Postamt konnten an jedem beliebigen Wochentag geschlossen sein – und aus einer Entfernung von 25 Kilometern konnte man das nicht wissen.

Möglich, daß der Vater dieses Geizen mit der Zeit auf ihn übertragen hatte. Den Vater hatte es auch gestört, unbeschäftigt zu sein, und Wadim entsann sich gut, wie der Vater zu ihm gesagt hatte: «Wadjka! Wenn du den Augenblick nicht zu nutzen verstehst, wirst du auch die Stunde ungenutzt lassen, den Tag und das ganze Leben.»

Nein, nein! Diese Besessenheit, der unersättliche Geiz, was die Zeit betraf, hatte von klein auf in ihm gesteckt. Sobald ihm als Kind das Spiel mit anderen Jungen zu langweilig wurde, blieb er nicht länger bei ihnen in der Toreinfahrt, sondern ging weg, unbekümmert um ihren Spott; Bücher, die er belanglos fand, las er nicht weiter, sondern suchte sich bessere. Wenn die ersten Szenen eines Films dumm waren (vorher erfuhr man so gut wie nichts über den Film, das war absichtlich so eingerichtet), wurmte ihn das hinausgeworfene Geld nicht, er ließ den Kinositz hochklappen und ging weg, um seine Zeit und die Aufnahmefähigkeit seiner Gedanken zu retten. Lehrer, die den Schülern zehn Minuten lang eine Standpauke hielten, mit Erläuterungen nicht fertig wurden, das eine zu weitschweifig, das andere zu flüchtig erklärten, die Hausaufgaben nach dem Klingeln diktierten, waren ihm ein Greuel. Sie konnten es sich nicht vorstellen, daß ein Schüler seine Pause sorgfältiger einteilte als sie ihre Stunden.

War es nicht denkbar, daß er die Gefahr, die ihm drohte, von Kind auf unbewußt spürte?

Und wenn er als Junge so sehr mit der Zeit gegeizt und diesen Geiz auf seine Brüder übertragen hatte, wenn er im vorschulpflichtigen Alter Bücher für Erwachsene gelesen und sich mit zwölf Jahren ein chemisches Laboratorium eingerichtet hatte – so bedeutete das doch wohl, daß er schon damals mit der künftigen Geschwulst um die Wette gelaufen war. Doch er war blind gelaufen, ohne den lauernden Feind zu sehen. Der aber hatte ihn unausgesetzt beobachtet und ihn gerade im entscheidenden Augenblick angefallen. Keine Krankheit, nein, eine Schlange. Eine Schlange mit dem Namen Melanoblastom.

Wadim hatte nicht gemerkt, wann das begonnen hatte. Während der Expedition im Altai-Gebirge war es gewesen. Eine Verhärtung zunächst, dann kam der Schmerz, dann brach die Verhärtung auf, und der Schmerz ließ nach, dann wieder eine Verhärtung, vom Stoff der Kleidung so wund gerieben, daß das Gehen fast unerträglich wurde. Aber er schrieb seiner Mutter kein Wort davon, gab seine Arbeit nicht auf, weil er dabei war, die ersten Unterlagen zu sammeln, mit denen er unbedingt nach Moskau fahren mußte.

Die Expedition hatte lediglich dem radioaktiven Wasser gegolten, das Erforschen von Erzvorkommen war in keiner Weise mit eingeplant worden. Doch Wadim, der weit über sein Alter hinaus belesen und in Chemie, die nicht jeder Geologe beherrscht, sehr gut beschlagen war, hatte, halb wissend, halb ahnend, die Vorstellung, daß sich hier eine neue Methode zur Auffindung von Erzvorkommen abzeichnete. Dieser Forschungsdrang paßte dem Leiter der Expedition überhaupt nicht, denn ihm ging es nur um die Planerfüllung.

Wadim bat um eine Dienstreise nach Moskau, sein Chef sah das Argument nicht ein und verweigerte sie ihm. Darauf zeigte Wadim ihm seine Geschwulst, bekam Krankenurlaub und erschien in dieser Klinik. Hier erfuhr er die Diagnose. Man wollte ihn sofort aufnehmen, da die Sache keinen Aufschub duldete.

Er nahm den Einweisungsschein, steckte ihn in die Tasche, flog nach Moskau, wo er Tschernogorodzew auf einer Tagung anzutreffen hoffte. Wadim hatte ihn nie gesehen, er kannte nur seine Werke und das Lehrbuch. Er wurde zuvor darauf aufmerksam gemacht, daß Tschernogorodzew sich nie mehr als einen Satz anhörte, daß er am ersten Satz erkenne, ob das Gespräch einen Sinn habe oder nicht. Während der ganzen Reise nach Moskau versuchte Wadim diesen einen Satz zu formulieren. Er wurde Tschernogorodzew in der Pause vorgestellt, vor dem Eingang zum Büfett. Wadim schoß seinen Satz heraus, und Tschernogorodzew wandte dem Büfett dem Rücken, nahm Wadim am Arm und ging mit ihm beiseite. Dieses Fünf-Minuten-Gespräch strengte Wadim sehr an, denn er mußte rasch und konzentriert sprechen, sich alle Antworten des Professors einprägen, mit seinen eigenen Kenntnissen glänzen, ohne alles zu sagen, was er wußte, und das Wesentliche für sich behalten.

Tschernogorodzew überschüttete ihn sofort mit Gegenargumenten, die klar bewiesen, daß radioaktives Wasser nur ein nebensächliches, nicht aber ein grundlegendes Anzeichen für das Vorhandensein von Erzlagern sei. Er argumentierte zwar, schien aber bereit, sich eines Besseren belehren zu lassen. Als Wadim ihm nichts erwiderte, entließ er ihn. Und Wadim hatte die Vermutung, daß sich das ganze Moskauer Institut mit dem Problem herumschlug, das er ganz allein zwischen den Steinen des Altai-Gebirges zu lösen suchte. Mehr war vorläufig nicht zu erwarten. Jetzt hätte er mit Volldampf an die Arbeit gehen müssen. Doch eben jetzt mußte er sich ins Krankenhaus legen ... Und Mama benachrichtigen. Er hätte nach Nowotscherkask fahren können, doch hier gefiel es ihm, es war auch näher zu seinen Bergen.

In Moskau interessierte er sich nicht nur für Wasser und Erz. Er erfuhr auch, daß man an einem Melanoblastom starb – unweigerlich. Selten lebt man damit länger als ein Jahr, meist nur acht Monate.

Nun ja – wie bei einem Körper, der mit Lichtgeschwindigkeit dahinschießt, unterschieden sich jetzt seine *Zeit* und seine *Masse* von denen anderer Leute: Seine Zeit war komprimierter, seine Masse von größerer Durchschlagskraft. Er mußte Jahre, Wochen, Tage in Minuten unterbringen. Sein ganzes Leben hatte er sich beeilt, doch jetzt begann er sich wirklich zu beeilen! Nach sechzig Jahren eines geruhsamen Lebens konnte jeder Narr Professor werden. Aber im Alter von siebenundzwanzig?

Siebenundzwanzig war das Lermontow-Alter, auch Lermontow wollte nicht sterben. (Wadim wußte, daß er Lermontow ein wenig ähnlich sah: Auch er war nicht groß von Wuchs, dunkelhaarig, schlank, hatte kleine Hände, freilich keinen Schnurrbart.) Trotz seines frühen Todes blieb Lermontow unvergessen – nicht etwa nur ein Jahrhundert, sondern auf immer.

Angesichts des Todes, dieses gefleckten Panthers, den er schon neben sich auf dem Krankenbett spürte, mußte Wadim, ein Mensch mit scharf ausgeprägtem Intellekt, eine Formel finden, wie mit einer solchen Nachbarschaft zu leben war. Wie sollte er die Monate, die ihm noch blieben, fruchtbringend leben – wenn es überhaupt noch Monate waren? Er mußte den Tod als einen unerwarteten und neuen Faktor seines Lebens analysieren. Und nachdem er die Analyse durchgeführt hatte, merkte er, daß er sich offenbar schon an ihn zu gewöhnen, ihn sogar zu begreifen begann. Falsch wäre es gewesen, von dem auszugehen, was er verlor: Wie glücklich er werden, wohin er reisen, was alles er schaffen könnte, wenn er lange leben würde. Richtig war es, die Statistik anzuerkennen: Immer mußte irgend jemand jung sterben. Ein junger Verstorbener bleibt im Gedächtnis immer jung. Ein vor dem Tode Entbrannter leuchtet ewig. Dies war eine wesentliche, auf den ersten Blick paradoxe Erkenntnis, zu der Wadim während der letzten Wochen gelangte: daß ein begabter Mensch den Tod eher begreift und annimmt als ein Unbegabter. Obwohl doch ein begabter Mensch durch den Tod weitaus mehr verliert als ein Unbegabter! Der Unbegabte klammert sich ans

Leben, obwohl, wie Epikur sagte, der Tor nicht weiß, was er mit der Ewigkeit anfangen soll.

Natürlich war der Gedanke verlockend, daß man vielleicht nur noch drei, vier Jahre durchhalten müßte, denn in unserem Jahrhundert der allgemeinen unaufhaltsamen wissenschaftlichen Entdeckungen würde man ganz gewiß auch ein Mittel gegen das Melanoblastom finden. Doch Wadim hatte sich vorgenommen, nicht von einer Verlängerung seines Lebens, nicht von Gesundung zu träumen, nicht einmal nachts nur einen Augenblick an diesen fruchtlosen Traum zu verschwenden, sondern sich zu konzentrieren, zu arbeiten und der Menschheit eine neue Methode für das Auffinden von Erzvorkommen zu hinterlassen.

Wenn er seinen frühen Tod auf diese Weise wiedergutmachen könnte, hoffte er, beruhigt sterben zu können.

Auch hatte er in den sechsundzwanzig Jahren seines Lebens nichts kennengelernt, das so beglückend und harmonisch war wie das Gefühl, seine Zeit sinnvoll verbracht zu haben. Deshalb war es am vernünftigsten, die letzten Monate so und nicht anders zu verbringen.

Mit diesem Arbeitselan, mit Büchern unter beiden Armen, war Wadim in diesen Krankensaal gekommen.

Der erste Feind, den er hier zu erwarten hatte, war das Radio, ein Lautsprecher – und Wadim war bereit, mit jedem legalen Mittel dagegen anzugehen: Zuerst wollte er seine Zimmergenossen überzeugen, dann mit einer Nadel einen Kurzschluß verursachen, schließlich die Steckdose aus der Wand reißen. Das Dröhnen des Lautsprechers, das bei uns überall, wer weiß warum, als Zeichen von Kultur gilt, ist in Wirklichkeit ein Zeichen kultureller Rückständigkeit und ein Ansporn zur geistigen Trägheit; freilich hatte es Wadim nicht geschafft, irgend jemanden davon zu überzeugen. Man wurde unaufhörlich mit Informationen berieselt, um die man gar nicht gebeten hatte, mit Musik, die man sich nicht ausgesucht hatte (sie paßte meist nicht einmal zu der Stimmung, in der man sich gerade befand). Das alles war Zeitraub und Entropie des Geistes, Zerstreuung, sehr bequem für träge Menschen, unerträglich für Menschen mit Initiative. Hätte jener Tor, von dem Epikur sprach, die Ewigkeit erlangt, so hätte er sie gewiß nicht anders verbringen können als mit dem Radio.

Doch als Wadim in den Krankensaal kam, entdeckte er zu seiner Überraschung und Freude, daß hier kein Radioapparat stand. Auf der ganzen zweiten Etage gab es kein Radio, denn man plante von einem zum anderen Jahr, die ganze Klinik in ein anderes, besser eingerichtetes Gebäude zu verlegen, wo eine komplette Radioanlage vorgesehen war.

Der zweite Feind, mit dem Wadim gerechnet hatte, war die Dunkelheit. Er hatte befürchtet, daß das Licht früh gelöscht und spät eingeschaltet würde und daß man ihm ein weit vom Fenster entferntes Bett zuweisen könne. Aber der großzügige Djomka überließ ihm den Platz am Fenster, und vom ersten Tag an hatte Wadim sich darauf eingestellt, zur gleichen Zeit wie die anderen einzuschlafen, morgens ganz früh aufzuwachen und an die Arbeit zu gehen – es waren die besten und stillsten Stunden.

Der dritte mögliche Feind war das überflüssige Geschwätz, ohne das es auch dann tatsächlich nicht abging. Im ganzen aber war Wadim mit den Insassen des Zimmers zufrieden, vor allem, weil sie sich recht ruhig verhielten.

Am sympathischsten fand er Jegenberdijew: Er schwieg und lächelte allen zu. Er strahlte übers ganze breite Gesicht mit den dicken Lippen und den dicken Wangen. Es war das Lächeln eines gutmütigen Riesen.

Mursalimow und Achmadschan waren unaufdringliche, angenehme Menschen. Wenn sie sich usbekisch unterhielten, störten sie gar nicht, und außerdem sprachen sie vernünftig und ruhig. Mursalimow wirkte wie ein alter Weiser, Wadim hatte solche Männer in den Bergen gesehen. Nur einmal geriet er in Rage und stritt sich erbittert mit Achmadschan. Wadim bat, ihm zu übersetzen, worum es ging, und erfuhr, daß Mursalimow sich über neu erfundene Namen ärgere, das Zusammenziehen mehrerer Wörter zu einem Namen. Er behauptete, es gäbe nur vierzig wahre, vom Propheten bestimmte Namen, alle anderen seien falsch.

Achmadschan war ein netter Kerl. Wenn man ihn bat, leiser zu sein, dämpfte er sofort seine Stimme. Einmal hatte Wadim ihm von dem Leben der Ewenken erzählt und seine Phantasie heftig erregt. Ganze zwei Tage dachte Achmadschan über dieses für ihn unvorstellbare Leben nach und stellte dann Wadim plötzlich die Frage: «Sag mal, was tragen denn diese Ewenken?»

Wadim gab eine rasche Antwort, Achmadschan grübelte ein paar Stunden, dann kam er wieder und fragte: «Und die Tageseinteilung, wie ist die bei den Ewenken?» Und am Morgen des nächsten Tages: «Sag mal, und was machen die den ganzen Tag?»

Die Erklärung, die Ewenken lebten ‹einfach so›, war für ihn unannehmbar.

Höflich und angenehm war auch Sibgatow, der häufig kam, um mit Achmadschan Dame zu spielen. Er war zwar ungebildet, das merkte man, aber er schien zu verstehen, daß lautes Reden nicht angebracht war.

Selbst wenn er und Achmadschan in Streit gerieten, sagte er begütigend: «Das sind doch keine richtigen Weintrauben, die es hier gibt. Und was sind das schon für Melonen?»

«Wo gibt's denn die richtigen?» fragte Achmadschan hitzig.

«Auf der Krim ... Da würdest du Augen machen ...»

Auch Djomka war ein guter Junge, Wadim erriet, daß er ein ernsthafter Bursche war. Djomka grübelte, lernte, wollte alles begreifen. Freilich war er keine Leuchte, das sah man an seinem Gesicht, es wirkte immer finster und angestrengt, wenn er versuchte, einen neuen Gedanken zu begreifen. Das Lernen, die geistige Tätigkeit würde ihm nicht leichtfallen, doch solche langsamen Grübler entwickeln zuweilen große Verläßlichkeit.

Auch Rusanow ging Wadim nicht auf die Nerven. Er hatte wohl sein Leben lang redlich gearbeitet und griff nicht nach den Sternen. Sein Urteil war im wesentlichen richtig, aber er vermochte nicht, es geschmeidig zu formulieren, seine Ausdrucksweise war vorgeprägt.

Kostoglotow hatte Wadim anfangs nicht gefallen, er fand ihn ungehobelt und großmäulig. Doch, wie sich herausstellte, war das nur der äußere Schein, er prahlte nicht, war sogar großzügig; sein Leben war eben verpfuscht, und das hatte ihn so reizbar gemacht. Offenbar war er an seinem Mißgeschick nicht ganz unschuldig, seines schwierigen Charakters wegen. Er befand sich auf dem Wege zur Genesung, er könnte seinem Leben eine bessere Wendung geben, wenn er konzentrierter wäre und wüßte, was er wollte. In erster Linie fehlte es ihm eben an innerer Sammlung, und das äußerte sich darin, daß er zeitweilig voller Unrast war – bald ging er ziellos spazieren, bald rauchte er, bald fing er an zu lesen, und bald ließ er es wieder sein; außerdem war er zu sehr hinter den Weibern her. Es bedurfte keiner großen Beobachtungsgabe, um festzustellen, daß er mit Soja und auch mit Doktor Hangart etwas hatte.

Die beiden waren in der Tat sehr nett, aber Wadim würde sich, dem Tod so nahe, um nichts in der Welt durch Weiber ablenken lassen. Im Altai-Gebirge wartete Galja auf ihn und träumte davon, ihn zu heiraten, doch dazu hatte er kein Recht mehr, und sie würde nur noch wenig von ihm haben.

Keiner würde mehr etwas von ihm haben.

Das war der Preis, der voll gezahlt werden mußte. Die eine Leidenschaft, die ihn erfüllte, verdrängte alle anderen Leidenschaften.

Einer im Zimmer aber ging Wadim wirklich auf die Nerven – das war Poddujew. Poddujew war böse und stark, doch plötzlich wurde er windelweich und kroch dem Popengewäsch Tolstojs auf den Leim. Das konnte Wadim nicht ausstehen. All diese rührseligen Märchen von Demut und Nächstenliebe, daß man sich selber aufgeben und jedem erstbesten helfen müsse, machten ihn rasend. Dieser erstbeste war womöglich ein fauler Schlawiner oder ein gerissener Lump. Eine so verwässerte, farblose, kümmerliche Offenbarung widersprach dem jugendlichen Feuer, der verzehrenden Ungeduld, die Wadim erfüllten, diesem Drang, sich wie ein Schuß zu entladen, sich restlos hinzugeben. Auch er hatte sich ja durchgerungen und war bereit, nicht zu nehmen, sondern zu geben – aber doch nicht zufällig, nicht auf Schritt und Tritt, nicht in kleiner, sondern in großer Münze: eine große Tat vollbringen – für das ganze Volk, die ganze Menschheit!

Und er war froh, als Poddujew entlassen wurde und der hellblonde Federau, der in der Ecke gelegen hatte, sein Bett bekam. Der war nun wirklich still – stiller als jeder andere. Er bekam es fertig, den ganzen Tag kein Wort zu reden, lag da und sah traurig vor sich hin. Ein sehr seltsamer Mensch. Als Nachbar war er für Wadim ideal, aber er sollte freilich schon übermorgen, am Freitag, operiert werden.

So schwiegen sie also, schwiegen lange und ausgiebig, doch heute wurde das und jenes über Krankheiten geredet, und da sagte Federau, daß er einmal fast an Hirnhautentzündung gestorben sei.

«Haben Sie sich gestoßen?»

«Nein, erkältet. Ich war ganz verschwitzt und wurde von der Fabrik mit dem Auto nach Hause gefahren, da habe ich mir den Kopf erkältet und bin blind geworden.»

Er erzählte das ruhig, mit einem matten Lächeln, ohne zu betonen, daß das eine Tragödie gewesen war, ein Schock.

«Wobei haben Sie sich denn so erhitzt?» fragte Wadim, schielte aber schon wieder ins Buch, denn die Zeit drängte ja. Aber ein Gespräch über Krankheiten findet in einem Krankenhaus immer Zuhörer: Federau bemerkte von seiner Wand aus, daß Rusanow, der an der Wand gegenüber lag und heute sehr weich gestimmt war, ihn ansah, und erzählte weiter: «Ein Kessel war ausgefallen und mußte gelötet werden. Das war ziemlich kompliziert. Aber den ganzen Dampf ablassen und den Kessel abkühlen lassen und dann wieder in Betrieb setzen, das hätte vierundzwanzig Stunden gedauert.

Der Direktor ließ mich nachts mit dem Wagen holen und sagte: ‹Federau! Damit die Arbeit nicht unterbrochen wird, zieh den Schutzanzug an und steig in den Dampf runter, was meinst du?› – ‹Na›, sag ich, ‹wenn's sein muß.› Es war vor dem Krieg, die Arbeit drängte, es mußte halt gemacht werden. Ich bin reingeklettert und hab's gemacht. Hat anderthalb Stunden gedauert... Wie hätte ich's denn verweigern sollen. Ich habe immer ganz oben auf der Ehrentafel gestanden.»

Rusanow hörte aufmerksam zu und sah ihn wohlwollend an.

«Eine Tat, von der ich sagen würde, daß sie eines Bolschewisten würdig ist», lobte er.

«Ich bin ja auch ... Parteimitglied», sagte Federau noch bescheidener, noch leiser und lächelte.

«Sie *waren* Parteimitglied», korrigierte ihn Rusanow.

(Typisch: Kaum lobt man sie, schon geben sie an!)

«Und ich bin es noch», sagte Federau sehr leise.

Rusanow stand heute nicht der Sinn danach, sich mit fremden Geschichten auseinanderzusetzen, zu streiten, die anderen zurechtzuweisen. Seine eigenen Verhältnisse waren tragisch genug. Doch ausgemachten Blödsinn konnte er nicht stillschweigend hinnehmen. Und der Geologe war in sein Buch versunken. Mit schwacher Stimme, leise und betont (die hören's schon, hören gespannt zu, das kennt man), sagte Rusanow: «Das kann doch nicht sein, Sie sind doch ein Deutscher?»

«Ja», Federau nickte, anscheinend betrübt.

«Na, und?»

Die Sache war doch wohl klar, aber der Mann wollte immer noch nicht klein beigeben.

«Als ihr in die Verbannung geschickt worden seid, sind euch doch die Parteibücher abgenommen worden.»

Federau schüttelte den Kopf. «Sie wurden uns nicht abgenommen.»

Rusanow verzog das Gesicht, das Sprechen fiel ihm schwer.

«Dann war es einfach ein Versehen, man war in Eile, in der Hetze ging alles durcheinander. Sie hätten es von sich aus abgeben müssen.»

«Nein!» So schüchtern Federau war – jetzt setzte er sich zur Wehr. «Seit vierzehn Jahren habe ich das Parteibuch, von Versehen kann hier keine Rede sein! Man hat uns im Bezirkskomitee versammelt und uns alles auseinandergesetzt: Ihr bleibt Parteimitglieder, wir machen einen Unterschied zwischen euch und der großen Masse. Ihr müßt euch natürlich auf der Kommandantur melden, wie alle anderen, aber die Mitgliedsbeiträge zahlt ihr weiter. Ihr bekommt keine leitenden Stellungen, nur untergeordnete, und müßt mustergültig arbeiten. So war das.»

«Na, ich weiß nicht.» Rusanow seufzte. Er hätte so gern die Augen zugemacht, das Sprechen fiel ihm sehr schwer.

Die zweite Spritze vorgestern hatte nicht im mindesten geholfen – die Geschwulst war weder kleiner noch weicher geworden, sie drückte immer noch eisern gegen den Kiefer. In der Vorahnung neuer quälender Albträume lag er ermattet da und wartete auf die dritte Spritze. Kapa und er hatten verabredet, daß sie nach der dritten Spritze nach Moskau fahren wollten – aber Pawel Nikolajewitsch hatte seinen ganzen Kampfgeist verloren, er empfand erst jetzt, was es heißt, dem Untergang ausgeliefert zu sein. Ob nun die dritte oder die zehnte Spritze, ob hier oder in Moskau – wenn die Geschwulst dem Medikament nicht weichen wollte, so war eben nichts zu machen. Freilich, die Geschwulst war noch nicht der Tod: Sie konnte bleiben, ihn zum Invaliden, zum Krüppel machen – aber die Verbindung zwischen seiner Geschwulst und dem Tod hatte Pawel Nikolajewitsch bis gestern noch nicht erkannt. Bis dieser Oglojed mit seinen medizinischen Schwarten jemandem zu erklären begann, daß die Geschwulst im ganzen Körper Gifte verbreitet – und eben darum durfte man sie im Körper nicht dulden.

Und da begann es Pawel Nikolajewitsch zu zwacken – er begriff, daß er sich vor dem Tod nicht ganz drücken konnte. Der Tod schien ihm nach wie vor unmöglich, doch zugleich eine Angelegenheit, die begutachtet werden mußte. Gestern hatte er im ersten Stock mit eigenen

Augen gesehen, wie einem frisch Operierten das Laken über den Kopf gezogen wurde. Der Ausdruck, den er aus dem Gespräch zweier Pflegerinnen einmal aufgeschnappt hatte: «Der da kommt bald *unters Laken*», wurde ihm nun klar. So war das also – der Tod kommt uns schwarz, doch das ist nur eine Vorstufe, er selber ist *weiß*.

Da alle Menschen sterblich sind, würde auch Rusanow irgendwann einmal seine Akten abgeben. Das wußte er natürlich. *Irgendwann einmal*, aber doch nicht jetzt! Irgendwann zu sterben ist nicht schlimm, aber jetzt! Wie denn? Und was weiter? Und was wird ohne mich sein?

Und er tat sich so leid. Es war so traurig, daß diese überflüssige Geschwulst, die als unwiderruflich anzusehen sein Verstand sich weigerte, ein so zielstrebiges, aggressives und, man konnte wohl sagen, schönes Leben wie das seine jäh zerstört hatte.

Der weiße, gleichgültige Tod in Form eines Lakens, das einen ausrangierten Körper zudeckte, näherte sich ihm vorsichtig, lautlos, in Hausschuhen. Rusanow war wie gelähmt, er konnte gegen diesen heranschleichenden Tod nicht ankämpfen, konnte in Gedanken an ihn überhaupt nichts entscheiden, aussprechen.

Der Tod war ungesetzmäßig gekommen, und es gab keine Vorschrift, keine Anweisung, die Pawel Nikolajewitsch hätte schützen können.

Er war so geschwächt, daß er aufhörte, sich als verantwortungsbewußter Staatsbürger über das aufzuregen, was im Krankenzimmer vorging. Heute kam eine Laborantin, um die Wahlliste aufzustellen – die Wahlen würden hier stattfinden. Sie nahm jedem den Personalausweis ab, und alle gaben ihr die Ausweise oder die Kolchosbescheinigungen; Kostoglotow hingegen hatte nichts vorzuweisen. Die Laborantin war natürlich erstaunt und verlangte seinen Ausweis, doch dieser Lümmel legte los, man müsse das politische Abc beherrschen, es gäbe verschiedene Arten von Verbannung, und sie möge gefälligst die und die Nummer anrufen, er besäße das Wahlrecht, prinzipiell besäße er es, doch notfalls brauche er auch nicht zu wählen. Jetzt erst wurde Pawel Nikolajewitsch klar, in was für eine Räuberhöhle er geraten war, als er sich in diese Klinik legte! Unter was für Leuten er liegen mußte! Und dieser Halunke hatte noch die Stirn, sich zu weigern, das Licht auszumachen, öffnete nach eigenem Gutdünken die Fensterklappe, gab sich dem Chefarzt gegenüber als ein Mann vom Neuland aus und versuchte sogar als erster, noch vor Pawel Nikolajewitsch, die frische, ungelesene, saubere Zeitung auseinanderzufalten. Rusanow hatte ja gleich geahnt, was das für ein Früchtchen war!

Doch Rusanow war so apathisch geworden, daß er nicht einmal die Eenergie aufbrachte, Oglojed zu entlarven. Und sogar die Räuberhöhle widerte ihn nicht mehr an.

Das weiße Laken ging und ging ihm nicht aus dem Sinn.

Im Treppenhaus ertönte jetzt die schrille Stimme der Pflegerin Nellja, die einzige Stimme dieser Art auf der ganzen Station. Sie war die einzige, die aus einer Entfernung von zwanzig Metern zu rufen wagte: «Hör mal, was kosten denn diese Lackschuh?»

Was die andere antwortete, hörte man nicht, wohl aber wieder Nellja: «Wenn ich in denen losginge, würden die Böcke verrückt spielen!»

Die andere entgegnete etwas, und dann wieder Nellja: «Ja, genau! Als ich zum erstenmal Perlonstrümpfe anhatte, war ich ganz hin. Und Sergej schmiß mit 'm Streichholz und brannte ein Loch rein, das Aas!»

Dann kam sie in den Krankensaal und sagte: «Jungs, hier hab ich gestern alles auf Hochglanz gebracht, heute wisch ich nur mal drüber ... Ach ja, 'ne Neuigkeit!»

Sie zeigte auf Federau und verkündete munter: «Den da hat's erwischt! Mußte den Hintern zukneifen!»

Trotz seiner beherrschten Art zuckte Federau ein wenig zusammen, ihm wurde unbehaglich.

Einige hatten Nellja nicht verstanden, und erläuternd fuhr sie fort: «Na, der Blatternarbige! Der mit dem Wickel um den Hals! Gestern am Bahnhof. An der Kasse. Jetzt ist er zur Obduktion hergekarrt worden.»

«Mein Gott!» beklagte sich Rusanow. «Sie sind wirklich nicht sehr taktvoll, Genossin Pflegerin! Warum verbreiten Sie so traurige Nachrichten? Sie sollten uns lieber was Lustiges erzählen.»

Alle im Zimmer wurden nachdenklich. Jefrem hatte viel vom Sterben geredet und war gezeichnet gewesen, das stimmte schon. Hier im Gang hatte er sich aufgestellt und gekrächzt: «Sauschlecht steht's um uns!»

Jefrems letzten Schritt hatten sie nicht gesehen, sie sahen ihn als Lebenden, nicht als Toten. Er aber, der vorgestern noch über diese Dielen gestapft war, über die sie alle heute noch gingen, lag im Leichenhaus, der Länge nach aufgeschlitzt wie eine Sardine.

«Ich kann auch was Lustiges erzählen, da lacht ihr, daß die Wände wackeln. Ist bloß was Unanständiges ...»

«Macht nichts, los!» bat Achmadschan. «Schieß los!»

«Ja!» Wieder fiel Nellja was ein. «Du, du lahme Ente, sollst zur Bestrahlung runterkommen. Ja, du! Du!» Sie zeigte auf Wadim.

Wadim legte das Buch aufs Fensterbrett. Vorsichtig, die Hände zu Hilfe nehmend, stellte er zuerst das kranke Bein auf den Boden, ließ das andere folgen und bewegte sich tänzerisch leicht auf die Tür zu, einzig das schonungsbedürftige Bein hemmte ihn.

Er hatte die Nachricht über Poddujew gehört, empfand aber kein Mitleid. Für die Gesellschaft war Poddujew kein wertvoller Mensch gewesen, ebensowenig wie diese geschwätzige Pflegerin. Wertvoll ist die Menschheit nicht auf Grund ihrer enormen Quantität, sondern auf Grund ihrer außerordentlichen Qualität.

Da kam die Laborantin mit der Zeitung herein, gefolgt von Oglojed. Er war wie der Teufel hinter der Zeitung her.

«Mir! Mir!» sagte Pawel Nikolajewitsch schwach und streckte die Hand aus.

Und er bekam die Zeitung.

Auch ohne Brille erkannte er die großen Fotos und die Schlagzeilen. Nachdem er sich etwas aufgerichtet und die Brille aufgesetzt hatte, sah er, wie erwartet, den Bericht über die letzte Sitzung des Obersten Sowjets; unter den Fotos des Präsidiums und des Sitzungssaals waren die letzten wichtigen Entscheidungen in großen Lettern gedruckt.

So groß, daß man nicht erst zu blättern und eine kleingedruckte bedeutsame Notiz suchen mußte.

«Was? Was?» entfuhr es Pawel Nikolajewitsch unfreiwillig, obwohl er niemanden im Zimmer anredete und man vermeiden sollte, während des Zeitungslesens laut mit sich zu reden und seine Verwunderung zu äußern.

Groß gedruckt wurde gleich in der ersten Spalte mitgeteilt, daß der Vorsitzende des Minsterrats G. M. Malenkow auf eigenen Wunsch von seinen Pflichten entbunden worden und daß der Oberste Sowjet dieser Bitte einstimmig nachgekommen sei.

So endete die Sitzung, von der Rusanow nur eine Entscheidung über das Budget erwartet hatte!

Ihm wurde elend, er ließ die Zeitung sinken. Er konnte nicht weiterlesen.

Er wußte nicht, wohin das führen sollte. Er vermochte offen verbreitete, jederman zugängliche Instruktionen nicht mehr zu begreifen. Doch er begriff, daß das hart war, allzu hart! Es war, als hätten sich irgendwo in ungeheurer Tiefe geologische Schichten kaum merklich verschoben und die ganze Stadt, das Krankenhaus und sein, Rusanows, Bett heftig ins Wanken gebracht.

Doch ohne zu merken, daß das Zimmer und der Fußboden schwankten, kam Doktor Hangart im frischgebügelten Kittel mit weichen, gleichmäßigen Schritten auf ihn zu. Sie lächelte ermutigend und hielt die Spritze in der Hand.

«So, nun wird gespritzt!» sagte sie freundlich.

Kostoglotow zog die Zeitung von Rusanows Beinen weg – sah und las sofort.

Las es. Konnte nicht sitzen bleiben. Stand auf.

Auch er konnte die Bedeutung dieser Nachricht nicht erfassen. Doch wenn vorgestern das ganze Oberste Gericht und heute der Vorsitzende des Ministerrats ihrer Ämter enthoben worden waren, so war das der Schritt der Geschichte. Es wäre unerträglich, annehmen zu müssen, daß das eine Wendung zum Schlechteren bedeutete.

Vorgestern hatte er sein hüpfendes Herz mit beiden Händen festgehalten und sich verboten zu glauben, zu hoffen.

Doch inzwischen waren zwei Tage vergangen – noch immer pochten diese vier Beethovenschen Schläge mahnend an den Himmel, wie gegen eine Membrane.

Die Kranken lagen ruhig in ihren Betten und hörten nichts.

Und Wera Hangart führte ganz ruhig Embichin in die Vene Rusanows ein.

Oleg rannte hinaus – spazieren.

Ins Freie.

Schon lange hatte er sich verboten zu glauben! Freude konnte er sich nicht gestatten!

Ja, in den ersten Jahren im Lager freut sich der Neuling über jeden Befehl, in der Kleiderkammer zu erscheinen – als bedeute dies die Freiheit. Über jedes Amnestiegerücht – als sei es die Posaune des Erzengels. Aber man holt ihn aus der Zelle, um ihm irgendein schauderhaftes Dokument vorzulesen und ihn dann in eine andere Zelle zu stoßen, ein Stockwerk tiefer, noch dunkler, mit der gleichen verbrauchten Luft. Die Amnestie wird vertagt – vom Jahrestag des Sieges auf den Jahrestag der Revolution, vom Jahrestag der Revolution auf den Parteitag, die Amnestie platzt wie eine Seifenblase oder betrifft nur Diebe, Gauner und Deserteure – statt jene, die an der Front gekämpft und gelitten haben.

Und jene Zellen des Herzens, die dazu da sind, die Freude zu empfinden, liegen brach und sterben ab. Und jene Kubikzentimeter in der Brust, wo der Glaube nistet, werden immer leerer mit den Jahren und verkümmern.

Geglaubt hatte er übergenug, übergenug sich auf die Freiheit gefreut und auf die Rückkehr nach Hause – jetzt wünschte er sich nur in seine herrliche Verbannung zurück, zurück in sein geliebtes Usch-Terek! Ja, sein geliebtes Usch-Terek – erstaunlich, doch so, genauso erschien ihm sein Verbannungsort von hier, der Klinik, aus, von der großen Stadt, von dieser komplizierten Welt aus, der Oleg sich wohl nicht mehr anpassen konnte, es wahrscheinlich nicht einmal wollte.

Usch-Terek bedeutet «Drei Pappeln». So wurde der Ort benannt nach drei uralten Pappeln, die in der Steppe aus einer Entfernung von zehn und noch mehr Kilometern zu sehen waren. Die Pappeln standen zusammen. Sie waren nicht schlank und gerade, sondern krumm. Sie mochten wohl an die vierhundert Jahre alt sein. Nachdem sie ihre Höhe erreicht hatten, strebten sie nicht noch höher hinauf, sondern wuchsen ausladend in die Breite und verflochten sich zu einem riesigen Schatten über dem Hauptkanal. Man sagte, es habe im Dorf noch mehr solcher Bäume gegeben, aber sie seien 1931 gefällt worden. Jetzt war die Zeit der Pappeln vorbei. Alle, die die Pionierjungen angepflanzt hatten, waren schon in den ersten Jahren von den Ziegen kahl gefressen worden. Nur die amerikanischen Ahornbäume an der Hauptstraße vor dem Gebietskomitee hatten sich gut entwickelt.

Soll man jenen Ort auf Erden lieben, wo man schreiend zur Welt kam, ohne zu begreifen, nicht einmal das, was Augen und Ohren wahrnahmen? Oder jenen anderen, wo man zum erstenmal hörte: «Los! Sie können ohne Bewachung gehen!» Allein gehen! Wohin man will!

«Nimm dein Bett und wandle!»

Die erste Nacht in der Halbfreiheit! Noch hatte die Kommandantur ein Auge auf ihn und seine Leidensgenossen, in die Siedlung durften sie nicht, aber man erlaubte ihnen, unbeaufsichtigt in einem Schuppen auf dem Hof zu schlafen. Neben ihnen standen unbeweglich die Pferde und kauten die ganze Nacht leise mahlend ihr Heu – einen süßeren Klang gab es nicht.

Oleg konnte nicht einschlafen. Die harte Erde des Hofes war weiß vom Mondschein – und er stand auf und ging hin und her, kreuz und quer über den Hof, wie berauscht. Keine Wachttürme, niemand beobachtete ihn, glückselig stolperte er über den holprigen Hof, legte den Kopf in den Nacken, sah in das weißliche Licht und ging und ging, als fürchte er, irgend etwas zu verpassen, als käme er morgen nicht in ein kümmerliches, gottverlassenes Steppendorf, sondern in eine weite, triumphierende Welt. Die warme südliche Frühlingsnacht war nicht still: Wie auf einem großen Rangierbahnhof Lokomotiven die ganze Nacht schrille Pfiffe ausstoßen, so stießen in allen Ecken und Enden der Siedlung, in Ställen und Höfen, Kamele und Maulesel die ganze Nacht hindurch ihre Schreie aus, die von Brunst kündeten und von der Gewißheit, daß das Leben fortdauere. Und diese Schreie vereinigten sich mit dem Schrei in Olegs Brust.

Kann es also einen Ort geben, der dir lieber ist als der Ort, an dem du eine solche Nacht verbracht hast?

In jener Nacht hatte er wieder gehofft und geglaubt, obwohl er sich doch oft genug geschworen hatte: nie wieder!

Wenn man im Lager gewesen war, schien die Welt der Verbannung nicht grausam, auch wenn sich die Menschen hier um das Wasser prügelten, an den Wasserstellen mit Hacken aufeinander losgingen. Die Welt der Verbannung war sehr viel weiträumiger, großzügiger, vielgestaltiger. Natürlich hatte sie ihre Härte und Kargheit, es war gar nicht so leicht, zu seinem Brot zu kommen. Man mußte gerissen sein, damit man vom Kommandanten nicht weiter als hundertfünfzig Kilometer in die Wüste zur Arbeit geschickt wurde. Man mußte ein Dach über dem Kopf haben, ein Dach aus Lehm und Stroh, und der Wirtin dafür zahlen, zum Bezahlen aber hatte man kaum etwas. Man mußte seine tägliche Brotration kaufen und manchmal auch zu Mittag essen. Man mußte Arbeit finden; aber nachdem man sieben Jahre mit der Spitzhakke geschuftet hatte, mochte man nicht den Tschekmen, die Platthacke, nehmen und auf die Felder gehen, um Bewässerungsgräben anzulegen. In der Siedlung gab es zwar Frauen, die bereits Lehmhütten, Gemüsegärten und sogar Kühe besaßen und durchaus bereit waren, einen einsamen Verbannten zum Mann zu nehmen – aber sich als Ehemann zu verkaufen, schien verfrüht; das Leben sollte doch eigentlich erst beginnen und nicht schon enden.

Vorher, im Lager, war Oleg wie alle Häftlinge fest überzeugt gewesen, sobald er nicht mehr bewacht würde, könne er jede Frau haben, denn draußen, in der Freiheit, fehlten ja so viele Männer. Er hatte geglaubt, daß die Frauen einsam seien, sich nach den Männern die Augen aussahen, an nichts anderes dachten. Aber in der Siedlung gab es Kinder in hellen Scharen, und die Frauen benahmen sich, als seien sie mit ihrem Leben durchaus zufrieden, und weder die Alleinstehenden noch die Mädchen wollten auf keinen Fall «einfach so» mit einem Mann zusammen leben, sondern unbedingt heiraten, ganz bieder heiraten und ein Haus bauen, damit das ganze Dorf sehen konnte, wie gut es ihnen ging. Die Sitten von Usch-Terek reichten ins vorige Jahrhundert zurück.

Oleg wurde nun schon längst nicht mehr bewacht, aber er lebte trotzdem ohne Frau, wie in den Jahren hinter dem Stacheldraht, obwohl es in der Siedlung bildschöne schwarzhaarige Griechinnen und fleißige hellblonde Deutsche gab.

In seinen Papieren stand «ewige Verbannung», und Olegs Verstand hatte dieses «ewig» akzeptiert, etwas anderes war nicht mehr vorstellbar. Doch hier zu heiraten – dagegen wehrte sich etwas in ihm. Dann wurde Berija wie ein Götzenbild gestürzt, und alle erwarteten jähe gewaltige Veränderungen, aber die Veränderungen kamen langsam und waren gering. Dann machte Oleg seine frühere Freundin ausfindig; auch sie war verbannt und lebte jetzt bei Krasnojarsk. Sie schrieben sich. Dann fing er eine Korrespondenz mit einer alten Bekannten in Leningrad an – und hoffte viele Monate, sie würde kommen. (Doch wer würde schon eine Wohnung in Leningrad aufgeben und zu ihm in dieses elende Nest ziehen?) Dann wuchs die Geschwulst, die unaufhörlichen, unbezwingbaren Schmerzen machten alles zunichte, und die Frauen interessierten ihn nur noch als gütige Wesen.

Nach Olegs Erfahrungen hatte die Verbannung nicht nur die entmutigende Seite, die allen, mit Ovid angefangen, wenn nicht aus eigener Anschauung, so doch aus der Literatur bekannt ist (du lebst nicht in der Gegend, die du liebst; nicht unter Menschen, die du dir wünschst). Sie hatte aber auch eine befreiende Seite, die uns weniger bekannt ist; sie befreit vom Zweifel, von der Verantwortung sich selbst gegenüber. Unglücklich waren nicht die Verbannten, sondern jene, denen es auf Grund eines Sonderausweises verboten war, in bestimmten Gegenden zu leben. Infolgedessen waren sie gezwungen, irgendwohin zu fahren, irgendwo zu leben, sich Arbeit zu suchen, immer in der Gefahr, ausgewiesen zu werden, immer von Selbstvorwürfen gequält, Fehlentscheidungen getroffen zu haben. Der Häftling hingegen kam durchaus nicht rechtlos in der Verbannung an: Er war nicht freiwillig gegangen, niemand konnte ihn weiterbefördern, niemand ihn wegjagen. Für ihn hatten die Behörden entschieden, er war der Furcht enthoben, eine gute Stellung könne ihm entgehen, er brauchte sich nicht die Mühe zu geben, eine bessere Lösung zu finden. Er wußte, daß er nur einen einzigen Weg gehen konnte, und das machte ihn zuversichtlich.

Jetzt, da Oleg zu genesen begann, da er dem heillos verworrenen Leben wieder gegenüberstand, empfand er es als angenehm, daß es den vertrauten Flecken Usch-Terek gab, wo für ihn gedacht wurde, wo alles sehr klar war, wo man ihn gleichsam zu den Bewohnern zählte und wohin er bald zurückkehren würde – zurück, wie nach Hause.

Dreiviertel des Jahres, das Oleg bis jetzt in Usch-Terek verbracht hatte, war er krank gewesen und hatte noch keinen rechten Blick für die Eigenheiten der Natur und des Lebens dort gewinnen, hatte sie kaum genießen können. Die Steppe erschien ihm zu staubig, die Sonne zu glühend, die Gemüsegärten zu ausgedörrt, der Lehm, der Saman, aus dem die Häuser gebaut waren, zu schwer.

Doch jetzt, da sich das Leben wie ein schreiender Maulesel wieder in ihm bemerkbar machte, ging Oleg durch die Alleen des Klinikbezirks mit den vielen Bäumen, Menschen, Farben und Steinhäusern und entsann sich gerührt aller spröden, kargen Einzelheiten aus der Welt von Usch-Terek. Und jene karge Welt war ihm lieber – weil sie ihm gehörte, bis ans Grab, für alle Ewigkeit, diese hier aber war vorübergehend ausgeborgt. Und der Steppen-Schusan kam ihn in den Sinn – mit dem bitteren Geruch, der ihm so ans Herz gewachsen war! Und der Schantak mit den scharfen Dornen. Noch stechender war der Dschiggil, der sich um die Zäune rankte und im Mai violette Blüten trieb, die wie Flieder dufteten. Und dieser herrliche Baum – der Dschidu – mit Blüten, die so betäubend, so verschwenderisch dufteten wie Frauen, die, von Wünschen überwältigt, sich unmäßig parfümieren.

Wie seltsam, daß ein Russe, der doch mit den russischen Wäldern und Feldern und der stillen, verschlossenen Landschaft Mittelrußlands verbunden ist und auf ewig nach Kasachstan verbannt worden war, so sehr an der kargen Ebene von Usch-Terek hing, in der es bald zu heiß, bald zu windig war, wo man einen trüben Tag als Erholung und Regen als ein Fest empfand. Wie seltsam, daß er sich schon damit abgefunden hatte, bis zu seinem Tod dort leben zu müssen. Und Oleg dachte an Menschen wie Sarymbetow, Telegenow, Maukojew, die Brüder Skokowy, deren Sprache er noch nicht beherrschte, durch die er aber schon eine Beziehung zu ihrem Volk gewonnen hatte und, unter dem Eindruck zufälliger Sympathien, wenn man Vermutungen mit Gewißheiten verwechselt, unter dem Einfluß naiver Bewunderung für die uralten Sippen, dieses Volks als ein zutiefst zutrauliches erkannt, ein Volk, das Offenheit mit Offenheit, Wohlwollen mit Wohlwollen vergalt.

Oleg war vierunddreißig Jahre alt. Die Hochschulen nehmen Studenten nur bis zum fünfunddreißigsten Lebensjahr an. Eine Ausbildung war für ihn unmöglich geworden. So und nicht anders war es nun einmal. Erst vor kurzem hatte er sich vom Saman-Mischer zum Gehilfen des

Agrotechnikers emporgearbeitet (nicht zum Agrotechniker, wie er Soja vorgelogen hatte, sondern zu dessen Gehilfen, mit 350 Rubeln Gehalt). Sein Vorgesetzter, der Gebiets-Agrotechniker, hatte mit der Einteilung auf der Meßlatte seine Mühe, darum hätte Oleg eigentlich ungehindert drauflosarbeiten können, aber es mangelte an Arbeit: Angesichts der Tatsache, daß das Land Kolchosbauern zur ewigen (gleichfalls «ewig»!) Nutzung gegeben worden war, gelang es ihm nur selten, den Kolchosen etwas zugunsten der wachsenden Siedlung abzuzwacken. Mit dem «Mirab», dem Herrscher über das uralte Bewässerungssystem in dieser Gegend, der die geringste Neigung des Bodens genau im Gefühl hatte, konnte er es natürlich nicht aufnehmen. Nun, mit den Jahren würde Oleg wahrscheinlich eine bessere Stellung bekommen. Doch sogar jetzt – warum dachte er mit solcher Wärme an Usch-Terek und sehnte sich nach der Entlassung, um zurückkehren zu können, und sei es nur halb gesund? Wäre es nicht allzu natürlich, den Ort seiner Verbannung zu hassen und zu verfluchen? Nein, sogar das, was zur beißenden, geißelnden Satire herausforderte – kam Oleg eher wie ein Witz vor, über den man lächeln konnte. So der neue Schuldirektor Abel Berdenjew, der die Reproduktion der *‹Krähen›* von Sawrasow von der Wand gerissen und hinter den Schrank geworfen hatte, nur weil darauf eine Kirche zu sehen war, was er als religiöse Propaganda verstanden hatte. So die Leiterin des Gebiets-Gesundheitsamtes, eine flotte Russin, die vom Podium herab den Provinz-Intellektuellen Vorträge hielt, hintenherum aber den ortsansässigen Damen den neuen Crêpe de Chine zum doppelten Preis so lange verscheuerte, bis es den gleichen Stoff auch im Gebietskaufhaus zu kaufen gab. So der Krankenwagen, der in einer Staubwolke dahinraste, sehr häufig jedoch nicht, um Kranke zu befördern, sondern als Privatwagen des Sekretärs oder um bessergestellte Bürger mit Nudeln und Butter zu versorgen. So der «Großhandel» des kleinen Einzelhändlers Orembajew: In seinem Lebensmittelgeschäft gab es niemals etwas, auf dem Dach türmten sich die leeren Kisten der verkauften Waren, er selbst hatte Prämien wegen Übererfüllung des Solls bekommen und döste immer an seiner Ladentür. Er war zu faul zum Abwiegen, Abfüllen, Einwickeln. Wenn er die wichtigsten Leute mit Ware versorgt hatte, holte er sich die nächsten heraus, die eines Angebots würdig waren, und flüsterte ihnen zu: «Nimm Makkaroni – aber eine ganze Kiste.» – «Nimm Zucker – aber einen ganzen Sack.» Der Sack oder die Kiste wanderten direkt vom Lager in die betreffende Wohnung, Orembajew aber wurden sie als verkauft angerechnet. So auch der dritte Sekretär des Gebietskomitees, der den glühenden Wunsch hatte, als Externer die Schule so absolvieren, aber nicht das mindeste von Mathematik verstand; darum schlich er sich nachts zu dem hierher verbannten Lehrer und schenkte ihm das Fell eines Karakullamms.

Über alle diese Dinge lächelte man, weil sie auf die unmenschliche

Härte des Lagers gefolgt waren. Nach dem Lager, wahrhaftig, was sollte einem da nicht wie ein Spaß vorkommen, wie eine Erholung?

Es war ein Genuß, gegen Abend ein weißes Hemd anzuziehen (das einzige war am Kragen schon durchgescheuert, und wie Hosen und Schuhe aussahen, danach lieber gar nicht erst fragen!) und durch die Hauptstraße der Siedlung zu schlendern, unter dem Binsendach des Klubs ein Plakat zu entdecken mit der Ankündigung eines «neuen, hochkünstlerischen Beutefilms» und davor den Dorftrottel Wassja, der alle aufforderte hineinzugehen. Dann mit List und Tücke den billigsten Platz für zwei Rubel zu ergattern und in der vordersten Reihe mitten unter den Buben zu sitzen. Und einmal im Monat groß auszugehen – in der Teestube mit den tschetschenischen Chauffeuren einen Krug Bier für zwei Rubel fünfzig zu trinken.

Wenn er das Leben in der Verbannung lachend, mit ständiger Freude hinnahm, hatte Oleg das wohl zuallererst den alten Kadmins zu verdanken – dem Frauenarzt Nikolaj Iwanowitsch und seiner Frau Jelana Alexandrowna. Was den Kadmins in der Verbannung auch geschah, sie hatten immer die Antwort parat: «Wie gut! Um wieviel besser als früher! Was für ein Glück, daß es uns ausgerechnet in diesen bezaubernden Ort verschlagen hat!»

Wenn sie ein ganzes Weißbrot bekommen – diese Freude! Wenn auf dem Markt die Milch billiger wird – diese Freude! Wenn im Klub ein guter Film läuft – Freude! Wenn der Zahntechniker die Prothese bringt – Freude! Eine Frauenärztin wird hierher verbannt – sehr gut! Soll sie die Frauen behandeln; soll sie die verbotenen Abtreibungen machen. Nikolaj Iwanowitsch kann sich dann um die allgemeine Therapie kümmern, das bringt weniger ein, ist aber geruhsamer. Der Sonnenuntergang in der Steppe – orange-rosa-rot-karmin-purpurn – eine Pracht! Der schlanke, schmächtige, grauhaarige Nikolaj Iwanowitsch reicht der rundlichen, schwerfälligen, kränklichen Jelena Alexandrowna den Arm, und sie gehen gemessenen Schrittes bis zum Rand der Siedlung, um den Sonnenuntergang zu bewundern. (So beweglich er ist, so langsam kommt sie voran.)

Doch ein Leben, das einem Strauß blühender Freuden glich, hatte für sie erst von jenem Tag an begonnen, da sie sich eine eigene Lehmhütte, ein baufälliges Häuschen mit einem Gemüsegarten, gekauft hatten – vermutlich die letzte Heimstatt in ihrem Leben, das letzte Dach über dem Kopf, unter dem sie nun leben und sterben würden. (Sie hatten den Entschluß gefaßt, gemeinsam zu sterben: Wenn der eine stirbt, wird ihm der andere folgen, denn wozu und für wen sollte er weiterleben?) Sie hatten kein einziges Möbelstück, und so wurde dem alten Chomratowitsch, auch ein Verbannter, aufgetragen, in der Ecke ein Rechteck aus Saman zu errichten. Das wurde das Ehebett – so breit, so bequem! Die reine Freude. Ein breiter Matratzensack wurde genäht und mit Stroh vollgestopft. Der nächste Auftrag für Chomratowitsch war ein Tisch, und zwar ein runder. Chomratowitsch war sprachlos – an die siebzig Jahre lebte er auf der Welt, doch nie hatte er einen runden Tisch gesehen. Warum rund? «Ach, bitte!» – und Nikolaj Iwanowitsch rieb seine weißen, geschickten Arzthände: «Bitte, auf jeden Fall rund!» Die nächste Sorge war, eine Petroleumlampe aufzutreiben, doch keine aus Blech, sondern eine aus Glas, auf einem hohen Fuß, und nicht siebenlinear, sondern zehnlinear und unbedingt mit auswechselbarem Glaszylinder. In Usch-Terek war eine solche Lampe nicht zu bekommen, die Beschaffung ging langsam vonstatten, schließlich wurde die Lampe von guten Menschen von weit her gebracht. Nun stand auf dem runden Tisch eine solche Lampe, obendrein, mit einem selbstgemachten Lampenschirm – und hier, in Usch-Terek, im Jahre 1954, da man in der Hauptstadt nach modernen Stehlampen herumrannte und auch die Wasserstoffbombe schon erfunden war – da verwandelte diese Lampe auf dem runden, handgezimmerten Tisch das Innere einer Lehmhütte in einen prächtigen Salon des vorvorigen Jahrhunderts. Was für ein Fest! Zu dritt saßen sie um den runden Tisch, und Jelena Alexandrowna sagte gefühlvoll: «Ach, Oleg, wie gut leben wir jetzt! Wissen Sie, abgesehen von der Kindheit ist das die glücklichste Zeit meines Lebens!»

Denn – sie hatte recht! – nicht der Grad des Wohlstandes bestimmt das Glück der Menschen, sondern die Beziehung der Herzen zueinander und unsere Einstellung zum Leben. Eines wie das andere liegt in unserer Macht, und das bedeutet: daß der Mensch immer glücklich sein kann, wenn er nur will, und daß niemand ihn daran hindern kann.

Vor dem Krieg lebten Kadmins in Moskau, die Mutter Nikolaj Iwanowitschs wohnte bei ihnen. Sie war rechthaberisch und pedantisch, aber sie ließen sie respektvoll gewähren, so daß Jelena Alexandrowna, die nicht mehr jung und nicht zum erstenmal verheiratet war, sich ständig bevormundet fühlte. Diese Jahre nannte sie ihr «Mittelalter». Es mußte erst ein großes Unglück geschehen, bis frischer Wind in die Familie kam.

Und das Unglück brach herein – die Schwiegermutter selber hatte die Zündschnur gelegt: Im ersten Kriegsjahr kam ein Mann ohne Papiere und bat um Unterschlupf. Die Schwiegermutter, die ihre Härte der Familie gegenüber mit allgemeinen christlichen Grundsätzen zu vereinen verstand, hielt es für ihre Pflicht, dem Fahnenflüchtigen Obdach zu gewähren, sogar ohne sich mit Sohn und Schwiegertochter zu beraten. Zwei Nächte hatte der Deserteur bei ihnen verbracht, war weggegangen, aufgegriffen worden und gab beim Verhör die Familie an, die ihm Obdach gewährt hatte. Die Schwiegermutter selbst – schon an die achtzig – blieb ungeschoren, aber man hielt es für ratsam, den fünfzigjährigen Sohn und die vierzigjährige Schwiegertochter zu verhaften. Bei der Untersuchung wurde gefragt, ob sie mit dem Deserteuer verwandt seien, und hätten sie das bejaht, wäre das Urteil viel milder ausgefallen: Ihre Tat wäre als Eigensucht ganz begreiflich und sogar verzeihlich gewesen. Aber weil der Deserteur für sie ein Niemand, ein Fremder war, bekamen die Kadmins je zehn Jahre Lager, nicht als Komplicen des Deserteurs, sondern als Feinde des Vaterlandes, die bewußt die Wehrkraft der Roten Armee zersetzen. Der Krieg ging zu Ende – und jener Deserteur wurde freigelassen, auf Grund der großen Stalin-Amnestie des Jahres 1945 (die Historiker werden sich die Köpfe zerbrechen, es nicht begreifen können, warum allen voran und ohne Einschränkungen gerade den Deserteuren verziehen wurde). Er hatte schon längst vergessen, daß er in irgendeinem Haus genächtigt, irgend jemanden ins Unglück gestürzt hatte.

Kadmins aber nutzte jene Amnestie gar nichts: Sie waren ja keine Deserteure, sie waren Feinde. Sie mußten ihre zehn Jahre absitzen, und dann durften sie nicht etwa nach Hause: Sie hatten nicht als Einzelpersonen gehandelt, sondern als eine *Gruppe*, als eine *Organisation* – Mann und Frau! Und so stand ihnen ewige Verbannung zu. Sie hatten das vorausgesehen und darum schon vorher Gesuche eingereicht, man möge sie wenigstens in denselben Ort verbannen. Dagegen hatte wohl auch keiner etwas einzuwenden gehabt, und ihre Bitte war ja wohl auch berechtigt – dennoch wurde der Mann in den Süden nach Kasachstan verschickt und die Frau in die Krasnojarsker Gegend. Wollte man sie als Mitglieder einer Organisation vielleicht trennen? ... Nein, man wollte sie nicht strafen, ihnen nichts Böses tun, es war lediglich so, daß es im Innenministerium keinen Beamten gab, der für die Zusammenführung von Eheleuten zuständig war – und deshalb wurden sie nicht zusammengeführt. Die Frau, an die fünfzig, mit geschwollenen Armen und Beinen, kam in die Taiga, wo es nur Holzfällerarbeit gab; die war ihr vom Lager her wohlvertraut. (Auch jetzt noch erinnerte sie sich an die Taiga am Jenissej – welch eine Landschaft!) Die beiden schrieben ein ganzes Jahr Beschwerde um Beschwerde nach Moskau, immer wieder nach Moskau – und erst dann kam eine Sonderwache und brachte Jelena Alexandrowna hierher – nach Usch-Terek.

Und da sollten sie sich jetzt nicht ihres Lebens freuen? Usch-Terek nicht lieben? Und nicht ihr Lehmhüttchen? Sollten sich noch größeres Wohlergehen wünschen?

Ewig – gut, mochte es ewig sein! Im Verlauf einer Ewigkeit konnte das Klima von Usch-Terek eingehend erforscht werden! Nikolaj Iwanowitsch hängte drei Thermometer auf, stellte eine Büchse für Niederschläge auf, und der Windstärke wegen besuchte er regelmäßig Inna Stöm, die die Zehnjahresschule absolviert hatte und die staatliche Meteorologische Station leitete. Was aus der Meteorologischen Station auch werden mochte, Nikolaj Iwanowitsch hatte ein meteorologisches Tagebuch angelegt und führte es mit beneidenswerter statistischer Genauigkeit.

Schon als Kind hatte er vom Vater, einem Eisenbahningenieur, den Tätigkeitsdrang und die Liebe zur Genauigkeit und zur Ordnung übernommen. Und gern zitierte er Korolenko, der wahrhaftig kein Pedant war: «Die äußere Ordnung sichert unseren inneren Frieden.» Und noch einen Lieblingssatz hatte Doktor Kadmin: «Die Dinge kennen ihren Platz.» Die Dinge kennen ihn selber, wir dürfen sie nur nicht stören.

An Winterabenden widmete sich Nikolaj Iwanowitsch seiner Lieblingsbeschäftigung, der Buchbinderei.

Ihm gefiel es, zerlesenen, zerfetzten Büchern wieder ein straffes, erfreuliches Aussehen zu geben. Sogar in Usch-Terek wurde für ihn eine Buchbinderpresse und ein scharfes Papierschneidemesser angefertigt. Doch der Winter ist in Usch-Terek nicht lang, in allen anderen Monaten galt die Sorge Nikolaj Iwanowitschs dem Garten.

Die bescheidene Fläche seines Gartens teilte er so wohlüberlegt auf, daß der alte Fürst Bolkonsjij mit seinem «Lyssye Gory» und dem eigens bestellten Architekten daneben verblaßte. Nikolaj Iwanowitsch war trotz seiner sechzig Jahre noch sehr rüstig, er machte im Krankenuaus Überstunden und war nachts oft zu Entbindungen unterwegs. Er ging nicht, sondern stürmte durch die Siedlung, die Schöße seiner von Jelana Alexandrowna geschneiderten Segeltuchjacke wehten, sein grauer Bart störte ihn nicht im mindesten. Aber zum Umgraben reichte seine Kraft nicht mehr so recht – eine halbe Stunde am Morgen, und schon wurde er kurzatmig. Doch wenn auch Arme und Herz nicht mehr so recht wollten – seine Pläne waren ausgewogen und ideal. Er führte Oleg durch den immer noch kahlen Garten, in dessen letztem Viertel zwei Bäumchen standen, und erläuterte stolz: «Hier wird einmal eine Allee sein, Oleg, die durch das ganze Grundstück führt. Linker Hand werden Sie einmal drei Aprikosenbäume sehen, gesetzt sind sie schon. Rechts pflanze ich Weinstöcke, sie werden hier ohne Zweifel gedeihen. Am Ende der Allee wird eine Gartenlaube stehen – eine richtige Gartenlaube, wie sie Usch-Terek noch nicht gesehen hat! Der Grund für die Laube ist schon gelegt – dieses Halbrund aus Samanstücken –» (und wieder derselbe Chomratowitsch: «Warum Halbrund?») – «und diese Stangen – daran wird Hopfen hochklettern. Daneben dann die Tabakpflanzen. Am Tag wird man vor der Hitze hierherfliehen und abends Tee trinken, aus einem Samowar, Sie sind herzlich eingeladen!» (Den Samowar gab es übrigens auch noch nicht.)

Was alles in ihrem Garten wachsen würde, wer weiß, man sah es noch nicht. Doch was es nicht geben würde, das waren Kartoffeln, Kohl, Gurken, Tomaten und Kürbisse, alles das, was die Nachbarn hatten. «Aber das kann man doch kaufen!» erwiderten die Kadmins. Und sie kauften es. Die Bewohner von Usch-Terek wirtschafteten praktisch, hielten sich Kühe, Schweine, Schafe und Hühner. Auch die Kadmins waren der Viehhaltung nicht völlig abgeneigt, doch praktischen Sinn verriet ihr Viehbestand nicht: lauter Hunde und Katzen. Kadmins vertraten den Standpunkt, daß man Milch und Fleisch auf dem Markt kaufen kann – wo aber kann man sich die treue Anhänglichkeit eines Hundes kaufen? Springt der schwarz-weiße Schuk, der groß ist wie ein Bär, dich etwa für Geld so freudig an, daß seine Schlappohren fliegen? Oder der flinke kleine Tobik mit spitzer Schnauze, ganz weiß, nur mit beweglichen schwarzen Ohren?

Die Liebe zu Tieren steht heutzutage nicht mehr hoch im Kurs, und die Vorliebe für Katzen wirkt mit Sicherheit lächerlich.

Doch wenn man erst aufhört, die Tiere zu lieben – hört man dann nicht auch auf, die Menschen zu lieben?

Die Kadmins liebten an ihren Tieren nicht das Fell, sondern die Persönlichkeit, und ihre eigene Herzlichkeit übertrug sich auf ihre Hunde. Sie schätzten es sehr, wenn Kadmins mit ihnen redeten, und hörten lange zu. Die Gesellschaft ihrer Herren war ihnen viel wert, voll Stolz folgten sie ihnen überallhin. Wenn Tobik im Zimmer lag (die Hunde durften jederzeit ins Zimmer) und sah, daß Jelena Alexandrowna den Mantel anzog und die Tasche nahm, begriff er nicht nur sofort, daß ein Spaziergang durch die Siedlung bevorstand, sondern sprang auf, lief in den Garten, um Schuk zu holen, und kam sofort mit ihm zurück.

Schuk hatte ein sicheres Zeitgefühl. Wenn er Kadmins zum Kino begleitet hatte, blieb er nicht vor dem Klub liegen, sondern lief weg, war aber am Schluß der Vorstellung wieder da. Einmal war der Film kürzer als üblich, und Schuk kam zu spät. Wie traurig war er zuerst, und wie froh sprang er dann an seinen Herren hoch!

Die Hunde begleiteten Nikolaj Iwanowitsch nie zur Arbeit, sie begriffen, daß sich das nicht schickt. Wenn der Doktor am frühen Abend mit jugendlich-leichtem Schritt aus dem Tor trat, wußten die Hunde sofort, ob er zu einer Wöchnerin ging (dann folgten sie ihm nicht) oder baden – dann liefen sie mit. Bis zum Fluß Tschu war es weit, fünf Kilometer. Weder die Einheimischen noch die Verbannten, weder die jungen noch die älteren Leute gingen täglich zum Baden dorthin, sondern nur die Buben und Doktor Kadmin mit seinen Hunden. Eigentlich war es der einzige Spaziergang, der den Hunden nicht nur Vergnügen bereitete: Der Weg durch die Steppe war hart und dornig, Schuk bekam wunde Pfoten, und Tobik, der einmal gebadet worden war, hatte große Angst, wieder ins Wasser zu müssen. Doch die Anhänglichkeit übertraf alles, und sie blieben dem Doktor zur Seite. Dreihundert Meter vom Fluß entfernt begann Tobik zurückzubleiben, um der Gefahr eines unliebsamen Zugriffs zu entgehen; er bat mit Ohren und Schwanz um Verzeihung und legte sich hin, Schuk ging bis unmittelbar an den Abhang, dort ließ er sich nieder; einem Denkmal gleich beobachtete er von oben den Vorgang des Badens.

Tobik hatte das Bedürfnis, auch Oleg zu begleiten, der Kadmins häufig besuchte. (So häufig, daß der verantwortliche Beamte unruhig wurde und jeden von ihnen ausfragte: «Warum stehen Sie so gut miteinander? Was haben Sie Gemeinsames? Worüber unterhalten Sie sich?») Schuk brauchte Oleg nicht zu begleiten, für Tobik aber war es selbstverständlich, bei Wind und Wetter. Wenn es draußen regnete und schmutzig war und die Pfoten kalt und naß wurden, hatte Tobik gar keine Lust, er streckte zuerst die Vorderbeine, dann die Hinterbeine – und ging dann doch mit. Tobik machte übrigens auch den Postboten zwischen den Kadmins und Oleg. Wenn sie Oleg mitteilen wollten, daß es heute einen interessanten Film gab oder daß etwas Wichtiges im Lebensmittelladen oder im Kaufhaus aufgetaucht war, banden sie Tobik ein Stoffhalsband mit einem Zettel um, wiesen mit dem Finger die Richtung und sagten mit Nachdruck: «Zu Oleg!» Und Tobik trippelte auf seinen langen, dünnen Beinen zu Oleg, und wenn Oleg nicht zu Hause war, legte er sich vor die Tür und wartete. Das erstaunlichste war, daß niemand ihm das beigebracht, niemand ihn darauf dressiert hatte, gleich beim erstenmal hatte er begriffen, worauf es ankam, und dabei war es geblieben. (Freilich, Oleg belohnte ihn für seine Botengänge mit materiellen Werten, um seine ideologische Standhaftigkeit zu festigen.)

Eine Eigenheit Tobiks wunderte Oleg sehr: Wenn der Hund lächelte, entblößte er nicht die Zähne, sondern drückte das Lächeln mit den Ohren aus. Und seine Augen waren immer traurig.

Schuk sah aus wie ein deutscher Schäferhund, doch fehlte ihm dessen Wachsamkeit und Schärfe; er war gutmütig, wie viele große, starke Geschöpfe. Er war nicht mehr jung und hatte viele Herren gehabt, Kadmins hatte er sich selbst ausgesucht. Davor hatte er Wesadse, dem Verwalter der Teestube, gehört. Sein Platz war an der Kette, bei den Kisten mit leerem Geschirr gewesen, und manchmal hatte Wesadse ihn losgelassen und ihn, spaßeshalber, auf die Nachbarhunde gehetzt. Schuk war mutig gewesen und der Schrecken jener gelben Köter. In Wirklichkeit war Schuk gutmütig und friedfertig, nur konnte er seinem Herrn nicht trauen. Einmal, als er losgelassen wurde, geriet er auf eine Hundehochzeit in der Nähe des Kadminschen Hauses. Die dort versammelten Hunde warben um die kleine «Puppe», Tobiks Mutter. Schuk bekam seines unpassend großen Wuchses wegen einen Korb (und wurde auf diese Weise nicht Tobiks Stiefvater), aber er witterte Kadmins Güte und kam von da an häufig zu ihnen, obwohl sie ihn nicht fütterten. Wesadse fuhr weg und machte Schuk seiner Freundin, der Verbannten Emilie, zum Geschenk. Sie fütterte ihn gut – aber er riß sich ein paarmal los und lief zu Kadmins. Emilie nahm es Kadmins übel, holte Schuk zurück und band ihn an, aber er riß sich wieder los und lief weg. Schließlich schlang sie seine Kette um einen Autoreifen. Da erblickte Schuk Jelena Alexandrowna, die die Straße entlangging und vorsichtshalber so tat, als sehe sie ihn nicht. Schuk sprang auf und schleppte keuchend wie ein Lastgaul den Autoreifen hundert Meter weit am Hals hinter sich her, bis er zusammenbrach. Nach diesem Vorfall gab ihn Emilie frei. Von seiner neuen Herrschaft nahm Schuk sofort die abstrakte Humanität als maßgebende Verhaltensweise an. Und die Straßenköter verloren alle Angst vor ihm. Zu jedem, der vorüberging, war Schuk freundlich, aber er scharwenzelte und bettelte nicht.

Leute, die mit Vergnügen auf alles Lebendige schießen, gab es auch in Usch-Terek. Sie gingen betrunken durch die Straßen und knallten Hunde ab, da sie kein besseres Wild fanden. Schuk war schon zweimal angeschossen worden. Jetzt fürchtete er sich vor allem, was sich schwarz auf ihn richtete, auch vor dem Objektiv, darum ließ er sich nicht fotografieren.

Kadmins hatten auch Katzen, die sehr verwöhnt und launisch waren. Doch während Oleg jetzt durch die Alleen der Klink ging, stellte er sich nur Schuk vor, sein riesiges, gutmütiges Gesicht, und zwar nicht auf der Straße, sondern vor seinem Fenster: Plötzlich streckt Schuk den Kopf zum Fenster herein, steht auf den Hinterpfoten und schaut ins Zimmer wie ein Mensch. Das bedeutet, daß Tobik neben ihm herumspringt und Nikolaj Iwanowitsch auch nicht weit ist. Und gerührt fühlte Oleg, daß er mit seinem Schicksal durchaus zufrieden, mit seiner Verbannung ausgesöhnt war, daß er keine großen Wunder, sondern nur Gesundheit vom Himmel erbat.

So leben wie Kadmins – sich an dem freuen, was ist. Der ist weise, der mit wenigem zufrieden ist. Wer ist ein Optimist? Einer, der sagt: Überall ist es schlechter, wir haben es noch gut, haben Glück gehabt. Einer, der sich an dem freut, was vorhanden ist, und nicht hadert.

Wer ist ein Pessimist? Einer, der sagt: Überall ist es herrlich, überall ist es besser, nur wir haben Pech gehabt. Und der beständig unter seinem Schicksal leidet.

Jetzt galt es nur, die Behandlung durchzustehen. Dieser Zange – der Röntgentherapie, der Hormontherapie – irgendwie zu entgehen, ohne zum Krüppel zu werden.

Und dann zurück nach Usch-Terek. Und nicht länger allein bleiben. Heiraten, heiraten! Soja würde kaum nachkommen. Und selbst wenn sie es täte, dann erst in anderthalb Jahren. Warten, wieder warten, das ganze Leben lang warten – nein, das war unmöglich. Man könnte Ksana heiraten: Sie ist so fest und rund zugleich, fest in ihrer Art sich zu geben, rund und appetitlich anzusehen. Aber ihr Gesicht ist zu breit... Doch was für eine Hausfrau! – Wie sie die Teller abtrocknet, das Handtuch über die Schulter wirft! Man könnte sie immerzu ansehen. Mit ihr ließe es sich leben – das Haus wäre in Ordnung, die Kinder würden gedeihen.

Man könnte auch Knee Mgrem heiraten. Etwas unheimlich – sie ist erst achtzehn. Aber gerade das lockt! Und ihr Lächeln ist zerstreut, nachdenklich und herausfordernd. Aber gerade das lockt!

21

Oleg hatte das Glück, ihr an der Außentür zu begegnen. Er trat zurück und hielt ihr die Tür auf. Wenn er nicht zurückgetreten wäre, wären sie vielleicht zusammengeprallt, denn sie stürmte herein.

Er sah mit einem Blick: hellblaue Mütze auf schokoladenbraunem Haar, der Kopf vorgeneigt, als kämpfe sie gegen den Wind an, ein sehr eigenwillig geschnittener Mantel oder, genauer, eine lange, ungewöhnliche Jacke, am Hals zugeknöpft.

Hätte er gewußt, daß sie Rusanows Tochter war, wäre er wahrscheinlich umgekehrt. Aber er hatte sich aufgemacht, seine abgelegenen Wege zu gehen.

Nur mit Mühe hatte Avieta die Erlaubnis bekommen, nach oben in den Krankensaal gehen zu dürfen, denn ihr Vater fühlte sich elend. Es war Donnerstag, ein Besuchstag. Sie zog den Mantel aus und mußte über ihren weinroten Pullover einen weißen Kittel ziehen, der so klein war, daß er allenfalls einem Kind gepaßt hätte.

Nach der gestrigen dritten Spritze fühlte sich Pawel Nikolajewitsch wirklich sehr schwach und mochte ohne besonderen Anlaß nicht unter seiner Bettdecke hervorkriechen. Er bewegte sich kaum, aß widerwillig, hatte die Brille nicht aufgesetzt, mischte sich nicht in Gespräche ein. Das Leben um ihn herum, das ihn sonst immer zu spontanen Reaktionen der Zustimmung oder des Unmuts provozierte, war ihm ziemlich gleichgültig. Seine gewohnte Willenskraft war ins Wanken geraten, er überließ sich der Schwäche und empfand diesen Zustand sogar angenehm. Freilich war das ein schlimmer Zustand – ähnlich dem Zustand eines Erfrierenden, der nicht mehr die Kraft aufbringt, sich zu bewegen. Die Geschwulst, über die er sich anfangs geärgert hatte und die er dann zu fürchten begann, trat in ihre Rechte – und nicht er, sondern sie entschied nun, was geschehen sollte.

Pawel Nikolajewitsch wußte, daß Avieta mit dem Flugzeug aus Moskau kommen werde, er erwartete sie an diesem Morgen. Wie immer erwartete er sie mit Freude, doch heute auch mit Beklemmung; denn sie hatten beschlossen, daß Kapitalina ihr alles erzählen solle: über den Brief Schimows, über Roditschew und Gusun. Bisher hatten sie ihr diese Dinge verschwiegen, jetzt wurden ihr Verstand und ihr Rat gebraucht. Avieta war sehr vernünftig, sie ließ sich nie aus der Fassung bringen, trotzdem war es beklemmend: Wie würde sie diese Geschichte aufnehmen? Würde sie es ertragen, begreifen können? Würde sie ihn aus Unerfahrenheit womöglich verurteilen?

Auch das Zimmer betrat Avieta so, als kämpfe sie gegen den Wind an, mit Schwung, obwohl sie in der einen Hand eine schwere Tasche trug und mit der anderen den Kittel an der Schulter zusammenhielt. Ihr frisches junges Gesicht strahlte, drückte nicht jenes sauertöpfische Mitleid aus, mit dem man für gewöhnlich an das Bett Schwerkranker tritt und das Pawel Nikolajewitsch in diesem Fall geschmerzt hätte.

«Na, Vater! Was machst du denn, Vater!» sagte sie lebhaft zur Begrüßung, setzte sich auf sein Bett und küßte ihn aufrichtig, ohne sich überwinden zu müssen, zuerst rechts, dann links auf die unrasierten Wangen.

«Wie fühlst du dich heute? Sag's ehrlich! Nun sag schon!»

Ihr blühendes Aussehen und das ermunternde Drängen gaben Rusanow etwas Kraft, er wurde lebhafter.

«Tja, wie soll ich es sagen?» Er sprach langsam und schwach, als müsse er sich selbst erst darüber klarwerden. «Sie ist wohl nicht kleiner geworden, aber ich habe das Gefühl, daß es mir etwas leichterfällt, den Kopf zu bewegen, etwas leichter. Es drückt weniger.»

Ohne zu fragen, aber auch ohne ihm im mindesten weh zu tun, öffnete die Tochter seinen Kragen und sah genau hin, so als sei sie Ärztin und habe Vergleiche zur Hand.

«Ist doch gar nicht so schlimm!» stellte sie fest. «Eine stark geschwollene Drüse, das ist alles. Mama hat mir Dinge geschrieben, daß ich dachte, hier sei wer weiß was los! Du sagst, daß es dir besser geht. Also helfen die Spritzen. Die Geschwulst wird bald kleiner werden. Wenn sie halb so groß ist, wird sie dich nicht mehr stören, dann kannst du nach Hause kommen.»

«Ja, das stimmt.» Pawel Nikolajewitsch seufzte. «Wenn sie halb so groß ist, könnte man damit leben!»

«Und sie zu Hause weiterbehandeln!»

«Glaubst du, man könnte zu Hause spritzen?»

«Warum denn nicht? Du wirst dich an die Spritze gewöhnen, dann kann man zu Hause weitermachen. Wir werden das alles besprechen, alles genau überlegen.»

Pawel Nikolajewitsch wurde fröhlicher. Ob das Spritzen zu Hause erlaubt würde oder nicht – die Entschlossenheit seiner Tochter, sich dafür einzusetzen, erfüllte ihn mit Stolz. Avieta hatte sich zu ihm gebeugt, und auch ohne Brille konnte er ihr offenes, ehrliches Gesicht erkennen, dieses energische, lebhafte Gesicht mit den beweglichen Nasenflügeln und den beweglichen Augenbrauen, die so empfindlich auf jede Ungerechtigkeit reagierten. Wie war das doch? Gorkij soll gesagt haben: Wenn deine Kinder nicht besser sind als du, hast du sie umsonst gezeugt und auch umsonst gelebt. Pawel Nikolajewitsch hatte nicht umsonst gelebt.

Dennoch war er beunruhigt. Wußte sie *darüber* schon etwas, und was würde sie jetzt sagen?

Aber sie hatte es damit nicht eilig, fragte immer noch nach der Behandlung und was für Ärzte hier seien, inspizierte seinen Nachttisch, sah nach, was er gegessen hatte; was verdorben war, ersetzte sie durch frische Lebensmittel.

«Ich habe dir Wein mitgebracht, trink ab und zu ein Gläschen. Und roten Kaviar, den magst du doch? Und da sind Apfelsinen aus Moskau!»

«Ja, danke.»

Inzwischen hatte sie rasch das ganze Zimmer betrachtet und gesehen, wer hier lag, deutete ihm mit einem lebhaften Zucken der Augenbrauen an, daß alles unsagbar kümmerlich und nur mit Humor zu ertragen sei.

Obwohl ihnen anscheinend niemand zuhörte, beugte sie sich ganz nahe zu ihrem Vater herab, und jetzt flüsterten sie nur noch.

«Ja, Papa, das ist furchtbar», begann Avieta ohne Umschweife. «In Moskau ist es *das* Tagesgespräch. Eine Masse von Prozessen wird wieder aufgerollt.»

«Eine Masse?»

«Buchstäblich. Es ist wie eine Epidemie. Ein Mordsspektakel! Als könnte man das Rad der Geschichte zurückdrehen! Wer kann das denn? Und wer hat uns das nur eingebrockt!? Na schön, sie sind irgendwann zu Unrecht verurteilt worden – aber wozu sie jetzt von weit her zurückholen? Wozu sie sofort wieder in ihr früheres Leben versetzen – das ist doch ein schmerzhafter, qualvoller Prozeß, das ist grausam, in erster Linie ihnen selbst gegenüber! Und manche sind doch gestorben – man sollte sie ruhen lassen. Wozu bei den Verwandten unbegründete Hoffnungen und Rachegefühle wecken! Und dann, was bedeutet eigentlich das Wort ‹rehabilitiert›? Das kann doch nicht bedeuten, daß einer vollkommen unschuldig war! Irgend etwas ist bestimmt dran gewesen, nur nicht so viel.»

Ach, was war sie doch gescheit! Wie glühend war sie davon überzeugt, daß sie recht hatte! Noch bevor von seiner Sache die Rede war, begriff Pawel Nikolajewitsch schon, daß er bei der Tochter immer Unterstützung finden würde. Daß Alla zu ihm halten würde.

«Kennst du welche, die zurückgekommen sind? Sogar nach Moskau?»

«Sogar nach Moskau – das ist es ja. Alle wollen nach Moskau, das lockt sie wie Honig an. Und was für tragische Fälle es gibt! Stell dir vor, da lebt einer still und friedlich, und plötzlich bekommt er eine Vorladung – *dorthin.* Zur *Gegenüberstellung,* Auge in Auge! Kannst du dir so was vorstellen?»

Pawel Nikolajewitsch zuckte zusammen, Alla merkte es, doch sie führte einen Gedanken immer zu Ende, mochte ihn nicht unterbrechen.

«... Und man forderte ihn auf, zu wiederholen, was vor zwanzig Jahren gesagt worden war, überleg mal! Wer kann sich darauf noch besinnen? Und wem nützt das was? Na, wenn es unbedingt sein muß, dann rehabilitiert sie, bitte schön, aber ohne Gegenüberstellung! Ohne die Leute nervös zu machen! Der Mann ist nach Hause gegangen und wollte sich aufhängen!»

Pawel Nikolajewitsch war schweißgebadet. Dieser Gedanke war ihm gar nicht in den Sinn gekommen – daß man ihm Roditschew oder Jeltschanskij oder sonst wen Auge in Auge gegenüberstellen könnte!

«Und wer zwingt diese Idioten denn dazu, Schauermärchen über sich auszusagen und zu unterschreiben? Sie sollten einfach nicht unterschreiben!» Allas wendiger Geist erfaßte alle Seiten des Problems. «Überhaupt, wie kann man dieses Grauen aufwühlen, ohne an die Menschen zu denken, die damals gearbeitet haben? An die hätte man doch denken müssen! Wie sollen sie diesen plötzlichen Umschwung ertragen?»

«Hat Mama dir erzählt . . .?»

«Ja, Papa! Das hat sie. Und du brauchst dir gar keine Sorgen zu machen.»

Mit kräftigeren, sicheren Händen faßte sie die Schultern ihres Vaters. «Wenn du willst, sag ich dir, wie ich es auffasse: Wer hingeht und *signalisiert*, ist ein fortschrittlicher, pflichtbewußter Mensch! Die Gefühle, die ihn der Gesellschaft gegenüber bewegen, sind sauber, und das Volk schätzt und versteht das. In einzelnen Fällen kann so ein Mensch sich natürlich irren. Aber nur einer, der gar nichts tut, irrt sich auch nie. Gewöhnlich aber wird er von seinem Klassenbewußtsein gelenkt – und das kann ihn niemals in die Irre führen.»

«Danke, Alla! Danke!» Seine Kehle zog sich zusammen, er hätte fast geweint – vor Freude. «Du hast es richtig gesagt: Das Volk versteht. Bloß daß es jetzt eine dumme Gewohnheit gibt, das Volk irgendwo *unten* zu suchen.» Mit verschwitzter Hand streichelte er die kühle Hand seiner Tochter. «Es ist sehr wichtig, daß die jungen Menschen uns verstehen, daß sie uns nicht verurteilen. Aber sag mal, was meinst du . . . sie finden vielleicht einen Passus im Gesetz, der ihnen erlaubt, noch jetzt gegen uns vorzugehen – gegen mich wegen . . . na, wegen unrichtiger Aussagen.»

«Stell dir vor», entgegnete Alla sehr lebhaft, «ich habe in Moskau ein Gespräch mit angehört, in dem ähnliche Befürchtungen diskutiert wurden. Ein Jurist war dabei, und er sagte, daß der Paragraph für sogenannte unwahre Aussagen nur zwei Jahre vorsieht. Aber seit damals hat's ja schon zwei Amnestien gegeben – es ist also völlig ausgeschlossen, jemanden wegen unwahrer Aussagen zu belangen! Roditschew wird sich also nicht mucksen, da kannst du sicher sein!»

Pawel Nikolajewitsch war es, als sei seine Geschwulst etwas kleiner geworden.

«Ach, du bist wirklich ein *gescheites Mädchen*!» sagte er glücklich und erleichtert. «Du weißt wirklich alles! Du bist überall dabei! Du hast mir neue Kraft gegeben!»

Und er faßte mit beiden Händen nach der Hand der Tochter und küßte sie respektvoll. Pawel Nikolajewitsch war ein selbstloser Mensch. Das Wohlergehen seiner Kinder stellte er über das eigene. Er wußte, daß er nicht viel aufzuweisen hatte außer Ergebenheit, Korrektheit und Beharrlichkeit. Die wahre Entfaltung erlebte er an der Tochter, und er wärmte sich in ihrem Licht.

Alla hatte es satt, den vorgeschriebenen weißen Kittel an der Schulter zusammenzuhalten, er rutschte herunter, und sie warf ihn lachend über die Fiebertabelle des Vaters.

Jetzt kam Allas weinroter Pullover zum Vorschein, der neu war; der Vater hatte sie darin noch nicht gesehen. Ein breiter weißer lustiger Zickzackstreifen lief über beide Ärmel und über die Brust, und dieses energische Zickzack paßte großartig zu Allas energischen Bewegungen.

Der Vater schimpfte nie, wenn das Geld für neue Kleider ausgegeben wurde. Es wurden sogar unter der Hand ausländische Sachen gekauft – und Alla trug sie verwegen und stolz. Diese Art sich zu kleiden erhöhte den ausgeprägten, frischen Reiz ihres Äußeren, der mit ihrem entschiedenen, klaren Verstand so gut übereinstimmte.

«Hör mal, ich habe dich doch gebeten, herauszukriegen, was *Personenkult* eigentlich bedeutet. Dieser seltsame Ausdruck kommt manchmal in Reden und Artikeln vor. Meinen die damit wirklich ...!»

«Ich fürchte, ja, Papa ... Ich fürchte, ja ... Auf dem Schriftstellerkongreß zum Beispiel fiel er ein paarmal. Aber keiner sagt mehr, alle tun, als verstünden sie.»

«Das ist unerhört! Eine Gotteslästerung ... Wie können die es wagen? – So eine Schande! Irgendwer hat das in Gang gebracht, jetzt ist es nicht mehr aufzuhalten.»

«Man muß ein Gefühl für die Forderungen der Zeit haben, Papa. Ich tue dir vielleicht weh, Papa, aber wir müssen mit der Zeit gehen, ganz gleich, ob es uns paßt oder nicht. Ich habe vieles gesehen! Ich habe in Schriftstellerkreisen verkehrt! Glaubst du vielleicht, daß diese Umstellung den Schriftstellern leichtfällt? Alles sehr kompliziert. Aber sie sind ja so erfahren, so taktvoll, man kann eine Menge von ihnen lernen!»

In dieser Viertelstunde, die Avieta vor ihm saß und mit ihren raschen, genauen Repliken die finsteren Ungeheuer der Vergangenheit niedermachte und eine Bresche nach vorn, in eine lichte Weite schlug, war Pawel Nikolajewitsch sichtlich gesünder, munterer geworden und hatte jetzt gar keine Lust, von seiner leidigen Geschwulst zu reden, es erschien ihm sogar überflüssig, sich um eine Verlegung in eine andere Klinik zu bemühen. Er hatte nur noch den Wunsch, den erfreulichen Erzählungen seiner Tochter zuzuhören und sich vom frischen Wind, der mit ihr gekommen war, durchwehen zu lassen.

«Erzähl doch, erzähl», bat er. «Was tut sich in Moskau? Wie ist es dir ergangen?»

«Ach!» Alla schüttelte den Kopf wie ein Pferd, das sich der Bremsen erwehrt. «Wie soll man Moskau schildern? In Moskau muß man leben! Moskau ist eine andere Welt! Wenn man in Moskau ist, ist man fünfzig Jahre voraus! In Moskau sitzen alle vorm Fernsehapparat.»

«Das wird es bald auch bei uns geben.»

«Bald! ... Aber das Moskauer Programm werden wir nicht sehen können, wozu dann das ganze Fernsehen? Es ist doch ein Leben wie bei H. G. Wells: dasitzen und fernsehen. Weißt du, auch in einem viel weiteren Sinn – ich habe ein merkwürdiges Gefühl, so etwas spüre ich rasch: Unser Leben wird sehr bald ganz anders aussehen, es kommt zu einer Revolution des Alltags. Ich rede schon gar nicht von Kühlschränken oder von Waschmaschinen, es wird sich viel mehr ändern. Hier und dort gibt es schon Empfangshallen, die ganz aus Glas sind. Und in den Hotels ganz niedrige Tischchen, wie bei den Amerikanern, nur so hoch. Zuerst weiß man gar nicht, wie man daran sitzen soll. Lampenschirme aus Stoff, wie bei uns zu Hause, sind jetzt eine Schande, spießbürgerlich – nur noch Glas. Aber noch viel moderner sind Stehlampen mit schwenkbaren Armen. Betten mit Kopf- und Fußlehnen – eine furchtbare Blamage. Statt dessen hat man einfach niedrige, breite Liegen oder Sofas ... So ein Zimmer sieht ganz anders aus. Überhaupt ändert sich der ganze Lebensstil ... Das kannst du dir gar nicht vorstellen. Mama und ich haben schon darüber gesprochen – wir müssen viele neue Sachen anschaffen. Bei uns hier bekommt man sie natürlich nicht, wir müssen sie in Moskau kaufen ... Vieles Moderne ist natürlich sehr schädlich, Rock'n'Roll zum Beispiel. Das ist ein ganz schamloser Tanz. Einfach unbeschreiblich! Und dann diese zotteligen Frisuren, absichtlich wie ungekämmt, als käme man gerade aus dem Bett.»

«Das ist der Westen! Er will uns zersetzen.»

«Ja, natürlich, Sittenverfall. Das macht sich sofort im kulturellen Leben bemerkbar, in der Dichtung zum Beispiel. Irgendein gänzlich unbekannter Jewtuschenko ist plötzlich aufgetaucht – baumlang, rezitiert sein Geschreibsel, brüllt herum, fuchtelt mit den Armen, das Ganze hat weder Hand noch Fuß, aber die Mädchen sind hingerissen ...»

In dem Maße, wie Avieta von sehr persönlichen Problemen zu allgemeinen überging, sprach sie lauter, ungezwungener, alle im Zimmer konnten sie hören. Von diesen allen war es aber nur Djomka, der seine Arbeit beiseite schob und sich von dem zermürbenden Schmerz, der ihn immer nachdrücklicher zum Operationstisch zog, ablenken ließ und gespannt zuhörte. Die anderen zeigten kein Interesse oder waren gar nicht im Zimmer, und nur Wadim Zadyrko sah manchmal von seinem Buch auf und blickte auf Avietas Rücken. Der ganze Rücken, geschwungen wie eine feste Brücke, eng umspannt von dem neuen Pullover, war von gleichmäßig kräftigem Weinrot, und nur die eine Schulter, auf die der Widerschein der sich im Fenster spiegelnden Sonne fiel, leuchtete in hellem Rot.

«Erzähl doch mehr von dir», bat der Vater.

«Die Reise nach Moskau hat sich für mich wirklich gelohnt, Papa. Man hat mir versprochen, meinen Gedichtband ins Verlagsprogramm aufzunehmen! Freilich erst im nächsten Jahr. So lange Zeit braucht es immer. Schneller geht's einfach nicht!»

«Oh, Alla! Ist das wahr? Werden wir ihn wirklich in einem Jahr in der Hand halten?»

«Na, vielleicht nicht in einem, vielleicht erst in zwei Jahren.»

Seine Tochter hatte ihn mit einer wahren Lawine von Freude überschüttet. Er wußte, daß sie Gedichte mit nach Moskau genommen hatte, aber er hatte geglaubt, daß der Weg von diesen mit Schreibmaschine beschriebenen Blättern zu einem Buch mit der Aufschrift «ALLA RUSANOW» unendlich weit sei.

«Wie hast du das denn fertiggebracht?»

Alla lächelte selbstzufrieden. «Natürlich, wenn du einfach zu einem Verlag hingehst und Gedichte anbietest – wer wird dann schon mit dir reden? Aber Anna Sergejewna hat mich bekannt gemacht.»

«Fabelhaft!» Pawel Nikolajewitsch strahlte. Er tastete auf dem Nachttisch nach seiner Brille und setzte sie auf, als könne er sofort einen Blick in das kostbare Buch tun.

Djoma sah zum erstenmal in seinem Leben einen lebendigen Dichter vor sich, ja sogar eine Dichterin, und sperrte vor Staunen den Mund auf.

«Mein Name ist gut, er hat einen reinen Klang! Ich nehme kein Pseudonym an. Von Kopf bis Fuß bin ich für die Literatur wie geschaffen!»

«Allotschka, und wenn es dir nicht gelingt? Weißt du, da muß doch jede Person genau beschrieben werden und außerdem noch so, daß sie ähnlich wird ...»

«Ja, aber ich habe eine Idee. Ich werde mich nicht lange mit einzelnen Figuren abgeben, das ist gar nicht nötig. Ich werde etwas ganz Neues machen: mit ein paar kräftigen Federstrichen ganze Kollektive beschreiben. Schließlich konzentriert sich das ganze Leben ja im Kollektiv und nicht in der Einzelpersönlichkeit!»

«Ja, das stimmt wohl», mußte Pawel Nikolajewitsch zugeben. Doch da gab es noch eine Gefahr, die die Tochter in ihrer Begeisterung vielleicht nicht ernst genug nahm. «Aber stell dir vor – wenn die Kritik dich verreißt? Das ist doch bei uns genauso schlimm wie eine öffentliche Rüge, das ist gefährlich!»

Doch Avieta warf ihr schokoladenbraunes Haar zurück und blickte furchtlos wie eine Amazone in die Zukunft.

«Ernsthaft verreißen wird man mich bestimmt nicht, denn bei mir wird es niemals ideologische Abweichungen geben! Und was die künstlerische Seite betrifft – lieber Gott, wer wird nicht alles verrissen?! Babajewskij zum Beispiel – früher fanden ihn alle gut, dann fanden alle ihn schlecht, alle haben sich von ihm abgewandt, sogar die Allergetreuesten. Aber das ist eine vorübergehende Erscheinung, man wird sich schon wieder besinnen. Das ist eine dieser vorsichtigen Wendungen, von denen es im Leben mehr als genug gibt. Früher hieß es: Konflikte darf es nicht geben! Und jetzt heißt es: Die falsche Theorie der Konfliktlosigkeit. Aber wenn sie sich uneinig wären, wenn die einen die alte Sprache, die anderen die neue sprechen würden, dann würde man merken, daß sich etwas geändert hat. Aber da alle auf einmal in der neuen Tonart reden, ohne Übergang, merkt man gar nichts von dem Umschwung. Ich sage ja: Man muß ein gutes Gespür haben, und sich dem Zeitgeist anzupassen, das ist das wichtigste! Dann gerät man nicht ins Schußfeld der Kritik ... Ja! Du hast um Bücher gebeten, Papa, ich habe dir welche mitgebracht. Jetzt kannst du ja lesen, wann denn sonst? Weißt du, ich habe das Leben der Schriftsteller jetzt näher kennengelernt. Wie schlicht sie miteinander verkehren! Preisträger reden sich einfach mit Vornamen an. Und sie sind gar nicht hochnäsig, sondern sehr herzlich und einfach. Wir stellen uns vor, die Schriftsteller schweben irgendwo in den Wolken, mit blasser Stirn und gar nicht ansprechbar. Aber das stimmt nicht. Sie haben viel Sinn für die Freuden des Lebens. Ich werde alles versuchen, um in den Schriftstellerverband zu kommen!»

«Willst du deinen Beruf denn aufgeben?» fragte Pawel Nikolajewitsch etwas beunruhigt.

«Papa!» Avieta dämpfte die Stimme. «Da kannst du sagen, was du willst: Journalist zu sein, was ist denn das für ein Leben! Man gibt dir einen Auftrag – das oder jenes wird gebraucht.»

«Alla, ich habe aber doch Angst: Wenn das Schreiben dir nicht gelingt, was dann?»

«Warum soll es denn nicht gelingen! Du bist naiv. Gorkij hat gesagt: Jeder Mensch kann Schriftsteller werden! Mit Fleiß ist alles zu schaffen. Na, notfalls schreibe ich Kinderbücher.»

«Das weiß ich alles selbst.» Pawel Nikolajewitsch deutete mit zwei Fingern auf ihre Tasche. «Such mir lieber etwas fürs Herz aus.»

«Gut, gut», sagte Alla.

«Im ganzen ist es schon sehr gut», überlegte Pawel Nikolajewitsch. «Im ganzen ist es großartig. Natürlich, die Literatur muß von moralisch gesunden Menschen erobert werden.»

Sie nahm die Bücher aus der Tasche.

«So, da ist ‹*Frühling an der Ostsee*›, ‹*Schlag ihn tot*›, das sind allerdings Gedichte, möchtest du sie lesen?»

«‹*Schlag ihn tot*›? – Gut, laß es hier.»

«*‹Bei uns ist es schon Morgen›*, *‹Licht über der Erde›*, *‹Die Werktätigen der Welt›*; *‹Blühende Berge›* . . .»

«Warte mal, *‹Blühende Berge›* hab ich wohl schon gelesen . . .»

«Du hast *‹Die blühende Erde›* gelesen, das hier ist: *‹Blühende Berge.›* Und hier noch etwas: *‹Die Jugend ist mit uns›*, das mußt du unbedingt lesen, damit solltest du anfangen. Schon die Titel erheben dich, ich habe dir absichtlich solche ausgesucht.»

«Na schön, leg sie dorthin», sagte Pawel Nikolajewitsch zufrieden.

Nun lag auch auf seinem Nachttisch ein Stapel Bücher, der genauso hoch war wie der Wadim Zadyrkos.

Avieta war schon dabei, aufzubrechen.

Doch Djomka, der mit zerfurchter Stirn in seiner Ecke Qualen litt, sei es wegen der unaufhörlichen Schmerzen im Bein, sei es aus Schüchternheit, dieses gescheite Mädchen, die Dichterin, nicht ansprechen zu können. Jetzt faßte Djomka Mut und fragte mit belegter Stimme: «Sagen Sie bitte, wie beurteilen Sie die Forderung nach Aufrichtigkeit in der Literatur?»

«Wie bitte? Wie?» Avieta wandte sich lebhaft um, freilich mit leichtem, nachsichtigem Lächeln, denn die belegte Stimme verriet zur Genüge Djomkas Befangenheit. «Diese Aufrichtigkeit hat sich also bis hierher verirrt? Eine ganze Redaktion ist schon dieser Aufrichtigkeit wegen zum Teufel gejagt worden, und da ist sie wieder?»

Avieta betrachtete Djomkas ungebildetes, unreifes Gesicht und seufzte. Sie seufzte, weil sie keine Zeit hatte, einen Vortrag zu halten, doch diesen Jungen schädlichen Einflüssen preiszugeben, wäre auch nicht richtig gewesen.

«Passen Sie mal auf, mein Junge!» rief sie mit heller, kräftiger Stimme, wie von einer Rednertribüne herunter: «Aufrichtigkeit kann niemals das wesentliche Kriterium eines Buches sein.»

Da erklang eine angenehm reine, ein wenig hohe Stimme: «Wirklich, wozu sollen die Schriftsteller Trübsal verbreiten?»

Avieta war natürlich keineswegs auf einen Verbündeten angewiesen, doch bei dem Glück, das sie immer hatte, konnte sie sicher sein: Was immer auch einer sagte – ihr kam es stets zugute.

Sie wandte sich um, jetzt leuchtete auch das weiße Zickzackmuster im Widerschein der Sonne, und erblickte einen sehr sympathischen jungen Mann, der ungefähr so alt war wie sie. Er klopfte mit dem Ende seines schwarzen, geriffelten Kugelschreibers gegen die Zähne und sagte: «Wozu gibt es Literatur? Literatur gibt es, um uns zu unterhalten und abzulenken, wenn wir schlecht gelaunt sind.»

«Literatur ist der Lehrmeister des Lebens», verkündete Djomka mit tiefer Stimme und errötete, so unpassend erschien ihm sein Satz.

Wadim warf den Kopf in den Nacken.

«Lehrmeister, na also, weißt du! Aus dem Leben werden wir auch ohne die Literatur schlau. Sind die Schriftsteller etwa klüger als wir Praktiker?»

Er und Alla maßen sich mit Blicken. Sie waren ebenbürtig. Obwohl sie im Alter zueinander paßten und äußerlich einander gefallen mochten, hatte jeder so bestimmte Vorstellungen vom Leben, daß es ihnen unmöglich gewesen wäre, in einem zufälligen, flüchtigen Blick den Anfang eines Abenteuers zu suchen.

«Die Rolle der Literatur wird überhaupt stark überschätzt», fuhr Wadim mit seinen Betrachtungen fort. «Oft werden Bücher gepriesen, die es gar nicht verdienen. Da denkt man – das muß etwas Grandioses sein, und dann ist man tief enttäuscht.»

«Depressionen steigern die schädliche Wirkung eines Buches. Aufrichtigkeit ist *schädlich*! Subjektive Aufrichtigkeit kann unter Umständen im Gegensatz zur wahrheitsgetreuen Schilderung des Lebens stehen – können Sie eine solche Dialektik verstehen?»

Djomka fiel es schwer, diese Gedanken zu erfassen, er zog seine Stirn ganz kraus.

«Nicht ganz», sagte er.

«Na schön, ich will es Ihnen erklären.» Avieta breitete die Arme aus, das weiße Zickzack lief wie ein Blitz vom linken Handgelenk quer über die Brust und zum rechten Handgelenk. «Nichts ist einfacher, als eine trostlose Tatsache genauso darzustellen wie sie ist. Aber tiefer zu pflügen und keimende Triebe zu beschreiben, die noch gar nicht zu sehen sind . . .»

«Die Triebe . . .»

«Wie?»

«Die Triebe müssen von allein wachsen, wenn man eingreift, sie umpflügt, wachsen sie nicht», warf Djomka hastig ein.

«Nun, wir reden ja nicht von der Landwirtschaft. Mein lieber Freund, dem Volk die Wahrheit zu sagen, bedeutet noch keineswegs, ihm alle Fehler vor Augen zu halten. Man muß furchtlos über das Gute sprechen, damit es noch besser wird! Was soll diese falsche Forderung nach der sogenannten ‹schonungslosen Wahrheit›? Warum muß denn die Wahrheit plötzlich ‹schonungslos› und häßlich sein? Warum nicht strahlend, mitreißend, optimistisch? Unsere ganze Literatur muß festlich werden! Letzten Endes kränkt es die Menschen, wenn ihr Leben in düsteren Farben geschildert wird. Sie wollen, daß man seine lichten Seiten darstellt.»

«Im allgemeinen stimme ich zu», das war Wadims Stimme. «Wozu diese Widerlichkeiten? Das Schamlose, Unanständige. Nichts weiter als Zeitvergeudung.»

«Dem erotischen Moment begegnen wir auch in der modernen Literatur. Es ist nicht überflüssig», entgegnete Avieta streng. «In Verbindung mit der fortschrittlichsten Ideologie wirkt es begütigend und wohltuend. Zum Beispiel bei . . .»

«Es ist überflüssig», fiel Wadim ihr mit Entschiedenheit ins Wort. «Es ist nicht die Aufgabe des gedruckten Wortes, die Sinne zu reizen. Stimulantien werden in Apotheken verkauft.» Und ohne die Amazone im weinroten Pullover noch eines Blickes zu würdigen, ohne zu erwarten, daß sie ihn vom Gegenteil überzeugen könnte, vertiefte er sich in sein Buch.

Avieta betrübte es immer sehr, wenn sich Gedanken nicht in zwei klare Gruppen einteilen ließen, in richtige und unrichtige, sondern unvorhergesehene Schattierungen zum Vorschein kamen, die nur zur ideologischen Verwirrung führten. So wie man jetzt zum Beispiel nicht daraus schlau wurde, ob dieser junge Mann nun für oder gegen sie war. Sollte man mit ihm streiten, oder sollte man es bleiben lassen?

Sie ließ es bleiben und sagte abschließend zu Djomka: «Also, mein Junge, versteh mich recht. Etwas Vorhandenes zu beschreiben, ist viel einfacher, als etwas zu beschreiben, was noch nicht vorhanden ist, aber ohne Zweifel einmal vorhanden sein wird. Das, was wir heute mit bloßem Auge sehen, braucht nicht unbedingt die Wahrheit zu sein. Wahrheit ist das, was *sein müßte*, was morgen sein wird. Eben unser wundervolles ‹Morgen› muß beschrieben werden! . . .»

«Und was wird man dann morgen beschreiben?» fragte der stumpfsinnige Bengel und runzelte die Stirn.

«Morgen? . . . Nun, morgen werden wir das Übermorgen beschreiben.» Argumente an das beschränkte Bürschchen zu verschwenden, lohnte sich nicht. Sie hatte sich schon erhoben und stand im Gang zwischen Betten, kräftig, wohlgestalt, von echtem, gesundem Rusanowschen Schlag. Pawel Nikolajewitsch hatte ihrem an Djomka gerichteten Vortrag mit Vergnügen zugehört.

Nachdem Alla den Vater geküßt hatte, hob sie heiter und zuversichtlich die Hand und spreizte die Finger: «Also, Vater, kämpfe um die Gesundheit! Kämpfe, laß dich verarzten, sieh zu, daß du die Geschwulst loswirst, und mach dir *gar keine Sorgen. Alles, alles, alles* wird ausgezeichnet!»

1963–1966

Solschenizyn

Nobelpreis 1970

August Vierzehn

Aus dem Russischen von Swetlana Geier. Mit einem Vorwort des Autors, Anmerkungen, einem Personenverzeichnis und historischen Karten. 786 Seiten. Leinen DM 29,80

Im Interesse der Sache

Gesammelte Erzählungen, darunter «Ein Tag des Iwan Denissowitsch». Aus dem Russischen von Mary von Holbeck, Leonie Labas, Elisa Marin, Christoph Meng und Ingrid Tinzmann. 456 Seiten, Leinen DM 12,80. (Die Bücher der Neunzehn, Band 183)

Nemow und das Flittchen

112 Seiten. DM 4,80. Band 28 der Sammlung Luchterhand

Krebsstation

Buch 1. Roman. Aus dem Russischen von Christiane Auras, Agate Jais und Ingrid Tinzmann. Redaktion: Gisela Drohla und Elisabeth Borchers. Mit einem Vorwort von Heinrich Böll. 6. Aufl. 1970. 412 Seiten, Leinen DM 18,–
Buch 2. 5. Auflage 1970. 332 Seiten, Leinen DM 18,–

Georg Lukács: Solschenizyn

Theaterstück. Aus dem Russischen von Gisela Drohla. 130 Seiten. DM 4,80. Band 20 der Sammlung Luchterhand

Luchterhand

GEORG LUKÁCS

Russische Literatur – Russische Revolution

- Puschkins Platz in der Weltliteratur / «Boris Godunow»
- Tolstoi und die Probleme des Realismus / Tolstoi und die westliche Literatur
- Dostojewskij
- Der Große Oktober 1917 und die heutige Literatur
- Fadejew, «Die Neunzehn»
- Makarenko, «Der Weg ins Leben»
- Scholochow, «Der stille Don» / «Neuland unterm Pflug»
- Solschenizyn, «Ein Tag im Leben des Iwan Denissowitsch»

Am Beispiel der Klassiker der vorrevolutionären russischen Literatur, der sowjetischen Dichter der Revolutionsepoche und des Kritikers des Stalinismus, Solschenizyn, analysiert Lukács Übereinstimmung und Widersprüche zwischen engagierter Dichtung und gesellschaftlichen Verhältnissen. [rde 314]

Georg Lukács «Ausgewählte Schriften» in Taschenbuch-Ausgaben:

I: Die Grablegung des alten Deutschland. Essays zur deutschen Literatur des 19. Jhs. rde Band 276.
II: Faust und Faustus. Vom Drama der Menschengattung zur Tragödie der modernen Kunst. rde Band 285.
III: Russische Literatur – Russische Revolution. Puschkin / Tolstoi / Dostojewskij / Fadejew / Makarenko / Scholochow / Solschenizyn. rde Band 314

ROWOHLT

660/2